KB037356

목우스님 바랑여행기

진똥개똥

무주스님 바람여행기

진똥개똥

|머리말|

그전에 책을 한권 쓸 때는 배운 것도 없고 문학이란 문자도 모르는 상태에서, 캄캄한 그믐밤에 더듬어가듯 글을 쓰느라 갖은 고생을 다 했다. 이번 글은 쓸 때는 그전에 한번 써본 경험이 있어 좀 나을 거라는 생각에서 자신감 있게 덤벼들었다.

그러나 막상 시작하고 보니 그렇지가 않았다. 속담에 '남편 시집은 갈수록 되어 지고, 시어머니 시집은 갈수록 물러 진다' 하는 말이 있는데, 글쓰기가 아무래도 남편 시집살이인가 갈수록 더 어려움을 느꼈다. 입에 침은 멀리 뱉고 싶은데 혀가 짧아 못 한다는 말처럼, 이 책을 보는 사람들께서 감명을 받아 좋은 책이라고 칭찬 해주기를 바라는 마음 간절하나, 뜻대로 안 되는 것에 두 손 들어야 할 판이었다.

글을 쓰는 것도 하나의 욕심이다. 욕심을 가지고 쓴 글이 세상 사람들께 무슨 감명을 주겠는가. 가뜩이나 말 많은 세상에 살고 있는 우리네 사람들은 언어공해에 많이 시달리는데, 나 또한 공해를 일으켜서 될 말이 아니다하며, 볼펜을 몇 번 던져 버린 적도 있었다.

그러다가도 사람이 한번 시작하면 끝을 맺어야지 하는 생각이 되살아나, 펜을 들고 다시 글을 쓰게 되었다.

여하튼 책이나 한번 보기나 보소.

2007년 5월

거짓말쟁이 무 구 합장

| 차 례 |

머리말 • 10

러시아와 북유럽 기행

러시아로 떠나다 • 12
블라디보스토크 • 13
이르쿠츠 가는 길 • 21
바이칼 호수를 지나다 • 24
이르쿠츠 • 27
모스크바 가는 길 • 36
모스크바 • 39
상트페테르부르크 가는 길 • 58
상트페테르부르크 • 60
핀란드 헬싱키 가는 길 • 73
헬싱키 • 74
스웨덴 스톡홀름 가는 길 • 83
스톡홀름 • 86
노르웨이 베르겐 가는 길 • 92
베르겐 • 98
오슬로 • 103
덴마크 코펜하겐 • 108
네덜란드 암스테르담 • 115

독일 베를린 가는 길 • 119
베를린 • 121
프랑크푸르트 • 133
인천으로 오는 길 • 138
허리 잘린 세 나라 – 독일 • 140
허리 잘린 세 나라 – 한국 • 143
허리 잘린 세 나라 – 베트남 • 144
북한 단상 • 149
남의 사정 알면 부처다 • 158

남미와 미국 그랜드캐넌 기행

가고 싶은 곳 다시 가다 • 164
멀고 먼 그랜드캐넌 가는 길 • 167
오, 그랜드캐넌! • 182
환상 탈출 • 189
귀국길 단상 – 사주팔자 • 195
배도 정승 • 198
사주팔자 후담 • 240

아프리카 기행

검은 나라 아프리카를 가다 • 246
케냐 가는 길 • 250
케냐 나이로비 • 253
아루사 가는 길 • 264
아루사 • 266
탄자니아 다에러살람 • 272
남아공 푸리토리아 • 287
짐바브웨 빅토리아 폭포 가는 길 • 298
빅토리아 폭포 • 306
플라밍고 조각상 • 309
남아공 케이프타운 가는 길 • 310
케이프타운 • 313
더반 가는 길 • 324
더반과 상추 무단 • 329
귀국 단상 – 큰 스님, 작은 스님 • 351
반갑고 무상한 나의 살던 고향 • 374

러시아와 북유럽 기행

러시아로 떠나다

몇 년 전에 한 여행 책자에서 어떤 사람이 시베리아 대륙횡단 열차를 타고 여행했다는 글을 읽은 후, 그 사람이 대단해 보여 은근히 부러움을 느꼈다. 언젠가 나에게도 그 사람처럼 여행할 기회가 올까 하는 한 가닥 희망을 가져 보았다. 가뜩이나 역마살이 많은 나로서는 그 책을 다 읽고 나서도 한동안 들뜬 마음을 가라앉히기가 어려웠다. 세계지도를 볼 때마다 시베리아의 넓은 지역을 짚어보면서, 이곳의 환경은 어떨까, 연중 내내 얼음이 뒤덮여 있는 건지, 동식물은 서식하고 있을까, 그렇지 않으면 나무도 하나 없는 사막처럼 한 곳일까, 이렇게 여러 가지 생각을 하고, 언제든 기회가 주어지면 꼭 한 번 가봐야겠다고 굳게 마음먹었다.

세월이 흘러 나에게도 운이 있어 그런지는 몰라도 그 바라던 러시아 여행의 기회가 왔다. 나의 여행은 근본적으로 만행 공부이기에, 여행준비부터 전 과정이 다른 사람들과 조금 다른데, 언제나 최저비용에 그 지역 토속적인 서민생활을 기준으로 한다. 돈을 최대한 절약하다보니 고생이 이만저만 아니다. 예를 들자면, 가장 숙박료가 싼 숙소, 약간의 조건만 허용되면 역사나 공항, 그 지역 빈 창고도 마다 않으며 하루 저녁을 지내고 간다. 끼니는 그 나라 사람들이 생활하는 대로 시장에 가 음식재료를 사다가 손수 해먹고 다닌다. 그토록 바라던 시베리아 만행을 가게 되었으니, 이왕 그 쪽으로 가는 길에 북유럽 6개국을 돌아 볼 계획을 세워 출발 준비를 했다.

블라디보스토크

드디어 2003년 7월 21일 월요일, 김해공항에서 러시아 블라디보스토크로 가는 비행기에 몸을 실었다. 블라디보스토크는 러시아의 동쪽 국경 인근 지역으로 함경북도와 불과 40km 거리에 접해있는 도시이다. 과거 역사를 돌아보면, 일본의 압제하에 많은 우리 동족이 강제로 이주해 살았던 곳이기도 하다. 러시아에서는 극동지구 최대 도시로, 인구는 약 65만 명을 헤아리며, 19세기 말부터 20세기 초에 걸쳐 제정러시아의 적극적인 극동 정책에 따라 건설되었다. 지금은 군항, 산업항, 어항으로서 뿐만 아니라, 조선이나 수산 가공 등 공업중심지로서도 중요한 위치를 차지하고 있다. 무식한 내가 보기에도, 인간이 만든 방파제는 전혀 보이지 않고, 섬으로만 둘러싸여져 있어 안전하며, 아무리 큰 태풍이 불어도 끄덕하지 않을 정도로 천하의 천연요새였다. 시내 대중교통을 타고 다녀보면, 금방 이 도시가 중요한 군항도시라는 것을 느낄 수 있다. 버스나 전차를 타보면, 승객 5분의 1 정도가 해군수병들이다. 30cm 가량 길이의 칼을 왼쪽 허리에 비스듬하게 차고, 버스에 오르내리는 모습을 흔하게 보게 된다. 우리나라와 관계도 깊고 아픈 역사를 가진 이 도시는, 러시아 혁명 직후인 1918년에 시베리아 출병이라 불리는 일본군의 점령 하에, 수많은 러시아 주민들이 무고한 피를 흘려야 했다. 그런 아픔을 딛고 일어선 지금은, 러시아 공화국의 극동 창구로서 크게 변모하고 있다. 모스크바와 시차는 6시간이며, 거리는 약 9,300km이고, 1916년에 모든 방향으로 노선이 개통되었다. 블라디보스토크에서 모스크바까지는 대략 6박 7일 걸리는데, 이 노선에는 종류별로 많은 열차가 운행되고, 각 차별로 소요시간이 다를 것이다. 모든 교통 시간표와 상세한 여행안내는 생략하고, 다시 외로운 노승의 만행 출발 시점으로 되돌아가 보자.

패키지여행이 아니고, 혼자 하는 바랑여행이기에, 단단한 각오와 결심을 해도, 낯선 이국땅을 처음 간다면, 누구나 조바심과 걱정이 들것이다. 돈만 많이 있으면, 무엇이 걱정이랴. 패키지여행을 하면, 가이드가 인솔해 가니, 눈만 이쪽저쪽 많이 휘두르면 된다. 혼자 간다 해도, 한국에서 사전에 호텔 예약을 해 놓은 후, 공항에 마중하러 오라면 될 것이 아닌가. 또 현지에서는 택시 대절해 가이드와 관광한다면, 걱정할 일이 하나도 없을 것이다. 돈을 아껴 쓰다 보니, 예약도 못한다. 예약을 하면 그 비싼 호텔에서 자야 하니까, 나 같은 처지는 고생이 되더라도, 목적지에 가서 가장 싼 숙박지를 찾아야 하는 것이다. 그러다 보니 걱정이 앞서고, 마음이 무거울 때가 많다. 그때도 온탕과 열탕을 오가는 심정으로 이런 저런 궁리를 하는데, 옆자리에 있는 러시아 사람이 가방을 열어 놓고, 무엇인가를 확인하는 것 같았다. 가만히 앉아 있지 무엇 때문에 저렇게 부스럭거리나 싶어 눈을 뜨고 보니, 비행기는 벌써 블라디보스토크 상공에 도착해 있었다. 시간은 2시간 30분 걸렸다. 공항에 내려 입국 수속 창구를 보니, 드문드문 한국 사람이 보이기에, 좀 의지하고자 가까이 가서, '안녕하세요?' 하고 말을 걸었다. 블라디보스토크를 잘 아는 듯한 사람들은 좀 쌀쌀하며 냉정하게 대해주었으나, 나와 같이 이곳이 처음인 듯한 사람들은 온화하고 친절하게 인사말을 되돌려 주었다. 자신들 역시 익숙하지 못한 곳이라, 타인에게 도움을 받자는 심정인 것 같았다.

한 가지 문구가 떠올랐다. 같은 일에 욕심을 가지면 이내 적이 되고, 같은 일에 근심 걱정을 하면 이내 친해진다더니, 여기에도 해당되는구나 하는 생각을 하면서, 그 누구도 보지 않고 쏜살같이 공항을 빠져 나왔다. 그러다 보니 꼭 찾아와야 할 현금보유신고서도 발급받지 않고 나와 버려서, 나중에 핀란드 가는 열차 타고 그 서류 때문에 난처한 상황에 처했다. 어쨌든 공항을 나오며, '내가 누군데! 한국에서 제일 괴팍스러운 무구이다. 무엇 때문에 저런 맥 빠진 사람들에게 의지하려고 하는가. 내겐 육대주를 다 돌아다닌 노하우가 있다.' 라고 스스로를 추스르며 택시 승강장으로 갔다.

택시 운전사들이 서로 자기 차를 타라고 권했다. 나도 택시 운전사 얼굴만 보고도 좋은 사람 가려내는 데는 15단이다. 그 중에서 나이가 좀 들어 보이는 사람에게, 여기에서 시 중심가로 가려면 요금이 얼마 드느냐고 물으니, 미화로 50불이라 했다. 오는 비행기 안에서 옆 사람에게 이미 물어 본 적이 있었다. 그 비행기 도착시간에는 버스도 없고 택시를 타야 할 것 같다는 말을 해, 택시는 시내까지 얼마나 주면 되느냐고 물었더니, 미화 30불인데, 아마도 그 사람들이 바가지요금을 부를 것이다 해서, 그러면 얼마 달라 할까요 하니 곱을 달라 할 것이라 알려주었다. 말하자면 50불 정도는 달라 할 것이라고 들은 말이 있었다. 그래서 이놈이 바가지요금을 부르는구나 하는 생각이 들자, 그 즉시 돈 없다는 시늉을 하며, 이곳에서 제일 싼 숙소로 데려다 달라고 하니, 내 연기에 말려들어 10달러를 깎아 주면서 가자는 것이다. 일단 차를 타고 가면서 어떻게 해야 10달러를 마저 깎을까 연구를 했다. 사람은 표정 연기가 좋아야 한다. 지면상으로는 다 설명하기 어려우니, 꼭 알고 싶다면 다음에 나를 찾아오면 기꺼이 가르쳐 주겠다.

어느덧 시내로 들어와 가이드북에 소개되어 있는 블라디보스토크에서 제일 싸다는 호텔을 찾아왔다. 차를 세워 놓고 운전사와 나는 프런트에 가 방이 있느냐고 물으니, '풀(만원)' 이라 한다. 그러면 가격이나 알아보자 싶어 하루 저녁에 얼마냐고 물으니, 미화로 50불이라 한다. 한국에서 듣기로 러시아에서는 여름철이 관광시즌이라 예약 없이는 하루도 머무를 수 없다더니 진짜구나 하는 생각이 들었다. 상황이 다급해지다 보니, '부처님요, 오늘 저녁에 좀 봐 주소' 하고 속으로 한다는 말이 입 밖으로 튀어 나왔다. 그 호텔을 나와 운전사는 한참 생각을 하더니, 자기 핸드폰으로 전화를 해보았다. 나는 그 운전사 얼굴 표정만 살피고 있었다. 웃으면서 말을 하기에, 이제는 잘 되는구나 싶어 기다리는데, 전화를 마친 다음 나를 보고 '오케이'라 했다. 나는 기쁜 감정을 억제한 체, 역으로 데려 달라 했다. 그 운전사는 왜 그러느냐고 나에게 반문했다. 돈이 모자라 역에서 자야겠다하니, 눈이 둥그레졌다. '노, 노' 하며 역에서는 못 잔다는 것이다. 도둑놈, 부랑자가 많아 도저히 잘 수 없다 하면서, 나를 태우고 조금 전에 전화한 숙소를 찾아갔다. 프론트에 들어가 한참 이야기를 한 후 나오더니 차 트렁크 문을 열고, 내 짐을 꺼내면서 들어가자고 했다. 대충 알아들은 말로 그 호텔에서는 미화 35불 내지 40불을 받는데 내가 운전사에게 돈 없는 연기를 너무한 덕분인지 미화 25불을 받겠다는 것이었다. 수속을 마치고 방 열쇠를 받은 다음 운전사에게 요금을 40불 주니 10불을 도로 나에게 돌려주었다. 염려 말고 다 받아 가라 하니 한사코 10불을 손에 쥐어 주었다. 하도 고마워 두 손을 합장한 후 절을 하며, '생큐' 하고 보내 주었다.

죽을 약 위에 살 약이 있다더니 이럴 수가! 크게 나누어, 공산주의, 민주주의 하면서 적대정치로 경쟁하며 살고 있지만, 어느 곳이든 인간이 있는 곳에는 인정이 다 같이 작용하는구나라는 생각을 했다. '장단은 가가유요, 염량은 처처동이라長短 家家有 炎凉 處處同'는 말이 여기에도 적당 하겠다 하며, 내 방을 찾아 들어가 문을 열고 보니, 새로 시설한 집이라 방, 침대, 화장실 모두 깨끗하였다. 이 비싼 지방에 와서 너무 저렴한 가격으로 잔다 싶어 미안할 지경이었다.

다음날 여행 정보도 좀 알아보고 미리 예약해 두었던 열차표를 찾기위해 아침 일찍 택시를 불러 타고 한국인이 경영하는 여행사를 찾아 나섰다. 택시 운전사에게 주소 쪽지를 아예 건네준 뒤 주소대로 찾아가자고 하니 '오케이'라 했다. 그 지역이 대단히 복잡해서 여섯 번쯤 차를 세워 물어도 못 찾았다. 보고 있는 나도 대단히 신경이 쓰였다. 그러다가 안 되니까 핸드폰으로 전화를 해 보더니 나를 보고 웃으면서 문제없다 하면서 다시 차를 몰기 시작했다. 조금 더 가 어느 주차장에 차를 세웠다. 두리번거리며 찾아 들어가 보니 우리가 찾아야 할 여행사가 틀림없었다. 여직원이 안녕하십니까하면서 반가이 인사를 하였다. 운전사에게 차비를 주어 돌려보내고, 앉아서 여러 가지 이야기를 하다가 예매한 열차표를 찾아 일어서려는데, 그 여직원 하는 말이 3일 넘으면 거주 증명을 해야 한다기에 가슴에 화가 치밀어 올랐다. 올 때 러시아 영사관에서 입국허가를 받았으면 되었지 입국한 후 거주 증명이 무엇이냐는 말이다. 공산주의하는 나라들의 제도가 이렇게 매끄럽지 못하다는 말인가.

처음에 중국에 가서도 마찬가지였다. 정해 놓은 곳 외의 다른 지방에 갈 때는 허가를 얻어야 하고, 모든 공공요금, 즉 열차를 타거나 관광지 입장료를 외국인 요금이라 해서 3배정도 더 받았다. 이것을 처음 겪은 나는 참 이상한 나라라고 마음에 불만이 생겼다. 외국인이라 해서 무게가 더 나가는 것도 아니다. 그렇다면 열차를 타러오는 사람에게 몸무게를 달아 1kg 당 얼마씩 받으면 공평하지 않겠는가. 또 관광지에 가면 외국인이라 해서 눈이 네 개도 아니지 않는가. 중국인들이 두 눈으로 보는데 10원 한다면, 외국인이라고 50원을 내라고 하니, 이것이 공산주의자들의 일처리 방식인가. 공평성을 잃고 일을 처리하니 때놈 소리를 듣는 것이 아니냐 싶어진다.

거주 증명을 어떻게 받느냐고 물으니, 그 수속을 해 줄 수 있는 큰 호텔로 가야한다면서, 수수료가 20불이 든다는 것이다. 나중에 안 일이지만, 안 해도 괜찮은데, 결과적으로 그 것을 함으로 인해 상당한 곤욕을 치렀다. 그때는 처음이라 몰라서 20불이든 30불이든 해 달라 했다. 함께 택시를 타고 가자 해서, 어느 호텔로 갔다. 한참만에야 종이 한 장을 내 앞에 내밀면서 약간의 설명을 하였다. 다른 사람 같으면 여기에 3일 머무는 것으로 하지만, 스님이기에 러시아 전체 15일간 머물 수 있도록 한꺼번에 다 허가 받았으니, 어디를 가도 같은 수속은 하지 않아도 된다면서 주기에 고맙다고 받아 가방에 넣었다. 결과적으로는 나에게 불리한 서류였다. 며칠 후에 모스크바에 와서 호텔방을 수속하려는데 지난번에 머물렀던 서류를 보자기에 내 놓았더니 안 된다고 했다. 왜 그러느냐고 하니 이전 체류지에서 이미 15일로 거주 증명을 했는데, 모스크바에 3일 더 머문다고 하면 불법이라는 것이었다. 그래서 단단히 곤욕을 치른 일이 있었다.

그때는 아무것도 모르기에 모든 일이 잘되어 간다고 기뻐하면서 그 직원과 헤어진 다음, 향토 박물관, 블라디보스토크 중앙역, 중앙 광장, 잠수함 박물관 등의 관광지를 둘러보았다. 난생 처음으로 잠수함 안에 들어가 보니, 공간이 너무 협소하고 불편했으며, 안전성도 전혀 없어 보였다. 물론 바다 속으로 다니는 형편이기에 그 조건에 최대한 맞추어 설계하다 보니 그랬겠지만, 이쪽 칸에서 저쪽 칸으로 가는 문마저 원형으로 되어 있어 사람하나 겨우 빠져 나갈 정도였다. 또 한 칸에 들어서니, 침실인데, 층계 형이고, 침대 넓이가 열차 의자 넓이 정도이며, 승무원 6명밖에 잘 수 없는 비좁은 공간이었다. 기계나 성능 같은 것은 무식해서 모르고, 다만 잠수함을 타는 승무원이 안 된 것을 다행으로 여겨지며, 넓은 산속에 자유롭게 사는 중 된 것이 참 잘했다는 생각이 자꾸 들었다.

또 한 가지 말하자면, 돈 없는 배낭 여행자는 어떠한 곳을 가든지 그 지역 구시가지로 찾아가야 한다고 생각한다. 그 곳은 시장, 환전소, 값싼 호텔이 있으며, 열차, 버스를 비롯해서 모든 면이 편리하다. 고급스런 호텔, 상점 등은 주로 외곽에 세워져 있으며, 구시가지는 서민적이고, 빵 하나라도 헐값에 먹을 수가 있다. 내가 세계 각국을 다녀본 경험에 의해, 돈이 부족한 사람들은 겁내지 말고 물을 것도 없이 무조건 구시가지 중심으로 가라는 말로 권한다.

이르쿠츠 가는 길

이틀을 머문 다음, 7월 23일 P.M 4시 30분 발 이르쿠츠 행 열차를 타고, 바이칼 호수를 보기 위해 출발했다. 기대와 부푼 꿈을 가진 나는 차창밖에 스쳐가는 시베리아 벌판을 한 없이 바라보고 앉아 있었다. 7월 25일, 반복된 환경 속에서 배고프면 밥 먹고, 목마르면 물 마시며, 차창을 열 번 봐도 똑같았다. 지금은 여름철이라 온 천지가 풀밭이지만, 여기 오기 전에는 시베리아 하면 얼음판이 연상되어 조금 암울한 느낌을 가졌는데, 와서 보니 초원이 넓다고 소문난 호주나 뉴질랜드는 상대가 안 될 정도로 시베리아 벌판 전체가 풀밭이다. 혹시나 소나 양떼가 보이는가 싶어 바라보아도 흔하디흔한 날짐승 한 마리 없고, 다람쥐 새끼 한 마리 안 보였다. '이곳은 초원이지만 짐승들은 도저히 살수 없는 곳인가? 하기야 겨울이 되면 온 천지가 눈에 덮여 흰색으로 변해 버릴 것이다. 영하 40도가 아니면 추위라 하지 말고 400㎞가 아니면 거리라 하지 말라는 러시아 사람들의 속언처럼, 겨울 온도가 영하 40도가 오르락내리락 하는 곳에 무슨 짐승이 살겠나' 하고 혼자 앉아 생각해 보았다.

이틀간을 보아도 조금도 다른 환경이 없는, 내내 똑같은 초원뿐이다. 이제는 별다른 감정 없이, 그냥 의식과 무의식의 경계에서 습관적으로 보고 있을 뿐이다. 지루한 느낌이 들어, 다리 운동도 할 겸, 내가 먹을 수 있는 음식이 있나 싶어, 식당차에 한번 가보자고 복도로 나섰다. 더러는 복도 의자에 앉아 창문으로 바깥풍경을 구경하는 이도 있고, 책을 보는 사람들도 있었다. 식당차 메뉴에는 내가 먹을 수 있는 음식은 한 가지도 없었다. 음료수 같은 것도 대단히 비싸서 먹을 엄두를 못 내었다. 우리나라 속언에 '가깝지 않은 관계를 사돈네 팔촌' 이라 하는데, 식당차와 내가 바로 사돈네 팔촌이구나 하고 그냥 돌아왔다.

이 글을 읽는 사람들은 그러면 내가 무엇을 먹으면서 모스크바까지 갔느냐며 궁금해 할 것이다. 가기 전에 호텔에서 김밥 2줄, 빵 4개, 오이 4개를 준비해 열차를 탔다. 이것들은 열차에서 먹을거리가 여의치 않을 때 먹으려고 챙겨간 비상용이었다. 열차를 타고 보니 예상보다 사정이 더 나빠서, 이 비상식품으로 3일을 지내야겠다고 마음을 단단히 굳혔다. 물은 얼마든지 가져다 먹을 수 있어, 배가 고프면 물을 두 잔 마시면 허기진 배를 달랠 수가 있었다. 이르쿠츠에 와 계산해보니 미화 100불 정도 벌어서 기분이 좋았다. 물론 굶어서 번 셈이었다.

얼마를 더 달려 치타라는 큰 역에 도달하기에 차창으로 내다보니 철길이 여러 갈래 갈라져 있고, 차이나라는 글이 쓰여 있는 이정표가 붙어있었다. 그래서 러시아 사람들이 저 길로 중국으로 가는구나 하고 생각하며 지나갔다. 반복된 환경에 또 3시간 정도 가다가 다시 철길이 여러 갈래 갈라져 있고 꽤 큰 역에 닿았다. 이 역에서 10분간 정차했다. 승객들은 가벼운 차림으로 내려서 땅 냄새도 맡고, 지역민이 팔고 있는 먹을거리도 사며, 가벼운 운동을 했다. 나도 얼른 내려 둘러봤으나 내가 사야할 음식은 없었다. 차장들은 승강장 입구에서 사령부를 지키는 헌병처럼 근무복 차림으로 버티고 서있었다. 이정도면 모든 면에서 열차 운행은 안전하다고 봐진다. 그 역은 우란우데라는 역인데 여기에서도 몽골, 중국으로 간다는 이정표가 붙어있어, 지도를 보니 몽골과 아주 가깝게 국경을 접하고 있었다.

7월 26일 잠이 깨어 눈을 뜨고 차창 밖을 바라보니, 바깥 환경은 여전히 똑같고, 기차는 변함없이 잘도 달리고 있었다. 우선 커피 한 잔으로 해장을 한 다음 아침식사를 했다. 이 나라는 국토가 넓어 이쪽 끝에서 저쪽의 시차는 6시간 차이가 나는데, 모든 공식적 시간은 모스코바 시간을 기준으로 한다. 현지시간은 그 지역에서 사용하고 있지만 공식적이지는 못하다. 처음 가는 사람들이 간이역에 내리려면 시간상 상당한 착오를 일으킨다. 나 역시 그런 실수를 할까봐 염려되어, 미리 물어서 모스코바 시간에 맞추어두고, 시계를 보면서 이 시간에 내린다는 생각을 단단히 했었다. 저녁을 먹은 후 얼마나 잤는지 눈을 떠보니 9시였다. 한 시간만 있으면 내려야 한다고 급히 짐을 꾸리기 시작했다. 가이드북에는 차장이 두 시간 전에 깨워준다는데, 어째 깨워주지 않는단 말이냐 하면서 짐을 다 꾸려놓은 다음, 차장실로 가 다음역이 이르쿠츠냐고 물었으나 전혀 말이 통하지 않았다. 차장 역시 소통하려고 애를 쓰며 영어 비슷한 말을 하는데 도통 알아들을 수가 없었다. 겨우 '투모루 텐 어크록(내일 10시)' 이라는 한마디 말만 알아들었다. 오늘 저녁 10시가 아니고 내일 오전 10시라는 것을 짐작할 수 있었다. 고개를 끄덕하여 이해의 표시를 한 후 다시 내 자리로 돌아와서 실컷 누워 잤다.

바이칼 호수를 지나다

또 다시 눈을 뜨고 보니, 차창밖에는 안개가 자욱하고, 열차는 여전히 잘도 달리고 있었다. 창밖을 유심히 바라보니, 얇게 낀 안개 사이로 새파란 물이 나타났다. '아! 여기가 바로 세계에서 가장 깊다는 수심 1,620m인 바이칼 호수구나' 하면서, 차창 옆으로 바짝 다가앉아 눈이 빠지도록 바라보고 있었다. 호숫가의 나무, 돌, 물의 경치들이 영화 스크린 지나가듯 스쳐갔다. 얼마쯤 더 가니 끝이 보이지 않는 수평선이 나타났다. 호숫가에는 동네도 보이고, 휴가철이라 사람들이 군데군데 승용차를 세워둔 채 즐기기도 하며, 텐트를 쳐 놓은 곳도 있었다. 좀 어우러져 살고 있는 곳은 숙박시설 내지 상점도 제법 크게 차려놓은 동네가 더러 있었다. 나에게는 우리나라 댐이나 바닷가를 지나가는 기분이었다. 더 이상 감탄할 것 없는 상태에서, 40분가량 바이칼 호숫가를 지나갔다. 차장은 나더러 2시간 후면 이르쿠츠에 도착한다고 알려주었다.

나는 식견이 모자라, 바이칼 호수를 보고 느낀 것을 이런 정도 밖에 표현 못하는데, 다른 사람들은 대단하게 묘사한다.

바이칼 호수를 '시베리아의 파란 눈동자, 진주' 라며, 장엄하다고 대단한 평가를 한다. 옛날 시베리아 인들은 이곳을 호수가 아니라 바다라고 여겼다는데, 교통이 발달되기 이전 시대인즉 평생 그 끝을 볼 수 없는 수평선 때문에 그렇게 느끼고 말을 했으리라 믿는다. 나 같은 사람은 무슨 말을 하나 별 이목을 끌 수가 없지만, 그래도 세계적으로 이름난 명사들의 말이라면 믿고 전파되는 힘이 대단하다. 이름 난 러시아의 대문호 안톤 체호프는, 캐나다 로키산맥의 루이스 호가 절세미인이라면, 바이칼 호는 천하의 대장군과도 같이 늠름한 기상과 위엄이 있다고 표현하지만, 나는 그렇게 생각하지 않았다. 감상력과 표현력 그리고 식견이 부족해 그런지는 몰라도, 위에서 말을 했지만, 우리나라 어느 큰 댐이나 해변도로의 경치와 비교한다면, 바이칼 호는 30점이면, 한국의 경치는 80점 정도로 볼 수 있었다.

세상 사람들아! 생각을 해보라. 열차를 타고 가든 걸어가든 눈에 보이는 위치와 면적은 한계가 있는 법, 전체를 볼 수 없는 위치에, 눈이 빠지도록 봐도 극히 작은 면적을 보는데, 이렇고 저렇고 말을 만드는 사람들은 배가 불러 풍월 읊는 소리를 하거나, 그렇지 않으면 배가 고파 정신이 없어 헛소리 하는 것이라고 여겨진다. 수평선이 있는 걸 나도 봤지만, 수평선이 있는 호수가 세계적으로 어디 한 두 군데 뿐인가. 잘은 몰라도 열 개는 넘을 것 같다. 내가 생각하기로, 러시아 대문호 안톤 체호프가 표현한 말은 여러 나라를 돌아보지 못한 우물 안 개구리 생각이라고 봐진다.

내가 한번 캄보디아를 갔던 적이 있다. 출발지는 김포공항이었는데, 안개가 심하게 끼여, 오전 7시에 출발 예정인 비행기가 오후 8시가되어 출발했다. 그 비행기는 베트남 호치민(옛날 사이공)을 경유, 캄보디아에 도착해서, 국내선으로 갈아타고, 북쪽에 있는 관광지로 가는 일정이었다. 김포공항 안개 때문에 예약된 일정이 전부 어긋났다. 베트남에서 30분 정도 대기하다가 캄보디아로 건너는 비행기를 타야 하는데, 생각도 안한 호치민에서 하루저녁 자고 가야 했다. 그 지역도 여행 시즌이라 조금도 빈틈이 없었다. 캄보디아에 도착하니 국내선 항공마저 연결이 안 되었다. 할 수 없이 인솔자가 배를 타고 가야 한다고 말을 하니, 일행들은 각자 한마디씩 불평의 시를 읊기 시작 했다. 비행기를 타면 30분 걸리고, 배를 타면 4시간 걸린다느니, 지루하다, 또는 고생이 심하다, 또는 위험하다, 별의별 말이 다 나왔다. 그렇지만 나는 기분이 좋아서 뛰고 싶었다. 왜냐하면 비행기로 가면 그 넓은 호수며, 강가에 옹기종기 모여 사는 토속민들의 생활상을 하나도 볼 수 없기 때문이다. 배로 가기 때문에 참 좋은 것을 보게 되는 그 기쁨! 10 시간 넘게 비행기를 붙들어 둔 안개, 자연의 섭리에 감사드리고 싶었다.

드디어 우리 일행은 쾌속선을 타고 출발했다. 나는 아예 선실 내 자리를 비워두고 갑판위에 앉아, 물가에 자리 잡은 마을이며, 6대째 산다는 배 집, 밭에 일하는 농부, 고기잡이 어부 등 그 나라 토속민들의 생활을 관심 깊게 보았다. 나도 외국을 좀 돌아보았지만, 그때 여행처럼 그 나라의 생활 진수를 본 일이 별로 없었다. 두 시간 쯤 강을 따라 올라가니, 그때부터는 큰 바다와 같은 호수로 들어갔다. 얼마나 넓은지 끝을 헤아릴 수 없었다. 40분쯤 더 가니 온 사방이 수평선이었다. 호수라는 개념은 없어지고 영락없이 바다로 느껴졌다. 태평양, 아니 인도양, 대서양이라 해도 믿을 정도였다. 조금 가다보니 현지인 가이드가 나오기에 이 호수가 얼마나 크냐고 물었더니, 정확히 모르지만 들은 말로는 우리나라 경상북도를 이 호수에 집어넣으면 아무 걸림 없이 풍덩 들어간다더라고 대답했다. 왜 내가 캄보디아 이야기를 하는가 하면, 세계에 있는 호수 중 바이칼 호수 못지않은 호수가 많이 있다는 것을 말하기 위함이다. 바이칼 호수가 천하대장군의 기상이라고 표현한다면, 나는 캄보디아에 있는 그 호수가 천하대장군을 길러낸 어머니의 호수라고 칭하고 싶다. 모든 사람마다 느끼는 감정은 다르겠지만, 이런 연유로 나는 바이칼 호수를 보면서 대단치 않게 느끼고 지나갔던 것이다.

이르쿠츠

바이칼 호수를 지나 두 시간 정도 더 가서, 7월 27일 오전 10시 16분에 2차 목적지인 이르쿠츠 역에 도착했다. 블라디보스토크에서 출발해 3박 4일 걸린 셈이었다. 이르쿠츠라는 도시는 '시베리아의 파리' 라 불리고, 오늘날 인구는 50만이 조금 넘는 행정수도이자 문화와 무역의 중심지이다. 그리고 예로부터 모피와 홍차 무역상들의 중개지, 망명객들과 죄인들의 은거지로 알려졌고, 금을 캐러왔다가 하루아침에 부자가 된 사람들로 역사가 이어졌다는 도시이다. 이르쿠츠의 이러한 역사적 배경 설명은 그 당시 나에게는 쓸데없는 군소리로 여겨졌고, 어서 나가 바가지 안 쓰고, 저렴하며 깨끗한 숙소를 구해야지 하는 생각이 꽉 차 역을 빠져 나왔다.

장단은 가가유요 염량은 처처동이라더니 사람 사는 곳은 어디든지 다를 바가 없었다. 많은 사람들이 눈을 반들거리며 나오는 사람들을 훑어보고 서있는가 하면, 택시운전사들은 서로 자기 차를 타라는 권고의 말을 한다. 우선 다음 목적지인 모스크바 행 열차표부터 예약해야 이곳에 머무를 날짜를 정할 수 있었다. 그래서 표를 사기 위해 여행 수첩에 있는 묻는 말 한마디를 찾아내, 예약하는 데가 어디냐고 여기 저기 묻고 다니다가, 간신히 그럴싸한 곳을 찾았다. 그 창구에는 제법 줄이 길게 늘어서 있어 나도 그 끝자락에 섰다. 한 40분이 지나서야 내 차례가 되어, 여권과 목적지, 열차 등실을 적은 쪽지를 내밀었다. 그 직원이 보더니 여기가 아니다 며 다른 데로 가라한다. 환장할 지경이었다. 다른 데가 어디라고 똑바르게 가르쳐주지도 않은체 더 이상 말도 없이 다음 사람의 차표 발급 수발을 하고 있었다. 말도 통하지 않아 물어 볼 수도 없는 형편에 난감한 감정이 들었다. 누구를 원망할 수도 없는 실정이라 멍하니 서서, 하늘아래 제일 무능한 사람이 바로 여기 있구나 하는 생각이 들어, 역 천장을 바라보고 있었다. 동쪽, 남쪽도 모르지만, 내 생각으로 남쪽이다 싶은 벽 쪽을 보니, 러시아어로 위아래 글을 써 붙여 놓았기에, 막무가내 열고 들어가니, 매표 카운터 같이 보이는 곳에 직원이 앉아 있었다. 여기가 외국인 예약 하는 곳이냐 하니, '예스' 라 했다. 숨을 크게 들이쉬고, 머리에 식은땀을 훔친 뒤, 여권을 보여준 후 예약을 했다. 돈을 지불하는데 미화를 주니, '노' 하며 안 받았다. 가이드북에 달러를 주어도 된다는데 싶어 자꾸 들이미니, 웃으면서 옛날에는 일시적으로 그렇게 한 적이 있었지만 지금은 법이 바뀌어 안 된다는 것이었다. 할 수없이 밖으로 나와 환전소를 물었더니 이르쿠츠역에는 없었다. 달러 한 장을 꺼내들고 '머니 첸지(환전)?' 하며 물으니, 택시운전사가 알아듣고, 자기차를 타라고 했다. 돈을 환전해서 여기까지 오는데 얼마냐고 하니, 달러 5불을 달라기에 '오케이' 하면서 가자고 했다.

큰 다리 하나를 건너 시내에 있는 호텔로 가 환전한 다음 다시 역으로 와 열차표를 구입했다. 그 다음으로 해야 할 일이 숙소 구하는 일이라, 가이드북에서 제일 저렴한 호텔을 가려내어 손에 들고, 택시를 찾아보았다. 택시를 타면 바가지는 좀 쓰지만, 낯 설은 곳에 와 값싼 숙소를 찾으려면, 요금을 조금 더 주더라도택시를 타는 편이 유리하다. 운전자들은 지역민이다 보니 그 지역 실정을 환하게 잘 알고 있다. 내가 몇 나라를 다니면서 체험해본 결과, 택시를 이용하는 것이 수월한데다가 돈 아끼는 노하우라는 생각이 든다. 그래서 택시를 타고, 조금 전에 환전하러 갔던 다리를 건너 얼마 안가, 구시가지 같은 도로 변에 차를 세웠다. 손가락으로 가리키면서 저기라고 하기에 아무리 봐도 호텔 같지 않았다 .의심스러워 같이 가보자고 하여, 차에서 내려 보니, 값싼 호텔이 틀림없었다. 우리나라를 비롯해서 다른 나라에는 고급이든 아니든 간에, 호텔하면 입구에 간판이 크게 붙어있고 네온불도 이목을 집중하게끔 해 놓았는데, 러시아 땅에는 그렇지 않았다. 호텔부터 은행, 박물관, 모든 중요시설물이 입구가 어디인지 찾기 힘들 정도로 대부분 허술하다. 처음 간 나는 무슨 영업집 앞이 이러냐고 생각하면서, 방이 있느냐 하니 없다는 것이었다. 할 수 없이 운전사에게 다른 집을 데려다 달라고 눈짓을 하니, 차에 와 앉으면서 택시비를 달라했다. 지금껏 내가 알기로, 숙소로 데리고 가는 운전사가 자기가 목적한 집에 방이 없으면 전화라도 해본 후, 방이 있는 다른 숙소로 데려다 주는 것이 보편적인 일이었다. 그런데 그 사람은 여기까지 온 차비는 먼저 계산해 주고, 다른데 가는 요금을 또 내야 한다는 것이다. 이런 일은 천하에도 없는 일이다 싶어 기가 차 노려보고 있는데, 운전사가 차비를 빨리 안준다고 괴성을 버럭 지르면서 손을 끄떡 올리기까지 했다. 나도 반사적으로 얼굴을 옆으로 피하면서 재빨리 그의 손목을 잡았다. 열이 꽉 차올라 '이 자식, 뭐 이런 놈이 있어' 하고 고함을 치며, '이 새끼 내려와. 때려죽여 버린다' 하면서, 택시 문을 박차고 내리는데, 검은 승용차 한 대가 바로 뒤에 다가와 섰다.

한 사람이 급히 내리면서 '스님, 왜 이러 십니까' 하며 우리나라 말을 하기에, 뜻밖의 일이다 싶은 생각이 들어 반가워 덥석 손을 잡았다. 그 사람이 왜 그러느냐고 다시 물어, 자초지종 일어난 일을 자세히 말해 주었다. 웃으면서 알겠다 하고, 택시 운전사에게 러시아어로 무엇이라 이야기를 하더니, 차비를 주어 보내라 해서, 5불을 주어 보냈다. "스님, 성격이 대단하신데, 러시아에 와서 주눅 들고 겁나는 것이 없습니까" 하며 웃으면서 말을 했다. 언제 죽어도 죽을 몸, 천성마저 비굴하게 쓰면서까지 살지 않겠다고 했다. "그 운전사도 보통사람이 아닙니다. 이르쿠츠에서 그 사람들 패를 다 겁내는 실정입니다. 스님의 성깔에 기죽는 것 보면 스님께서 보통사람이 아니라고 봐 지네요. 나도 지금 여기에 볼일이 있어온 것은 아닙니다. 저 위에서 누구와 만나 이야기를 하는데, 저도 모르게 이곳에 급히 가야겠다는 맘이 일어나 와보니 이러네요." 하며 웃었다. 그런 뒤 호주머니에든 휴대폰을 꺼내어 전화를 하더니, 지나가는 택시 한대를 잡고, 상세한 주소를 가르쳐주면서, 나를 그곳으로 데려다 주라며 신신당부를 했다. 요금 러시아돈 100루블, 미화로는 3불이었다.

그 차를 타고 간 곳이 러시아 교포 2세 유씨라는 사람이 민박을 경영하는 곳이었다. 앞문은 러시아식으로 허술하기 짝이 없고, 현관도 폐허가 된 집 같았다 정이 뚝 떨어져, 나가 버리려는 생각을 하는데, 주인이 내 가방을 들고 이층으로 올라가면서 날더러 따라오라는 것이다. 어쩔 수 없이 따라가면서, 이왕 왔으니 오늘 저녁만 지낸 후, 날만 새면 다른 데로 옮긴다 하며 들어가 보니, 생각 외로 별천지였다. 모든 구조를 새로 꾸며 놓았고, 부엌, 화장실, 침대며 어느 하나 미비한 것이 없었다. 결론적으로 말하면 어느 도시 별 3개짜리 호텔보다 좋아 보였다. 기분이 상쾌하고 좋아서, 열차로 오느라 목욕도 못해 피로에 지친 몸을 따뜻한 물로 씻고, 저녁을 해먹었다. 그 집은 하루에 미화 25불정도 받는데, 아침식사 포함해서였다. 가격은 싸고 깨끗해서, 마음에 부담 없이 쉬어가도 좋을 집이었다. 대체적으로 러시아 집을 보면 겉과 앞은 보잘 것 없는데 속에야 말로 잘해놓았다. 우리나라는 겉모양과 앞은 화려하게 해놓고 속은 협소한데다가 별로 좋지 못한 것이 다반사이다. 러시아는 그 반대로 어디를 가나 입구와 겉모양은 볼품이 없어도 속에는 깨끗하고 실속 있게 해 놓은 것이, 과거 우리가 배워온 유교예절인 겉치레 보다 속치레를 잘해야 된다는 어른님들의 교훈을 러시아에 와서 보게 되는 것 같다.

주인 유씨는 부모와 블라디보스토크에 살다가 30년 전에 이곳, 이르쿠츠에 이사해왔고, 지금은 정이 넘치는 부인 및 아들 둘과 함께 살고 있었다. 부인은 고려족이지만 조선말은 한마디도 못했다. 러시아 말 밖에 몰라도 내외는 참 친절한 데다가, 모든 면에서 안내를 잘해 주었다. 말이 통하니, 내가 관광지에 대해 물으면 상세히 답해주면서, 다른 많은 지역도 소개 해주었다. 그간 언어불통에다가 낯선 곳이라 좀 답답함을 느끼고 있었는데, 오랜만에 우리말을 하니 속이 시원해졌다.

하루저녁을 지낸 후, 아침 일찍 시내로 들어가, 가이드북에 소개된 대로 하나하나 찾아다니면서 구경을 했다. 이르쿠츠 시내가 작고, 별로 볼 것도 없는 곳이라, 발 빠른 젊은 청년들은 한나절 걸어 다니면 족할 듯했다. 나도 어지간히 돌아본 뒤, 재래시장 구경이나 하자싶어 찾아가니, 역시 사람 사는 곳이 비슷하다는 느낌이 들었다. 우리나라 시장과 별로 다를 바 없었다. 옷가게며, 그릇가게, 야채시장, 과일가게 할 것 없이 똑같았다. 이리저리 둘러보다가 먹을 과일과 빵, 저녁거리 준비로 감자, 양배추, 양파 등 몇 가지를 사들고 나서, 시계를 보니 오후 3시 30분이었다. 시간 여유가 있다 싶어, 전차를 타고 시내 구경이나 할 요량으로, 전차 승강장으로 가서 줄을 섰다.

그곳은 시장 입구라 많은 사람이 내리고 타는 아주 붐비는 곳이었다. 어느 나라든 간에 내리는 사람이 다 내린 다음 타야 하는데, 하차 승객이 내리고 있는 도중 한 젊은 사람이 옆으로 비집고 올라갔다. 오십대로 보이는 사람이 내리면서, 그 청년을 보고 무엇이라 나무라는 것 같았다. 내가 짐작키로, 내리고 난 다음 타야 할 것 아니냐는 말을 하는 것 같았다. 그런데 청년은 전차 계단에 올라서면서, 왼쪽 손으로 나무라는 사람의 얼굴을 때리는 시늉을 하며 들이댔다. 그러자 그 사람이 화를 버럭 내면서, 내리다 말고, 그 청년을 향해 다시 전차 안으로 들어갔다. 나도 차례가 되어 3개의 계단으로 된 전차 발판을 두 계단 째 올라서는 순간, 안에서 퍽 소리가 들렸다. 마지막 계단에 올라서서 보니, 그 젊은이는 저쪽 출입문에 있는데, 오십대 남자는 이쪽에서 자기가 가지고 온 시장바구니에서 액체가 담긴 유리병을 꺼내 던진다. 분하기는 하겠지만, 여러 사람이 타고 있는 전차 내에서 유리병을 던진다는 것은 좀 상식 밖의 일이다. 미워서 그 청년에게 던진다 해도 꼭 그 청년이 맞는다는 보장도 없으며, 옆에 있는 사람들이 다칠 가능성이 90%이다. 그런데도 그 남자는 우리나라에서 사용하고 있는 벌꿀 병 같은 것을 또 하나 꺼내어 던졌다. 이것을 본 청년은 잽싸게 피했지만, 그 병은 의자 모서리에 부딪혀 박살이 났다. 그쪽으로 앉아있던 사람들이 모두 놀라 일어서서 이쪽을 보고 있는데, 그 사람은 또 한 개를 꺼내기 위해 엎드렸다. 이것을 본 청년이 달려와, 엎드리고 있는 사람의 가슴을 힘껏 차버렸다. 발로 채인 사람은 얼굴이 새파래지면서 입에 거품을 물고 쓰러지니, 이 광경을 본 사람들은 가격한 사람은 두고, 쓰러진 사람을 일으켜 세우면서 어찌할 바를 몰라 했다. 그사이에 발로 찬 청년은 어느새 앞문으로 뛰어내려 사라져 버렸다.

동서를 막론하고 어느 나라든 간에, 자기 잘못은 모르면서 자신에게 기분 나쁘게 했다고 치졸한 행동으로 보복하는 사람들과 본인이 알든 모르든 사회도덕상 실책을 범했으면 '아, 내가 잘못 했구나' 하고 반성을 해야 하는데 그런 것을 반성할 줄 모르는 사람들이 많다. 그들에게는 법도 멀고, 그 즉시 따끔한 맛을 보여줄 필요가 있다는 것을 또 한 번 느꼈다. 내가 러시아에 온지 며칠 되지 않았지만 이 나라 사람들만큼 더 과격한 사람들은 없을 것 같았다. 그러나 세상만사가 영 버릴 것이 없는 고로, 방금 전 벌어진 어이없는 일에서도 한 가지 배울 점이 있다면, 개인은 물론 국가 간에 싸울 때는 잔손질이나 뜸 들일 것 없이 한방에 끝내야 옳다는 생각을 하면서, 다른 전차를 타고 낯선 지역을 구석구석 돌아다녔다. 3시간 정도 돌고나니 싫증이 났다. 그래서 숙소 가깝게 여겨지는 곳에 내려, 3번 버스를 타고, 숙소를 찾아갔다.

다음날 모스크바로 가기 위해 이것저것 준비를 하는데, 주인 유씨가 와서 '여기까지 온 김에 바이칼 호수를 구경하고 가시지요?' 하며 권했다. 나는 블라디보스토크로부터 이르쿠츠로 오는 열차에서, 40분 넘게, 길이로 말하자면 60km정도 바이칼 호수를 구경했다. 앞에서도 말했지만, 아무리 봐도 한정된 부분 밖에 볼 수 없고, 경관이란 물, 나무, 돌 삼박자가 핵심을 이루며 잘 어우러져야 하는데, 한 가지가 빠진 듯한 바이칼 호를 더 볼 생각은 없었으며 우리나라 땜을 보는 것과 다를 바가 없었다. 그렇다면 시간과 돈을 낭비 해가면서 꼭 바이칼 호수를 볼 필요가 없다는 생각이 들었다. 본래 이루쿠츠에 내릴 때는 바이칼 호수에 가기 위함이었고, 또 행선지가 반대가 되어 모스코바에서 블라디보스토크로 가게 되었더라면 필히 바이칼 호수로 갔을 것이지만, 블라디보스토크에서 오는 도중에 이미 봤기 때문에 그곳에 가는 것을 취소하였다.

다음날 모스크바 시간 16시 35분발 열차를 타기 위해 숙소를 나오는데 주인 유씨가 자기 승용차로 역까지 실어다 주어서, 대단히 감사하다며 작별인사를 하고, 주인이 아는 모스크바 민박집에 연락을 하여 기차역까지 마중 나오도록 부탁한 다음, 대합실로 들어갔다. 한 시간 넘게 기다리다가 시간이 되어가기에 열차를 타려고 승강장으로 나갔다. 그러나 몇 번 홈, 몇 번 열차를 타야 할지 몰라서 이리저리 헤매고 있는데, 고려족 같은 사람과 눈이 마주쳐, 내가 먼저 "안녕하십니까?" 하니, 이내 미소를 지으면서 "어디로 가십니까?" 하고 물었다. 나는 반가운 마음에, 모스크바행 열차를 타야 하는데 어딘지 잘 몰라 헤매는 중이라고 하니, 그 젊은 사람은 내 표를 받아들은 다음 두 사람에게 묻더니, 내가 타야 할 열차와 칸까지 가르쳐 주었다. 얼마나 고마운지 감사의 인사를 나눈 뒤 헤어졌다.

모스크바 가는 길

자리에 앉아 차창 밖으로 지나가는 시베리아 초원을 또 보고 있으니, 종족에 대한 생각이 떠올랐다. 종족이라 함은 같은 혈통을 가지고 역사와 문화, 언어, 관습이 같은 사람들이라는 것을 나는 알고 있다. 그런데 내가 생각하건데, 다른 나라의 종족들은 그렇지 않다 싶은데, 유독 우리나라 사람들에게는 통일되지 못한 여러 명칭을 붙여 쓴다. 동족이라면 어느 나라에 살던 통일된 고유 명칭이 있을 것이다. 내가 왜 이런 말을 하느냐 하면 중국 동북에 가보니 우리 종족을 조선족이라 했다. 얼마 멀지 않는 시대에 조선이 있었다. 그래서 동북에 사는 사람을 조선족이라 하는 건가? 그러면 러시아에 사는 사람들도 조선족이라고 하는가? 그렇지 않다. 러시아에 사는 사람들은 고려족이라 한다. 역사상 고려가 있어 근거는 있다. 이상하게도 중국은 조선족, 러시아에는 고려족이라면, 대한민국에 살고 있는 우리는 무슨 족일까 하는 의문이 생긴다. 이북사람들이 남조선, 북조선 운운하니, 그렇다면 내 개인적인 생각으로, 남한족, 북한족이라 하면 제법 설득력이 있어 보인다. 요사이 북한에서 넘어온 사람들은 북한족도 남한족도 아닌 탈북(가)족이 된다. 미국 LA에 사는 사람들은 LA족, 일본에 사는 한인들은 일본족이라고 부른다면 그놈의 족은 많기도 하다. 이런 것을 생각하니 한심한 감정이 들고, 큰 문제의식이 느껴진다. 말로는 선진국 문턱에 있고, GNP가 몇 만 불이니, 세계 경제력이 10위권에 드느니, 수캐 뭐 자랑 하듯이 우쭐대면서, 우리 종족의 명칭하나 뚜렷하고 명백하게 못 정한 우리네 국가가 아닌가. '대한민국' 이라는 말도, 아시아 대륙의 자그마한 반도 아랫부분에 사는 일부분 사람들이 자기네끼리 지어 부르는 허명이구나 하고 느껴진다. 국호는 대한민국이라면서, 세계적으로 통하는 이름은 왜 대한민국이라 못하고, 코리아라

하느냐는 반문이 생겨도 많이 생긴다. 그렇다면 대한민국이라 하지 말고, 차라리 고려라 하는 편이 역사적으로나 시대적으로 맞을 것 같다. 중국에 사는 사람들도 이제는 고려족이라 하고, 러시아에 사는 사람들은 본래부터 고려족이라하니 되었고, 북한족, 남한족, 탈북족 할 것 없이 다같이 고려족이라 하면 좋겠다. 그리고 태극기, 인공기, 한반도기 같은 것은 뭉쳐서 태평양 바다에 던져버리고 고려기를 제작해 높은 깃대에 달고 흔들어 쓰며… 하는 생각을 하는데, 차창 가에는 또 자작나무와 소나무 같은 침엽수 숲이 지나갔다. 블라디보스토크에서 모스크바로 가는 도중, 풍경은 전과 비슷하다. 드문드문 자작나무와 소나무 숲이 지나가고, 넓게 펼쳐진 초원 위에는 여름 때 이름 모를 들꽃들이 각양각색으로 피어있으며, 파란하늘에는 뭉게구름들이 시원하게 떠 있었다.

7월 29일. 눈을 떠 보니, 기차는 역시 제 속력으로 열심히 달리고, 가도 가도 변함없는 드넓은 초원의 지평선 위에 해가 떠올랐다. 얼마간 지나니 배가 고파, 먹을 것을 꺼내어 아침식사를 한 다음, 홍차 한 잔을 앞에 놓고, 한 없이 차창을 바라보면서 흥얼거려 보았다.

달리는 열차 속에서 지평선을 바라보니
올 때 벗어 던진 때 묻은 헌옷이 그리워지네.
가는 곳 마다 땅 설고 물 설은 타국에서
잠자리 겨우 찾아 깃들만하면 떠나야하니

돈 없는 바랑 여행자의 숙명이런가.

차창밖에는 부슬비가 내렸다. 기차는 모스크바를 향하여 열심히 가고 있었다. 얼마를 더 가니, 평지만 보이던 풍경에서 산 같은 언덕배기가 스쳐 지나갔다. 기차는 좀 시끄러운 소리를 내더니만 이내 짧은 굴 두 개를 지나갔다. 산을 하나 넘어가는 기분이 들어 지도를 펴 보니, 우랄산맥, 해발 403m 고개를 넘는 중이었다. 이 우랄 산 정상을 기준으로, 남동서로 달리는 열차 속에서 북을 보고 팔을 벌리면, 왼손은 유럽, 오른손은 아시아 대륙이라고 한다. 이 고개에서 대륙분계까지의 거리는 1,777㎞이고, 이 분계를 중심으로 서쪽으로 떨어진 빗물은 유럽의 볼가 강으로, 동쪽으로 떨어진 빗물은 아시아의 오브 강으로 흐른다고 한다. 하도 심심해서 사탕 한 알을 꺼내 먹는 사이에 열차는 우랄산맥 고개를 넘어 지역적으로는 아시아에서 유럽으로 넘어 왔다.

모스크바

7월 31일, 기나 긴 대륙횡단 여정을 마치고, 종착역인 모스크바에 도착하는 날이었다. 하늘에는 구름 한 점 없이 청명했으며 벌판의 초목들은 한층 더 싱그러워 보였다. 정각 5시 30분이 되자, 열차는 속력을 줄이고, 서서히 야로슬라불 역에 정차했다. 모스크바 땅 위에 발을 올려놓는다는 생각을 하니 기뻤으나, 6박 7일을 타고 왔던 열차도 정이 들어, 막상 내리자니 무엇인가 모르게 섭섭함이 느껴졌다. 그 당시 내 기분이 즐겁지만은 않았던 또 다른 이유로는, 항상 돈을 절약하기 위한 부딪힘과 전혀 의사소통이 안 되는 낯선 이국땅에 있다는 부자유스러움도 한몫을 하였다. 그래서 나의 심정은 늘 안개가 자욱 낀 하늘에 부슬비가 내리는 것 같았다. 그러나 본래 내가하는 만행은 그런 것이 의미이고 기본이기 때문에, 단단한 각오를 하면서, 배낭을 짊어지고 남들 따라 내렸다.

땅에 발을 디디니 중심이 안 잡혀, 진기가 다 빠져 나간 듯이 뒤뚱뒤뚱해졌다. 한참 서서 땅의 기를 빨아올리며 워밍업을 했다. 떡 가루를 아주 세밀하게 갈아 체 위에 담아 놓아도 밑으로 흘러내리지 않는다. 체를 흔들어야 비로소 가루가 내리듯이, 6박 7일로 열차가 흔들어 놓았으니, 내 진기가 다 빠져 나갔다고 생각해 보았다. 그러면서 보니, 러시아 사람이 한글로 나의 이름을 써 들고 있어, 한편으로는 반가웠으나, 돈이 더 든다는 생각을 하니, 별로 반갑지가 않았다.

숙소에 와 보니 한국 사람이 경영하는 민박이었다. 오래된 아파트 내부를 좀 개조해 꾸민 집인데, 창이 밝지 않고, 시원하지도 않아, 껌껌한 분위기였다. 솔직히 말하면 도둑놈 굴 안 같았다. 거기다가 식모는 이북에서 온 사람 같고, 겉으로는 손님이라 친절하게 하는 척 해도 속으로는 그렇지가 않았다. 끈끈하면서 부정적인 감정이 흘렀다. 나중에 알고 보니 그 집 내외가 예수교 선교사였다. 처음부터 아무것도 모르는 상황이기는 하지만, 기분이 좋지 않아, 도저히 그 집에 있고 싶지가 않았다.

8월 1일. 아침을 먹고 가이드북을 훑어 본 나는, 다른 싼 숙소를 찾기 위해 바랑을 챙겨 나오면서 일박한 숙박비로 30달러를 준 뒤, 택시 한 대 불러 달라고 해, 차가 오기에 무조건 그 집을 나왔다. 조금 오다가 차를 세워놓고, 지도를 펴 보이면서 여기를 가자 하니, 한참 살펴보더니 '오케이' 하며 고개를 끄덕였다. 숙박한 곳은 동쪽인데 갈 곳은 서쪽이었다. 목적지 근처에 와서는 운전사도 잘 몰라 몇 번 물었는데도, 왔던 길로 다시 오고가고 해, 앉아 있으니 신경질이 일어났다. 그래도 낯선 모스크바라 꾹 참은 체, 용만 쓰고 있었다. 왔던 길을 몇 번 왕복하더니 근근이 물어서 찾았다. 나중에 보니, 그 집 앞을 두 번이나 지나갔다. 운전사 더러 수속을 좀 해 달라고 하면서 손짓 발짓을 했더니 알아들은 그는, 내 여권과 몇 가지 서류를 들고 카운터에 가서 줄을 섰다. 한참만에야 차례가 되어 서류를 들이 밀면서 말을 하니, 거기서는 안 되고, 다른 창구를 가라는 것이다. 성질은 급한데다가 열이 오르지만, 운전사와 함께 찾아 나섰다. 같은 건물인데 돌아서 가야했다. 거기에도 사람이 밀려, 줄을 서서 30분정도 기다린 다음, 내 차례가 되어 서류를 내미니, 한참 이리보고 저리 보더니 또 안 된다는 것이다. 왜 그러냐고 물어 보려 해도 말이 안 통해 물어 볼 수도 없어 미칠 지경이었다. 옆에 있던 운전사가 몇 마디 하더니, 서류를 도로 받아들고, 패잔병 모양을 하며 나왔다. 그와 나 사이에도 말이 안 통해 물어보지도 못하는 처지라, 숨통이 막혀 죽을 지경이었다. 그래서 하늘만 쳐다보고, 한참 서 있었다. 그러다가 그 운전사가 사무실 의자에 앉아 서류를 손가락으로 가리키면서 러시아 말로 설명했다. 가만히 들어보니 안 되는 이유가 드러났다.

앞에서도 말했듯이, 블라디보스토크를 거쳐 올 때 한국 사람이 경영하는 여행사 직원인가 개똥인가, 거주증명을 해야 한다기에 해 달라고 했다. 다 된 서류를 나에게 넘겨주면서, 러시아에 여러 군데를 방문한다고 하니, 편의를 위해 여기에다가 한꺼번에 거주증명을 해 놓았으므로, 다른데 가서는 안 해도 된다는 것이다. 내가 미처 생각 못 한 것까지 해주어 대단히 감사하다고 인사를 했다지 않았는가. 그렇지만 그것으로 인해 곤욕을 치르게 된 것이다. 왜냐하면 거기에서 15일 머문다고 다 기재했는데, 지금 여기에서 또 이삼일 더 머무른다 하면 서류 기재가 맞지 않다는 이유였다. 나에게는 원망이 생겼다. 뭣도 모르고 송이장사 한다더니, 물정도 모르면서 무슨 여행사를 한다고 여러 사람 골탕 먹이겠네 하는 말을 흘리며 문서를 다시 보는데, 운전사에게 전화가 왔다. 몇 마디 하더니 수화기를 나에게 내민다. 받아본 즉 숙박집 여자였다. 대뜸 하는 말이 왜 바쁜 운전사를 잡고 안 보내느냐 하면서, 대단히 안 좋은 어조로 말을 했다. 울컥 올라오는 기분이 들어 좋지 않았다. 나도 양심이 있고, 사리판단을 하는 사람이다.

마음 한 구석에 시간을 다투는 운전사를 잡고 있으려니 마음도 편치 않았다. 그래서 돈이라도 더 주어 보낼 양으로 먼저 생각을 했었다. 그러나 모든 것이 내 탓이다 싶어, 꾹 참으면서, 곧 보내겠다고 좋게 말했으나, 그 여자가 운전사에게 돈부터 주라고 명령조로 말을 했다. 한국 같으면 한마디 크게 욕이라도 해주고 싶었으나, 참아보자는 마음이 앞서 참고 넘어갔다. 전화를 끊은 후, 그 숙박은 안 된다하니, 다른 장소를 가리키면서, 이곳에 데려다 달라하니, 그 운전사는 고개를 끄덕인다. 다시 차를 타고 갔다. 뒷좌석에 앉아 시내를 볼 정도 없어, 눈을 지그시 감은 체, '부처님께서 오늘은 좀 안 봐 주네. 오늘만 좀 봐주면 좋겠다' 하면서 눈을 떠보니, 요놈이 나왔던 숙소로 다시 들어가고 있었다. 이 자식 내가 시키는 대로 안가고 왜 여기를 왔지 하면서 멍하니 앉아 있는데, 운전사는 내려 숙소 안으로 들어가 버렸다. 조금 있으니 숙박집 여자와 같이 나왔다. 나더러 진작 그런 말을 했으면 알아 조치를 해 드릴 것인데 하면서, 다른 민박집을 소개해 줄 테니 가자고 했다. 전화 한 통화를 해 보더니, 손짓을 해, 그 차를 도로 잡아타고 갔다.

가면서 그 집은 크렘린 궁 근처에 있기 때문에, 다른 교통수단을 이용 하지 않아도, 걸어서 모스크바 구경을 다 할 수 있다 했다. 그 말이 떨어지자, 제법 큰 호텔 뒤 주차장으로 들어가 차를 세워놓고, 다시 전화를 하니, 고려족 같은 국산품 인간이 나타났다. 머리는 뒤로 묵고, 장대한 체구에 미소를 지으면서, 나를 보더니 두 손을 합장하고 인사를 했다. 나도 같은 동작으로 답례했다. 가까이 와서 뒤 트렁크를 열어 내 배낭을 꺼내들고, '스님, 갑시다' 하기에 내가 내리니, 팔을 잡고 부축해 주었다. 야! 이거 웬 일이냐 하면서 기분이 매우 좋아졌다. 오늘도 부처님께서 봐 준 것이 틀림없다고 생각하며, 그를 따라 다른 차로 옮겨 탔다. 가면서 하는 말이, 얼마 전에는 크렘린 궁 근처에 있었는데, 집이 너무 비좁고 허술해 한 달 전부터 다른 데로 옮겼으며, 아파트도 새 것이고, 제일 위층이라 조용하며, 전망도 좋다고 자랑을 했다. 한 10분정도 가더니 아파트 주차장에 차를 세웠다.

안내하는 대로 따라가 보니, 자랑한 대로 밝고 시원한 것이 매우 마음에 들었다. 그렇지만 조금 변두리라 크렘린 궁은 보이지 않았다. 이 집 내외는 불교를 믿어서인지 나를 아주 귀한 손님으로 대접했다. 자기 부인더러 스님 드실 김치를 지금 당장 새로 담그라고 했다. 저녁식사에 고기는 물론 멸치 한 마리 안 넣고 채식요리를 맛있게 정성들여 해 놓았다. 다른 객들도 세 명 정도 있었는데도 별도로 신경 써 주어 그 정성에 감사함을 느꼈다. 저녁을 먹은 후 마주 앉게 되자 주인집 처사는 상세한 자기소개를 했다. 그 분은 전주가 고향이고, 부모형제는 미국 이민 40년째이며, 본인은 한국에서 공고를 졸업한 다음, 경찰관으로 들어가 있다가, 몇 년 전에 사표를 내고, 모스크바로 와 뭐든지 사업을 좀 해 보려고 왔다했다. 처음부터 도난과 사기를 당해 맨주먹으로 시작했다는 것이다. 미화 50불을 가지고 부인과 함께 고려인들이 넘겨주는 채소를 받아 팔면서, 그 시장 마피아들의 상권 확보를 위한 거센 저지를 목숨을 걸고 맞서 싸웠다는 것이다. 몇 일간의 신고 끝에 겨우 길가에 한자리를 잡아 물건을 팔게되었다고 한다. 지금은 그 친구 두목들도 잘 알고, 이제는 채소 상인으로 어엿하게 입지를 굳히고 있다했다. 우리나라 대사관 주재상사, 교민, 일본사람들에게까지도 모든 채소는 이 집 주인 김씨가 공급한다고 했다. 끝으로 하는 말이 이곳에서 이렇게 될 줄 알았다면, 공고를 나오지 말고 농고를 나왔다면 얼마나 좋았겠냐 하면서, 이런저런 세상사에 대해 이야기를 나누었다. 지도를 펴 놓고 내일 관광에 대한 설명을 듣은 후, 항상 하는 저녁기도를 마친 다음, 잠자리에 들었다.

다음날, 8월 2일, 택시를 타려고 하다가 돈을 아껴 쓰자 싶어, 물어서 모스크바 지하철을 탔다. 차내에서 지도를 펴 들고, 크렘린 궁을 짚으면서, 여기 가느냐 하며 벙어리 놀음을 하니 간다고 했다. 내가 본래 잘 웃는 사람은 아닌데, 답답하면 못할 짓이 없다고, 낯선 곳에서 장소를 묻거나 길을 물을 때, 웃는 얼굴을 지으면 상대에게 호감을 준다싶어, 그 때 마다 억지로 미소 짓는다고 눈 밑에 주름살이 한 쪽에 3개씩, 양쪽으로 6개가 지고 말았다. 군복무 하는데 개월 수가 차면 막대기 하나씩 계급이 늘어나는 것처럼, 여행 한번 하고나면 얼굴에 주름이 생겨, 이제는 온 얼굴에 주름투성이다. 그러고 있는 중에, 옆자리에 앉아 있던 중년신사가 자기가 크렘린 궁 역에서 내린다고 따라 내리라는 것이다. 반가워, '생큐 베리 마치'라며 얼른 응했다. 숙소에서 크게 멀지는 않았다. 지하철로 여섯 정거장거리였다. 그날은 워밍업 하는 셈 치고, 욕심을 내어 너무 과도한 관광코스를 잡지 않고, 세 군데만 가야겠다는 계획을 세웠다. 관광코스 적어 놓은 것을 보니 ① 레닌 묘 ② 스파스카야 탑 ③ 니콜리스가야 탑 ④ 크타파야 탑 ⑤ 크로이츠카야 탑 ⑥ 대회 궁전 ⑦ 12사도 사원 ⑧ 우스펜스키 사원 ⑨ 이반 대제의 종루 ⑩ 불라고배시첸 궁전 ⑪ 궁전 병기고 ⑫ 원로원 ⑬ 크렘린 극장 ⑭ 대 크렘린 궁전 ⑮ 볼로비츠가야 탑 ⑯ 대포의 임금 ⑰ 종의 임금 ⑱ 아즈함켈리스키 사원 ⑲ 그라노비타야 궁전 ⑳ 레닌 상 ㉑ 무기고 순이었다. 아무래도 계획을 바꾸어야 되겠다는 생각이 들었다. 4일 동안 머무른다고 보면, 하루에 다섯 군데는 봐야 계산이 맞을 것 같았다.

나에게 더 중요한 관광은, 모스코바 시내중심으로 흐르는 모스크바 강에 유람선을 타고 그 아름다운 노라노비타야 궁전, 크렘린 궁의 외벽을 보면서, 위에 적은 대부분의 관광지 외곽을 구경하는 것이었다. 몇 세기가 흐르면서 몇 겹으로 치룬 전쟁, 태평성대의 평화로운 황제통치 시절에도 살아보겠다고 허우적거리는 민생, 문인 예술가들의 애환, 수많은 시비곡직이 얼 키고 설 킨 모스크바의 담벼락! 그 모든 문화의 발자취를 구석구석 엿볼 수 있는 유람선 관광을 모스크바 관광에서 제일로 치고 싶다. 물론 사람마다 생각이 다르겠지만, 뭐니 뭐니 해도 유람선 관광이 가장 기억에 남는다. 왜냐하면 관광지마다 수많은 인파에 발이 걸리고 부딪쳐 그것을 피해야하기 때문에, 보고 느끼는 감정이 50% 정도 저하된다. 어디에서 본다 해도, 인의 장막에 가려 극히 적은 부분 밖에 볼 수 없다. 그나마 신경을 곤두세워 가면서 말이다. 그렇지만 유람선을 타고, 적당한 자리에 앉으면, 인파의 장애가 전혀 없어, 보고 느끼고 감상하는 데는 그저 그만이다. 결과적으로 말하면, 아무런 부딪힘 없이 눈만 이리저리 돌리면서 아주 편안한 관광이 된다는 것이다.

만 가지 생각에 빠져 서있는데, 꿱하는 자동차 굉음소리에 놀라 정신을 차려 둘러보니, 비단결 같은 물 위에 유람선이 하류를 따라 내려오고 있었다. 나는 모든 생각을 버리고, 정신없이 유람선 선착장으로 뛰어갔다. 선착장은 모스크바 시내 요소요소에 여러 군데 있다. 내가 가려는 곳은 크렘린 성벽 뒤인데, 모스크바 호텔에서 상류 쪽으로 3분정도 걸어 올라가면 있다. 나는 배를 타자마자 위에 있는 갑판으로 올라가서 제일 좋다싶은 앞자리를 골라 앉았다. 배는 서서히 강을 따라 내려가는데, 전망은 대단했다. 크렘린 궁전과 그라노비타야 궁전 외곽으로 시작해서 위에 열거한 관광명소 외곽이 거의 다 보였다. 각양각색의 구조물 자체가 육중하고 견고해보이면서도 예술성이 있었다. 조금 내려가니 숲이 우거진 공원 동상이 나오고, 벌통의 일벌들과 같이 들락날락 바쁘게 움직이는 자동차도 보여, 동서양을 막론하고 현대 생활에 젖어 살아가는 사람들은 별로 차이가 없지만, 물과 나무가 어우러진 경치는 천하일품이었다. 경치가 너무 좋아서 유람선을 왕복 두 번 탔다.

우리나라 속담에 '보기 좋은 꽃구경도 한 두 번이지' 하는 말이 머릿속에 떠올랐다. 그래서 내가 탔던 선착장에 내려, 목도 마르고 해서 콜라 한 캔을 마시며 쉬었다. 시간을 보니 오후 2시 30분이라, 아직도 해가 구만리장천에 있었다. 오기 힘든 머나먼 소련까지 와서 본전 생각 안 나게 열심히 구경을 해야지 하며 벌떡 일어섰다. 같은 길을 되돌아 붉은 광장 쪽으로 왔다. 언뜻 스쳐가는 옛날 유행가 가사 한 구절이 떠올랐다. '물어물어 찾아 왔네' 하는 가사처럼, 물어물어 모스크바까지 찾아왔고, 또한 물어물어 볼거리를 찾아 가야하니, 힘이 많이 들었다. 말이 통하나, 글이 통하나, 모스크바 지도 한 장을 펴들고, 지나가는 사람에게, 한국말로 '안녕하십니까' 하고 절을 하면서 지도를 보이니, 심각하게 들여다본 후 미소짓는 얼굴을 하면서 손가락으로 가르쳐주었다. 어떠한 사람들은 자기가 그쪽으로 간다고 옷깃을 당기기도 했다. 하도 이렇게 하며 다니다 보니 이제는 이골이 나서 상대에게 호감을 주는 몸짓, 인사, 눈빛, 즉 영어로 말하면 제스처 노하우가 생긴 셈이었다. 지금은 말이 안통하고 낯선 곳이지만, 지도 한 장만 있으면, 물어 찾아 가는 데는 아무런 불편이 없다. 내가 가야할 곳을 붉은 볼펜으로 꼭꼭 찍어놓고, 웃는 얼굴로 90도 각도로 굽혀 절만 하면, 만사 오케이다. 그날 6시까지 다니면서 본 결과, 계획 세워놓은 관광지를 3분의 2정도 본 셈이었다. 이 글을 읽는 사람들은 무슨 놈의 관광을 수박 겉핥기로 했나 하고 생각하겠지만 다니다 보니 그렇게 되었다.

그 다음날, 붉은 광장 앞에서 지나가는 교포 한 사람을 만났다. 이런저런 이야기를 하다가 모스크바 관광이야기가 나와, 자기는 하루에 전체를 다 봤다는 것이다. 나는 속으로 '야 기는 놈 위에 나는 놈이 있다더니 나보다 몇 단 높구나' 하는 생각을 했다. 하기야 사람마다 특색이 있고, 생각이 모두 다를 것이다. 예를 들어, 러시아 고고학을 연구하는 사람이라면, 박물관에 들어가서 하루가 아니라 열흘도 넘게 살펴볼 계산을 할 것이다. 나 같은 사람은 그냥 지나치니 봐도 그렇고 안 봐도 그렇다. 다리가 아프면 앉아 쉬며, 싫증나면 나와 버린다. 다만 없는 돈으로 오기 힘든 이국땅에 왔으니 생 욕심을 내어 볼 때가 더러 있기는 하다.

이 대목에서 내가 많은 나라들을 본 경험을 정리하면, 안 보면 궁금하고, 보면 별 거 없다. 맨 처음 여행지인 대만에 10일간 갔을 때, 카메라 필름을 36방짜리 50통을 가지고 갔는데, 그것도 모자라 두 개 더 사서 찍었다. 입장료, 표, 기타 모든 종이 쪼가리 하나라도 기념이라고 모아오기도 했다. 배낭도 80kg정도 되는 무거운 것을 땀을 뻘뻘 흘리면서 지고 다녔다. 요사이는 카메라 필름 한통이면 족하고, 배낭 무게도 점점 가벼워져 20kg미만이다. 다니다 보면, 배낭크기나 사진 찍는 것을 보고, 그 여행객이 프로인가 아마추어인가 금방 알 수 있다. 미리 말하면, 러시아로 해서 핀란드, 스웨덴, 노르웨이, 덴마크, 네덜란드, 독일 7개국을 두 달 가까이 다녀온 이번 여행에서 사진 두 장밖에 안 찍었다.

오후 6시가 되어 또 물어물어 숙소를 찾아왔다. 문을 열고 들어가니, 주인 내외가 반가이 맞아주었다. 그날 저녁을 먹고 주인 김씨와 앉아서 이야기를 하는데, 한 사람의 친구가 찾아왔다. 서로 인사를 나누는데, 그 사람 역시 김씨이고, 고향은 경북 월성군 감포읍이라 해서, 눈을 크게 든 체 반가이 손을 잡고 악수를 했다. 나 역시 어린 시절 그곳에 살았기 때문이다. 이어서 자기소개를 하는데, 서울 중앙대 영문학과를 졸업하고, 우리나라 대기업에 입사해 있다가, 소련하고 수교가 이루어져 제일 먼저 모스크바 상사주재원으로 파견되었다고 했다. 몇 년 지나다보니, 생각이 달라져 회사를 그만두고, 개인사업을 했다는 것이다. 돈도 많이 벌었고, 운영하는 사업도 잘되어, 세상에 부러울 것이 없었지만, 단지 장가를 못가 걱정인 것 같아 보였다. 그 사람 역시 한 때의 시련도 있었다고 했다. 결혼하려던 약혼녀가 결혼 한 달 전에 교통사고를 당해 사망했다고 한다. 친구 빚보증을 서주었다가 사업이 망하는 바람에 전 재산을 몽땅 털고, 겨우 여비만 챙겨 미국으로 건너갔다 했다. 그곳에서도 여의치 않아 6개월 정도 있다가, 다시 모스크바로 와서 새로 사업을 시작해, 이제는 완전히 기반을 잡았다는 것이다. 그 분이 고맙게도, 나의 다음 목적지인 상트페테르부르크로 가는 이등실 열차비를 주인에게 내놓으면서, 스님 가실 때 차표를 사드리라며 일어섰다. 너무 뜻밖의 일이라 뭐라 말도 못한 체, 그냥 고맙다고만 했다. 혼자 누워 곰곰이 생각해봐도, 이런 이국땅에서 이렇게 배품을 받고 나니, 갚을 길이 막연하고, 그저 모든 면에 형통하기를 바랄 뿐이었다.

다음날인 8월 2일, 아침을 일찍 먹고, 크렘린 궁으로 가는 지하철을 탔다. 역에 내려, 크렘린궁을 들어가기 위해 정문으로 가니, 바리케이드를 쳐놓고, 관광객 출입을 금지시켰다. 왜 그런가하고 알아보니, 테러 때문이라고 했다. 러시아 내의 모스크바 가까운 도시에서 테러가 발생하여, 정부당국이 그 날은 일체 사람들을 출입금지 시킨다는 것이었다. 이문 저문 앞에는 수많은 관광객이 모여 안을 들어다 보고, 기웃거리고 있었다. 그것 역시 운이라 할까, 크렘린궁을 보는 인연이 안 되는구나 하고, 허용되는 박물관과 성당, 꿈 백화점 등 여러 곳을 구경한 다음, 이름도 다 외어 부를 수 없는 거리에 위치한 모스크바에서 제일 이름난 백화점을 구경하였다.

어느 길로 나오니, 길가에 오래되고 낡은 큰 건물이 보였다. 저기는 뭐하는 곳인가 싶어 보고 있는데, 지나가는 사람이 나를 보더니 영어 섞인 말로 '케이지비 하우스(소련정보국)' 라 했다. 몇 년 전만 해도 '나는 새도 떨어뜨린다' 는 세계에서 유명한 소련정보기관이었다. 미국의 '에프비아이(미국정보국)' 와 같이 어깨를 나란히 하고, 냉전시대 첩보전을 전개한 곳이 아닌가 하고 생각을 하니, 눈을 더 크게 뜨고 바라보았다. 수많은 사람들이 저 건물 내에서 고난을 당했고, 악랄한 행동 때문인가 모르지만, 창문에는 항상 커튼이 드리워져 있다했다.

과거에는 그 앞을 지나가는 사람들이 다리오금을 저렸다는 말들을 들었지만, 지금의 그 모습은 주인 없는 빈 집을 방치해 둔 것 같이 초라하게 보일뿐이었다. 시계를 보니 어느덧 3시라 또 관광 욕심을 잔뜩 내, 크렘린 궁전을 기준으로 거미줄처럼 뻗어나간 길을 400m씩 갔다가 오고 또 갔다 오고 하며 오후 6시를 채우며, 숙소로 돌아왔다.

8월 3일은 벼룩시장을 구경한 후, 다음 갈 곳인 상트페테르부르크행 열차표를 준비해야겠다 생각하며 조금 여유있게 하루 일정을 계획하고 있는데, 주인집 아주머니가 아침식사를 하라기에 나가보니 반찬도 청결하고 어제보다 더 많이 차려 놓았기에, 내가 하루만 더 있으면 식탁을 두 개 포개야 되겠네 하며 농담을 했다. 식사를 하는 중 주인이 전쟁기념관을 소개하면서 오전에는 거기를 구경하고, 오후에는 열차표를 준비한 다음, 역에서 벼룩시장이 얼마 멀지 않으니, 그곳까지 모셔다 드리겠다고 했다. 그렇게 하기로 한 다음, 아침식사를 마친 즉시 숙소를 나와, 지나가는 택시를 잡았다. 전쟁기념관까지 얼마냐고 물으니, 50루불을 달라는 것이다. 그래서 '오케이' 하며 차를 탔다. 10분정도 지났는데, 다 왔다고 내리라 했다.

내려서보니, 광장 곳곳에 조경이 보기 좋게 되어있었다. 평수는 광대해 헤아릴 수 없었다. 입구에서 본관까지 양쪽으로 분수대 물이 철철 흘러내리고, 나무며 모든 조경이 이상적으로 잘 되어있었다. 입구에서 본관 정문까지는 걸어서 10분정도 걸렸다. 사람은 별로 많지 않아 드문드문 들어가는 정도였다. 나도 다른 사람들 가는대로 따라가, 입장료를 주고 들어갔다. 사람마다 생각이 다르겠지만 나에게는 너무 볼거리가 많았다. 옛날 황제가 타고 다녔다는 승용차 전시로부터, 거룩한 장군이 타고 다녔다는 지프차, 소련 역사상 큰 전쟁 때 사용했던 무기, 적으로부터 노획한 무장 전리품 등 무수한 전시품들이 있었다.

1812년에 나폴레옹 군이 모스크바로 침공해 들어 왔을 때, 이들에 맞서 싸운 사람은 러시아의 명장 쿠투조프 장군이었다. 후퇴를 계속하던 장군은 모스크바 서쪽 교회인 보로지노에서 처음으로 나폴레옹 군과 일전을 치르고, 프랑스군 사상자가 6만 명이라는 큰 피해를 입혔지만, 그 정도로 나폴레옹 군의 기세를 꺾을 수는 없었다. 마침내 쿠투조프 장군은 '모스크바는 잃어도 러시아만은 잃을 수 없다' 는 유명한 말을 한마디 남기고, 군사를 후퇴시켜 모스크바 포기작전을 했다. 이 보로지노 대전투 현장을 묘사한, 길이 115m의 장대한 파노라마와 쿠르조프 장군의 모스크바 포기라는 대담한 작전을 결정한 장소인 일반인의 집이 전시되어 있고, 쿠투조프 장군의 흉상도 볼 수 있었다. 그리고 칸칸이 전쟁 파로라마 영상이 있고, 적군 아군 할 것 없이 전쟁 때 사용했던 모든 무기와 의류 일용품을 전시해두었다. 아주 감명 깊게 보다 보니, 어느새 4시간이 소요되었다. 그래도 더 봤으면 하는 마음이었으나 오후일정을 생각해 나왔다.

다시 문 쪽으로 나와 택시를 잡으려고 손을 드는데, 조금 앞에서 한 러시아 사람이 손짓을 했다. 자기 차가 택시 한다고 타라는 것이었다. 모스크바는 택시간판 부착한 차는 가뭄에 콩 나듯 극히 보기 힘든 일이다. 길거리에서 아무 차나 세우면 태워주고 택시영업을 하는 것이다. 솔직히 말하면 무허가 영업행위이며, 모스크바 당국은 몰라서 그러는지, 알고도 제지를 못해 그러는지, 90%정도가 무허가 택시들이다. 현지 사정이 그러하니 아무 거리낌 없이 차를 타면서 얼마냐고 물었다. 100루불을 달라고 해서 나는 다시 내렸다. 실랑이 끝에 50루불에 결정하고 그 차를 다시 탔다. 요놈이 길이 익숙하지 못해, 주소를 보였는데도 다른 방향으로 내달렸다. 내가 보다 못해 운전사더러 모스크바 대학 뒤로 가자고 방향을 가르쳐 주었다. 또 어느 골목길로 들어가 길이 막혀 다시 나오는 등, 10분 거리인데 30분이 더 걸려도 목적지를 못 찾고 헤맸다.

나는 속으로 오늘 고약한 일이 일어난다 싶어 마음의 준비를 단단히 하고 앉아 있었다. 그 뒤부터는 내가 이르는 대로 가자했다. 나도 며칠 숙소를 혼자 찾아온 경험이 있기에 대충 지리를 알고 있었다. 근근이 숙소 옆까지 와서 돈 50루불을 주니, 안 된다는 것이었다. 50루불을 던져준 뒤 내리려 하는데, 내 가방을 콱 잡고 안 놓아 준다. 할 수 없이 몇 푼 더 주려는 마음에 돈을 보니 잔돈이 없고 100루불 짜리 밖에 없었다. 던져준 50루불을 달라하면서, 100루불을 들고 있는데, 내손에 있는 돈마저 탁 탈처 빼앗아갔다. 그런 다음 내리려거든 내리고, 말려거든 말라는 동작으로 돌아앉아 버렸다. 나의 가슴속에서 전광석화 같은 번갯불이 번쩍 했다. 주먹으로 뒤통수를 한방 때려주려고 손이 번쩍 올라왔다. 그러나 지금 당장 러시아를 떠나는 것도 아닌데, 앞으로 여정은 많이 남아있고, 조용한 여행을 하자는 마음이 앞섰다. 돈이야 몇 푼 안 되지만 기분 나쁘기로는 일억을 잃은 기분이었다. 그러나 꾹 참고 말았다. '야, 이 더러운 놈아' 라는 욕을 퍼 부으며 차에서 내려 숙소로 돌아왔다. 숙소에 와 방금 일어난 일들을 이야기를 하니, 주인김씨는 '이리로 데려오든지, 휴대폰전화라도 했으면, 내가 당장 내려가 혼을 내놓았을 건데' 라고 하면서 설명을 했다.

러시아는 하도 넓어서 헤아릴 수 없는 많은 종족이 있으며, 각 지방만의 수준과 성격이 모두 다르다는 것이다. 그래도 모스크바 사람들은 많이 개명되어 신사적이라 그러한 나쁜 짓은 하지 않는다는 것이다. 같은 러시아 사람이라도 지방에 따라 미개하고 원시적인 곳도 있고, 실질적으로 나쁜 곳도 많다는 것이다. '내가 진작 스님에게 일러드려야 할 것인데 잊었네요' 하면서 차의 끝번호가 99, 97, 77은 모스크바 넘버이고, 다른 번호는 지방차이니 차를 골라 타야 한다는 것이다. 멋도 모르고 여자 혼자 그런 차를 탔다가 강간을 당한 후, 돈과 모든 것을 몽땅 털리는 일이 가끔 있다고 하며, 남자들도 돈 털리는 일이 종종 일어난다는 것이다. 나는 버스 지난 뒤 손드는 격이다 싶은 생각이 들었지만, 오늘 저녁이면 모스크바를 떠나야 하는데 하면서 냉수 한 잔을 청해 마셨다.

그날 오후 주인이 나와 함께 역으로 가서, 역사 2층으로 올라갔다. 내 여권을 달라기에 주고, 뒷전에서 그 사람이 내 표를 구입해주는 것을 구경만 했다. 모든 것을 알고 살아야 하겠구나 하는 심정이 크게 작용했다. 나 혼자 갔으면, 열 사람에게 더 물어야 하고, 온통 신경을 써야 하는데, 그 사람은 자기 집 찾아가듯 물을 것도 없이 표를 사가지고, 나에게 내밀었다. "스님, 갑시더" 하며, 역에서 10분 거리인 벼룩시장으로 데려다주었다. 차 시간 맞추어 가마하고, 주인 김씨와 헤어졌다. 주인은 가면서 나를 돌아보고 "여기는 가까운 나라, 즉 중국, 몽골 사람들과 밀입국자도 많고, 특색 있는 지방민들이 와서 북적대는 곳이라 경찰관의 검문도 심하고 안전치 못한 곳이니 각별히 조심 하십시오" 하면서 떠나갔다. 나는 "예, 염려하지 마십시오" 라고 답한 다음 시장을 돌아봤다.

그 넓은 지역 전체가 상점이며, 헤아릴 수 없는 많은 상품과 상품만큼 많은 사람들! 그곳에 있는 인종은 서양형 사람보다 아시아형 사람들이 더 많아 보였다. 말하자면 흑인을 뺀 인종 전시장이라고 해도 과언은 아닐 것 같았다. 모스크바에는 아예 흑인은 안 키우는지 4박 5일을 다녀도 흑인 본적은 없었다. 이 골목 저 골목을 돌아다니다가 보니, 심심찮게 한국 사람들을 만나게 되었다. 서로 보고 인사는 하지 않고, 눈동자만 약간 좌우측으로 놀리면서 지나갔다. 본래 한국 사람은 인사성이 약하기로 세계에서 이름났다. 상대가 인사하면 받고, 그렇지 않으면 그냥 지나쳐 버리기가 일쑤고, 먼저 인사는 안 해도, 인사 받는 데는 프로급이다. 어떤 경우에 자기는 인사할 생각은 안하면서, 남이 인사하면 받을 준비부터 하고 있다. 어느 골목에서 한국 사람 같아 보이는 여자가 있기에 자세히 보니, 너무 못난 30대 초반 여인 같아 보였다. 그러나마 나는 나의 자존심을 다 꺾고 먼저 '안녕하십니까' 라며 인사를 하니, 눈이 휘둥그레지면서 자기는 한국 사람이 아니고, '니혼진(일본사람)' 이라 했다. '그러면 그렇지, 우리 한국 사람은 인물이 다 잘났는데, 일본 사람이기 때문에 그리도 못났지' 하면서, 내가 실수했구나 싶어 저쪽 상점을 보러 가버렸다. 그 넓고 많은 상점, 많은 물품을 다 돌아봤지만 내가 사야 할 물건은 하나도 없어 그냥 시장을 나오려다가, 여기까지 와 한 가지라도 안사고 간다는 것은 내 자신이 모자라서 그런가 하는 생각이 들었다. 잡화점에 들러 이것저것 보다가 배터리가 없어도 불이 오는 손전등을 기념으로 하나 샀다. 시장밖에 나와, 음료수 가게에서 콜라 한 캔을 사 마신 후, 택시운전사에게 주소를 보여주며 가자고 해, 숙소로 돌아오니 8시가 넘어 있었다.

저녁을 먹은 뒤, 다음 행선지로 가기위해 바랑을 챙긴 다음, 여권, 돈, 모든 중요한 소지품을 다시 점검하고, 밤 10시에 역으로 나섰다. 혼자 택시를 타고 가려는데, 주인께서 자기의 권속인 러시아 사람 2명을 대동해 본인의 승용차로 나를 태우고 가면서, 참새 언덕, 즉 모스크바 대학 앞 광장에서 보는 화려한 대학 야경과 시내구경을 시켜준 뒤, 또 자리를 옮겨 붉은 광장에서 바라보는 크렘린 야경을 보여주었다. 낮에 본 것보다 밤에 보니, 네온 불에 비치는 크렘린 궁은 한층 더 화려하게 보였다. 또 자리를 옮겨 레린 광장, 푸슈킨 광장이라고 하는 광장 옆 가든에 앉아서 각자 취향대로 음료수를 시켜 한 잔씩 했다. 계산을 내가 하려는데, 한사코 자기가 내겠다고 하기에 할 수 없이 내가 물러섰다. 그럭저럭 시간이 다 되어 기차역으로 갔다. 열차를 찾아서, 내가 타야 할 자리까지 짐을 옮겨주고, "스님, 잘 가십시오" 하며 인사를 했다. 너무나 감사하고, 그 고마운 일에 갚을 능력은 만분의 일도 없어, 그냥 속으로 느끼고 있을 뿐이었다. 고개숙여 "잘 가십시오" 하며 보낸 다음, 내가 타야할 칸을 둘러보았다.

상트페테르부르크 가는 길

2층 양쪽 두 침대에는 아주 아름다운 젊은 러시아 아가씨들이 마주 앉아 웃고 있었다. 하층 건너편에는 오십대 중반 쯤 되어 보이는 중국에 산다는 조선족 아주머니가 자리 잡고 있었다. 그날 저녁은 운이 좋다고나 할까. 세간에서 흔히 하는 말로 표현하자면 꽃밭에서 노는 셈이었다. 이 열차는 11시 55분에 출발하여, 다음날 오전 8시경 상트페테르부르크에 도착하므로 하루저녁을 열차에서 자야할 형편이었다. 조금 앉아 있으니, 이상한 감정이 흐르기에, 내가 재빨리 알아차리고,

편안한 옷을 갈아입으라는 뜻을 비치며 바깥으로 나가주었다. 문을 닫고, 복도를 30분정도 왔다 갔다 하다가, 어지간히 시간이 지나 들어가니, 모두 웃는 얼굴로 '생큐' 라고 말했다.

나는 내 자리에서 가부좌를 한 다음, 평상시에 하든 예불과 기도를 하고, 어느 정도 시간이 지나 자리에 누워 눈을 감았다. 내가 지금 기차에서 잔다는 것도 의식 못하고 자다가, 눈을 떠보니 6시 30분이라, 그 자리에 앉아 아침 예불과 기도를 마쳤다. 위 칸에 누워 자고 있는 러시아 여자들은 몸을 뒤척이면서 이불을 걷어 차버리고, 짧은 치마는 어디로 갔는지 보기가 민망할 정도로 해서 쿨쿨 자고 있었다. 그쪽을 안 봐야지 하면서 또 눈길이 갔다. 이 행태의 이유는 수놈이기 때문인가 하면서 다시는 안 본다고 굳은 결심을 한 다음, 차창 밖을 내다봤다. 블라디보스토크에서 시베리아 벌판을 원도 없이 보고 왔지만, 환경은 별로 다를 것은 없었다. 모스크바를 지나 위쪽을 가는데 이번에는 뭔가 조금은 다르겠지 하는 마음에 유심히 보았지만, 역시 이 구간도 다른 것은 하나도 없었다.

자작나무와 침엽수인 소나무 같은 나무, 끝이 안 보이도록 넓은 초원, 이름 모를 들꽃들. 결과적으로 아래쪽이나 위쪽이나 환경은 마찬가지다 하고 생각을 하는데 양쪽 위에, 앞에서 부스럭거리는 소리가 거의 동시에 나, 시간을 보니 아침 7시였다. 세상 모르게 자던 여인들이 시간을 용하게도 알고, 거의 같은 때에 일어나, 도착 시간에 맞추어 내릴 준비를 하고 있었다. 그 광경을 본 나는 재빠르게 배낭도 꺼내놓고, 모든 점검을 단단히 하면서, 내릴 준비를 했었다. 한참 후에 열차는 일분도 안 틀리고 정시인 8시에 도착했다.

상트페테르부르크

8월 4일 월요일, 플랫폼에 내려서 보니, 마중 나온 사람들과 껴안고 키스하는 사람, 손을 잡은 체 웃으면서 악수하는 사람, 휴대폰으로 열심히 전화하는 사람, 아무 부딪힘 없이 짐을 끌고 나가는 사람, 각양각색이다. 어디로 가나 따라다니는 걱정거리가 또 다시 내 발걸음을 무겁게 한다. '어떻게, 어디로 가나.' 힘차게 나가는 사람들의 대열에서 옆으로 벗어나 생각에 잠겨 천천히 걸어 나왔다. 대합실 구석에 짐을 내려놓고, 이 궁리 저 궁리를 하다가, 가이드북에 소개된 민박집을 찾아갈 요량으로, 택시요금을 물어보니 엄청나게 비싼 요금을 달라했다. 한국 돈으로 5만 원정도. 그래서 간이 떨려 그만두고 한 10분가량 다시 생각했다. 찾으려는 집의 숙박요금은 미화 25불. 역에서 걸으면 10분 거리인 이집도 25불. 택시 안 타고 걸어갈 수 있는 집으로 가면, 택시비를 벌겠다는 계산에, 무작정 역에서 가까운 민박집을 찾게 되었다.

이집 주인은 한국 사람이며, 성은 황씨였다. 모든 면을 고려해 가까운 집으로 간다고, 그리로 전화를 했더니, 역사 내 동상 옆에서 20분만 기다리라 해, 30분정도 기다리고 있는데, 젊은 학생이 나타나 나를 맞았다. 서로 인사를 한 후, 안내하는 곳을 따라갔다. 10분 좀 넘게 가니, 민박집 입구에 도달했다. 안으로 들어가서 보았더니, 휴가철이라 방마다 사람이 꽉 차 있었다. 첫날은 주인집 안방을 비워주어 거기에서 잤다. 상트페테르부르크라는 이름이 너무 길고, 억양도 우리 동양 사람들과 달라, 그동안 줄곧 이름을 상르페테르부르크라고 잘못 외어 불렀기 때문에 종이에 써가지고 다녔다. 상트페테르부르크라 하면 흔히 모스크바에 비교한다. 지금은 모스크바가 수도이지만, 과거에는 표트르 대제가 로마노프왕조를 이 지역으로 옮겼기 때문에, 한때는 상트페테르부르크도 수도였다.

그러나 이 도시는 모스크바와 다른 독특한 매력과 분위기로 여행자의 마음을 사로잡는다. 도시 중심부에는 18~19세기 바로크 양식의 아름다운 건축물이 격동의 시대를 그대로 간직하고 있으며, 조용히 가라앉아 있는 중세의 고도는 동란과 혁명 그리고 정쟁과 포위의 어두운 역사를 지니고 있다. 표트르 대제가 로마노프 왕조를 이 지역으로 옮기면서, 현대 러시아의 발전을 이끄는 수도가 되었으며, 러시아의 역사를 바꾼 혁명의 발상지로서도 유명하다. 이 도시의 이름이 페테르부르크, 레닌그라드, 상트페테르부르크로 바뀌어도, 각 시대의 영광과 명예를 지금도 보전하고 있다. 제정과 사회주의 체제 그리고 공화국이라 하는 세 가지의 다른 역사와 문화를 알기에 좋은 여행지이다.

현재의 상트페테르부르크는 인구 470만 명의 대도시로, 북위 60도에 위치해 있다. 지금은 인구가 더 늘어났다고 하며, 체첸 난민들이 알게 모르게 많이 유입되어 있다 한다. 핀란드 만을 향해 흐르는 네바강의 델타 지대에 형성된 자연의 섬과 운하로 만들어 진 섬 위에 도시가 세워졌다.

상트페테르부르크에는 네바강의 분류, 지류, 운하까지 포함하면 65개의 강이 흐르고, 100개 이상의 섬이 365개의 다리, 교외까지 포함하면 623개로 연결된 물의 도시이기 때문에 북쪽의 베니스라고도 한다. 공원과 광장 그리고 궁터도 많아서 북쪽의 파이르라고도 하며, 백야인 여름에는 북극의 오아시스로서 사람들에게 평화를 준다. 보는 이에 따라 생각이 다르겠지만, 유럽관광객들은 모스크바는 안 봐도 상트페테르부르크를 꼭 보고 간다는 것이다.

상트페테르부르크와 모스크바를 비교하건데 모스크바가 양철 같다면 상트페테르부르크는 1cm 철판 같다고 표현하고 싶다. 미술관, 박물관을 보더라도 모스크바보다 10배정도 위이며, 내가 보기에도 유럽 사람들 말이 맞다고 손을 들어 주었으면 한다.

민박 주인은 나더러 너무 급하게 관광을 욕심 부리지 말고, 느긋한 마음으로, 워밍업 하는 차원에 첫날은 코스를 적게 잡아 가까운 시내 몇 군데를 돌아보라고 가르쳐 주었다. 나는 근본적으로 성질이 급한 사람이라 가르쳐준 대로 다보고, 가이드북을 찾아서 3곳을 더 보았다. 그뿐 아니라, 거리를 가다가 유람선이 지나가기에, '아차, 저 유람선을 타야지' 하고 선착장으로 달려갔다. 이 도시는 물의 도시라, 시내 한복판으로 물길이 열려, 시가지 곳곳을 배를 타고 갈 수 있다. 유람선 관광을 특히 좋아하는 내가 배를 안 탈 이유가 없었다. 물길 따라 유람선은 구석구석 돌더니, 조금 넓은 곳을 나왔다가, 또 좁은 곳으로 들어가면서, 상트페테르부르크 전 시가지를 골고루 구경시켜 주었다. 대단히 만족할만한 관광이었다. 너무 무리하게 다녀서 그런지 몰라도 그날 오후에는 목이 잠기고 힘이 하나도 없음을 느꼈다. 입안이 바짝 말라오며, 가슴도 답답해왔다. 그래서 근근이 물어 약방에 찾아가, 말은 통하지 않지만, 아프다는 시늉을 하니, 알았다면서 몸살 약을 주기에 샀다. 약을 들고 나오다가 보니, 약 봉투에 태극 마크가 그려져 있어 반가웠다. 글은 몰라도 한국에서 만들어져 여기까지 온 것이 분명했다. 숙소에 돌아와 보니, 넓고 좋은 방을 마련해주며, 저녁식사도 정성들여 잘 해주어, 맛나게 먹고, 그날 일과를 마쳤다.

8월 5일 화요일, 다시 그 날 갈 관광코스 설명을 듣고 숙소를 나섰다 그곳은 역시 러시아 임금의 여름 궁전인데 조금 멀리 떨어져 있었다. 이 집 사무실에 있는 정씨라는 한국인 젊은이가 나를 데리고 큰길까지 가서, 택시를 잡아 운전사에게 어디에 내려주라고 자세한 설명을 하면서, 요금까지 결정해주었다. 택시를 타고 1시간 넘게 가서 도착했다. 내려 보니 그곳에도 넓은 지역에 조경을 멋지게 해놓았다. 이리저리 보면서 가는데 끝자락에 또 문이 있고, 사람들이 짧게 줄을 서 있었다. 가만히 보니 지금 온 공원은 무료로 개방하고, 궁전이 있는 내부 공원은 유료이기에, 나도 할 수 없이 25루불을 주고 문을 통과했다. 전 세계에서 유명하다고 하는 건축인과 조경 전문가를 불러 그 궁전과 공원을 꾸몄다고 했다. 기술자들이 최대한 실력을 발휘한다고 누런 금빛으로 장식했으며, 분수, 조경, 거기에다가 여름철이라 녹색 나뭇잎과 조화가 잘되어 있었다.

오전 10시경인데, 어디에서 몰려왔는지, 각형각색의 사람들이 인산인해라는 말과 같이 많이 몰려왔다. 조금 볼만한 곳은 조금도 틈이 없고, 앞에 부딪히는 것은 전부 사람뿐이었다. 나도 그들 틈바구니 사이로 이리저리 헤치고 다니며 보았다. 인간으로써 솜씨는 최대한 발휘했다 하나, 사람의 능력은 한계가 있는 법, 사람이란 제 딴엔 천재적이고 뛰어난 재능을 부려놓아도 이런저런 허점과 세월의 때가 묻어나기 마련이라, 자연의 조화와 견줄 수 없다. 인간으로서 감히 평가 할 수 없는 경지를 자연의 묘미라고 하지 않는가. 역시 이곳도 마찬가지다. 무지한 내가 봐도 평가할 것이 있고, 지적할 것이 보였다.

햇볕이 너무 뜨거워 그늘진 곳이 없나 싶어 둘러보다가, 궁전 본관 밑으로 많은 사람들이 줄을 서있기에 가보니, 궁전내부를 구경한다고 서있었다. 나도 말미에서서 차례오기를 기다리는데, 거기에도 부정이 있어 보였다. 우리는 지루함과 다리아픔을 느끼면서 있는데, 현지인 가이드가 인솔한 한 패는 출입문 관리자와 이야기를 하더니 그냥 들어가고 있었다. 또 조금 지나니 한패가 들어갔다. 조금 있으니 또 한 패거리가 들어갔다. 그것을 본 내 가슴속에서는 불기둥이 치솟았다. 공산주의자들은 이리도 공평성이 없단 말이냐 하면서 주먹이 불끈 쥐어졌다. 속으로 불평이 끌어올라, 그때 마음 같으면 구경이고 무엇이고 다 치워버린 체 , 문지기 감독에게 가서 힘껏 뺨을 한 대 갈겨주고 싶은 생각이 문득 문득 솟아 올랐다. 이러지도 저러지도 못해 참고 있으려니 숨이 답답해왔다.

그래도 내 마음을 내가 추슬러, 수행하는 셈치고 기다려보자면서 있는데, 한참 만에 차례가 되어 들어가니, 안에서 또 표를 사야했다. 러시아돈 360불을 주고 들어가 본 결과, 모든 면을 누런 황금색 한가지로 칠하여 장식을 한다고는 했지만, 무게 있는 작업은 하나도 볼 수 없었다. 가벼운 가운데 화사한 기분이 들었다. 단체 관광객들은 군데군데 모여, 가이드의 설명을 듣는다고 떼를 지어 서 있었지만, 나는 그저 눈으로만 흘려 보고 지나갔다. 여름 궁전이라 그런지 모든 장식이 가벼워 보이며, 준엄하고 무게 있는 것은 하나도 없었다. 한 시간 넘게 이리저리 돌아보다가, 나의 상상력 자체가 넓지 못해서 그런지 지루한 감정이 들어, 바깥으로 나와 공원 벤치에 앉은 체 새파란 하늘과 푸른 나무 끝을 보면서 하염없는 무상의 생각에 잠겨들었다.

내가 지금 러시아에 와있는지 한국에 있는지 자신의 존재도 잃고, 진공상태 속에 헤매는데, 어디에서 풍악소리가 들렸다. 정신을 차리고 살펴보니 크게 멀지 않는 곳에 악사들이 나와 그곳에 온 관광객들을 위해 연주해주고 있었다. 대충 보아 세계 각국의 많은 사람들이 와있기에 그 사람들이 반가워 하도록 모국의 민요 혹은 애국가를 연주해주고 있었다. 내 정신을 번쩍 들게 한 것은 우리나라 애국가를 연주하는 순간이었다. 동해물과 백두산이 마르고 닳도록 부처님께서 보호하사 우리 나라만세 쿵작쿵작하는 소리에 정신을 차렸던 것이다.

한참 후에 일어나, 궁내 넓은 공원을 이리저리 한 바퀴 돌고, 시계를 보니 오후 4시가 다 되었다. 시내로 돌아가려고 선착장으로 가서 선표를 사려는데 돈을 찾으니 러시아 돈이 조금밖에 없었다. 달러를 주니 죽어도 안 받는다는 것이다. 환전소도 없고, 난처하다. 좋은 아이디어를 총동원 해봐도 별로 뾰족한 수가 없다. 그냥 20불짜리 한 장을 손에 든 체 눈물을 감추고 라는 유행가를 부르는데, 죽을 약 위에 살 약이 있다더니, 캐나다에서 온 부부가 나의 사정을 알고, 웃으면서 다가오더니, "하우 매니 첸지(얼마나 바꿀 건가요)?" 라고 했다. 나는 반가워서 손을 합장하고, 90도를 굽혀 절을 하며, "투엔티 달러(20달러요)" 라고 답했다. 그 부인은 대충 계산해보고 20달러를 받은 후 러시아 돈으로 바꾸어 주었다. 나는 너무 고마워, 그들 부부에게 "생큐 베리 마치(감사합니다)" 하면서, 또 90도 각도로 절을 했다. 주위에서 보는 사람들도 웃고, 두 부부도 만족해했다.

시간이 되어 배를 타고 시내로 돌아왔다. 아직 해가 많이 남아, 안 가본 몇 군데를 더 가보려고, 세계적 규모인 이사크 성당을 구경했다. 성당이지만 예배는 안하고 박물관으로 사용하고 있었다. 거기에서 나와 시내 쇼핑으로 시간을 보내다가, 6시경에 숙소를 돌아왔다. 그날도 모든 민생고를 해결한 후 '구경 잘했다' 하며 잠이 들었다.

8월 6일 수요일, 아침을 먹고, 과거에 궁전이었던 에르미타주립미술관과 러시아 박물관을 구경하기 위해 출발했다. 언제나 헤매고 부딪혀야 하는데, 그날만은 아는 집 찾아가듯 수월하게 찾아 들어가니, 입장 시간은 9시 30분인데, 벌써부터 200m나 넘게 줄을 서 있었다. 주위 건물이며, 드넓은 광장이 세계 최고의 미술관다운 면모를 느끼게 해주었다. 나도 말미에 서서, 차례를 기다리고 있었다. 한 시간 쯤 지나서야, 본관 입구에 들어섰다. 사람 사는 데는 다 마찬가지이고, 지루하게 기다리다 보니 그런가는 모르지만, 러시아 쪽 사람들은 새치기 전문대학을 나왔나 하는 생각이 들었다. 내 눈에는 구경이고 뭐고, 새치기 하는 것밖에 안 보였다. 우리는 줄을 서있는데, 그 지역 사람은 물론, 부정적인 사람들은 문 옆에 가까이 서 있다가, 슬그머니 막 들어갔다. 그것을 본 나는 속으로 또 열이 슬슬 오르기 시작했다. 나 혼자만 이렇게 안달을 내나 싶어, 앞뒤로 있는 사람들의 표정을 살펴보니, 얼굴에 아무런 불평도 없어 보인다. 묵묵히 자기 차례만 기다리고 있는 이 사람들 과연 성인과도 같은 화인和人이라 저렇게 너그러운가. 괜히 나 혼자만 이렇게 안달을 떠나싶어 속으로 조금 부끄러운 감정이 들었다. '나도 넓게 마음먹자, 오늘 안으로 구경을 하겠지' 하고 한숨을 한번 길게 쉬었다. 속담에 '새 며느리도 오래되면 시어머니 노릇할 때가 있다'는 말처럼, 때가 되니 나도 내부에 들어서게 되었다. 이곳이 겨울 궁전이라더니, 겨울 궁전답게 무게가 더 있고, 장식물도 잘 되어 있었다. 여기가 본 궁전이고, 어제 본 여름 궁전은 피서를 위한 별장이구나 하고 정리되었다. 하늘에 별처럼 많은 소장품을 어떻게 평할까. 그저 어마어마하다고 표현할 수 밖에 없다. 가이드북에 소개 한 말을 이용하자면, 한 개당 일분씩 본다면 5년이 걸려야 다 본다는 그 많은 작품을, 멈추어 서지 않고 보통걸음으로 걸으면서 보는데도 8시간이 더 걸린다했다. 그렇다고 한군데에서 종일 시간을 보내야 할 형편이 못 되고, 다른 곳으로 또 가봐야 하기 때문에, 4시간만 보고 나오는데, 출구 찾기가 매우 힘들었다. 나도 그런 장소 찾아다니는 데는 대단한 똑똑이 인데 이곳에 와서 두 손 들었다. 전문가들의 이야기를 들어보면, 처음 오는 사람이나, 경험자라도 자칫 잘못하면 이 에르미타 주립미술관 안에서 미아가 된다는데, 그 말이 실감났다. 그래도 근근이 찾아 나와 택시 70루불을 주고 러시아 박물관으로 찾아 떠났다. 입장료 240불을 주고 들어가 본즉, 시시하기 그지없다. 소장품도 적고, 별로 볼거리가 없었다. 하기야 조금 전에 기막힌 곳을 보고 와서 그런지 입장료가 아까울 정도였다. 여행이란 안보면 궁금하고 보면 별 거 없다는 말을 다시 한 번 실감하면서 나와 버렸다.

사람마다 관광에 대한 느낌이 다르고 취미도 모두 다르겠지만, 나는 어느 곳을 가든지 그 나라 역사를 짐작하기 위해 반드시 박물관을 보았으며, 그곳에 서식하는 동물을 알기위해 동물원을 찾았다. 그리고 토속인의 정서 생활과 풍습을 보기위해 재래시장을 찾았다. 이러한 것이 바로 내가하는 관광의 3대 핵심 요소이다. 그러나 몇 개국을 다니면서 이런 기준에 변화가 왔다. 아프리카 케냐에 있는 마사이마라 국립자연동물원 사파리를 보고나서 나라마다 지역마다 동물원을 보면 그렇게도 시시해 보였다. 마찬가지로 러시아 상트페테르부르크에 있는 에르미타 주립미술관과 부속박물관을 보고나서, 다른 나라 미술관과 박물관 근처에도 가보기 싫어진다. 재래시장이라고 하면, 자다가도 벌떡 일어나는 내가 아프리카 더반에 있는 시장을 보고 난 다음부터는, 다른 나라 시장을 보면, 싱겁고 김빠진 콜라같이 느껴진다. 내 개인적인 생각이지만 케냐 국립자연 동물원, 싱가포르 조류공원, 상트페테르부르크의 에르미타 주립미술관과 박물관, 아프리카 더반에 있는 재래시장은 마지막에 보라는 말을 하고 싶다. 앞서 말한 곳을 먼저 보고 나면, 다른 곳은 시시하기 그지없다. 관광의욕마저 식어버리기 십상이기 때문이다.

시계를 보니 5시 30분이었다. 다른 곳을 더 볼 생각도 없고, 하늘에는 부슬비가 슬슬 내렸다. 오늘은 일찍이 숙소에 돌아가서, 다음 목적지로 옮겨갈 준비나 하고, 차표를 먼저 구입해야겠다는 생각을 했다. 숙소에 돌아와 보니, 문은 잠겨있고, 사람도 없었다. 들어가지도 못한 체 도로변에서 기다리다

보니 무엇이라 표현하기 어려운 열이 치솟았다. 그래서 답답한 마음에 공중전화 박스로 찾아가 전화를 걸어 봐도 안 된다. 숙소 내 전화를 해봤지만 불통이다.

거리에서 두 시간 정도 지났는데 저쪽에서 정씨라는 사람이 나타났다. 한편으로 반갑고, 한편으로는 원망스러웠으나, 반가운 쪽이 더 많았다. 숙소에 들어가 목욕부터 하고, 사무실에 가, 내일 갈 차표를 구해 달라고 부탁을 했다. 그러니 지금은 시간이 늦어 모든 일과가 끝난 상태라 어쩔 수 없다고 했다. 어저께 부탁을 했으면 좋았을 것인데 하면서도, 너무 걱정 하지 말라는 것이다. 조급한 마음에 혹시 표가 없으면 어떻게 하나 싶어, 걱정 섞인 말을 하니, 자기가 알기로, 핀란드 행 열차는 항상 자리가 남아 간다고 했다.

다음날 아침 6시에 역으로 가서 직접 사면 될 것 같다고 했다. 그렇게 하기로 한 다음, 방에 앉아 이것저것 만지작거리는데, 문 노크소리가 나 열어보니, 주인 황씨였다. 걱정 섞인 얼굴을 지으면서 '스님, 차질이 생겼습니다' 한다. 왜 그러냐고 반문을 하니, 조금 전에 들어온 손님의 말을 들어본 결과, 자기도 오늘 헬싱키로 바로 가기 위해 현지 여행사에 들러 물어보니, 오늘부터 3일후까지 열차와 비행기 표가 매진되었다고 하더라는 것이다.

여름 휴가철이라 그런가 보다하고 이틀 전에 표 준비부터 할 것을 그랬나 하면서 후회를 했다. 완전히 패잔병이 된 기분이었다. 그래서 관광회사에 갔다 온 손님의 방을 찾아가서 직접 알아보니, 주인 말과 똑 같았다. 그 분의 말에 의하면, 모스크바역전, 지붕이 둥글게 된 전철역 앞에, 매일 저녁 9시 30분이면 핀란드로 가는 리무진이 있다고 들었는데, 제가 그 시간에 확인 차 나가보고 오겠다는 것이다. 그러면 갔다 와서 꼭 나에게 결과를 알려 달라고 신신당부 한 다음 식당으로 갔다. 스님예우를 하느라고 나에게는 저녁식사까지 제공해 주었다.

저녁을 먹은 후, 방에 와서 예불기도를 하고 앉아 있어도, 그날만은 잠이 오지 않았다. 평상시 같으면, 저녁 8시 되기 전에 만사 제쳐놓고 깊은 잠을 자는데, 그날만은 영 잠이 오지 않았다. 열시가 되어도 눈은 멀뚱멀뚱하고 여러 가지 생각만 자꾸 일어났다. 그래서 혹시 이 사람이 갔다 왔나 싶어 복도를 나가보니, 그 사람과 용하게도 마주쳐, 내가 먼저 차편을 알아봤느냐고 물어 보았더니, 허연 앞 이빨을 드러내며 조금 멋쩍은 인상을 지으면서, 그 시간에 저녁을 먹다가 못 가 봤다는 것이다. 세상에 믿을 놈 없다더니 참 믿을 놈 없네. 나는 그 소식이라도 들으려는 마음에 여태 잠도 안자고 있는데, 생긴 것은 똑똑하게 잘 생겼지만, 앞니가 훤하게 드러나는 사람들 실행력이 없다 하더니만 참 그 말이 맞구나 하고 여겨졌다. 그러나 내가 여러 면에 부족한 원인으로, 남의 탓을 해서 안 된다는 생각을 하며, 내 방으로 들어와 모든 일이 잘 되겠지 하면서 누워 잤다.

아침식사를 한 후, 무조건 숙소 관리자인 정씨를 대동하고, 기차표 구하러 나갔다. 역사가 아니고, 다른 곳에 있는 큰 건물로 들어가기에 이곳이 여행사냐고 물으니, 여행사가 아니라 비행기, 열차, 버스, 선박의 모든 티켓을 여기에서 취급한다고 했다. 핀란드 가는 열차 창구에서 표가 있느냐고 물으니, 많이 있다는 것이다. 아무 일 없이 돈을 주고 차표를 사 나오면서 생각을 해 보니 이상한 일이었다. 어제 저녁 그 놈은 뭐도 모르고 송이장사 한다더니 아무것도 모르는 놈이라 그랬나, 그렇지 않으면 여행사 농간에 걸린 것이 아니냐는 생각이 들었다. 여하튼 '반풍수 집안 망친다' 고 하듯이, 그 놈 죽을 때 애국가 독창하고 죽을 놈이네 하며 나왔다.

오후 4시 55분발 열차였기 때문에 시간적인 여유가 조금 있었다. 숙소 근처 몇 군데를 다시 돌아보고, 오후 2시경에 역으로 가는데, 정씨가 역까지 전송해 주기에 너무 고마웠다. 이곳은 모스크바 가는 역과 핀란드 가는 역이 다른 곳에 위치하고 있다. 1시간 넘게 기다려서, 나의 바랑을 짊어지며, '열차로 갑시다' 해서 따라가니, 플랫폼 안에 여러 대의 열차가 대기하고 있었다. 이리 저리 살피더니, 한 곳에서 핀란드 헬싱키로 가는 열차를 찾아내어, 내가 타야 할 칸과 좌석을 찾아주면서, "스님, 잘 가십시오" 하고 인사를 했다. 나 역시 일어서서 손을 굳게 잡고, "정처사, 고맙습니다. 후일에 또 만납시다" 하면서 손을 흔들었다. 정씨는 돌아가고, 나는 깊은 숨을 몰아쉬면서, 헬싱키라는 낯선 곳에 또 부딪쳐야 한다는 굳은 각오로 자리 잡아 앉았다.

핀란드 헬싱키 가는 길

정각 오후 4시 55분이 되니까, 호루라기 소리가 한번 들리더니, 기차는 서서히 움직이기 시작했다. 이곳은 어떤가 싶어 차창 밖을 내다보아도 환경은 전과 조금도 다름없고, 자작나무, 침엽수, 넓은 초원도 변함없었다. 2시간 정도 가는데, 검은 제복을 입은 사람이 나타나서 승객들의 여권을 거두고 있었다. 나도 여권을 주면서, 러시아와 핀란드 국경을 넘는데 출입국 수속을 하느라 여권을 거두는 것으로 짐작했다. 그리고 군복 같은 제복을 입은 러시아 세관원들은 현금과 물품에 대한 세관 신고서에 도장을 찍어주고 있었다. 나더러 러시아에 입국할 때 신고한 서류를 내 놓으라 해 이것저것 찾아봐도 그 서류는 없었다. 블라디보스토크 공항나올 때 받아 나와야 했는데, 나는 모르고 그냥 나와 버렸기에, 그러한 서류가 없었다. 할 수 없이 처분만 바라고 그냥 웃고 있었다.

한참 나를 위 아래로 훑어보더니, 영어로 "아유 코리아 부디스트 멍크(당신 한국 승려입니까)?"라고 물었다. "예스"라고 대답하니, 입에 침을 한 번 삼키고 "오케이"하며 지나가 버렸다. 시비를 걸면 어떻게 하나싶어 다소 걱정을 했는데, 무사히 지나고 보니 너무 기분이 좋아, '부다, 생큐 베리 마치(부처님, 고맙습니다.)' 라는 찬불 한마디하고 눈을 차창으로 돌렸다.

30분도 채 못 되어, 또 한 패거리가 열차에 오르더니, 짐을 하나하나 확인하고 지나가는데, 그 뒤에 또 정복을 입은 몇 명의 관리와 승무원이 한 사람, 한 사람씩 사진과 얼굴을 보면서 확인한 후, 여권을 돌려주었다. 그러한 과정을 거치고 나니, 러시아와 핀란드 출입국 수속 절차가 모두 끝났다.

창문을 바라보니 조금 전에 봤던 환경하고는 완연히 달랐다. 몇 만 킬로로 와도 과일 나무는커녕 논 밭 하나 안 보였는데, 이곳에 오니 큼직큼직한 밀밭과 보리밭이 있었다. 러시아와는 완전하게 환경이 다르다. 거대한 경작지를 보니, 마음에 풍요로움이 느껴지고, 여기가 사람 사는 곳이구나 하며 친근감이 생겼다.

1시간 30분정도 더 가 핀란드 수도 헬싱키 역에 도착했다.

헬싱키

항상 겪는 일이지만 갈수록 더 힘이 들고 아득함이 느껴졌다. 예약한 곳도 없으며, 누가 맞으러 올 사람도 없는 낯선 역을 나오니, 어디가 어딘지 모르겠다. 그래서 인포메이션을 찾아가 저렴한 숙소 한 군데를 소개 받아야지 하고 근근이 찾아갔다. 가는 날이 장날이라더니 문은 굳게 닫혀있고 전깃불마저 꺼져 있었다. 그래서 허탈감 속에 한참 있다가, 옆에 있는 사람에게 인포메이션을 가리키면서, 사무를 안 보느냐고 물으니, 일과가 끝나 퇴근 했다는 것이다. 할 수 없이 안내책자를 보고, 유스호스텔이 있는 페이지를 접어 든 채, 택시 승강장으로 나갔다. 많은 택시가 기다리고 있었으며, 운전사들은 서로 자기차를 타라고 권했다.

어느 나라 도시든 택시 하는 사람들은 대체로 믿을 만한 사람들이 못 된다. 타국에서 온 사람들에게 필이 바가지요금을 부르니, 속지 않으려면 많은 신경을 써야 한다. 정당하게 요금을 청한다면 무엇이 걱정일까. 미터기가 장착된 택시라고 꼭 믿을 수도 없다. 한번은 미터기 나오는 대로 주고 타보자는 심산으로, 미터기 사용 택시를 시도해 보았지만, 결과는 찜찜했다. 러시아 상트페테르부르크에서 겪은 일인데, 통상적으로 택시를 잡아 흥정을 해 가면, 50루불에 갈 수 있는 지역인데도 요금이 다르게 나왔다.

아까 말했듯이 시험 삼아 미터기가 작동된 택시를 타고 가는데, 목적지가 아닌 엉뚱한 방향으로 달리기에 이러다가는 도저히 안 되겠다는 생각에, 차를 세우라고 해서 미터기 요금을 보니, 214루불이 나와 있었다. 우리나라 말로 '너 이놈, 왜 다른 방향으로 가느냐' 하며 차에서 내려가려는데, 돈을 지불해 달라는 것이다. 미워서 한 푼도 안주고 와버리려다가, 남의 나라에 온 내가 조금 양보하자는 심정에, 100루불을 주며 가라고 했다. 돈을 받은 후 인상을 쓰기에 화가 나, 차에서 내려오라고 손짓을 했다. 험상궂은 내 얼굴을 본 후 그냥 고개를 숙인 채 가 버렸다. 사람마다 안 좋은 날이 있고, 살기가 도는 시간이 있다더니, 그 날 그 시간에는 천하장사가 와도 때려눕혀버릴 살기가 내 몸에 돌고 있었다. 나중에야 삼수갑산으로 갈망정 그 때 운전사가 내렸다면, 문 옆에 서 있다가 반쯤 나올 때, 많이도 말고 급소 한 군데만 때려 케이오를 시켜 차 안으로 밀어 넣은 채 가 버렸을 것이다.

옛날 속담에 '거북이 보고 놀라면 솥뚜껑보고도 놀란다' 는 말과 같이 어느 나라든 간에 택시 하는 사람은 믿을 수가 없다는 인상을 받았다. 이 세상 모든 선량한 택시 운전사들은 나의 이런 말을 그저 늙고 가난한 떠돌이 여행객의 한 맺힌 푸념이라 생각하는 마음으로 너그러이 이해해 주시기 바란다.

못 믿는다, 못 믿는다 해도, 다급하면 어쩔 수 없지 않은가. 할 수 없이 헬싱키 택시 운전사에게 책에 있는 주소를 보이면서, 여기로 가는데 얼마에 갈 것인가 하고 물어 보았더니, 8루불을 달라 했다. 8루불이면 우리나라 돈으로 12,000원 돈이다. 한국 같으면 기본요금에 갈 거리인데, 처음이라 거리도 잘 모르고, 영어도 안 통하는데다, 나 자신도 핀란드 말을 못하니 난감했다. 멍하니 섰다가 손가락으로 다섯을 펴 들고 5유로로 가자 하니 고개를 끄덕였다.

택시를 타고 점찍었던 유스호스텔로 가 푸론트에서 방이 있느냐고 물으니 '풀(만원)' 이라고 했다. 할 수 없이 다른 데로 가자고 하니 순순히 응해주었다. 러시아 이르쿠츠에서 택시 하는 사람들보다는 신사적이었다. 또 한 곳에 가서 물어보니 여기도 '풀' 이라고 했다. 또 다른 곳에 찾아가서 물어보니 여기도 '풀' . 그날 저녁 핀란드 시내에 조금 싸다싶은 곳은 전부 '풀' 이었다. 그래서 조금 난감했다. 가이드북에 소개된 유스호스텔을 일일이 택시를 타고 찾아다닐 수도 없는 형편이라 택시를 조금 한적한 곳에 세워놓고, 책자에 소개된 유스호텔 전화번호를 손가락으로 가리키면서, 핸드폰으로 알아봐 달라고 하니, 고개를 끄덕이면서 전화를 해본다. 첫 번째도 풀, 두 번째도 풀, 세 번째도 풀. 이제는 전화를 놓고 가만히 앉아있었다.

그 순간 온갖 생각이 스쳐 지나갔다. 용변 보고 싶어 변소 찾는 일도 다급하지만, 해가 저물어 숙소 찾는 일도 사람에게 상당한 다급함을 준다. 속으로 '부처님요, 오늘 저녁만 좀 봐 주소' 소리가 또 나왔다. 중이 믿을 만 한 곳은 부처님밖에 더 있겠는가. 그러는 동안 운전사가 가만히 앉아 한참 생각하더니, 차를 다시 몰고 갔다. 나 자신은 별 용맹도 없이 그저 운전사 눈치만 살피고 있는데, 어디쯤 가더니 도로변에 차를 세운 뒤, 나더러 내리라 했다. 그래서 따라 내려 문을 열고 들어가 보니 저렴한 호텔이었다. 싱글 40유로, 더블 50유로. 북유럽에서는 대단히 싼 호텔이다. 싼 유스호텔도 50유로는 지불해야 하루저녁 지낼 수 있다.

싸다는 다른 호텔은 가이드북에 소개되어 있기 때문에, 배낭 여행자들이 몰려들어 여행시즌에는 방이 동이나 없었다. 여기 내가 묵을 이 호텔은 저렴한 호텔이지만, 책자에 소개가 안 되어 있기 때문에, 나 같은 희미한 사람이 찾아가 잘 수 있는 기적과 같은 호텔이었다. 하도 반가워 택시 운전사에게 차비를 주고, '생큐 베리 마치' 하면서 합장인사를 했다. 택시는

가고, 호텔수속을 마친 후, 방 키를 받은 나는 죽을 약 위에 살약이 있다더니 하면서 크게 숨을 몰아쉬었다. 안에 들어가 보니 방도 깨끗하고, 목욕탕이며, 침대며, 모든 면이 세련되었다. 우선 목욕부터하고, 저녁식사를 한 후, 예불기도를 마친 다음, 잠자리에 들었다.

핀란드라 하면, 잔잔한 시벨리우스 음악이 국토의 구석구석을 적시고, 6만여 호수들 사이사이로, 침엽수림이 꼬리에 꼬리를 물고 이어지는 산림과 호수의 나라이다. 얼핏 생소한 나라라는 느낌이 들지도 모르지만, 산타클로스가 사는 곳이며 영화 '닥터 지바고'의 무대였다는 생각을 떠 올려보면, 그렇게 낯설게 느껴지지는 않고, 더욱이 훈훈한 정이 넘치는 핀란드 사람들을 만나면, 코끝을 에는 추운 날씨에 움츠렸던 마음이 절로 녹는단다. 가이드북에는 다음과 같이 소개 되어있다.

- 지리 : 동쪽으로는 구소련과 접해 있으며, 서쪽으로는 스웨덴, 북쪽으로는 노르웨이와 접해 있는 핀란드는 유럽에서 다섯 번째 큰 국가로 손꼽힌다. 국토의 70%가 산림과 호수로 되어 있으며, 대부분이 저지대 평원으로, 2만㎡가 넘는 크기의 호수가 무려 18만 7,888개나 된다. 이러한 천혜의 자연경관을 살려, 핀란드는 구소련과 스웨덴의 두 강대국 사이에 있는 불리한 환경이지만, 꿋꿋한 민족의 기질로 선진국 대열에 서 있다.
- 역사 : 원래 핀란드인은 1세기경에 지금의 장소에 뿌리를

내리기 시작했다. 하지만 1155년 스웨덴에게 정복되어, 650여 년 동안 스웨덴의 지배를 받았다. 19세기 초에는 다시 러시아의 지배하에 있었으나, 1920년 마침내 핀란드 공화국으로 독립하게 되었다. 북유럽 국가 중 유일한 공화국으로 독자적인 언어를 사용하고 있는 나라이다.

• 기후 : 핀란드는 아일랜드를 제외하고 세계에서 가장 북쪽에 위치한 나라지만 멕시코 만류와 발트 해의 영향으로 기후는 같은 위도상의 다른 나라에 비해 온화한 편이다. 헬싱키의 경우 2월의 평균기온이 -7℃, 8월은 18℃내외다. 5~8월은 낮의 길이가 19시간으로 밤에도 태양이 지지 않는 백야가 계속되며, 겨울인 10~2월은 반대로 밤이 길다. 여름이면 간단한 티셔츠차림이면 되지만, 아침저녁으로 서늘하므로, 얇은 스웨터 한 벌 정도 준비한다. 겨울에는 혹한에 대비한 옷차림이 필요하다.

• 국명 : 핀란드 공화국

• 정체 : 공화제

• 수도 : 헬싱키

• 면적 : 33만 8,000㎢(우리나라 1.5배)

• 주요 언어 : 핀란드어, 스웨덴어

• 인종 : 핀족

• 종교 : 복음 루터교

• 통화 : 유로

• 우리나라와 시차 : 6시간이 늦다.

8월 8일 금요일, 자고 일어나 누룽지를 한 술 끓여먹고, 시내관광 겸 주변상황이나 파악한다고 나오니, 프론트에 주인이 반갑게 인사를 했다. 나도 '굿모닝' 하면서 화답하고, 그 옆에 식당 같은 홀이 있어 들여다보니 빵과 다소의 음료가 배치되어 있어 물어보았다. 서투른 영어로 '이즈 디스 호텔 차지 엣트 브랙퍼스터 인쿨루드(이 호텔 숙박료에 아침식사 포함되어 있느냐)' 라고 물으니, '예스' 라고 했다. 어제 저녁 너무 급한 마음에, 이런 호텔 같은데서 무슨 아침식사를 제공할까 싶어 물어 볼 생각마저 않았는데, 제법이다 싶어 식당에 들어갔다가 그냥 나왔다. 왜 아침식사를 안하고 가느냐기에, 배를 가리키면서 '풀' 이라 하니, 싱긋이 웃었다. 솔직히 말하면, 아침식사를 제공하는 줄 모르고 방안에서 누룽지를 삶아 실컷 먹고 나왔기 때문에 배가 불러 못 먹었던 것이다.

호텔 문을 나와 시내를 걸으면서 이국의 경치를 만끽했다. 거리며, 집들, 가로수 하나 나무랄 데 없이 청결하여, 과연 북유럽 선진국답다고 느꼈다. 미국의 도시와 비교하면, 뉴욕시가지보다 두 배 더 깨끗하고, 워싱턴보다 다섯 배나 더 깨끗하였다. 워싱턴 시가지나 공원에 가보면, 담배꽁초가 많이 버려져 있다. 핀란드 사람들은 온화하고 친절했다.

옛날 50년대 말 아무것도 모른 체, 머리가 노랗고, 코가 툭 불거 진데다가, 눈이 파란색깔이면, 무조건 미국사람이라고 생각했다. 세월이 흘러 지구상에는 수많은 종족이 살고 있다는 것을 알게 되었다. 유럽사람, 소련사람들은 모두 비슷해

보인다. 그러나 자세히 보면 아주 얼굴이 붉은색도 있는가 하면, 영국의 색슨족 같이 피부색이 흰 사람도 있기는 하다. 인종전문가라면 사람들을 보고 무슨 족, 무슨 족 하면서 분별하겠지만, 나 같은 사람은 알기 쉽고, 말하기 편안하게, 동양계통 사람 서양계통 사람이라고 표현하면 수월할 것 같다. 이 곳 핀란드 사람들은 서양계통의 바탕에 몽골사람들의 물이 서너 방울 들어간 것 같은 얼굴이지만, 친절하기로 세계에서 일등이라 해도 과한 평가는 아닌가 싶다.

다음 목적지인 스웨덴으로 가는 초호화특급 유람선 선착장을 찾아갈 요량이었다. 나 같이 돈 아끼는 사람이 호화유람선을 간이 당겨 어떻게 타느냐고 의문이 생길 것이다. 처음 갈 때 돈을 한 푼이라도 절약하기 위해 북유럽 유레일패스를 사가지고 갔는데, 그 안에 이 호화 유람선이 포함되어 있기 때문이었다. 나의 바랑여행 기본은 첫날에는 아무 구경도 안하고 내가 나온 호텔을 기준삼아 시내 상황파악이나 하고, 다음 목적지를 갈 항공권 내지 열차 선박등 표부터 예약을 한다. 그 다음은 가이드북에 소개 된 곳을 마음 푹 놓고 구경하러 다니는 것을 원칙으로 세워놓고 있다.

관광이라면, 시내에 형성된 시멘트 고층빌딩 같은 건물들이야 말로 어느 나라 어느 도시로 가도 마찬가지고, 보나마나 하는 기분이 든다. 아무런 볼 것이 없다 해도, 돌 한 덩어리 놓아두고, 전설 내지 옛것이라 하면, 머리가 끄덕여진다. 우선적으로 그 나라 토속적인 박물관을 보는 것이 과거 역사를 보는 것이기에 모든 관광 상품에서 빼 놓을 수 없다. 그러나 삼사일 전에, 러시아 상트페테르부르크에서, 너무 기막힌 박물관을 구경해 그런지는 몰라도, 박물관이라는 말만 들어도 질려, 헬싱키에 있는 국립박물관에 들어가 볼 마음이 하나도 없었다. 우선 선착장에 가서 배표부터 예약했다. 어딜 갈까 하고 벤치에 앉아 안내책자를 뒤적여도 별로 신통한 곳이 없었다. 헬싱키는 특별하게 가 볼만한 곳이 소개되어 있지 않고, 모든 관광객이 유람선을 이용해서 스웨덴으로 가는 경유지로 설명되어 있다. '너희들은 너희들의 생각으로, 나는 내 생각으로 구경하는 거지, 뭐' 하면서 벌떡 일어섰다.

터미널에서 나와 무조건 전차를 탔다. 가만히 앉아 눈만 이쪽저쪽으로 돌리면서 시내구경을 했다. 참 편하고 구경할 만하다며 두 시간 가까이 가니 사람들이 모두 내렸다. 알고 보니 종착역이라 나도 내려 다른 번호의 전차로 또 갈아탔다. 한 시간 30분정도 갔는데 또 종착역이다. 조금 전에 탄 선로는 남북이라면 이번에는 동서다 싶은 전차를 또 탔다. 얼마쯤 가다 보니 나올 때 봐 둔 숙소 표적 건물 옆으로 지나갔다. 어디로 가나 T3번만 타면, 내가 머무르는 호텔로 오겠구나 하면서, 이리 저리 전차타고 동서남북 헬싱키 시내를 대충 구경을 마친 후, 조금 전에 봐 둔 재래시장을 찾아갔다.

어느 나라 어느 곳으로 가도, 그 곳 재래시장 보는 것을 관광 제3호로 삼는 것이 나의 여행 특징이다. 그래서 재래시장을 찾아 들어가니, 정말 사람 사는 동네 같아 보였다. 허세가 전혀 없는 행동, 만 가지 지역 생산품과 수입 상품을 늘어놓고, 자기 물건을 사라면서 미소 짓는 인사, 얼마냐고 물으면 아주 친절한 답변, 전깃줄 위 참새 앉듯이, 긴 의자에 열을 지어 앉아서, 그 나라 국민이 좋아하는 토속음식을 한 그릇씩 들고 먹는 모습, 다른 어느 곳에 가도 이렇게 진실한 구경은 없을 것이다. 그래서 이 골목 저 골목으로 왔다 갔다 하면서 실컷 구경했다. 저쪽에 있는 과일점을 찾아가 내가 좋아하는 과일 몇 가지와 저녁 해 먹을 감자, 양파, 양배추, 오이 몇 개를 사가지고 나오니, 퇴근시간도 어지간히 되어 호텔로 돌아왔다. 목욕부터 하고, 저녁을 해 먹은 다음, 저녁예불기도를 했다.

스웨덴 스톡홀름 가는 길

8월 9일 토요일, 스웨덴으로 가는 날이었다. 출발시간이 오후 5시이기 때문에 시간적 여유가 많았다. 좀 지친 탓으로 늦게 일어나, 천천히 준비를 해서, 11시에 나섰다. 익숙할만하면 떠나야 하는 것이 배낭여행이라고 앞서도 말했지만, 처음에는 호텔문 밖에 나오면, 동서남북도 몰라 어디로 가야 할지 캄캄했는데, 2박하고 나온 지금은 배타는 부두를 묻지 않고 찾아 갈 수 있었다. 조금 걸어서, 3T 전차를 타고, 네 정거장을 가서 내려, 여객터미널에 도착했다. 여객선을 탈시간은 17시이기 때문에 터미널 안은 아직 조용했다. 조금 심심해져,

짐을 맡긴 뒤, 바닷가로 걸어 나가 보았다.

해변에 공원을 조성하여 깨끗하고 경치가 아름다웠다. 가이드북에 헬싱키는 별로 볼거리가 없다하기에 온 김에 그냥 쉬었다 간다는 생각을 했는데, 그렇지가 않다. 바닷가 공원에서 바라보니, 많은 유람선이 왔다 갔다 하는 것이 보였다. 나 자신은 항구의 자연경치를 누구보다 더 좋아하는데, 이 좋은 구경을 놓쳤다는 생각이 들어, 이리저리 둘러보니 참 아름다운 항구였다. 천연적인 섬과 협만에 둘러싸여 너무 아름다웠다. 헬싱키의 관광하일라이트라 해도 과언은 아닐 정도였다.

인간이 만든 방파제는 한 뼘도 없는 천연요새였다. 나는 바닷가 의자에 앉아서 이렇게 생각해 보았다. 세계적으로 미항(美港)이라고 하는 항구들, 즉 시드니, 나폴리, 뉴욕항구보다 헬싱키 항구가 오히려 몇 등급위라 여겨졌다. 그 아름다운 항구의 경치에 매료되어 정신없이 앉아 있다가, 시간을 보니 승선 30분 전이었다. 급한 마음에 걸음을 재촉하며 터미널에 와 보니, 일부 사람들이 승선을 하고 있어, 나도 재빨리 보관함에 있는 짐을 꺼내어, 빠른 걸음으로 게이트로 가서, 다른 사람들 따라 배에 올랐다. 올라가 보니, 이것은 배가 아니고, 마치 7층 대형 아파트 2개 동을 마주 세워, 일조권 확보를 위해, 복판 통로를 20m 띄어 놓은 것 같았다. 가운데는 아파트 상가거리와 꼭 같은 형식이었다. 양쪽으로 식당, 상점, 면세점, 마켓, 오락실, 나이트클럽, 풀장 겸 다이빙장 등, 입으로 다 말 할 수 없을 정도로, 인간에게 필요한 모든 것이 갖추어져 있었다.

이리저리 다니면서 구경을 좀 하고, 지정 된 내 방을 찾아가 보니, 우선 산뜻하고 깨끗했다. 침대며, 화장실, 샤워장, 창문에서는 바깥 경치가 환하게 보이고, 결과적으로 말하면 별 4개짜리 호텔보다 더 낫다는 생각이 들었다. 짐을 내려놓은 후, 선내 상황파악을 한다는 마음에서, 방을 나와 이리저리 돌아다녔다. 오는 길에 종사자를 만나, "올 피풀 디너 프리(승객에게 저녁식사를 무료로 제공하느냐)"냐고 물어보았더니, "노"라고 하면서 손을 저어 흔들었다.

나는 일찌감치 내 방에 들어와 누룽지를 꺼내어 저녁을 해 먹었다. 유람선은 정각 17시가 되니, 기적소리를 한번 길게 울리면서, 서서히 움직이기 시작했다. 재빠르게 뛰어나와 갑판으로 올라가니, 많은 사람들이 나와 발 들여놓을 틈이 없었다. 그 육중한 배는 아름다운 헬싱키 항구를 뒤로 하면서 스웨덴으로 향해 가고 있었다. 바닷바람이 조금 차가운 느낌이 드나, 구경한다는 욕심에 떨고 있다가, 내 방에 와 감기약 한 봉지를 먹게 되었다.

8월 10일, 아침 일찍 일어나 커피부터 먼저 한잔하고, 어제 저녁때를 생각해서 스웨터를 꺼내어 입고 모자를 쓴 다음, 만반의 준비를 갖추고, 또 갑판위로 올라갔다. 저 멀리 수평선을 바라보니, 뭉게구름처럼 군데군데 섬이 보이기 시작했다. 좌우측으로 나타나는 섬들은 아름다운 그림과 같았다. 이 경치야 말로 자연이 제작한 예술이다. 즉 그림이요 조각이다. 마치 우리나라 해상국립공원 다도해를 연상케 한다. 고동소리를 울리면서 배는 속력을 줄이고 서서히 입항 준비를 하더니, 10시가 되니 부두에 접안했다.

스톡홀름

미리 꾸려놓은 짐을 지고, 남들이 내리는 인파속에 끼어 따라 내렸다. 언제나 겪는 일이지만, 안내자도 없고, 동서남북도 모르는 캄캄한 그믐밤 같은 심정이었다. 다른 사람들의 흐름을 바라보면서 걷는데, 많은 사람들이 세워져 있는 대형 버스 쪽으로 몰려갔다. 나도 그 사람들을 따라가다가, 길가에 세워져있는 빨간색 버스 두 대가 있기에 물어보았다. "이즈 디스 버스 센트럴 고잉(이 버스 시내로 갑니까)?" 하고 물으니 한 사람이 "예스"라고 했다. 임시 급한 대로 상황파악을 해보니, 저기 많은 사람들이 타는 대형버스는 이 선박회사에서 얼마 멀지 않은 전철역까지 실어다 주는 셔틀 버스이고, 내가 타려는 붉은색 버스는 터미널과 시내를 다니는 정기노선 버스인 것 같았다. 얼른 올라타면서, 요금이 얼마냐고 물으니, 우리나라 돈으로 3,000원이라기에, 너무 비싸다 싶어도 어쩔 수가 없어 그냥 주고, 시내 중심가인 기차역으로 왔다.

스톡홀름 중앙역으로 와서, 인포메이션을 찾아 저렴한 호텔을 소개받자 싶어 계단을 내려가려는데, 앞에 마주치는 사람이 나를 보고 미소를 지으면서 안녕하십니까하며 인사말을 했다. 아는 사람 없어, 며칠이 지나도록 누구하고 한국말을 해 본 적이 없었는데, 그 말을 들으니 나도 너무 반가워서 "예" 하며 마주 보게 되었다. 미인 형에 야무지고 당차보이는 50대 여인이었다. 이 머나먼 곳에서 한국 사람을 만나게 되었다면서 대단히 반가운 내색을 했다. 내가 "왜 혼자 다니십니까?" 하고 물으니, "세상살이 살다 보니 혼자 다니게 되었습니다." 라고 대답하면서 가는 미소를 지었다. 그 아주머니가 수월하게 나와 대화를 하게 된 것은, 나도 혼자 다니면서 많이 체험한 일이지만, 일행 없이 혼자 외롭게 여행하다보면 눈에 비치는 사람들은 모르는 외국 사람들뿐이다가 말이 통하는 같은 나라 사람을 만나면 반가워서 그랬겠다 싶어진다.

"아주머니는 지금 어디로 가십니까?" "저는 헬싱키로 가려는 참입니다." "저는 헬싱키를 거쳐 조금 전에 유람선을 타고 스웨덴으로 왔습니다. 나는 스웨덴을 구경한 다음 노르웨이를 거쳐 덴마크 ,네덜란드, 독일을 여행할까합니다." "저도 그렇게 하려는 생각입니다만, 춥기 전에 헬싱키부터 구경하고, 다시 노르웨이로 갈까합니다. 헬싱키가 좋습니까?" "네, 참 좋지요. 아주머니께서는 언어는 어떻게 통하고 다니십니까?" "영어를 할 줄 압니다." 이 말에 내 기가 팍 죽어버렸다. 그러한 인텔리 여인이다 보니 이렇게 혼자 다니는 구나 하는 생각이 들었다. 좀 앉아 이야기라도 나누고 싶었으나, '떡 줄 사람에게 물어보지 않고, 김칫국부터 마신다' 는 속담처럼 지레 짐작이겠지만, 혹시 같이 다니자고 제의 같은 것을 하면 어떻게 하나 싫어, 얼른 일어서서, "아주머니, 몸 건강히 좋은 여행하시고 돌아가십시오." 하면서 바쁜 걸음으로 밑층으로 내려왔다.

다른 뾰족한 수가 없어, 또 인포메이션을 찾아가, 싼 숙소를 소개해 달라고 말을 하니, "오케이" 하며 메모지에 주소를 적어주었다. "생큐" 하면서 받아 나와, 그 나라 돈 100원을 들여 택시를 탔다. 운전사가 "홰어 투(어디로 가시나요)?" 라고 하기에, 주소를 보여주면서 이곳을 가 달라 했다. 내가 찾아가는 유스호텔은 크게 먼 곳은 아니었다. 택시 요놈에게 바가지를 좀 썼구나 하는 생각이 들었지만, 어쩔 수 없이 약속대로 계산해주고, 프론트에서 방이 있느냐고 하니, '풀' 이라고 했다. 또 기가 죽고 힘이 빠졌다. 할 수 없이 되돌아 나와, 길가 짐 보관소에 짐을 맡겨놓고, 다시 역으로 가 인포메이션을 찾아갔다. 나를 보는 순간 직원은 깜짝 놀라며, 왜 왔느냐고 물었다. 내가 기분이 안 좋은 표정을 지으면서 '풀' 이라 하니, '아엠 소리(미안합니다)' 를 연거푸 하면서, 다른 곳으로 전화를 하더니만, 요번에는 단단히 확인해 가면서 예약을 해주었다. 그나마 그것 역시 그날 저녁 하루뿐이었다. 어찌 되었거나 당면 문제가 급하니, 그래도 좋다고 그 호텔로 찾아갔다. 거기까지 가는데 택시요금은 250원을 달라했다. 가면서 생각하기로, 처음에 갔던 그 호텔은 역과 도심지도 가깝고 관광지 옆에 있으니 걸어서 다닐 수 있는 조건이 매우 좋은 곳이었는데, 지금 내가 가는 호텔은 변두리라, 오늘은 운이 없는 날이구나 하는 생각이 들었다.

그러나 막상 호텔에 들어서니, 가격에 비해 종업원이 친절하고, 깨끗한 호텔이었다. 카운터에 있는 종업원 앞에 예약한 종이와 여권을 보이면서 수속을 마쳤다. 그 아가씨가 하루냐고 묻기에 '노' 라면서 이틀이라 우겼다. 그러니 할 수 없다는 표정을 지으면서 이틀간을 해주었다. 방 키를 받아들고, 방에 가 둘러보고, 짐을 놓아 둔 채, 밖으로 나와 주위를 살펴보니, 섬 같기도 하고, 해수욕도 할 수 있을 것 같았다. 아름다운 공원 속에 있는 것 같았으며, 세계 사람들이 가족단위로 휴양을 즐길 수 있는 캐빈(간이숙소)들이 많이 있었다. 시내 중심가 하고는 좀 멀리 떨어져 있어도 많은 관광객이 찾는 좋은 곳이었다. 오늘 운이 안 좋은 날이 아니라 운이 그래도 괜찮은 날이구나 하며 마음을 고쳐먹었다.

카운터에 가서 호텔 네임카드 한 장을 얻고, 대중교통에 대해 설명을 들은 후에, 다음 목적지 차표를 예약하기 위해 버스를 타고 중앙역으로 가면서 보니, 경치가 너무 아름다웠다. 일단 기차표부터 예매해 놓고, 상황파악도 할 겸 느긋한 마음으로 몇 군데 찾아다니면서 구경을 했다. 말만 들었던 스웨덴. 내가 한국에서 생각하기로 북쪽에 위치한 추운 지방이라는 생각에서 별로 탐탁하게 생각을 안 했는데, 여기 와서 둘러보니 그렇지가 않았다.

야! 이런 곳이 또 있나 할 정도로 눈이 휘둥그레졌다. 내가 평소에 가벼운 생각으로, 더운 지방 사람들이 모든 것을 갖추어놓고, 잘 살 거라는 생각을 했다. 추운 지방일수록 문명이 뒤떨어져 좀 원시적으로 살지 않을까 하고 여겼는데, 내 생각이 정반대로 돌아갔다. 더운 지방일수록 문명이 뒤떨어져있고 에스키모 지방을 제외한 모든 추운 지방이 문명적으로 더 발달해 있구나하는 것을 다시 한 번 깨달았다. 스웨덴 유람선을 타고 돌아보니, 우리가 흔히 쓰는 말 가운데 지상천국이라는 말이 스톡홀름을 가리켜 하는 말이라고 여겨질 정도였다.

해변으로 펼쳐져 있는 구시가지는 말로 다 표현 못 할 정도였고, 시내 전체가 박물관이라 해도 무리가 없었다. 물과 자연, 인간이 조화된 지극히 아름다운 곳이 바로 스웨덴의 스톡홀름이구나 하고 평을 했다. 헬싱키 항구에서, 세계 3대 미항보다 헬싱키를 상급이라고 칭찬했는데, 스웨덴 스톡홀름 항구는 초특급 항구라 칭찬하고 싶다.

옛날 중국에 소동파가 소주, 항주, 서호를 보고 감탄한 말이 있다. 하늘에는 천궁이 있고 지상에는 소주, 항주가 있다고 칭찬했지만, 시대가 시대니만치 아주 좁은 식견, 즉 우물 안 개구리 생각이라고 봐진다. 만약 소동파가 스웨덴 스톡홀름에 왔더라면, 얼른 예전에 자기가 읊조린 말을 주워 담기 바빴을 것이다. 그날은 왕궁과 섬에 있는 노천 박물관을 구경한 뒤, 시내 중심가인 쇼핑센터도 구경했다. 7시경에 숙소를 와 저녁을 먹고 혼자 누워 스웨덴에 대해 복습을 좀 했다. 아는 만큼 보인다지 않는가.

스웨덴은 북유럽 중에서 가장 넓은 영토를 가지고 있고, 경제력과 사회복지에 있어서 세계 최고 수준이라 할 수 있다. 부유함을 바탕으로 한 사회적 안정은 중부 유럽과는 차별된 분위기를 느끼게 한다. 아름다운 궁전과 수많은 호수들, 피오르드(빙산의 침식에 의해 만들어진 깎아지른 듯한 해안)를 볼 수 있으며, 여름에는 일조시간이 24시간으로 백야를 만끽 할 수 있는 나라중 하나이다. 또한 도시 계획자들이 수세기에 걸쳐 건설한 도시인 스톡홀름에서는, 세계인의 꿈인 노벨상 수상식이 열린다. 스칸디나비아 반도를 노르웨이와 양분해 남동부를 차지하고 있는 스웨덴은 총 면적이 약 45만㎢로, 북유럽 국가중에서는 가장 넓고, 유럽에서는 네 번째로 넓은 나라다. 인구는 약 885만 명이다. 북동쪽은 핀란드와, 서쪽은 노르웨이와 접하고 있으며, 남서쪽에는 해협을 사이에 두고 덴마크 독일을 마주보고 있다.

스웨덴인은 역사적으로 북부 게르만인의 일족인 고르인과 스비아인이 스웨덴에 정착해 융합됨으로써 형성되었는데, 내가 본 결과 서양계통의 피가 여섯 방울에 동양계통의 피 네 방울을 보태서 만들어진 사람들 같아 보였다. 이들이 본격적으로 역사의 무대에 등장한 것은 바이킹 활동이 왕성했던 9세기경 부터다. 하지만 11세기에 바이킹 활동이 막을 내리고, 기독교를 중심으로 한 통일국가가 탄생되었다. 이 후 스웨덴은 유럽의 역사와 밀접한 관계를 맺게 되는데 한때는 핀란드와 노르웨이를 지배하는 등 스칸디나비아의 강국으로 군림하기도 했다. 현재는 대외적으로 중립적인 입장을 견지하고 있으며, 같은 북유럽 국가들끼리 긴밀한 협조 관계를 유지하고 있다.

여행에 적당한 때는 기후는 6~9월로, 스톡홀름의 7월 평균 기온은 15~22도다. 이때는 태양도 길고 비교적 온화한 날이다. 반면에 10월이 지나면 흐른 날이 많아지고, 초겨울에 들어서기 시작한다. 본격적인 겨울인 12~3월이 되면, 북부지방의 경우 하루 종일 영하의 기온이다. 시차는 우리나라와 8시간 차이가 난다.

노르웨이 베르겐 가는 길

8월 12일, 노르웨이로 가는 날이었다. 전날 열차표를 준비해 놓았기 때문에 시간이 많이 있어, 느긋한 마음으로 호텔 근처 공원을 산책하면서 여유를 부렸다. 내내 쫓기고 급하게 설치다가 여유를 갖게 된 이유는 내가 타야 할 열차 시간이 밤 8시이기 때문이었다. 이틀간 머무르면서 가 볼만한 곳은 거의 다 보았다. 오전 9시나 되어서 배낭을 챙겨지고, 카운터에 와서 체크아웃을 했다. 시간도 많은데 돈을 좀 아껴보자 싶은 생각에서 대중교통을 타려고, 무거운 배낭을 짊어진 채, 1㎞정도 되는 버스정류장으로 걸어 나갔다. 다리가 좀 흔들거려도 힘 안들이고 돈 벌 수 있으니 참아야지 하면서 정류장까지 걸어왔다.

오자마자 내가 타야 할 중앙역 가는 버스가 왔다. 역에 내려 적당한 자리에 앉아, 오늘 저녁 8시까지 기다려야 한다면서 단단히 결심을 한 체 앉아 있었다. 두어 시간 정도 앉아 있다가, 변소 볼일이 있어 갔다가 오는 길에, 역 직원이 서 있기에 확인 차 내 열차 티켓을 보였더니, "투데이 에이엠 에잇 어클락(오늘 오전 8시)" 이라고 엉뚱한 말을 했다. '야, 이놈이 무슨 소리를 하느냐' 고 눈을 번쩍 뜨면서 다시 표를 살펴보니, 아니나 다를까 그 사람 말이 맞았다. 내가 생각하기로 오후 8시라고 알고 있었는데, 이제 보니 오전 8시였다. 내가 좀 똑똑하다면서 재고 다녔는데, 오늘 보니 천하에 제일 우치한 놈이구나 싶었다. 열차표 한 장 똑바로 알아보지 못한 멍청이가 세상 어디에 또 있겠나 하는 생각이 들었다. 그래서 앞에 있는 직원에게 달라붙어 깡통 영어에다가 손짓발짓 하면서, 다시 이 표를 오후에 가는 열차표로 바꾸어 달라고 사정을 했다. 그 직원은 알아듣고, 나에게 손짓을 하면서 가자고 했다. 나를 매표 창구에 세워둔 채, 담담직원과 몇 마디 말을 하더니, 오후 5시에 가는 열차가 있다고 하기에, 서슴없이 '오케이' 라고 했다. 그 표를 정리하고 새로운 표를 주면서 4시까지는 꼭 플랫폼으로 와야 한다고 신신당부를 했다. 나는 웃으면서 '오케이' 하며 절을 했다. 이 열차가 베르겐으로 바로 가느냐고 물으니, 가기는 가는데 오슬로 역에서 갈아타야 한다는 것이다. 본래 나는 오슬로에서 내리려고 했는데, 조금 생각을 해 보니 오슬로에 갔다가, 다시 베르겐으로 올 바에야, 베르겐부터 먼저 갔다가 오는 길에 오슬로에 내리면, 시간과 돈이 많이 절약될 것 같아, 베르겐부터 가기로 작정을 했다. 나머지 시간을 보내기 위해 역 밖으로 나가, 35번 버스가 오기에 무조건 타고 종착역까지 갔다가, 다시 이쪽 종착역까지 오니, 운전기사가 어디에서 내릴 거냐고 묻기에, 나는 웃으면서 '시티 드라이버(시내구경 한다)' 하니, 운전사는 알아듣고 웃었다. 중앙역에 내려 시간을 보았더니, 그래도 시간이 2시간 가까이 남아 또 30번 버스를 타고 종착역까지 갔다. 돌아오는 버스에서 스톡홀름 시가지 구경 한번 잘했다 하면서 역에 내렸다.

시간을 보니 4시가 다 되어, 재빠르게 짐 보관소로 가서 짐을 찾아 가지고, 빠른 걸음으로 승강장으로 나갔다. 이번에는 틀림없겠지 하면서 표를 꺼내어 다시 보았다. 확인 차 옆 사람에게 보이며 이 홈에서 타는 것이 맞느냐고 하니, "오케이" 하면서 5시에 출발한다고 했다. 다소 안정된 마음으로 기다리는데 4시 20분 되니 열차가 들어왔다. 열차에 올라 내 자리를 찾아, 가방 같은 것을 넣는 자리에 바랑을 넣은 후, 옷을 벗어 걸고, 편안한 자세로 앉아 차창 밖을 내다보며, 조금 전에 있었던 일들을 떠올려 생각해 보았다.

나는 본래 묻고 다니는 여행객이라, 묻는데 노하우가 생겼다. 길거리에서나 기차역과 버스터미널 같은 곳에서 아무나 잡고 물으면, 나보다 더 모르는 사람들도 꽤 많았다. 그곳에 다니는 사람들이라고 다 잘 아는 이들이라 볼 수 없다. 사람들을 잘 선정해서 물어야 한다는 것을 알았다. 속담에 '반풍수 집안 망친다' 는 말이 있듯이, 잘 모르는 사람이 대충대충 하는 말에, 많은 곤욕을 치룬 적도 있었다. 이 사람은 이리로 가라해서, 가다가 물어보면, 저리로 가라했다. 가다 물으면, 또 저쪽으로 가라해서, 무거운 바랑을 짊어지고, 한 시간 넘게 헤맬 때도 있었다. 그래서 사람을 정확히 골라 물어야 되겠다는 생각을 해 본 결과, 신문 내지 책을 읽고 있는 사람들에게 물어보면, 언어와 몸짓부터 교양과 자비가 흐르고, 미소까지 지으면서 상대에게 부담감 없는 편안한 느낌을 준다. 또한 적극적인 자세를 취하면서, 가급적 그 일을 끝까지 완성시키려는 성의가 엿보인다. 왜 그 사람들은 친절하면서, 그러한 태도를 가지고 있을까. 내 개인적으로 생각해 본 바로, 신문이나 책을 보는 사람은 많은 사람들의 사상을 접해, 인간의 교양과 도덕을 잘 알고 있기 때문일 것이다. '집에 책 한 권 없는 집안과는 사돈도 하지 말라' 는 옛말도 있다. 과거 우리나라에서도 배운 사람이 어질었다. 좀 쉽게 말하자면 머릿속에 먹물이 든 사람이 훌륭하다는 것이 거기에 견주는 말이 되겠구나 싶어진다. 이글을 읽는 사람들은 앞으로 국내외 어느 곳을 가더라도 길을 물을 때는, 내가 앞에서 말한 대로 해보면, 원만하게 길 안내를 받을 수 있을 것이다.

이런저런 생각을 하고 있는데, 어느덧 출발 시간이 되어, 열차는 호루라기 소리를 내면서 움직이기 시작했다. 시내를 벗어나 들판을 보니, 시내는 그런대로 사람들이 모여 사는 것처럼 느껴졌는데, 교외는 사람의 자취가 별로 보이지 않고 황량한 풀밭만 보였다. 가도 가도 끝없는 초원뿐이었다. 시간이 얼마나 더 지나 어두움이 찾아들었다. 이제는 바깥경치를 볼 수 없을 정도로 칠흑 같은 어두움을 뚫고 열차는 잘도 달렸다. 옆자리에 인물 잘 난 40대 여인이 앉아 있었다. 오슬로의 형편도 파악하고, 영어회화 연습도 할 겸, 내가 먼저 말을 걸었다. "하와유(안녕하세요)?" 하니, "파인 생큐 엔드 유(안녕하세요)?"라 대답했다. "훼어 유 리브 인 오슬로(오슬로 어디 삽니까)?" 라고 물으니, 나를 보고 "훼어 아유 캄푸롬(어디서 오셨는지요)?" 하기에, "아이엠 코리아 트러블러 멘(저는 한국에서 온 여행객입니다)" 라고 답했다. 대충 몇 마디 주고받고 하다가, 나는 베르겐으로 가지요, 이 열차가 오슬로에 도착하면 갈아타야 될 것인데 잘 모른다 하니, 걱정하지 말라고 했다. 자기가 오슬로에 내려서 알려주겠다는 것이다. "생큐 베리 마치" 하고 감사함을 표시했다.

저녁예불 시간이 다가와 눈을 지그시 감고 자는 척 하면서 저녁기도를 했다. 나는 눈을 감고 있었지만 오슬로에 사는 그 여자가 이상한 눈초리로 나를 여러 번 훔쳐본다는 것을 알 수 있었다. '자는 것 같지도 않고 이상한 일이다. 조금 전만 하더라도 눈에 잠이라는 것은 하나도 없고, 정기가 흐르더니, 갑자기 눈을 감은 채 똑바른 자세로 앉아 있는 것이 좀 이상하다' 라고 생각하는 것이 분명했다. 기도가 끝나 물을 찾아 한 모금 마시는데, 조금 전에 왜 그러고 있었느냐는 말로 물어왔다. 그래서 별로 돌려 할 말도 없고 해서, 솔직히 '아엠 코리아 부디스트 멍크(난 한국 승려다)' 라 하니, 아는 체를 했다. 어떻게 아느냐고 물으니, 텔레비전에 가끔씩 소개되어, 본 일이 있다고 했다. 그런 뒤부터 빵과 음료수를 사주며 마시라고 권했다. 너무 잘 대해주니 내가 조금 민망할 정도였다. 옆 사람들만 없으면 나의 손이라도 잡을 감정을 발산했다. 그리고 전화번호를 적어 주면서, 오슬로에 와서 꼭 전화를 하면, 자기가 마중을 나가주겠다고 한다. 오늘 저녁에 오슬로에 도착하면, 베르겐으로 가는 열차를 가르쳐 주겠다는 것이다. 너무나 친절하게 해주는 바람에, 나는 어리둥절해졌다. 한국 절에 있을 때 신도분들이 오면, 나보고 깔딱매너가 있다는 말을 더러 했다. 나는 지금도 깔딱매너가 무엇인지 잘 모르지만, 혼자 생각해 보건데, 나를 보면 첫눈에 홀딱 반할만한 기질이 어느 정도 있어, 오슬로에 사는 저 여자도 저러는가, 여하튼 고마운 사람이다 하며, '생큐 베리 마치' 라 했다.

그럭저럭 시간이 밤 11시경이 되어, 주위 사람들이 부스럭거리면서 내릴 준비를 하고 있었다. 나도 남들 따라 짐을 챙겨 가지고 있으니 열차는 정시에 도착했다. 사람들 내리는 대열에 끼어 따라 내렸다. 내가 조금 늦으니, 앞서가던 현지인 여자는 돌아보면서, 멈칫 멈칫 기다리고 서 있었다. 나는 웃으면서 따라가니, '슬로, 슬로(천천히)' 하며 천천히 가자고 했다. 계단이 있는 이층 같은데, 올라서니 3번 홈이라고 쓰여 진 곳을 가리키면서, 그리로 내려가면 된다고 했다. 나는 들었던 손가방을 놓고, 합장하면서 '생큐 베리 마치' 하며 인사를 했다. 그 여자는 손을 흔들면서 돌아 갔다. 가다가 또 나를 돌아보며 웃으면서 손을 흔들었다. 그 사람이 보이지 않을 때까지

서 있다가, 손가방을 챙겨들고 밑으로 내려가 보니, 열차는 홈에 대기하고 있었다. 내 자리를 찾아가 짐을 정리하고, 침대에 누워 기다리니, 새벽 1시 20분에 출발했다. 이 차는 종착역 베르겐까지 가는 차이기에, 안심하고 깊은 잠에 들어갔다. 얼마쯤 지나 열차의 움직임에 잠이 깨어, 시계를 보니 아침 6시라, 서둘러 기도 하고 내릴 준비를 했다. 열차는 정시인 7시에 도착했다. 15시간 걸렸다.

베르겐

8월 13일 아침, 모두 내리는데, 나도 배낭을 챙겨 메고 남들 따라 내렸다. 내리면서 살펴보니, 저 앞에 한국 청년 같은 동양인과 여자 학생들 몇 명이 서 있어, 그리로 찾아가 먼저 '안녕하십니까?' 하고 말을 하니, 반갑게도 한국말로 '어서 오십시오. 혼자 이렇게 여행 하십니까' 하면서 내 배낭을 받아주고 아주 친절하게 했다. '한국에는 어디에 사느냐고 물으니, 울산 산다는 말에 더욱 더 반가웠다. 나는 경주에 있다면서, '그래, 이곳에 언제 왔느냐' 고 물으니, 방금 저 차로 왔다했다. '나도 저 차로 왔는데' 하면서, 베르겐은 어떻게 관광을 하느냐고 물었다. 베르겐에는 별로 볼 것이 없고, 물가도 비싸 이곳에서 8시가 되면 관광열차가 떠나는데, 그것을 타고 구경한 다음, 저녁 9시 차를 타고 오슬로로 갈 작정이라는 것이다.

그 말을 듣고, 그러면 나도 그렇게 하겠다 하니, 청년은 그렇게 하자면서 내 배낭을 보관소에 들고 가 맡겨 주었다. 관광권을 산 다음, 밤 9시 오슬로 행 침대 열차표도 사 주어, 그 날만은 그 청년 덕분에 아무런 근심걱정 없이 편안한 여행을 하게 되었다.

8시가 되어 열차는 떠났다. 관광열차이다 보니 천천히 가며, 경치가 좋은 곳에서 멈추어 관광객으로 하여금 사진 찍으라는 배려도 해주었다. 다시 열차가 출발해서 어느 호숫가에 도착하니, 울산 청년이 나를 보고 앞으로 1시간 후에 저 페리를 타야 한다며 가르쳐주고, 그들은 그들대로 몰려나갔다. 나는 열차에서 내려, 1시간 가까이 부두로 왔다 갔다 하며 상점 구경으로 시간을 보냈다. 관광안내카드를 구해보니, 맑고 깨끗한 호수, 몇 억만년 전 빙하시대에 형성된 피오르드를 구경한다기에 뭔 그리 좋은 구경을 하나싶어 호기심을 잔뜩 가지고 있었다.

한 시간이 지난 후 배를 타자마자, 전망이 좋은 갑판 위 앞자리에 앉아, 북부 유럽에서만 즐길 수 있는 특이한 관광에 기대감으로 마음이 잔뜩 부풀어 있었다. 배는 기적을 울리더니 드디어 떠났다. 페리의 속력은 7노트정도로 천천히 갔다. 가면서 보니, 온통 맑고 깨끗한 물이었다. 그곳은 인간으로 인한 공해가 전혀 없다는 곳이다. 북쪽이고 공해가 없어 그런지, 모든 것이 맑게 보이고, 청결하다 못해 싸늘한 기분이 들었다. 앞에 다가오는 물과 산은 신령스러우면서 아름다워 보였다. 나는 처음에 빙하시대에 형성된 피오르드라기에, 낱말 뜻도 모르고, 땅에서 무엇이 솟아올라 희귀한 암석이 굳어있나 싶어, 잔뜩 기대를 가지고 보았는데, 그냥 물가에 절벽이라 별로 감탄할 것이 없었다. 우리나라 홍도에 비하면 아무것도 아니며, 그저 소양강 댐에 배 타고 지나가는 정도라 하면 되겠다. 나중에 알고 보니 '피오르드' 라는 말뜻이 그냥 '그때 그 시대' 라는 것도 알았다.

2시간을 지나니 배가 선창가에 접안했다. 울산 청년이 나에게로 다가오더니, 하선하는 즉시 주차장에 대기 중인 버스를 얼른 타라고 가르쳐주었다. 그래서 나는 사람들 흐름 따라 내려서, 마음에 드는 버스를 탔다. 버스는 사람이 차니 출발했다. '관광은 보면 별 거 없고 안보면 궁금하다.' 는 말이 다시 떠올랐다. 버스는 4㎞ 정도 가다가, 넓은 주차장으로 들어가 세웠다. 20분간 쉬어 간다는 말에 승객들이 모두 내렸다. 나도 내려 보니, 기념품 가게부터 먹을거리가 늘어져 있는 상가였다. 어디로 가나 관광객 주머니 터는 술수는 이곳 노르웨이도 예외는 아니구나 하면서 이 가게 저 가게 기웃거리다가 시간이 다 되어 다시 차를 탔다.

다음에 도착한 곳은 시골에 있는 조그마한 기차역 앞이었다. 여기에서 기차를 타고 베르겐 역으로 가야했다. 1시간 넘게 기다리니, 열차가 왔다. 타고 베르겐 역에 오니, 시간상 여유가 있었다. 푸근한 마음으로 저녁을 먹을 요량으로, 누룽지를 꺼내어 물에 불려서 먹고, 커피도 한 잔했다. 그런 후 벤치에 앉아 있는데, 한국 사람들이 몇 명 지나가면서 인사를 했다. 반가운 마음에 답례를 하고, 여기에 관광 왔느냐고 물으니, 사업차 왔다는 것이다. 서로 축원인사를 한 후 헤어졌다. 그럭저럭 시간을 보내다가, 열차시간이 다 되어, 오슬로 행 열차에 올라타 내 자리를 찾아서 짐을 넣고, 차창 가에 기대 앉았다. '세월이 참 좋기도 하다. 30년 전만해도 꿈에도 생각 못한 이 머나먼 노르웨이 베르겐도 다 구경하고' 하면서, 노르웨이에 대해 좀 더 자세히 알아보았다.

스칸디나비아 반도 북서쪽으로 길게 늘어선 나라인 노르웨이는 일찍이 세계 해상을 뒤흔든 바이킹이 출현한 곳이다. 특히 빙하가 만들어 낸 아름다운 피오르드와 호수폭포 등은 이 나라의 경관을 더욱 더 빛내고 있다. 또한 북유럽 제1의 문화 도시임을 자부하는 오슬로와, 여름에 1개월 정도 밤이 없는 백야가 연출되는 유럽의 최북단의 노르카프 등, 노르웨이의 각지는 수많은 관광객들을 유혹하는 매력을 지니고 있다.

• **지리** : 노르웨이의 총 면적중 30%가 북극권에 속해있고 스칸디나비아 반도 북서부를 차지하고 있다. 동부는 북쪽으로부터 러시아, 핀란드, 스웨덴과 접하고 있으며, 서부는 노르웨이 해, 북해와 접해있다. 나라의 형태가 남북으로 좁고 길어서, 가장 좁은 부분은 폭이 6.3㎞밖에 안 된다. 섬

은 약 15만개이지만, 사람이 살고 있는 섬은 2,000여 곳에 지나지 않는다.

• 역사 : 북유럽 국가 중에, 노르웨이는 비교적 국가통일이 늦은 편으로, 872년에야 비로소 여러 지역이 합쳐 하나의 통일국가를 형성했다. 그 후 14세기경 카마르 연합에 따라, 덴마크 왕이 스웨덴, 노르웨이 왕을 겸하게 되었다. 1523년 스웨덴은 덴마크로부터 독립했으나, 노르웨이에 대한 덴마크의 지배는 19세기까지 계속되었다. 1814년 킬 조약에 따라, 스웨덴의 지배에 들어가게 된 노르웨이는, 노르웨이 왕을 겸하고 있던 스웨덴 왕 칼 14세 치하에서 노르웨이 헌법을 제정하였고, 마침내 1905년 국민투표로 독립을 선언하고, 호콘 7세를 노르웨이 국왕으로 맞이하게 되었다. 제 2차 세계대전 당시, 나치의 침략을 받기도 했으나, 현재는 서방 선진국의 일원으로 활발한 대외 활동을 보여 주고 있다.

• 기후 : 여행시즌인 6~8월에, 오슬로의 경우, 한낮의 기온이 30도 이상 치솟지만, 내륙의 산림지역은 꽤 서늘하다. 특히 북부지역은 두툼한 스웨터가 필요할 정도다. 겨울에는, 바다와 접한 곳은 멕시코 난류의 영향으로 북극권 지역으로서는 따뜻한 편이지만, 내륙 지역은 상당히 춥다.

• 국명 : 노르웨이

• 수도 : 오슬로

• 면적 : 약 32만 4,000㎢

• 인구 : 약 64만명

• 우리나라와 시차 : 8시간이 늦다

저녁 9시경에 침대에 누워 눈을 감았다. 어느 땐가는 모르지만, 옆 침대에서 기침하는 소리에 잠이 깨어, 눈을 뜨고 시계를 보니 5시였다. 얼른 일어나 아침기도를 한 다음, 짐을 챙겨놓고 의자에 기대어 앉아 있었다. 위에, 옆에 자던 사람들도 용케도 시간을 알고, 일어나 부스럭 거리기 시작했다. 나는 얼른 변소에 갔다 와서, 내릴 준비를 단단히 하고 있는데, 열차는 정시인 7시에 도착했다.

오슬로

늘 하던 버릇처럼, 다른 사람들이 내리는 대열에 끼어 나가 먼저 짐 보관소를 찾아 짐을 맡겨 놓고, 가벼운 차림으로 피크닉 가방만 멘 체, 가이드북에 소개된 와엠씨에이(YMCA) 숙소를 찾아 나섰다. 중앙역에서 5분 거리라고 쓰여 있는데, 10분이 넘어도 못 찾고, 이 골목 저 골목 헤매면서 물어봐도, 그곳 사람들도 잘 몰랐다. 왜 하필이면 와엠씨에이(YMCA)를 찾아야 하나 하겠지만, 노르웨이에서 가장 숙박비가 저렴하다 하기 때문에, 기를 쓰고 찾지 않을 수 없었다. 이 사람에게 묻고 저 사람에게 물으면서 한참 헤매다가, 바로 아는 사람을 만나 겨우 찾아갔다. 혹시 방이 없으면 어떻게 하나하고, 다소 걱정을 하면서 들어가, 카운터 근무자에게 "두유 해브 룸(방 있나)?" 하니, "예스"라 했다. 반가워서 웃음이 나왔다. 하루저녁 묵는 요금이 얼마냐고 하니, 우리나라 돈으로 5만 원이라고 했다. 그래도 워낙 비싼 지역이다 보니, 다른데 비하면 3분의 1 값도 안 되었다. 이곳은 방이 아니고, 넓은 강당 같은 바닥에, 일인용 스펀지 같은 매트하나만 주면 끝이다. 덮는 이불 같은 것은 아예 없고, 벽 따라 1m 간격으로 누워 자야 한다. 샤워는 돈을 내야하고, 변소는 공동인데, 이래도 싸다는 것 때문에, 세계 배낭여행자들이 몰려, 어떤 때에는 자리가 없다한다. 이런 곳에서 5만 원을 받는다면, 과연 북유럽 물가 비싸다는 것을 다시 설명 할 필요가 없다고 본다.

카운터에서 수속을 하는데, 옆에 웬 동양계 여자가 보고 서 있기에, 나도 모르게 무의식중 그 여자를 바라보니, 두꺼비 상을 띠고 있어 복은 있어 보이는데, 인물이 너무 못났다. 인물만 잘 났으면 말이라도 한 번 걸어 볼 것인데, 너무 못나 고개를 돌려버렸다. 그래도 수속을 마치고 지나가면서, "안녕하십니까?" 하니, 눈을 둥글게 뜨면서, 본인은 코리언(한국인)이 아니고, 니혼진(일본인)이라 했다. 그래서 속으로 '그러면 그렇지, 일본사람이니까 그리도 못났지. 우리 코리아 사람들은 인심도 좋고, 인물도 다 잘났지' 하며 이층 강당으로 올라 갈 참인데, 여자 셋, 남자 한 사람이 우르르 계단으로 내려오면서, 나를 보고 반기며 인사를 했다.

내가 잘 모르는 것 있으면 도와준다는 심정에, '변소는 저기고요, 세면장은 이쪽이지요.' 하면서 내 짐을 들고 이층 강당으로 올라가 지정된 넘버를 찾아주고, 자기네가 덥던 흰 매트카바를 갖다 주며, 요리 해 먹다 남은 감자볶음과 콩자반을 갖다 주고해서, 나에게 다 주면 여러분들은 무엇을 먹느냐고 황송해 인사를 하니, 우리는 여기에서 5일간 관광을 끝내고 영국으로 간다는 것이다. 그러면 언제 한국으로 귀국 할 것이냐 하니, 영국에서 유학하는 중인데, 요번 여름방학 기간을 이용해 노르웨이에 관광 왔다면서, 오늘 저녁 7시 비행기로 간다고 했다. 인사도 정중히 하며, 아주 친절한 말투로, '좋은 여행 하십시오' 하는 말에, 나는 흐뭇한 감정에 젖어들었다. 여러 나라를 여행하면서, 마음과 정서가 좀 황폐해져 있던 나에게, 그 유학생들이 베푸는 친절은, 몇 달 가뭄 끝에 대지를 적시는 단비 같았다. 어찌되었거나 같은 민족이 다르구나 하면서 가이드북을 펴 보았다.

책자에 소개된 대로 찾아가 구경을 할 마음으로 거리로 나와 걸어가는데, 조금 전에 본 그 못난 일본인 여자가 앞에 걸어가고 있었다. 뒤에 따라가면서 '헬로' 하며 말을 거니, 나를 돌아보고 생긋이 웃으면서 고개를 끄덕였다. 날 더러 어디로 가느냐고 하기에, 관광하러간다니까, 자기는 내일 갈 기차표 때문에 역에 간다했다. 같은 방향으로 걸어가며, 이런 저런 이야기를 하던 중에, 음료수를 자기가 산다고, 가게에 들어가자 했다. 그러면 내가 산다 하니, 그럴 수가 없다며, 내 팔을 잡고 끌었다. 그래서 그 사람 호의를 무시 못해 들어가 주스

한 잔씩을 받아놓고, 여행에 대한 이야기를 나누었다. 나도 여행을 하는 중이지만, 다른 사람에게 주스 한 잔 대접한다는 것은 그리 수월하지 않는데 하면서 가게를 나왔다. 얼마 안가니 역이라, 그녀는 대합실로 가고, 나는 내가 가야 할 길을 갔다. '보기 좋은 떡이 먹기도 좋다' 는 말은 일면은 맞고, 일면은 안 맞는 말이다. 내가 딴에는 이 세상 사리라고 주장하는 말 가운데 수직은 맞고, 수평은 안 맞는 것이 있다. 반대로 수평은 맞고, 수직은 안 맞는 것도 있다. 그와 같이 그 못난 일본 여자는 겉은 그리도 못났는데, 속마음은 누구도 따라 갈 수 없는 아름다운 성인의 마음이구나 하는 생각을 하며 걷는데, 옛 시조 한 구절이 떠올라 중얼거려봤다.

까마귀 검다하고 백로야 웃지 마라.
겉이 검은들 속조차 검을 소냐.
겉 희고 속 검은 이는 너 뿐인가 하노라.

우리나라에서는 천 원, 이천 원을 별로 부담 없이 쓰지만, 외국에 나가면 천 원 쓰는 것이 그리도 아껴지고 마음에 부담이 간다. 그 일본 여인은 우리나라 돈으로 거금 8천 원을 흔쾌히 쓰는 것을 보고, 여자로서 대단한 사람이라 평가되었다.

뒤에서 갑자기 빵하고 울리는 자동차 경적 소리에 놀라 돌아보니, 내가 자동차 도로 반쯤 들어와서 걷고 있었다. 뒤에 서있는 자동차를 보며 합장하고 절을 하면서 얼른 옆으로 나왔다. 이렇게 정신없이 가다가는 안 되겠다 하는 생각에 정신을 바짝 차리고 열심히 걸어갔다. 근근이 찾아가 왕궁 박물관 미술관을 구경했다. 또 배를 타고 건너, 수공예 민속 박물관과 바이킹선이 있는 곳을 돌아본 후, 7시경에 숙소로 돌아와, 국수를 만들어 배 아프도록 실컷 먹고 누워 잤다.

8월 15일, 아침을 든든히 먹은 후, 어제 못다 본 관광을 하기위해 나갔다. 먼저 시내 상황파악을 한다면서, 전차를 타고 종착역까지 갔다왔다 하다가, 적당한 곳에 내렸다. 해변 가를 조금 걸어 올라가니 옛 성이 나왔다. 그래서 성을 다 둘러 본 후 부두로 갔다. 어제 마지막 본 뗏목 배를 다시 보고자, 전날 탔던 그 배를 타고 목적지에 내렸다. 어제는 시간도 없고 해서, 별로 관심 없이 본 삼각형 집을 들여다봤다. 거기에는 북극을 탐험했던 유명한 푸람 호가 옛날 그대로 보관되어 있었다. 이 귀중한 물건을 못 볼 뻔 했다면서, 구석구석을 관심 있게 살펴보았다. 내가 듣기로 피어리스가 북극탐험에 썼던 배라고 했다. 그 다음에 아문젠이 이 푸람 호를 빌려 타고 남극에 가서 영국탐험대와 함께 전원 사망했다는 것이다. 그런 말을 듣고 조금 애석한 감정이 들었으나 지금은 어쩔 수 없는 일이라 하면서 구경을 마친 다음 다시 건너왔다. 전차를 타고 돌아다니다가 시장을 만나 저녁거리와 좋아하는 과일을 사왔다. 숙소에 와 저녁을 해먹고, 다음 목적지로 가기 위해 준비를 하다가 잠이 들었다.

덴마크 코펜하겐

8월 16일 11시 30분 열차로 덴마크 코펜하겐 샌트럴(중앙) 역에 내렸다. 항상 그렇듯이, 처음 가는 낯선 거리라 다소 걱정이 되었다. 어디로 가야 헐한 숙소를 구할까 하는 것이 으레 하는 걱정이다. 오는 열차에서, 옆자리에 동석한 캐나다 산다는 젊은 배낭 여행자와 이야기 하다가, 가이드북을 펴 보이면서, 코펜하겐에 가면 이 숙소를 찾아 갈 생각이라고 했다. 그 청년은 웃으면서, 자기도 그 호텔을 간다고 한다. 그래서 나는 "아이 엠 투게더 고우(함께 가자)" 하니, "오케이" 하고 대답했다. 둘이는 일시적인 동행이 되어, 덴마크 중앙역에 내렸다. 그 청년이 가이드 북 지도를 한번 보더니, 묻지도 않고 숙소까지 찾아오기에, 나는 그 사람을 보고 감탄했다. 외국사람, 젊은 현대인이 확실히 다르다고 생각이 들었다. 나 같으면 10번도 더 물을 것인데, 한 번도 묻지 않고 찾는다는 것은 대단한 사람이다. 호텔 프런트에 와서도, 접수 절차 일체를 도와주고, 인사까지 하면서, 자기 방으로 갔다. 그 사람은 다음날 7시 30분에 떠난다는 말을 했다. 고맙기 짝이 없었으나, 그 이후 청년을 만나지 못하고 헤어졌다.

자고 일어나니 6시였다. 아침을 해 먹고, 일일패스를 사기 위해 인포메이션을 찾아가보니, 10시부터 오픈한다고 쓰여 있다. 다른 사람보다 일찍 설쳐, 상황 파악도 할 겸, 한발 앞선다는 것이 뜻대로 안 되었다. 8시에 인포메이션에 도착해서,

10시까지 황금 같은 두 시간을 그냥 버릴 수가 없었다. 그때까지 시내구경이나 하자 싶어 버스를 타고 돌아다녔다. 어디쯤 가서 시계를 보니 9시라, 지금 가면 대충 맞아 떨어질 것 같아, 오는 버스를 바꾸어 탔다. 와서 보니 벌써 문 앞에는 오십 명 가량 기다리고 있었다. 조금 있으니 직원이 문을 열어젖혔다. 수문을 열어 놓은 것처럼, 사람들이 와 하고 밀려들어갔다. 차례 번호를 빼니, 그래도 4번이다. 기는 놈이 있으면 나는 놈이 있다더니, 나보다 더 동작 빠른 놈이 덴마크에 또 있구나 하면서 기다렸다. 내 차례가 되어 일일패스 한 장을 사가지고 나와 보니, 많은 사람들이 큰길로 몰려가는 것이 보였다. 내 생각에, 저 많이 가는 사람들을 따라가면, 핵심적인 관광코스가 있지 않겠는가하고, 필사적으로 따라갔다. 한참 가다보니, 어디로 들어가는 것도 보이지 않았는데, 행렬이 희미해져 버렸다. 조금 더 따라가니, 그 많던 사람들이 열 명도 안 되어 보여, 도깨비에게 홀린 느낌이었다.

'야, 이게 어찌된 일인가' 싶어, 서서 주위를 둘러봤다. 저 멀리 투어버스가 몇 대 서있고, 단체관광객들이 들어가는 것이 보여, 빠른 걸음으로 그곳에 가보니, 매표소도 있고 많은 단체들이 들어간다. 나도 재빨리 표를 한 장 사들고 따라 들어갔다. 그 곳이 바로 왕궁이었는데, 지금은 덴마크 국립박물관이었다. 제대로 찾아왔구나하며 안심했었다. 그곳은 개인별로 못 들어가고, 가이드가 단체별로 인솔해 구경을 시킨다는 것이다. 그래서 보고만 있는데, 한 단체가 들어오기에, 얼른 그 뒤로 붙어 따라 들어갔다. 어느 나라든 고궁이라면 특색이 있는 그 시대 최고 뛰어난 설계, 장식, 장인의 솜씨가 어려 있는 곳이기도 하다. 또 다른 왕궁 하나를 구경하기 위해 찾아가니, 늦어서 내부는 못보고 겉만 본 후 돌아섰다.

별로 가봐야 할 곳도 없어서, 또 시내나 돌자싶어 버스를 타고 여기저기 돌아다니면서 구경을 했다. 어느 종착역에 내려보니, 큰 슈퍼마켓이 보이기에, 구경이나 하자싶어 들어가 본즉, 역시 사람 사는 곳은 동서를 막론하고 다 같구나 싶었다. 산처럼 쌓아놓은 물품, 칸칸이 진열된 물건과 많은 사람들이 북적되는 것이 세계 어느 나라를 가도 비슷했다. 아름답지 못한 표현으로 말하자면, 빵 한 조각을 풀밭에 던져 놓으면, 수천마리 벌레가 그것을 먹겠다고 설치는 것 같이 보였다. 나 역시도 그 틈바구니에 끼여, 과일 코너로 가서 사과, 복숭아, 포도 등 여러 과일을 사 가지고, 한적한 그늘에 앉아 실컷 먹었다. 얼마쯤 쉬었다가 또 버스를 탔다. 가면서 보니, 이 버스가 외곽으로 너무 멀리 간다 싶어 얼른 내렸다. 다른 차로 갈아타고, 시내 센트럴 역으로 왔다.

이제는 힘도 빠지고 피로함이 느껴져, 관광은 그만하기로 했다. 다음 목적지인 네덜란드 암스테르담으로 가는 열차표를 사러갔다. 늦게 도착하면 헐한 숙소 구하기가 힘들 것 같아, 조금 일찍 도착하는 7시 54분발 열차표를 사가지고 숙소로 돌아왔다. 그날 저녁 역시 국수를 해먹고, 저녁기도를 한 다음, 누워서 내가 본 덴마크를 정리해본다.

덴마크의 지형은 해발 평균 고도가 50m도 안 되는 것 같고, 산이란 눈을 닦고 봐도 볼 수 없는 넓은 초원지대였다. 호주나 뉴질랜드처럼 양들이나 소떼가 있는 것도 아니며, 열차를 타고 국토의 반을 가로질러가도 초원지대뿐 흔하디 흔한 양 한 마리 보기가 힘들 정도였다. 초원 속에 큼지막한 농가는 더러 보이는데, 농사는커녕 남새(채소)밭 하나 안 보였다. 그뿐이랴. 집 근처에는 감나무 한 그루, 살구나무 한 포기 없는 아주 살풍경한 마을로 보였다.

옛날 초등학교 다닐 때, 국어책 어느 페이지에, 바닷물보다 육지가 낮아, 갯가에 둑을 막아 살고 있는데, 밤사이 둑에 구멍이나, 지나가는 소년이 이것을 발견하여, 어린 힘으로 물구멍을 막아 많은 사람들을 구했다는 용감한 소년 이야기를 읽어 본 적이 있다. 이것이 기억에 남아, 덴마크를 가면, 이곳부터 먼저 찾아가봐야겠다고 했는데, 말이 통하지 않아 찾지 못했다.

내가 보는 면으로. 그렇게 둑을 막아 놓고 살 조건이 아니다 싶었다. 물 걱정 없는 넓은 지역이 어마어마하게 많은데, 하필이면 육지가 해변보다 낮은 곳에서, 물이 들어 올까봐 걱정을 하여, 둑을 막아 놓고 살 이유가 있을까. 워낙 국토가 낮아서 그런 이야기가 나왔나 싶어진다. 하기는 이 나라 국토는 해변보다 그리 크게 높지 않았다. 우리나라처럼 태풍이나 폭우가 쏟아진다면, 국토 전체가 물에 잠길 것 같았다.

하수구는 있지만 경사가 없어 시커먼 빛을 띠고 있었다. 이곳은 태풍이나 많은 폭우가 없는 모양이다. 또한 해변보다 육지가 깊어, 비가 오면 물이 못 빠져 나가, 풍차를 이용하여 물을 퍼내느라, 각처에 많은 풍차가 있다 했다. 그래서 풍차의 나라라 한다는 이야기를 들은 적이 있다. 그러한 의문이 생겨 몇 대의 풍차가 있는 마을을 찾아 가보니, 물을 퍼내기 위한 풍차가 아니고, 그 풍차에 의한 동력으로 가내공업을 하고 있었다.

덴마크 사람들은 대체로 온순하게 보였다. 물론 산악지대 사람이 아니고, 평야지대 사람들이니, 지형 따라 사람의 성격과 모양이 다르다는 것이 여기에서도 입증된다 하겠다. 인종 형색은 서양 물 60%에 동양 물 40%를 혼용해 만든 사람들 같았다. 좀 더 상세한 내용을 알아본 바로는 다음과 같다.

> 일찍이 바이킹들이 거친 바다를 무대로 눈부신 활약을 펼쳤던 덴마크는, 한때 스칸디나비아 반도를 통치했던 나라답게 오랜 역사와 전통을 간직하고 있으며, 이런 연유로 1996년 유럽의 도시로 선정되기도 하였다. 또 세계적인 동화작가 안데르센이 태어난 곳답게, 나라곳곳을 동화의 나라로 만들어 지켜 나가고 있어, 수많은 여행자들의 마음을 사로잡고 있다.

• 지리 : 유럽대륙의 중북부에 위치한 덴마크는, 유틀란트 반도와 핀 섬, 셀란 섬, 홀란 섬, 보른홀름 섬 등 480개가 넘는 섬들로 이루어져 있다. 동쪽은 외레순 해협을 사이에 두

고 스웨덴과, 북쪽은 노르웨이와 접하고 있으며, 유틀란드 반도 남부는 독일과 접하고 있다. 국토 대부분이 평야지대로서, 해발 100m가 넘는 곳이 거의 없으며, 호수와 늪지대가 많다. 그 밖에 덴마크령인 그린란드와 페로스 제도 등이 있다.

• 역사 : 덴마크가 유럽에서 가장 오래된 역사를 가진 나라로, 이 지역에 사람들이 살기 시작한 것은 약 1만 년 전 부터이다. 그러나 본격적으로 역사에 등장하는 시기는 9~11세기 노르만인의 해외진출이 활발하던 때이다. 9세기경 가장 먼저 통일국가를 이룬 덴마크는 노르웨이와 스웨덴을 지배하면서, 사실상 스칸디나비아 제국을 통일하였다. 그러나 17세기 이후 쇠퇴하기 시작하여, 1849년에는 절대왕정이 무너지고, 입헌군주국가가 되었다. 현재 국가 원수는 1972년에 왕위를 계승한 여왕 마르그레데 2세이며, 국왕은 형식적인 행정권, 수상임명권 등을 가진다.

• 기후 : 덴마크가 위도는 높지만, 멕시코 난류의 영향을 받아, 비교적 온화한 기온을 보이며, 연교차가 적다. 가장 추운 달은 2월로 평균 0.4도 이며, 가장 더운 달은 7월로 평균 16.6도의 기온을 보인다. 하지만 여름에도 밤에는 서늘하므로 긴 옷을 준비 하는 것이 좋다. 연 강수량은 600mm정도로 비교적 적으며, 가장 습한 달은 7월이다.

• 국명 : 덴마크

• 수도 : 코펜하겐

• 인구 : 약 535만명

• 주요언어 : 덴마크어

• 우리나라와 시차 : 8시간이 늦다

나도 모르게 잠이 들어, 눈을 떠보니 4시 30분, 배낭을 짊어지고 역으로 걸어 나왔다. 성질이 급한 탓에 일찍이 나오고 보니, 앞으로 두 시간정도 역 대합실에서 기다려야 했다. 시간이 다되어 열차를 타고 오는데, 중간 역에서 두 번이나 갈아타야 했다. 두 번째 갈아 탈때는 내가 타야 할 열차 칸이며 좌석을 찾기가 무척 힘이 들었다. 마침 지나가던 차장에게 표를 보이면서 물으니, '라스트 스톱(마지막까지 가라)' 고 하기에 알아듣고, 끝 칸까지 갔다. 그 곳에 가 이리저리 살펴보니, 내 좌석 번호에는 다른 사람이 앉아있었다. 가까이 다가가서 표를 보여주며, 내 자리라고 해도 안 비워주었다. 할 수 없이 차장에게 말을 하니, 고개만 끄덕하고 해결해주지는 않았다. 유럽 사람들이 정직한 줄 알았는데, 그렇지가 않구나하고 서서갔다. 얼마후 여자 둘이 내려 그 자리에 앉았다. 그리고 50분정도 더 지나니, 목적지인 네덜란드 암스테르담 역에 도착했다.

네덜란드 암스테르담

어느 때나 마찬가지로, 처음 가는 낯선 곳이라 어리둥절하고, 어떻게든 헐은 숙소를 구해야지 하는 강박관념 때문에 걱정스러웠다. 일단 배낭을 짊어지고, 역 대합실로 나오자마자, 가이드북에 기재된 숙소란을 펼쳐보았다. 그중에 제일 헐한 숙소를 골라 물어물어 간신히 찾아가니, 문 입구에는 영어로 '풀' 이라고 써서 붙여 놓았기에, 할 수 없이 힘 빠진 발길을 돌려야 했다. 또 책을 보고 민박을 한다는 집을 찾아가니, 그 집 역시 '풀' 이라고 문에 붙여 놓았다. 해는 지고 어둠살이가 깔려오니, 골목에는 네온불이 밝아오기 시작했다. 딱히 찾아갈 곳이 없어 그냥 골목에 서 있으니 조금 난감한 생각이 들었다. 어떻게 할까하며 망설이는데, 길가에 별 세 개짜리 호텔이 보이기에, 큰마음 먹은 후 들어가서, 방이 있느냐고 물으니, 방은 있다 했다. 그래서 얼마냐 물으니, 방 한 칸에 100유로를 달라 했다. 100유로라면 우리나라 돈으로 137,000원이다. 이 말을 듣고 나는 간이 떨리다 못해 발뒤꿈치까지 떨리는 감정이 들었다. 우리나라에 막노동하는 사람들이 하루 종일 일하고 5만원을 받는데, 먹을 것 굶고 3일 번 돈이라야, 이 호텔에 하루저녁 잘 수 있다는 것을 생각하니, 하늘이 노래졌다. 북유럽 물가가 비싸다고는 하지만, 해도 너무 비쌌다. 그래서 최대한 다른 곳을 한 번 더 찾아보자 싶어서, 그 호텔을 나왔다.

날은 어두워지고, 방은 구하지 못해, 길가에 서서 하늘을 쳐다보면서, '부처님요, 오늘 저녁만 좀 봐 주소' 하는 소리가 나도 모르게 또 나왔다. 할 수 없이 방향도 모르고 그냥 골목길로 들어서는데, 50대 가량 되어 보이는 현지인 남자가 불쑥 나타나 나더러 호텔 갈 거냐 하면서, '베리 칩, 베리 크린, 배스룸 해브, 핫 워터(아주 싸고, 깨끗하고, 따뜻한 물도 나옵니다)' 어쩌고 하면서 가자고 했다. 날은 어두워오는데, 방을 못 구해 지치고, 기가 죽어 폐잔 병신세가 되어있는 판국에, 이 말을 들은 나는 귀가 솔깃했다. 말하자면 사막에서 오아시스를 만난 기분이었다. 그래서 '하우 머치(얼마요)?' 라고 하니, '원대이 50유로(하룻밤에 50유로)' 라 했다. 두 말할 것 없이 가자고 했다. 그 사람을 따라간 곳은 중앙역 바로 맞은편 쪽인데, 카운터에서 물으니, 아침식사 포함해서 50유로라고 했다.

이 집은 식당을 별도로 운영하고, 방들은 음식점을 기준해서 밑에 한 채, 골목 길 건너에 한 채, 집이 모두 세 채가 있는데, 방을 호텔식으로 꾸며 영업을 하는 것이었다. 그래서 키를 받아 방을 보니, 아주 청결하고, 실내 샤워장에 변기도 있어, 나무랄 데 없는 좋은 집이었다. 부처님께서 봐 준 것이 틀림없었다. 감사한 마음에 '부다 생큐 베리 마치(부처님, 고맙습니다)' 라고 미제 염불을 했다.

나중에 안 일인데, 가이드북에 소개된 호텔이 싸다고 하지만, 그곳이나 다른 30~40유로를 받는 곳도, 변소와 목욕탕 전체를 공동으로 사용하고, 방도 더러웠다. 거기에 비하면 내가 묵게 될 호텔은 값도 싸고 일류호텔이라 여겨졌다. 부처님께서 돌봐준 것이 틀림없었다. '1분만 늦거나 빨랐더라면 그 사람을 못 만나서 이런 좋은 곳에 못 왔을 것인데' 하면서 다행으로 생각했다. 참고로 말하자면, 가이드북에 소개된 곳은 싸다고 소문이 나, 세계 여행객들이 몰려와서, 복잡하고 너저분하다. 그러나 이런 집은 여행책자에 소개가 안 되어있기 때문에, 사람이 많지 않고 깨끗하다. 교통은 물론이고, 시가지 중앙에 위치해 모든 면이 편리하다. 배낭여행할 사람들은 가이드북에 소개된 곳만 찾아갈 일이 아니라, 가고자 하는 곳을 조금 일찍 가서, 역 주위에 살펴보면, 값싸고 좋은 숙소를 만날 수도 있겠다.

그 다음날 아침 일찍, 된장 넣은 갱죽을 끓여먹고, 8시가 되기에 피크닉 가방을 메고 나왔다. 준비해둔 관광코스대로 진행하기위해, 인포메이션을 찾아가서 관광안내를 받았다. 10군데 명소 박물관을 도는 유람선 카드를 사가지고 10시에 출발했다. 배를 타고 시내를 돌아보니, 말로다 표현 못할 정도로 감탄이 저절로 나왔다. 암스테르담, 즉 네덜란드 수도가 물의 도시라고 하더니 중국 소주와는 비길 수 없는 화려한 곳이다. 이 도시는 집들 자체가 모두 예술품이었다. 미로를 따라 굽이굽이 돌아보니, 예술의 나라라는 평이 나왔다.

북유럽 6개국을 돌아 본 내 개인의 결론은, 소련, 즉 러시아는 수십 년 공산 정치아래 시달려 시커멓게 절어 살아온 느낌이 들었다. 이는 집들의 모양을 보면 역력히 들어난다. 핀란드, 스웨덴, 노르웨이, 덴마크, 네덜란드를 거치며 살펴본 결과, 이곳들은 자유롭고, 너무 평화스러워 보였다. 부분적으로는 산이 있겠지만, 러시아로부터 유럽 6개국은 산이 거의 없고 평야뿐이다. 평야만 있어 좋은 것도 아니며, 산악지대가 많다고 역시 좋은 것은 아니다. 산과 평야가 적당하게 형성되어 있어야 국토균형이 바르다고 본다. 그렇지만 실지로는 나라마다 자연환경이 다르다. 예를 들어 말하면, 돌이 골고루 있으면 좋은데, 있는 데는 한없이 많이 있고, 없는 데는 하나도 없다. 사람이 인품을 고루 갖추기 어렵듯이, 자연 또한 장단을 두루 갖추기가 어려운 모양이다.

8월 20일은 풍차마을을 가는 투어(관광)에 참가하여, 많은 사람들과 풍차 마을을 구경했다. 내가 본래 알기로, 덴마크, 네덜란드는 일 년에도 땅이 바닷물 밑으로 침수되어 해마다 국토가 줄어든다고 들었다. 어느 곳은 해발 24m나 낮아서, 비가 오면 물이 빠지지 못해, 풍차로 물을 퍼 올린다고 들었는데, 와서 보니 전혀 그렇지가 않았다. 내가 살펴본 결과, 수면과 땅의 높이 차이가 별로 없으므로, 경사가 거의 없었다. 그래서 물이 잘 흐르지 못해 하수물이 썩어 있는 듯했다. 풍차는 우리나라 물레방아와 같이, 치즈를 만들고, 다른 무엇을 만드는 동력으로 이용할 뿐, 물을 퍼내기 위한 것은 아니었다. 풍차의 동력으로 물을 퍼 올려 낼 수도 있겠지만, 내가 들은 것처럼 그렇게 물을 퍼 올릴 곳도 없어보였다. 두 시경에 관광을 마치고, 역으로 가 내일 베를린으로 갈 차표를 구한 다음, 몇 가지 먹을 것을 준비해 호텔방으로 돌아와서, 저녁을 해먹고 잤다.

독일 베를린 가는 길

8월 21일 아침 7시 13분 열차를 타기위해 나왔다. 어저께 열차 홈도 미리 확인해 놓고, 모든 준비를 단단히 해놓았기 때문에, 내 집 찾아가듯, 물을 것 없이 수월하게, 13번 홈에 와서 긴 의자에 앉아 열차 오기를 기다렸다. 수많은 열차들이 일분 간격으로 오고 갔다. 시간이 다 되어 가기에 일어서서 허리운동을 하는데, 이상한 감정이 들어, 옆자리에 있는 사람에게 이 홈에 있으면 베를린 가는 차가 들어오느냐고 물으니, 아니라 했다. 깜짝 놀라, 그러면 어디로 가면 되느냐고 물으니, 건너편 10번 홈에 도착해있는 저 열차가 베를린으로 간다면서 손가락으로 가리켰다. 무슨 일이 이런 일이 다 있나 싶어 저쪽에 있는 사람에게 가서 또 물어봤다. 역시 그 사람도 건너편을 가리키며, 저 차가 베를린으로 간다고 했다. 열차표에는 분명히 13번 홈이라 쓰여 있었다. 이것저것 생각할 것 없이 급히 배낭을 짊어진 체 뛰었다. 지하도를 내려가 10번 홈에서 있는 차장에게 물으니, 이 차가 베를린에 간다며 어서 타라는 것이다. 물어보지 않고 열차오기만 기다렸다면, 차를 놓칠 뻔했다. 묻고 다녀야 할 팔자에 오늘은 별로 묻는 일없이 잘 간다 싶었는데, 결국 그 팔자를 못 벗어나는구나 하면서, 내 좌석번호를 찾아갔다. 2등석 칸이라 6명이 마주보고 앉는데, 창가에 앉아 있으니 인물도 아주 못난 독일 여자가 와서 인상을 쓰면서, 뭐라 뭐라 알아 듣지도 못할 말을 했다. 눈치 상 자기 자리에 앉아 있다고 하는 것 같아, 얼른 일어나 통로 쪽 자리로 옮겨왔다. 조금 지나니 차장의 호루라기 소리가 들렸고 열차는 움직이기 시작했다. 유럽 기차는 점잖아서 그런가, 예절이 발라 그런가, 말 없이 오고 말 없이 가네. 말 없는 것도 안 좋고, 말 많은 것도 안 좋다. 부처님의 중도사상이라는 말이 다시 한 번 떠오르네 하면서 차창 밖을 내다봤다.

러시아로부터 북유럽 6개국의 환경은 비슷하고 산이 전혀 없다는 것이 공통된 특징이었다. 혼자 생각으로 우리나라는 국토는 적지만, 산 많기로 세계에서 일등 하겠다는 생각을 하고 있는데, 또 푸른 벌판이 스쳐 지나갔다. 그 넓은 벌판을 가로질러 열차는 열심히 달리고, 드문드문 농가가 보였다. 집은 보이나, 농사짓는 경작지는 전혀 보이지 않으며, 집 근처 과일나무 하나 없었다. 여기 사람들은 저 벌판에서 무엇을 해 먹고 사나하는 생각이 들었다. 그렇다고 양떼나 소들이 보이는 것도 아닌데, 나름대로 살아가는 방법이 있겠지 하고 말았다. 소련 국경을 넘어 핀란드 헬싱키를 갈 때는, 광활한 들판에 보리밭과 밀밭이 많이 보이기에 사람 사는 느낌이 들고, 차에 앉아 가는 내 마음도 한층 더 풍요로운 감정이 들었다. 나중에 이야기를 들어보니, 이 곳 몇 나라들은 100% 수입으로 산다고 했다. 이렇게 별로 신통치 않는 생각을 하는 중 시간이 흘러, 어느 덧 열차는 베를린 역에 도착했다. 오후 1시 10분이었다.

베를린

언제나 반복되는 일로 낯설고 익숙지 못한 곳에서 돈 없는 배낭 여행자가 먼저 찾아야 할 것은 싼 숙소이다. 근심과 부담을 안은 채 열차에서 내려, 남들 따라 역을 나와도 반기는 사람 하나 없고, 그냥 역 앞 마당에 서서 둘러 볼 따름이었다. 한참 후에 인포메이션을 찾아가서 싼 숙소하나 소개해 달라 하니, 2층에 전문적으로 호텔만 소개하는 데가 있다고 거기로 가라 했다. 그래서 2층으로 찾아가, 직원에게 "칩 호텔 인터레스트(싼 숙소 원합니다)"라고 하니, 하룻밤에 75유로를 주어야 한다고 말했다. 75유로하면 한국 돈으로 11만 원이다. 우리나라와 비교하면 여관 내지 장급 정도 되는 숙소가 11만 원이라니, 북유럽 물가가 비싸다고 말은 들었지만, 이만큼 비싼 줄은 몰랐다. 한국에서는 하루저녁에 3만 원을 달라고 해도 비싸다고 하는 편인데, 북유럽에 여행을 다녀보면, 간 떨어질 때가 더러 많았다. 다시는 북유럽에 안 와야지 하고 굳은 마음도 가져봤다. 남의 속도 모르고, 그 직원이 친절하게도 호텔 위치를 안내했다. 여기에서 저기보이는 허물어진 탑 뒤로 한 블록만 더 가면 있다고 가르쳐주었다. 나도 '생큐' 라는 말을 한마디 던진 뒤 호텔을 찾아 나섰다.

역 앞 중심가 한복판에 웬 저런 고적이 있나 싶어 가는데, 높은 건물 같게 보이며, 문도 있고, 불이 나서 검게 그을려 있는 모습에, 허물어지다가 남아 있는 건물 같았다. 일단 호텔을 찾아가, 수속을 마치고 방에 짐을 내려놓은 다음, 가벼운 차림으로 다시 나와, 조금 전에 봤던 그 건물 앞으로 갔다. 한참 위아래를 보다가, 근처에서 등산장비 파는 가게 주인에게 이야기를 들었다. 어째서 부서지다 남은 건물을 철거하지 않고 남겨 두었느냐고 물으니, 그 사람의 이야기로는 지난 태평양 전쟁 당시, 연합군의 공격을 받아, 이렇게 부서지고 불에 타 그슬린 모양 그대로라 했다. 이것을 국가에서 새로운 유물로 지정하고 보호한다는 말도 했다. 그러면서 나쁜 것도 유물이 될 수 있고, 좋은 것도 유물이 될 수 있지요. 옛날 돌 한 조각이라도 역사에 귀중한 자료가 된다면, 여기 파괴되다가 남은 이 건물이야말로, 독일인에게는 억만금을 주고도 바꿀 수 없는 귀중한 교육의 장이요, 후세들에게 역사의 유물로서 큰 가치를 가질 것이라 했다. 이 말을 듣는 순간, 한국 같으면 그 즉시 철거하고, 지금쯤은 과거 그 아픔과 기억마저 사라져 갔을 것을 생각하니 안타까운 마음이 들었다.

우리나라도 태평양 전쟁을 일으킨 장본인의 나라 일본 놈 밑에, 36년간이라는 긴 세월동안 갖은 압박과 고초를 당했다. 우리나라 전 지역에 국민 각자가 겪은 것을 구석구석 다 알 수는 없으나, 태평양 전쟁 말기에 내가 보고 느낀 예로 말하자면, 두 번 다시 일본하고 과거역사가 이러니저러니 따지지도 말고, 이북에 핵 개발 해 놓은 것 있거든 5개만 빌려다가 일본 전역을 사정권에 넣고, 오후 6시경에 미사일에 장착해 놓았다가, 저녁 먹은 후 텔레비전 한 프로 구경한 다음, 애국가가 흘러나

올 때 방아쇠를 당겨놓고, 누워 자는 것이 상책이다 싶었다. 삼일쯤 경과해서, 미국 대통령이 이상하게 일본 방송, 국제 전화, 모두가 불통인데 어찌 된 일이냐고 물어오면, 너희들 모르는 것을 우리인들 어찌 아나 했으면 좋겠다는 생각이 들었다.

가난한 것도 찰가난이 있고 메 가난이 있다더니, 인도 같은 나라들은 영국의 식민지로 있어도, 언론의 자유는 있었다고 한다. 세계 역사상 많은 나라가 식민지 정책을 그리 지독하게 쓴 나라가 없다. 언론의 자유가 없는 것은 아무것도 아니었다.

창시개명까지 했고, 조선 말 까지도 못하게 했으며, 공출이라는 말을 앞세워, 우리 일상생활에 쓰이는 채소, 곡물, 가마니, 새끼 할 것 없이 모든 물건을 빼앗아 갔다. 인건비도 안주고 사람들을 동원해 쓰면서 보국대라는 이름을 둘러 붙였고, 심지어는 조상님들께 제사 지내는 촛대, 향로, 밥그릇까지 공출이라면서, 가택수색을 해 가지고 빼앗아 갔다. 농사를 지어 추수철이 되면 벼 열 가마 나는 집에 여덟 가마를 공출 대라 하니, 다 주고 나면 온 가족이 굶어 죽어야 할 처지라, 곡식을 땅에 파고 묻어 숨겨놓은 집도 있었다. 그러면 자기네가 책정한 대로 공출 안 낸다고 집에 들어와 가택수색을 하고, 그래도 여의치 않으면, 긴 칼 찬 순사를 대동하고 밤에 마을로 찾아와서, 온 동네 사람들을 집합시켜놓은 후, 공출 다 안낸다고 몽둥이로 여름에 보리타작하듯 마구 때렸다. 그렇게 맞아도 법적 대응도 못 했고, 그런 날 외출이라도 해서 안 맞은 사람은 운이 좋았다고 그냥 넘길 뿐이었다. 항의할 데도 없었으며, 50대면 50대, 그냥 맞고 넘어가야 했다. 그래도 병원 찾을 형편이 못되었다. 돈 없고 특별한 약 같은 것도 없었던 때라, 심하게 많이 맞아 어혈든 사람들에게는 똥물이 좋다고 해서, 달밤에 변소에 가 바가지로 똥물을 퍼서 마시기도 했다. 그 악랄함을 이루 다 열거 할 수 없을 지경이었다.

대한민국 사람들아! 우리민족에게 똥물을 마시게 한 놈들이 동해바다 건너 일본 놈이라는 것을 깊이깊이 새기고 살아야 한다.

그 뿐이 아니다. 좀 더 거슬러 올라가 신라시대에도 왜적이 빈번히 침노하였었다. 현대를 살아가는 우리들은 직접적인 피해를 입은 적 없어 잘 이해를 못하겠지만 그 시대 그 고난을 당한 사람들은 말로 표현 못할 고초를 겪었다. 그 당시 임금이었던 신라 문무왕은, '짐이 나라를 위해 하고자한 목표 세 가지 중 두 가지는 성취시켜 놓았는데, 한 가지 못한 것이 왜적을 무찌르지 못하고 숨을 거두니, 동해바다에 장사지내라. 그러면 용신이 되어 왜적을 무찌르리라.' 고 유언을 남겼다. 세상 사람들은 들어보라. 전 세계 권력자 왕들의 마음처사를 살펴보자. 죽은 후에도 권력과 존경을 영구보전하려고, 몇 천 년 흘러가도 변하지 않는 좋은 자리에, 천문학적인 돈을 들이고 삼사십년 동안 수많은 사람들을 동원시켜, 온갖 장식과 모양을 낸 피라미드와 같은 무덤들을 남긴 왕들이 어디 한두 명에 불과 할 것인가! 그러나 어찌 문무대왕께서는 육체적 안락을 기하는 중생심을 버리고, 차디 찬 물속에 묻어 달라 했을까.

삼국유사에서는 이렇게 전한다.

新羅第三十代文武王以隆二年辛巳(681)崩
遺詔葬於東海中大岩王平時常謂智義
法師曰 朕身後願爲護國大龍하여 崇奉佛法하고
守護邦家하며 第三十一代神文王創感恩寺隨波往來王異之命
日官占之曰 聖考今爲海龍鎭護三韓欲出守成之寶若陛下行幸海邊
必得無價大寶王喜 以其月七日駕辛利見臺(其三)

증거가 분명한 이곳은 지금도 엄연히 보전되어 있다. 세상 사람들이 다 아는 경주시 양북면 봉길리 앞바다의 대왕암은, 지금도 아침 해가 뜰 때면 일본을 향해 한 맺힌 원한의 기를 발산하고 있다. 그 뿐이랴, 고려 말엽에 이성계 장군이 여러 번 왜적을 토벌해 많은 전과를 세웠다는 기록이 전해져 온다.

신라, 고려 때는 왜적들이 동부 및 남부지역에만 부분적으로 출몰 했으나, 이조시대에 들어와서 동서남북 할 것 없이 삼면의 바다 연안을 침략하여 약탈해 갔다는 것이다. 그때 당시는 왜적들의 생활은 우리나라 해안지방을 약탈하여 얻은 물품으로 연명하는 것이었으니, 가히 해적질이 전문 직업화 되어 있었다. 여기서 그 당시에 일어났던 크고 작은 모든 일을 다 쓸수는 없고, 크게 일어난 몇 가지 사건만 적어보자.

임진왜란 때 삼천 리 금수강산이 불안과 피로 물들었고, 잔인한 그들로 인해 선조 임금님이 평안도로 몽진을 간 일이 있었다. 그 전쟁에서 수많은 명장들이 죽음을 무릅 쓰고 싸운 일들은 역사로 남아있다. 근세에 와서는 36년간 우리나라를 전 세계에서도 유례를 찾아 볼 수 없는 악독하고 야비한 수단으로 식민지화 했던 일들. 세세한 것을 다 적을 수는 없으나 요사이 떠드는 위안부 문제는 이보다 몇 단계 낮은 수준의 문제 같아 보인다.

오늘날 우리가 일본을 겪고 느껴 오던 것 중 특히 '귀 무덤', '코 무덤' 을 생각하면, 자다가도 잠이 번쩍 깨일 일이고, 곰곰이 생각하건데 피창이 터질 일이다. 이 코와 귀는 한 두 개도 아니고 도대체 누구의 것이란 말이냐. 쓸개 없고 내지 덜 잠긴 어리 숙한 한국 사람들아, 깊이 생각하고 이빨을 악물고 살아야 한다.

삼국야사에 전하는 이야기를 말하자면, 임진왜란 종료 후 사명스님이 일본으로 건너가 항복받는 자리에서 일본 천황에게, 일본사람들의 인피가죽 삼백 장을 구멍없이 벗겨달라고 했다 한다. 사람가죽 벗기는데 구멍 나지 않게 벗기려면 일본사람 모두를 죽여야 하므로, 결국 일본인의 종자를 아예 없애버려야 한다는 뜻이었다. 내 개인적인 생각으로도, 일본사람들과 과거사의 잘못을 바로잡기 위하여 회담을 한다거나, 진실하게 뉘우침의 사과를 바라는 것은, 지구가 폭파되어 천번 다시 생겨나도 있을 수 없는 일일 것이다. 그들은 어느 경우에도 진실한 사과를 할 종자가 아닌 것이다. 별 다른 수는 없고 모두 때려잡아 미숫가루를 만든 다음, 우리 한국 사람들 중 어른은 두 그릇, 아이들은 한 그릇씩 마셔버리는 수밖에 없다.

내가 베를린 그 건물을 보고, '아' 하는 탄성이 나오며, 아깝다고 크게 느낀 것은, 일본 총독부, 즉 옛날에 쓰던 중앙청, 그 뜻 깊은 것을 어찌 없애 버렸을까 해서였다. 들판에 땅을 파다가 나온 사기그릇 하나라도, 청자니, 백자니 하면서, 그 시대 유물이요, 역사 연구 자료가 되듯이, 총독부 건물도 천년만년 한 국민의 역사의 장이요, 교육현장이 될 것인데 하는 생각이 뼈 속 깊이 느껴졌다. 물론 그것을 철거할 당시, 찬반양론이 있었는데, 나 같은 민초는 마음이야 있었지만 이야기 할 처지도 못 되어, 그냥 벙어리 냉가슴 앓듯이 앓고 있었지만, 지금에 돌이켜 생각하니 안타깝기 그지없었다. 다른 나라 사람들은 기존의 것을 하나 고치는데도 열 번 백번 생각하고 백 년씩 걸리며, 무엇을 하나 하더라도 백 년 후를 생각해서 한다는데, 우리나라 사람들은 그것이 무엇 중요하나, 역사적으로 세계가 증명하는 터에, 기록상 다 정리 되어 있다하며 심각하게 생각하지 않는다. 역사상 제 아무리 상세히 기록되어 있다고 해도, 국가 간 역사를 부정 할 수도 있고, 오인 할 수도 있으며, 왜곡도 한다. 지금 우리가 당장 겪고 있는 일들이 한 가지 뿐인가. 일본놈들 역사 왜곡, 독도 문제, 그리고 중국의 고구려 역사 왜곡을 어떻게 보느냐는 말이다. 역사기록이 없어서 일본과 중국이 그러는 것이 아니라 것은 만인이 다 아는 사실이다. 모든 역사 기록이 상세하다고 해도, 인접한 나라들이 왜곡 하는 판이다. 예컨대 앞으로 200년, 300년 흘러가서, 일본이 우리나라에 침략한 사실이 없다고 하면, 무엇으로 그 대답을 할 것인가.

한 가지 예로 김대중 대통령 당시 6월 25일 전쟁 때문에 말이 많았다. 대통령 자문위원장이며, 국립대 교수인 그 인격체의 발언을 다시 한 번 생각해보자. 6.25를 북침이라고 말을 했다. 남침을 북침이라고 말하는 교수가 이북 공산당의 교수 같으면 따질 것 없이 당연하다고 보지만, 대한민국의 대통령 자문비서실장이고, 한국 국립대학 교수가 북침이라고 주장 할 때, 무엇이 잘못 되어도 한참 잘 못 되었다고 본다. 크게 오래지 않는 6.25, 그 때를 겪어 온 사람들이, 우리나라에 아직도 수만 명이 살아서 눈을 시퍼렇게 뜨고 있는데도, 그렇게 주장하고 있는 사람이 있는데, 300년 쯤 흘러서 국립대 교수가 학생들에게 강의 할 때 6.25는 그 때 당시 북침이라고 강의한다면 기록이 무슨 소용이 있겠는가. 수많은 사람들은 그 미친놈이 하는 말이라고 했지만, 방송에 한 정치인이 말하기로 6.25를 북침이라는 것은 어불성설이라고만 말했다. 내가 생각하기로, '무슨 사람이 저렇게도 박력 없는 말을 하노. 저렇게 박력 없게 말을 하니, 다른 사람이 하는 대통령도 한 번 못하고 저러고 있지. 본인 같으면, 야, 이 사람 같지 않은 놈아, 한 번도 아파보도 못하고 늙어 죽을 놈 같으니' 라고 했겠다.

일제 잔재라고 무조건 배척 할 일이 아니다. 일제 잔재라도 우리에게 도움이 되는 것은 받아들이고, 나쁜 것은 배척하는 신축성이 있어야 한다. 독일에 반쯤 부서져 시커멓게 그을린 건물도 국가에서 보존하는데, 우리나라 옛 중앙청 건물은 단단하고 깨끗하며, 36년간 일제 침략의 역사의 장이요, 후세들에게 역사교재가 되도록 길이길이 보전할 건물인데 싶은 아쉬움이 크게 남았다. 철거 찬성 잘 하는 사람들아, 또 기를 모아서 서대문 형무소와 지하 여자수용소도 있다는데, 하는 김에 다 철거해라. 그것 역시 일본 놈들의 잔재다.

또 다른 예를 들자면, 중국 단동에 가면 압록강 철교가 있다. 단동에서 우리나라 신의주로 연결 된 다리이다. 6.25전쟁 당시, 미8군 사령관인 맥아더 장군이 중공군 넘어 온다고 작전상 폭파시키라는 명령을 내려 압록강 철교는 폭파되었다. 내가 단동에 갔을 때, 강 건너 이북이 보였다. 한국에서 북을 보려면, 비무장지대를 비롯해서 철책과 삼엄한 경비병부터 눈에 먼저 들어와 분위기 자체가 싸늘한 기분이 들지만, 단동에서 본 이북은 인간이 지은 방해물이 하나도 없는, 그저 평화스럽고 아름다울 뿐이었다. 강둑을 따라 조금 내려오니, 단절 된 철교라고 써 놓은 간판이 보이기에, 저기로 한 번 가 보자고 들어서는데, 웬 뚱뚱한 중국 사람이 나 를 보더니 표를 사 가지고 들어가라 했다. 그 순간 나에게 속담 한 구절이 떠올랐다. '재주는 곰이 하고, 돈은 청국 놈이 먹는다' 더니 철교는 미국 놈이 끊고, 돈은 중국 놈이 먹는구나 하면서, 얼마냐고 하니, 중국 돈으로 20원을 달라고 했다. 남의 나라에 와서 안 주고는 못 배길 것 같아, 표를 사 들어 가 보니, 조지 부시를 제외하고는 미국사람들이 굉장히 양심이 바르다고 봐진다. 다리발이 열 개라면 반 나눠서 중국쪽 다리는 그냥 두고, 이북 쪽 다리발은 하나도 남김없이 몽땅 부셔 버렸다. 부서져 있는 곳까지 걸어 들어가 보니, 그 단단하고 두꺼운 철제빔이 엿가락처럼 휘어져 있는 것을 보고, 무슨 폭탄을 투하했기에 저렇게 되어있나 하는 생각으로부터, 50년 전 6.25를 겪었던 생각이 한없이 떠오른다. 앞으로 300년 후, 역사 왜곡으로 중국이 우리는 한국전쟁인 6.25 때 참전한 일이 없다고 하면, 이 부서진 다리가 있는 한 우기지 못 할 것이다. 중국이나 이북은 이 다리를 수리하지 않고, 옛날 그대로 둔 채 관광 수입을 올리고, 그 옆에 열차, 자동차, 인도를 겸한 복선을 새롭게 놓아 사용하고 있다. 하느님이 보호하사 다행이도 원형대로 보전되어 있는 것이 천만다행으로 생각이 든다.

우리나라에서도 근래 일어난 땅굴에 대해서 한마디 하자면, 그것도 역사의 유물이며, 후세들에게 귀중한 연구 자료가 될 것이다. 북에서 무력으로 통일하기 위해 온갖 생각 끝에, 전비를 아끼고, 병사들의 희생을 최소화하기위해, 연구한 것이 땅굴파기 작전이었을 것이다. 식량 부족 현상에서 충분히 먹지도 못한 병사들이 굶주림에 허덕이며, 명령에 절대 복종하여, 온갖 고난을 당하면서 대작전에 임했을 것이다. 그나마 허리 펴고 마음 편히 일 할 수도 없었을 거다. 독수리 눈 알처럼 매서운 눈으로 남의 감시를 피해 숨도 제대로 못 쉬고, 몇 년을 고생고생해서 파 내려온 땅굴이 아니겠는가. 땅굴 팔 때, 라면 한 그릇 해다 준 일 없고, 흙 한 삽 거들어 준 일 없는 남한 사람들이 매표를 하고 관광수입을 짭짤하게 보는 것이다. 진짜 여기도 '재주는 곰이 하고, 돈은 청국 놈이 먹는다'는 속담이 맞아 떨어진다. 일은 혀가 둘러빠지게 이북사람들이 하고, 관광수입은 이남 사람이 버는 셈이다. 이북에 김정일씨가 아주 큰 인심을 썼다. 나 같으면 유엔에 제소해, 이남에서 버는 돈을 반이라도 받게 해 달라고 할 것이다. 솔직히 말해서 매표 한 돈을 반을 나누어 이북 김정일 아들에게 막걸리 값이라도 하라고 보내주는 것이 옳다고 본다. 김대중 대통령 시절, 이북에 막 퍼준다고 소문날 때, 땅굴 파는 돈까지 주었는가 모르겠다.

이런저런 생각을 해대며 구시렁거리다가, 여기에서만 시간을 보낼 것이 아니라, 다른데 가 봐야지 하는 욕심이 생겼다. 어쨌거나 왔으니 구경이나 하자고, 시티투어에 참가하여, 지붕 없는 2층 버스를 타고 시내 곳곳을 둘러봤다. 이 버스는 옛날이름으로 동 베를린, 서 베를린 할 것 없이 온 시내를 다 돌았다. 돌아다니다 보니 동서로 갈라놓았던 장벽이 지금도 드문드문 보였다. 그날은 그것으로 관광을 끝내고, 숙소로 돌아왔다. 그날따라 유난히 국수가 먹고 싶어 호텔 근처 슈퍼에 들어가 국수 한 뭉치를 사 가지고 나와, 방 안에서 만들어 먹으니, 하도 맛이 좋아 나무칼로 귀를 잘라도 모를 지경이었다.

다음날은 베를린 웰컴카드 한 장을 구입해서, 100번 버스를 타고, 베를린 강 선착장으로 찾아가니, 10시부터 승선을 시작한다 했다. 남은 시간을 알뜰히 보내기 위해 유명하다는 성당을 구경하고 나오니, 다리도 아프고 몸이 지치는 느낌이 들었다. 박물관 앞 광장 의자에 앉아 쉬고 있으니, 동양계 사람인 듯한 단체가 가이드와 함께 다니고 있었다. 한국, 일본, 대만, 중국 사람들은 비슷해서 분별하기가 힘이 든다. 그저 저 사람들은 일본 내지 중국계 사람 같다고 느낄 뿐이다. 방귀 질 나자 보리양식 떨어진다는 속담과 같이, 여행 다 하자 한국사람 알아보는 노하우가 생겼다. 동양인으로서 머리가 검은색이 아니고, 다른 색깔을 한 것이 모두 한국 사람이라는 것이다. 그러고 앉아 쉬는데, 그 단체 사람들이 내 옆으로 지나가면서 나를 힐끗 보았다. 그 중에 불심이 아주 강한 사람이 나를 보고 합장인사를 하기에, 나도 일어서서 '안녕히 가십시오.' 라고 답례를 했다. 인사도 안 한 체 그냥 보고 지나가는 한 여자는 옆 사람에게 '왜 저렇게 앉아 있는데' 하고 물으니, '다리가 아파 쉬는 거지' 하면서 쏜살 같이 지나갔다.

그럭저럭 시간이 다 되어 가니, 사람들도 하나둘씩 모여들었다. 배를 타고 두 시간 넘게 상류 쪽으로 가면서 베를린 시가지를 구경하게 되었다. 마지막에는 공원이 있어 보니, 숲은 우거져있되, 풍경이 조금 한가한 것 같았다. 그 배에서 안 내리고, 다시 본래 선착장으로 되돌아와, 또 100번 버스를 타고 전망대를 찾아갔다. 거기서 구경을 하고나니 오후 4시경이라 힘도 빠지고 지쳤다. 내일 옮겨 가야 할 목적지인 프랑크푸르트로 갈 열차표를 예매하고자, 기차역으로 갔다. 매표창구로 가 예매를 했다. 출발시간을 보니, 오후 1시 45분이기에, '오케이' 하면서 숙소로 왔다. 저녁 먹고, 기도를 한 후, 그 날 저녁만은 시간에 구애받지 않고 실컷 잤다.

8월 4일은 늦게 일어나 아침 먹고 숙소 가까이에 있는 면세점을 둘러보았다. 이곳저곳 살피다가 여행용 배낭 하나가 눈에 띄었다. 지금 가지고 있는 배낭은 너무 낡아, 끈이 떨어진데도 있고 일부는 째진데도 있었다. 언젠가 기회만 주어지면 바꾸겠다고 마음먹은 터라, 잘 되었다 싶어 그 중 좋다 싶은 배낭 하나를 했다. 숙소에 와서 모든 물건을 새로운 가방으로 옮겨 넣고, 다시 샤워를 한 다음 체크아웃을 했다.

프랑크푸르트

역으로 와서 시간을 보니 1시간도 넘게 기다려야 했다. 대합실 이곳저곳을 보고나니, 시간이 다 되어 열차를 타러갔다. 열차는 정시에 출발하고 정시에 도착했다. 기차는 평균 200㎞ 이상의 속력으로 달렸다. 베를린에서 프랑크푸르트까지는 두 시간 정도 걸렸다. 내가 가지고 있는 귀국행 비행기표가 3월 27일이라 프랑크푸르트에 오니 3일이나 남았다. 그래서 3일 정도 앞당겨 갈 수 있나 싶어 열차에서 내리자마자 짐을 보관소에 맡겨놓고 공항을 찾아갔다.

내 표에 기재 된 항공사 카운터에는 직원이 아무도 없었다. 이리저리 살피다가, 한 카운터에 사람이 있어 거기로 가서 물으니, 항공사 직원들은 비행기 뜰 때 리컨펌(탑승확인수속)을 하고는 다 가 버린다는 것이었다. 그래서 내가 온 이유를 말하니, 그 독일 남자직원이 내 표를 달라더니, 컴퓨터를 쳐보고, 내일 좌석이 있다는 것이다. 오전 5시안으로 오라고 했다. 반가운 마음에 "오케이"라 하면서, 공항 근처에 호텔이 있느냐고 물으니, 머리를 절레절레 흔들었다. 왜 그러느냐고 물으니, "베리 익스펜시브(아주 비쌉니다)"라고 하기에 "하우 머치(얼만데요)?"라 되물으니, 일박에 한국 돈으로 45만 원이라고 했다. 나는 깜짝 놀랐다. 혼자 생각을 해 봤다. 6시에 출발하는 비행기다 보니, 시내서 자고 온다는 것이 무척 어렵고 이른 시간이다. 기차역 근처에 잔다 하더라도 새벽 두 시에 일어나야 할 판이다. 그 시간에 지하철이나 버스가 운행하지 않을 것 같고, 공항 근처에 있는 호텔은 너무 비싸서 엄두가 안 났다. 결론적으로 공항 대합실에서 날을 새우기로 결심했다.

초저녁에는 의자에 앉아 책도 보고 시간을 보냈는데, 10시가 넘어가니 눕고 싶어 도저히 배겨낼 수가 없었다. 온몸이 뒤틀리는 것 같아 어디 조금 누울 자리가 없나 싶어 이리저리 봐도 별로 신통한 곳이 없었다. 저쪽 문 옆에 조금 조용하고 구석진 것 같아, 거기 가서 침낭을 꺼내어 덮고 누웠다. 어느 때쯤 되었는가, 사람들 떠드는 소리에 잠이 깨 일어나 보니, 내가 누웠던 곳은 다름아닌 비행기에서 내려 손님들이 나오는 출입문 앞이었다. 깜짝 놀라 일어나, 배낭과 침낭을 걷어 안고, 저쪽으로 달아났다. 그 뒤에는 잠도 안 오고해서 시간을 보니 4시가 다 되어갔다. 내가 가지고 있는 항공표 회사 카운터를 보니 리컨펌을 하고 있었다. 나도 얼른 일어나 가방을 챙겨들고 줄을 섰다. 내 차례가 되어 여권과 표를 내미니, 항공사 직원이고개를 갸웃하면서 오늘이 아니라고 했다. 나는 그래서 날짜는 오늘 가는 날은 아니지만, 며칠 일찍 가고 싶어 그러니, 좌석이 있으면 리컨펌을 해 달라고 설명을 했다. 내 말을 알아들었다 하면서, 안쪽 사무실에 있는 남자를 부르더니 내 여권과 표를 가지고 들어간다. 모든 일 처리가 잘 되기를 바라면서 기다리는데, 그 사람이 나오더니 안 된다고 하면서, 여권과 표를 도로 돌려주었다. 그의 설명은 여기에서 소련의 상트페테르부르크까지는 가능한데, 거기에서 한국 가는 자리가 없다고 했다.

고생만 혀가 둘러빠지게 하고 아무 소득 없이, 다시 지하철을 타고 시내로 왔다. 어제 보아 둔 아리랑 식당으로 가 된장국이라도 실컷 먹겠다고 찾아가니, 그 집 역시 오늘은 쉬는 날이라고 했다. 주인 할머니와 같이 앉아 이야기를 하던 중, 물을 한 잔 주기에 얻어 마시면서, 내 사정 이야기를 했다. 돈도 없고 하니 가장 저렴한 민박 하나를 소개해 달라고 부탁을 하자, 이내 전화를 해 보더니, 가까운 민박을 소개해 주었다. 거기에서 100m 정도 내려가면, 길 건너편에 간판이 붙어 있을 거라고 가르쳐 주었다. 나는 감사하다는 인사를 하고 그 민박을 찾아 나섰다.

가르쳐준 대로 100m 정도 내려오니 건너편에 간판이 보였다. 들어가 보니 6층 꼭대기에 민박집을 차려놓고 있었다. 안내하는 방으로 들어가니 서울에서 왔다는 대학생 둘이 있었다. 이 학생들도 방학을 이용해 북유럽 배낭여행을 하고 한국으로 가려는데, 나처럼 날짜가 남아 대기하고 있다는 것이다. '그래, 프랑크푸르트에 볼거리가 더러 있더냐.' 고 하니, 도시는 작은데다가 고적 같은 곳도 없어 별로 볼거리가 없었다고 했다. 그저 교통 요충지로 모든 사람들이 이 도시를 그냥 거쳐 지나갈 따름이라고 한다. 이틀간 민박에서 지낸 뒤, 비행기 타는 날은 역시 공항에서 밤을 새워야하겠다는 계산을 해 두고, 그 학생들과 시내구경을 나갔다.

면세점에서 이것저것 보는데, 그 학생들의 말로는 독일에 유명한 기념품이 많다 한다. 그 중에서 보편적인 것이 쌍둥이표 칼이 좋다고 했다. 나도 다른 데에서 쌍둥이표 칼이 유명하다고 들은 적이 있었다. 이리저리 다니다가 칼 코너에 가 부엌칼 5개와 과도 4개를 샀다. 학생들이 '스님, 무슨 칼을 그리 많이 사느냐' 고 묻기에, '아무리 생각을 해봐도 공항에서 이틀은 자야 되니, 아마도 한국 돈으로 40만 원쯤 번 것 같아, 돈대로 사다보니 이렇게 많이 샀나보내' 했다. 한바탕 웃고 나와, 시내를 둘러보니, 별로 볼 것도 없었다. 한나절에 다 둘러보고 시간이 남아 강변으로 가서, 선표 3장을 구매해 가지고, 그 학생들과 배를 탔다. 거리도 아주 짧은 코스고 아무것도 볼거리가 없어 돈이 아까울 정도였다. 진짜 프랑크푸르트는 모든 사람들이 그냥 스쳐 갈 곳이고, 관광하고는 거리가 먼 도시라는 것을 느꼈다.

다음날도 어제 가 본 시장을 이곳저곳 보다가, 쌍안경이 눈에 띄어 시험 삼아 밖을 보니, 아주 정밀하게 보였다. 옛날부터 독일제 렌즈는 세계적으로 유명하다는 말을 들은 적이 있어 그런가 모르겠지만, 그날따라 꼭 사고 싶은 마음이 간절해졌다. 하나 사 보려고 생각하니, 너무 비싸 망설여졌다. 이 비싼 물건을 사 가지고, 비싼 만큼 유용할 가치가 있겠나 하면서, 그냥 나와 버렸다. 오다가 다시 생각이나, 들어가서 한번 보고, 또 나왔다. 이렇게 반복 된 일을 세 번하고 오는데, 내가 참으로 늙었구나 하는 생각이 들었다. 젊었을 때 같으면 마음에 드는 물건이 있으면 벼락같이 사는 용기가 있었는데 오늘은 왜 이런가 모르겠네 하는 순간, 씁쓸한 감정이 일어났다. 그래서 일단은 사기로 결심을 한 다음, 그 가게로 다시 들어갔다. 조금 깎아 달라고 해도, 한 푼도 안 깎아 주었다. 이를 악물고 우리나라 돈 70만 원이라는 거금을 들여 사가지고 나오는데, 어디서 도둑질 해 가지고 오는 것 같이 손이 마구 떨렸다. 그래서 시내 조그마한 공원 벤치에 앉아서, 날아가는 비행기도 보고, 높은 빌딩과 시내 전체를 훑어봤다. 어느 고층 건물 안에서 춤추는 것도 보이고, 안 볼 것, 볼 것 없이 그날은 쌍안경으로 이색진 구경을 실컷 하고, 해가 저물어 숙소로 돌아왔다.

이틀을 그 집에서 자고, 삼일째 되는 날은 세계 박람회를 한다기에 찾아가서, 입장료 25유로를 주고 들어갔다. 이리저리 둘러봐도 그렇게 감명 주는 것은 없고, 이 곳 역시 안보면 궁금하고 보면 별 거 없다는 느낌이 들었다. 다른데 갈 곳도 없고, 시간이나 보내자는 생각에서 이리저리 그냥 돌아다녔다. 시계를 보니 오후 7시가 가까워왔다. 그 곳을 나와, 하룻밤을 새우기 위해, 전차를 타고 공항으로 갔다.

인천으로 오는 길

1청사에서 2청사로 오고 가는 레일전차가 있어 청사 간 왕래는 자유로웠다. 그 날 2청사를 가기 위해 계단을 오르는데, 2층에 보니 조용하고 아주 좋은 곳이 보였다. 의자도 칸이 없고, 긴 침대처럼 생겼다. 오늘 저녁에는 저기 가 자야지 하면서 가보니 너무 좋은 장소였다. 적당한 자리를 한 군데 잡아놓고 둘러보니, 변소도 가까운 곳에 있어 하루 저녁 지내기에는 안성맞춤이었다. 9시가 되니 낮에 만났던 한국 학생이 배낭을 메고 오기에 손짓을 했다. 내가 있는 건너편 의자에 자라고 하니, 좋은 표정을 지으면서, 가방을 열더니 침낭을 꺼내 잘 준비를 했다. 얼마나 자다가 시계를 보니 새벽 4시가 다 되었다. 벌떡 일어나 침낭을 말아서 배낭에 넣고, 짐을 챙겼다. 여전히 곤하게 자는 그 학생을 집적이며 입을 귀에다 대고, '나는 시간이 다 되어 2청사로 가니, 학생 잘 가게' 하고, 일어서서 레일전차를 타고 2청사로 갔다.

내가 타야 할 항공사 카운터에는, 벌써부터 오십 명이 넘게 줄을 길게 서 있기에, 나도 그 뒤에서 차례를 기다렸다. 리컨펌을 하고 비행기에 올라 기다리는데, 6시에 출발한다는 비행기가 출발시간이 넘어도 갈 생각을 안 했다. 7시 30분이 되니, 그때서야 움직이기 시작했다. 프랑크푸르트에서 러시아 상트페테르부르크까지는 2시간 정도 걸렸다. 거기에 내려서 15시간을 대기했다가, 밤 11시 30분에 한국으로 가는 비행기를 탔다. 헐한 것이 비지떡이라더니, 헐한 티켓의 대가를 톡톡히 치렀다. 그 긴 시간을 갇혀 있으니, 말로 표현 못 할 만큼 답답했다.

저녁 10시가 되니 왁자하게 떠드는 소리가 나 내려다보니, 한국 관광객 단체가 몰려왔다. 세계를 다 돌아봐도, 외국 관광객들은 한 점 흐트러짐 없이 조용하게 질서를 지키며 다니는데, 유독 한국 사람들만이 시끄럽게 떠들고 다닌다. 떠들기 시합이라도 있다면 세계에서 일등 할 것 같았다. 비행기를 타더라도 자리에 가만히 앉아가면 좋을 텐데, 자기 자리는 비워두고 그 비좁은 통로에 의자를 짚은 채 히프를 쭉 빼고 무슨 이야기가 그렇게 많은지 몇 시간을 조잘 된다. 공항 내에서 인솔자를 만나 어디를 여행했느냐고 물어보았더니, 모스크바와 상트페테르부르크를 구경했다면서 4박 5일 일정이라고 했다. 두 곳 중 어디가 더 좋더냐고 물으니, 두 곳이 다 좋아 반반이라는 평을 했다. 물론 사람마다 개개인의 생각이 다르겠지만, 나에게 묻는다면, 두 곳 중 한 군데를 택하라면, 상트페테르부르크를 보라고 권하고 싶다.

허리 잘린 세 나라-독일

상트페테르부르크에서 밤 12시에 출발해서, 다음날 오전 8시경 인천공항에 도착 할 예정이라는 것이다. 그러고 보면, 앞으로도 장장 8시간을 더 보내야 목적지에 간다고 생각하니, 아득한 마음에 답답한 감정이 들었다. 무료함도 달랠 겸, 비행기를 타자마자 눈을 지그시 감고, 내가 보고 온 독일을 더듬어 보았다.

독일! 환상적인 로만티크, 동화 같은 메르헨, 맥주의 도시 뮌헨 등, 독일은 어느 곳을 가더라도 나름대로의 이야기 꺼리가 있다. 곳곳에 중세 역사의 흔적을 찾아 볼 수 있는 성과 거리가 있어, 이를 접하는 것만으로도 독일을 찾는 충분한 이유가 된다. 과거의 전통과 현재의 발전을 조화시키며, 유럽의 핵심국가로 급부상한 나라. 분단이라는 지난날의 아픈 상처는 통일 독일로 열매를 맺고, 이제는 두 팔을 한껏 벌려 여행자들의 발길을 끌고 있다.

• 지리 : 독일은 제 2차 세계대전 이후, 냉전의 산물로 서로 이념을 달리하는 동, 서로 나뉘었으나, 1990년에 통일되었다. 동쪽은 폴란드와 체코, 서쪽은 프랑스와 베네룩스 3국, 남쪽은 오스트리아와 스위스등과 서로 접해 있는데, 남에서 서북으로 향한 알프스 산지로 인해 라인 강 등 주요 하

천들이 북으로 흐른다. 전체적으로 남쪽은 알프스 고원지대와 아름다운 호수로 이루어져 있고, 중부는 해발 1,000m 내외의 산악지대, 북부는 완만한 평야지대이다.

- 역사 : 375년 게르만 민족의 대이동으로부터 시작되고, 옛날부터 분열과 통일의 연속이었다. 이러한 대이동은 서로마 제국의 멸망으로 이어 졌고, 마침내 486년 프랑크 왕국이 성립되었다. 800년에는 카를대제가 황제의 관을 받았는데, 이것이 바로 신성로마 제국의 시작이다. 당시 프랑스는 독립해 있었고, 신성 로마 제국의 영향 하에는 독일과 이탈리아가 있었다. 1517년에는 루터에 의해 종교 개혁이 시작되었고, 이로 인해 30년 전쟁이 1618년부터 30년간 계속되었다. 1806년에는 프랑스 나폴레옹군에게 신성 로마 제국이 멸망했으나, 신흥 왕국 프로이센의 철혈재상 비스마르크에 의해 마침내 1871년 독일 제국이 결성되고, 빌헬름 1세가 즉위했다. 제1차 대전의 패배로 황제는 퇴위하고 바이마르 공화국이 들어섰지만, 나치 히틀러의 등장으로 제2차 세계대전이 발발하고, 패전으로 인하여 분단국가가 되었다. 하지만 통일을 향한 독일인의 염원으로, 1989년 11월에 베를린 장벽이 무너지고, 1990년 10월 3일에 현재의 통일 독일을 이룩했다.
- 기후 : 우리나라보다 위도가 높지만(약50℃) 멕시코 난류의 영향으로 비교적 따뜻하다. 여름에는 30도가 넘기도 하지만 습도가 낮아 쾌적하고 또한 서머타임으로 밤 9시가

넘어도 어둡지 않아, 늦도록 여행을 계속 할 수 있다. 다만 아침저녁으로 기온이 약간 내려가므로, 여분의 긴팔 옷이 필요하다. 겨울은 지역에 따라 기온차가 심한데, 동부와 중부 이남은 상당히 추운 편이며, 북부가 오히려 온화하다. 또한 남부지역은 눈이 자주 내리므로 겨울철에 여행하는 사람은 방한복을 든든하게 준비하는 것이 좋다.

• 우리나라와 시차 : 8시간이 늦다.

그런데 그 머나먼 유럽 대륙에 있는 독일이 세계적인 운명의 장난으로 우리나라와 밀접한 동질성이 있다. 그것을 바로 말하자면, 지구위에서 허리 잘린 나라로서 베트남, 한국, 독일 중 하나였다는 점에서다. 독일 사람들을 자세히 보면, 좀 드세고 우악스럽게 생겼다. 종자 평가를 말하자면 동양판에 서양 물 50%가 혼용되어 만들어진 사람들 같다. 월드컵 축구경기 할 때 보니, 억세고 강하게 밀어 붙이기에 과연 전차부대라는 말이 맞다고 느꼈으며, 대단히 강하다는 생각에 이르렀다. 그렇지만 동, 서 통일 할 때는 총 한방 안 쏘고 피 한 방울 흘린 일 없이, 뱀 담 넘어가듯 수월하게 통일을 해 버렸다. 덩치를 보나 생긴 것을 보나 싱겁기 그지없는 통일이었다.

우리는 전 국토가 전쟁의 소용돌이 속에서, 수십 만 명의 사람들이 죽고, 국토 전체가 폐허가 되어도, 서로 고집을 부리며 통일을 안 하고 있는데, 그렇게 맥없이 통일을 하는 독일 놈들이 별 수 없다고 샘을 내본다.

허리 잘린 세 나라-한국

내가 어떤 모임에서, 이런저런 정세 이야기를 하다가, 태평양 전쟁 이야기가 나와, 나도 한마디 거들어, 그 전쟁에서 한국이 최고 크게 피해 본 나라라고 하니, 그 중 한 사람이 말하기로, 아무리 그래도 일본이 제일 큰 피해를 봤다고 했다. 무엇이 어째서 그러냐고 반문을 하니, 일본은 원자폭탄으로 인해 말로 헤아릴 수 없는 인명과 재산 피해를 봤다고 하기에, 그 말을 듣는 순간 나도 모르게 내 목소리 볼륨이 높아졌다.

"아, 이 사람아, 들어보라. 전쟁을 일으킨 일본은 당연하지만, 우리나라의 경우는 무엇 때문에 당해야 하느냐. 태평양전쟁 때 한국 사람들이 끌려가서, 죽고 다친 사람들이 몇 십만 명이 되고, 군비 부족으로 모든 물품을 한국에서 기름 짜듯이 짜 가지고 가지 않았나. 또 6.25사변도 태평양전쟁 후유증이다. 누가 38선을 갈라놓았느냐. 우리나라 국민이 가른 것은 아니다. 삼척동자도 다 아는 사실이지만 몇몇 강대국들의 혀끝에서 갈라졌다. 강대국, 즉 선진국이라는 번드르르한 나라들의 후진국에 대한 횡포는 말 할 수 없을 정도로 많다. 우리나라 같은 사람들은 껍질정도 조금 벗겨먹을라고 생각한다면, 미국 같은 선진국 사람들은 속에 든 간 내 먹으려고 생각한다. 솔직히 말하면 병 주고 약 주는 놈들이다. 6.25로 인해 삼천리 강산은 피로 물들었고, 국토 전역에는 화약으로 초토화 되었다. 오랜 고정관념 때문에, 우리 한국 사람들은 미국이 아니면, 당장 굶어죽고 못 살 것 같이 느낀다. 국가적 차원에서 당장 경제가 무너지고, 이북이 쳐 내려올까 봐, 자존심 을 다 버리고 미국놈요, 미국놈요 하면서 붙어살고 있는 실정이다."

허리 잘린 세 나라-베트남

허리 잘린 세 나라 중 베트남은 몇 년간 피를 흘리고 아픔을 당해도 끈질긴 노력 끝에 통일을 했다. 이 글을 읽는 사람 중 이의가 생길 것이다. 민주적 통일이 아니라 공산화된 통일이었다. 민주이든 공산이든 정책이 중요한 것이 아니고 통일이 중요하다. 그때 호치민이라는 공산정권이 통일을 했다고 해서, 지금도 공산화 정책 그대로라 여기겠지만 그렇지 않다. 소련이 붕괴되었듯이, 베트남에서도 서구문명을 급속도로 받아들이면서, 자본주의 정책으로 한참 변모해 가는 것을 나는 보았다. 한 예로 베트남 아가씨들이 신랑감을 고르는데, 외국인 회사에 다니는 남자를 제일로 친다는 말이 있어 그런지 몰라도, 베트남 젊은 사람들은 외국인 회사에 취직하는 것을 최고의 바람이라는 것이다. 그러기 위해서는 영어 공부가 필수적이라, 공원 도로변에 앉아 책을 보는 사람들 중 90%가 영어 공부를 하고 있었다. 통일만 되면 정책이야 좋은 쪽으로 얼마든지 바꾸면 되는 것이다. 어느 나라 국가 지도자들도 그 역시 사람이기 때문에 오욕을 끊고 살 수는 없어도 국가를 발전시키고 국민에게 복지사회를 구현하겠다는 마음은 태산 같다. 부패하다고 쫓겨난 사람이나, 깨끗한 척 쫓아낸 사람이나, 인격적인 저울에 달아보면 똑 같다고 본다. 이 세상에는 특별하게 좋은 사람 없고, 별로 나쁜 사람 없다.

내가 몇 년 전에 베트남을 여행한 적이 있었다. 여기저기 돌아다니다가 다리가 아프고 너무 더워서 이름 모를 큰 공원 나무 그늘 밑에 앉아 쉬었다. 나를 보고 이동 마켓이 찾아왔다. 가까이 온 주인은 미소 짓는 얼굴을 하면서, 무엇이라도 하나 사달라고 말했다. 나 역시 목이 말라 콜라 한 캔을 달라고 해서 마셨다. 공원이라 많은 사람들이 오고 가고 했다. 그 중 한 젊은 청년이 나를 보면서 지나가기에, 그에게 고개를 끄덕이면서 여기 앉아 쉬어가라고 권했다. 가뜩이나 외국 사람들을 보면, 호기심이 많은 젊은 학생들이라, 좋다하는 마음에 와 앉았다. 그래서 나는 얼른 콜라 한 캔을 집어, 그 학생에게 마시라고 권했다. 처음에는 체면상 사양 하더니만, 내가 간곡히 권하니 '생큐' 하면서 받아 마셨다. 그러고 있는데 지나가던 젊은 학생들이 하나 둘씩 모여, 금세 열 명 넘게 둘러싸고, 나를 바라보면서 앉아 있었다.

나는 본래 젊은 사람들을 좋아하고, 이야기 하는 것이 전생에 타고난 숙명의 기질인지라, 여기 베트남 옛 사이공에 와서도 그 끼를 발동하나 싶은 생각이 들었다. 그래서 처음에는 깡통 영어로 손짓 발짓을 하면서 의사소통을 하고 있는데, 그 중 한 학생이 한국말을 70%정도 능수능란하게 잘 구사하는 학생이 있어, 신기하게 여겨 물어 보았다. 어떻게 해서 한국말을 그리도 잘 하느냐고 물으니, 자기 아버지가 한국 사람이라고 했다. 아버지가 한국 사람이라도 이곳은 한국말을 하지 않는 곳이 아니냐고 물었다. 언젠가는 아버지 나라를 한번 가보고 싶어, 별도로 한국어 공부를 했다는 것이다. 호기심이 생겨, 성이 무엇이냐 물으니, 김씨라고 했다. 지금 이곳에서 무엇을 하느냐 하니, 대학 3학년생이라고 했다. 혹시 감정 상할 말이라도 생길까봐 더 묻지 못하고, 월남전에 참전했던 우리나라 군인 중 김씨의 아들이겠구나 하고 혼자 추리해서 생각해봤다. 이러고 보니 분위기는 매우 좋았다. 내가 말하면 통역자가 있기 때문에 언어에는 별 장애 없이 자유스러웠다. 그래서 나는 호주머니 사정이 좋지 않았지만, 한 턱 낸다는 차원에서 이동슈퍼를 다시 불러놓고, 여러분들이 좋아하는 것을 고르라고 한 후, 내가 돈을 지불했다. 그 장소는 웃음의 대화가 넘쳐흘렀다.

사회생활, 경제, 정치 모든 면에서 내가 물으면 김군이 통역해서 그들에게 전달하고 그네들이 말을 하면 나에게 통역하니, 말의 이해가 서로 충분하여 세상사 모든 면에 대해 아주 재미있게 이야기를 했다. 내 쪽에서 마지막으로 질문 하나 더 하겠다고 하니 좋다 했다. 지금 베트남 사람들은 한국을 어떻게 보느냐고 물으니, 한 학생이 어떤 면에서 묻느냐 하기에, 과거 역사를 보거나 현재 관계 면에서, 쉽게 말하자면, 과거 전쟁 당시 미국의 동맹으로 참전한 한국을 말 한다고 했다. 그 중 얼굴이 둥근형이며 아주 당차보이는 학생이 대답하기로, '우리는 지금도 미국을 적으로 간주하지만 한국은 그렇지 않다' 고 하기에, '왜 그러냐' 하니, '한국이 베트남에 참전한 것은 자체적인 의도가 아니고, 미국의 압력에 어쩔 수가 없이 참전한 것이기에, 역시 한국도 피해국이며, 그래서 우리 월남 국민은 한국을 적으로 보지 않는다.' 는 것이다. 사리판단에 맞는 그의 말에 감탄해, 나는 두 손 모아 합장인사를 하면서, 대단히 감사하다고 말했다. 그 말도 훌륭했지만, 내가 너무 지성으로 인사를 하니, 옆에 있던 학생들이 일제히 박수를 쳤다. 그래서 나는 그 청년에게 '앞으로 네가 이 나라 대통령이 되면, 국민과 민족을 훌륭하게 이끌 수 있는 지도자가 될 거다.' 라고 칭찬했다. 그 학생은 눈이 빨개지면서 나에게 감사하다고 큰 절을 했다.

경제가 조금 낙후되어 있어도, 시민들의 발걸음은 활기가 넘쳐흐르고, 얼굴에는 밝은 미소를 짓고 다녔다. 나는 선입견에서, 공산사회라면 냉정하고 굳은 사회라는 생각을 했는데, 베트남에 와 보니 내 생각이 잘못되었다. 민주주의의 천국, 개인의 인권보장을 절대시하는 자유분방한 미국사회보다 더 자비스럽고 정이 흘러넘치는 평화로운 곳이었다. 미국을 여행 다녀보면, 법적으로는 개인의 인권과 자유를 보장한다고 하나 오히려 쌀쌀하고 냉정한 감정이 흐른다.

베트남 학생들이 하던 말이 귀에 쟁쟁하다. '우리들은 과학문명과 경제적인 면이 뒤 떨어져도, 결코 기죽지 않고 도약할

겁니다. 과거 전쟁 때, 우리들은 정치, 경제면에서 빈한했고, 군사적 면에서도 미국을 당해 낼 수가 없었습니다. 세계 사람들이 말하기로, 미국이 개입하면, 삼일만에 전쟁이 끝난다고 했지만, 우리 국민은 단결과 끈기로 미국에게 이겼지 않습니까. 최신식 무기, 최신식 작전, 천문학적인 전비와 물품을 소모시켜도 우리는 미국을 물리쳐 이겼습니다. 우리는 저력이 있습니다. 지켜 봐 주십시오.'

나도 들은 말이지만, 사실 미군들이 월남전에서 혼이 났다고 들었다. 전쟁 말기에는 미군을 잡아먹으려고, 베트콩들이 삼일 굶은 이리 떼처럼 설쳤다고 한다. 미군들이 자기네들끼리 있으면, 하루저녁에 일개사단이라도 전멸 당할 위기에 처해, 하루하루를 벌벌 떨고 초콜릿 맛이 떫을 지경이었다는 것이다. 베트콩들이 야간 작전을 하더라도, 한국군을 비켜 지나가면서, 미군이라면 악착같이 쏴 댔다고 한다. 이런 지경이니 미군들은 본토에서 완전 철수 명령 오기만을 학수고대하고 있었다 한다. 날이 갈수록 점점 베트콩 쪽에서 강한 공격으로 압박해 오니, 위험부담은 더 크게 느껴져, 이러다가는 삼일만 더 있으면, 본토로 살아서 돌아 갈 군은 하나도 없다싶은 위기감 때문에, 미 해병대 사단장이 한국 해병대 사령부에 와 '살려 구다사이' 하면서 애원을 했다한다. 그 쯤 되면 적당한 거래는 있었겠지만, 그래서 한국 해병대와 합동작전이라는 명목을 세워놓고, 미 해병대 요원을 한국 해병 부대에 배치를 시키니, 일개 분대에 2명 내지 3명 정도 배정되었다는 것이다. 지휘관들의 부탁이 어떻게 하던 목숨만 살려달라고 애원을 하더라는 것이다. 그래서 작전할 때 보면, 덩치는 큰데, 개인 지급 장비가 많아 그런지, 동작이 민첩하지 못하고 둔해서, 빨리 엎드리지 못하면, 발로 걷어 차 버리기도 하고, 어떤 때에는 빨리 못 움직여, 적에게 노출 될 번 한 때도 많았다고 한다. 그러면 덩치 큰 천하무적 미 해병대라도 사시나무 떨 듯 벌벌 떨면서, '아이 엠 쏘리' 라고 노래를 했다는 것이다. 그래서 작전을 마친 후 전과 보고할 때마다 상급부대에서 양키 어떻게 되었느냐고 먼저 물었다는 것이다. 어쩌다가 양키가 전사한 분대는 죽었다고 보고하면, '이 새끼들' 이라는 욕부터 전화에서 흘러나왔으며, 보호 못했다고 상당한 문책을 받았다는 것이다. 양키가 무사한 분대는 '좋았어' 라고 칭찬을 받았다한다.

북한 단상

몇 년 전 홍수와 가뭄이 심했을 때, 이북에 흉년이 들어 먹을 것 부족으로, 가만히 두면 자체적으로 붕괴되어, 통일이 빨리 될 것 같은 생각이 들었던 적이 있었다. 지구상에서 허리 잘린 나라로 최고 오래 갔다고 기네스북에 올리려고 그랬는가 모르겠지만, 또 민초인 내 생각보다 정치 전문가들의 생각이 한수 위인지는 모르겠지만, 돈을 보낸다, 쌀을 준다, 여러 종교 단체, 사회단체를 통해 이것저것 물건을 많이 보내었다.

보낸 것에 대해서는 좋은 일이라고 나도 칭찬했다. 세계에서 갈라진 나라는 지금 우리밖에 없는데, 북이 붕괴 되어 통일이 되면, 우리 국민의 끈기에 많은 손상을 입을까봐 그러나보다 하고 돌려 생각도 해보았다. 다른 나라들은 다 통일이 되어도 우리나라는 여전히 빛나는 전통과 끈기를 과시하고자 하는 깊은 뜻이 있지 않겠는가. '이북아, 무너져서는 안 된다. 조금 더 참아서 세계가 인정하는 기네스북에 들어가야지 않나' 하고, 어려운 이북 경제를 도와주고, 체제 연장 시켜준다는 느낌이 들었다.

'가난한 백성은 나라도 구제 못 한다' 는 속담이 있다. 우리가 준 돈과 물품이 많다고 보지만, 배고픈 이북 동포들에게 얼마나 보탬이 되었겠냐고, 한번 깊이 생각 해 볼 일이다. 어떤 사람의 말에 의하면, 이 돈과 물품은 군용에는 쓰지 못하도록 하고 보내라는 말도 있었다. 그렇게 어리석고 시건 머리 없는 사람들이 정치인이 되어서 나라 일을 보니 잘 돌아갈 리가 없다. 한 예를 든다면 어떠한 배고픈 사람에게 빵 한 개를 주면서 먹기는 먹되 너의 발가락이 못 생겼으니 발가락으로는 영양을 보내지 말고 빵을 먹으라는 격이다. 그 사람이 먹은 빵의 영양이 좋은 손에만 가고 발가락에는 안 갈 것이냐는 말을 되묻고 싶다. 현재 북에서 배고픔을 가장 많이 느끼는 이북 국민은 군복무중에 있는 한창 왕성한 젊은 청년들 일 것이다. 우리나라도 옛날이나 최근까지 군복무 해 본 사람들은 그 배고팠던 정황이 너무 기가 막히기도 하고 부끄러워 현시대 사람들에게 말도 못하고 있는 것을 누가 알소냐. 솔직히 말하자면 옷이야 불알 안 나올 정도만 입으면 되니, 배고파 헤매는 인민군 젊은 청년들에게 우선 먹을 것을 주어야 순서가 맞을 것이다.

과거 6.25때 전쟁으로 인해, 질병과 배가 고파 허덕이는 우리 국민들에게 유엔 물자 원조를 미국이 주도해서, 생활필수품 전반에 걸쳐 옷, 밀가루, 옥수수가루, 분유, 설탕, 식용유, 심지어 어린이 장난감까지 수많은 원조품이 태평양 바다를 건너 우리나라에 들어왔다. 우리가 이북에 보낸 물자보다 몇 백배 넘게 들어왔다. 그 많은 구호물자가 와도, 실질적으로 배고픈 백성들에게 별로 도움이 되지 못했다. 들어온 숫자는 헤아릴 수 없이 많아도, 나 같은 서민들은 그 원조 곡식으로 한 때 끼니를 때워 본 적이 없다. 초등학생이 있는 집은, 학교에서 옥수수가루 한 홉 내지 우유가루 반 홉 정도 가지고 오면, 버무려서 보리밥 하는 위에 얹어 먹을 수는 있었다. 이 말을 하면 지금 세대들은 전혀 이해를 못하고 있을 것이다. 현재 70세 이상 되는 분들은 이 말을 들으면 억울하고 처절한 생활을 체험했기에 슬픈 쓴 웃음을 지을 것이다. 좋은 쪽으로 생각을 해보면, 근본 없이 가난한 나라에 살고, 전쟁을 거친 국민이면, 누구나 배고픈 시대를 맞고 살았다. 그 시대는 우리나라 형편이 모래밭 같은 실정이라, 위에 아무리 물을 많이 퍼부어도, 밑으로 고이는 물이 없다고 보면 된다.

유엔 원조 판무관들의 이야기를 들어보면, 그 때 당시 한국 들어온 원조 물품은 이 나라 국민들이 삼년 먹을 식량과 생활

필수품이 들어왔다고 한다. 그렇지만 나는 설탕 한 줌 얻어먹어 본 적 없고, 식용유 껍질 본 적도 없었다. 말하자면 그 때 당시 우리나라는 부패하고, 도둑놈 천국이라 해도 과한 말은 아니었다. 한마디 덧붙이자면 그 당시 우리나라는 도둑놈 많기로 세계에서 일등 가는 후진국이었다. 솔직히 말하면, 수없이 원조를 해도 한강에 돌 던지기와 같고 밑 빠진 독에 물 붇기였다. 그 당시 부패된 이야기를 다 쓰려면, 내가 늙어 다시 태어나 한 생을 다 써도 다 못 쓸 형편이다. 몇 가지만 예를 들어보자.

어느 때 내가 고아원에 창고 짓는 일을 하나 맡아 했다. 여러 날을 다니다 보니, 속사정이 내 눈에 띄었다. 구호물품이 나왔다고 수령하러 오라는 전갈을 받은 원장은 당장 사람이 없어 나더러 같이 가서 도와달라고 했다. 나는 기꺼이 대답하고 같이 갔다. 그 물품 취급하는 관서에 가보니 미국에서 바다 건너올 때는 철 띠로 묶여 단단히 밀봉되어 왔을 텐데, 구석구석 널려있는 뭉치마다 칼로 째서 하나도 성한 뭉치가 없었다. 솔직히 말하자면, 물건이 그 창고에 들어와서, 돈 될 것은 이미 한번 걸렀다는 것이다. 이 몇 뭉치를 짐차에 실고 와서, 고아원 창고에 넣어 일주일정도 놓아두었다. 며칠 있다 보니 돈 되고 안 되고 간에 하나도 없었다. 장난감 하나 원생들 준 일이 없고, 옷 하나 준 것이 없다. 그 창고에서 한번 걸러서 좀 좋은 것은 큰 도시로 나가고, 나머지 것은 그런 것을 전문적으로 취급하는 상인이 와서, 값을 치러주고 몽땅 가져간다는 것이다.

지금 70대 이상 되는 사람들 중 기독교 예배당에 안 다녀본 사람이 별로 없을 것이다. 예수교를 믿기보다, 교회에 가면 옷도 주고 먹을 것을 준다기에, 나도 다녀본 경험이 있기에 하는 말이다. 교회는 그래도 성직자라는 명예 때문에, 좀 덜 거르고 교인들에게 나누어 주었다. 사회 전반에 걸친 비리를 자랑할 필요는 없지만, 내가 과거사를 쓰다 보니, 너무 비굴한 감정이 들며, 경상도 말로 표현하자면, 자즐친다(가슴이 아린다). 결론적으로 한마디만 더 하겠다. 원조 오기 전에는 면서기들이 앉아 풋김치에 막걸리를 먹었는데, 구호물자 오고부터는 정종 술에 불고기 안주를 먹고 있었다. 지금 이북에 주고 있는 것도, 위와 같이 김치에 막걸리 먹던 사람들이 불고기에 빼갈(독한 중국 소주) 먹게 하는 것은 아닐까. 앞 배 가죽이 뒤 등에 붙은 사람들에게 얼마나 효력을 볼까. 한강에 돌 던지기요 밑 없는 독에 물 길어 붓기라고 자탄해 본다.

요사이 세계적으로 이목을 집중시키는 일 가운데 하나인 북한 핵 개발이 있다. 6자회담이니 5자회담이니 하면서, 심심찮게 방송을 탄다. 그런 말을 들을 때마다 나에겐 이설이 생긴다. 핵무기 없는 나라들은 아무 말도 없이 가만히 있는데, 유독 핵무기 가지고 있는 나라들이 더 생 지랄을 한다. 공평하게 따져서, 핵이 인간들에게 무익하고 화를 일으키는 물건이라면, 가지고 있는 나라들부터 먼저 폐기한 후, 다른 나라들에게 못 만들도록 하는 것이 정석이 아닌가 싶다. 이북의 핵 때문에 왜 미국이 저렇게 안달을 부릴까? 내가 생각하건데, 세계 강대국인 자기 나라의 체면을 손상시켜 견제 하는 것 같다.

저번에 어느 때 방송을 들으니 여의치 않으면, 핵공격을 해서라도 타격을 주겠다는 미국 대통령의 말을 들었다. 자기네들은 핵무기가 있다고 다른 나라 사람들에게 엄포를 놓으면서, 이북이 핵 개발을 못하게 하는 것은 사리에 맞지 않는 다고 본다. 물론 6.25로부터 지금까지 북쪽에서는 우리들을 적대시 해왔고, '미국 놈들이 아니었다면 그때 통일을 했을 것인데, 통일을 눈앞에 두고, 코 큰 너희들 때문에 일을 그르쳤다' 면서 이북 사람들은 이를 갈고 살아왔을 것이다. 그런 인과가 있기 때문에 이북에서 핵을 만들면, 미국 생각으로는 다른 나라에 보낼 데가 없고, 열 개면 열 개 모두가 미국으로 보낼 선물이 된다 싶어 고맙다고, 저렇게 6자회담, 7자회담 운운하는 것인가 모르겠다. 아니면 나라 간에도 개인처럼 욕심이 있어, 이 지구상에서 과학문명으로 보나, 군사 장비상으로 보나, 우리를 능가할 자도 없고, 능가해서도 안 된다는 미국의 욕심인가.

핵이란 무서운 무기임에는 틀림이 없는 것 같다. 무슨 폭탄, 비행기, 항공모함이라 해도, 핵 한방이면, 그 모든 장비가 겨울철에 나뒹구는 낙엽에 가깝다 한다. 미국이 세계적으로 군사력이나 경제력이 우위를 차지한다고, 조금 보기 거북한 짓을 하는 것을 세계가 다 안다. 저번에 이라크 침공 때 유엔의 허락도 없었고, 이사국들이 반대 하는데도, 영국과 모작을 해서 이라크를 침공했다. 유엔도 약한 나라에 유엔의 법을 적용하고, 미국 같은 강대국 앞에서는 맥을 못 추는 모양이다. 우리나라가 만약 국가적인 감정이 있어, 다른 나라를 침공하면, 유엔이 가만히 보고만 있겠는가. 그래서 나는 혼자 생각에, 미국이 이라크를 침공 할 당시와 같이 유엔이 제 기능을 발휘 못 할 바에야, 빨리 해산해야 한다고 본다. 지금 유엔이 해산 안하고 있는 것은 무슨 이유가 또 있는지 모르겠다. 이북에서 핵을 만드는 것은 이남에서 크게 걱정할 것도 없고, 미국 눈치나 보면서 그저 설설 딴청이나 피우고 있으면 좋겠다는 생각이 든다. 범이 무섭다고 하나 자기 새끼 잡아먹는 법은 없고, 북한에서 핵을 만들어도 자기들을 돕는 간첩이 부지기수로 살고 있는 이남을 공격하기 위한 것은 아니라고 본다. 만약 한 예로, 6.25와 같은 전쟁이 일어나서, 이북 정권이 무너져, 김정일 정부가 목이 메이도록 이별가를 부르면서, 시베리아 벌판으로 도망을 가더라도, 핵무기는 이 땅에 사용되지 않는다는 말이다. 이북 사람들도 사리가 있고, 딴에는 민족주의자들이다. 사람은 마찬가지로 욕심은 누구나가 다 있다. 이북의 정치인이라고 해서 더 악랄한 것도 아니고, 이남의 정치인이라고 해서 더 인자한 것도 아니다. 이북에 김정일이가 다급하다고 핵 1개를 사용할 인물이라면, 이남에서는 5개 사용할 인물이 8명이나 있다. 앞에서도 말했듯이, 이북에서 핵 개발하는 목적은 남한을 겨냥해서가 아니라, 강대국이라고 뽐내며, 약소국가를 무시하는 그놈들의 코를 접시모양 납작하게 만들려는 의도라고 본다.

어쨌든 핵이라는 것은 위력이 대단한가 보다. 다른 말은 아무리 해도 가만히 있다가 핵 이야기만 나오면 미국 같은 나라도 자다가 벌떡 일어난다. 30년 전에 인도에서 핵 개발했다고 방송이 나오니 세계적으로 미국이 제일 먼저 반응을 일으켰다. 핵개발 방송이 나오기 며칠 전만 해도, 미국이 목에 힘을 주고 아주 껄끄러운 목 쉰 소리를 하더니, 인도에서 핵개발했다는 방송이 나오니, 당장 콩나물 대가리가 낮은 저음에 부드럽고 고운 목소리로 변하는 것을 들었다. 항공모함이 몇 척이고, 지하 100m로 내려가는 굴착 탄, 최신 미사일, 최신식 작전이니 해도, 핵 한방만 못한 모양인데, 그래서 핵을 가지고 있는 나라끼리는 서로 조심을 하는 것 같다. 전쟁 초반에 지켜보고 있다가 불리하다 싶을 때 핵을 사용하면 전쟁은 금방 끝날 것이 아닌가. 가상으로 중국이 미국을 향해 핵 공격할 때, 유인 우주 탐사선을 발사한다는 명목을 세워놓고 핵을 장착하여 쏘아 올린다. 말로는 일주일간 우주공간을 비행하다가 돌아온다는 말을 매스컴에 때려놓고, 착륙 조정은 워싱턴 백악관으로 향하게 했다고 보면, 미국이 피할 재주가 있겠는가 하는 생각이 든다. 태평양 함대, 인도양 함대, 기동타격대 하면서 수캐 뭐 자랑 하듯이 해도, 여왕 없는 벌통 신세가 될 것이 뻔하다.

선진 강대국 하면서 너무 으스대는 것이 꼴 보기가 안 좋아, 세계 각국 지도자들이 핵을 꿈꾸고 보유했으면 하는 것이 엇비슷한 심정일 것이다. 이러하니 북쪽에서도 필사적으로 핵을 개발하려는 것이 틀림없다. 한국도 한 때 핵개발 계획을 세웠다고 이야기 들은 적이 있다. 우리 대한민국 사람들은 이북이 핵개발 하는 데 부정할 필요도 없고, 오히려 다른 나라 모르게 도와야 할 일이다. 남북 대표가 만나서 조용하게 회담을 해야 한다. 우리는 수십 년간 자본주의 하는 미국놈 밑에 물이 들어 돈 버는 재주가 있다. 너희 이북은 우리처럼 물들지 말고, 옛날 전통을 살리면서, 무기나 개발하고 핵을 만들어라. 돈이 없으면, 식량하고 돈은 얼마든지 대줄테니, 걱정하지 말고 추진해라. 이남에서는 돈을 벌고, 이북에서는 핵을 개발해 나중에 통일만 된다면, 군사적면으로나 경제적으로 보나 세계 초일류 강대국이 될 것이다. 크다고 하는 나라들, 땅 넓다고 겁낼 일은 하나도 없다. 미국, 소련, 중국, 독일, 프랑스, 아프리카 할 것 없이 나라 크다고 신경 쓸 일이 아니다. 오늘날 전쟁은 땅 덩어리가 커서 도움 될 것이 하나도 없다. 내가 세계를 두루 돌아봐도 땅 크다고 하는 나라 국토 전체가 텅텅 비어있다. 그 나라 수도를 기준해서 사람이 좀 살 뿐 전체가 비어있다 해도 과한 말은 아닐 것이다. 미국도 땅 전체에 비하면 사람 사는 곳은 천 분의 일정도이고, 소련의 그 넓은 시베리아 벌판에는 흔하디흔한 다람쥐 새끼 한 마리 없는 텅 빈 땅뿐이다. 국토에 비해 사람 사는 곳은 만 분의 일도 안 될 것 같다. 우리의 국민은 단합해서 비장한 각오로 세계 사람들을 보고 살아야 한다. 앞으로 다른 나라와 싸울 때는 선전포고, 즉 싸운다는 말을 알릴 필요도 없이 권투선수가 잘 쓰는 잽 같은 것은 아예 하지도 말고, 한방에 끝내야 한다. 준비하고 탐색전을 하면 상대가 미리 알아채려 준비된 상태에서는 공격하기가 무척 힘이 든다. 전쟁은 이기기 위한 전쟁이지, 지기위한 전쟁은 아니다. 질 판이면 아예 전쟁을 안 하는 것이 백번 낫다. 그리고 전쟁을 해도 우리나라보다 약한 나라와는 절대 전쟁을 하지 말 것이며, 미국, 중국, 소련 같은 큰 나라와 전쟁을 해야 한다. 이 글을 읽으면 혹자는 말도 안 되는 소리라고 하겠지만, 나의 참 뜻은 그 큰 나라를 이길 수 있는 여건을 갖추자는 뜻이다. 나를 알고 적을 알면 백전백승이라는 등의 말들은 세월이 흘러 녹슨 손자병법이고, 위에 내가 한 말은 오늘날 시대에 맞는 무구병법이다.

남의 사정 알면 부처다

이런 생각을 하고 있는데 갑자기 귓속이 욱신거리면서 아파온다. 깜짝 놀라 눈을 떠보니, 비행기가 인천공항이 가까워오자, 속도를 급속히 낮추어 공기압으로 인해 귀가 아프다는 것을 알았다. 조금 있으니, 얼마 안가서 곧 공항에 착륙할거라고 안내방송이 나왔다. 비행기는 무사히 공항에 도착했다. 입국수속을 마치고, 울산가는 국내선 비행기를 타기 위해 리무진 버스로 김포공항에 내려 들어서니, 라면과 김밥이 먼저 눈에 띈다. 오늘 못 가면 내일가지 뭐 하면서 김밥 두 줄을 사가지고 따뜻한 물 한 컵과 먹으니 세상에 이것보다 더 맛 좋은 것이 또 있나 싶었다. 두 달 가까이 외국을 다니다가 오니, 몸에 된장기가 떨어져 그런가, 한국 땅기운을 못 받아 그런가, 몸이 흔들흔들 거렸다.

집에 와서 몸을 저울에 달아보니 채식으로 겨우겨우 불려 놓은 아까운 체중이 세상에 6kg이나 달아났다. 얼른 본래 내 몸무게를 찾아야지 하면서 빵, 아이스크림 같은 것을 마구 먹었다. 그러던 중 지인들이 찾아왔기에 여행 갔던 이야기도 하며, 독일에서 사가지고 온 쌍둥이 표 칼 하나씩 나누어 주었다. 받은 쪽에서는 만면의 웃음을 지으며 받아갔다. 그러나 나는 여행을 다니면서 1불이라도 아껴 쓰기 위해 어지간한 곳은 걸었고, 돈 아낀다는 생각에 빵으로 끼니를 때우며 공항에서 한뎃잠을 자가며 그 칼을 사가지고 온 사정은 아무도 모른다. 경상도 말로 '시정(사정) 모른다'는 속언은 '자기배가 부르면 종의 배고픈 줄 모른다'는 말과 같다. 남의 시정 모르는 것이 몸을 가진 사람들의 자연스러운 성향이다. 남의 시정을 속속들이 아는 사람은 이 지구상에 종자가 없다고 본다. 남을 책하기보다 나를 돌아보는 것이 현명한 일이다. 요즘 사람들에게는 모든 물자가 풍부해서, 먹는 것 가지고 이야기하면 별로 달갑지 않게 여길 것이다. 그러나 40년 전만 해도 우리나라에는 배고픈 국민이 살았고, 대체로 먹는 이야기가 많았다. 쌀밥을 언제 한번 실컷 먹어 보고 죽으려나고도 했다. 내가 어렸을 때 어머니가 동네 잔칫 집에 가면 개인 앞으로 잔칫상을 받았다. 차려진 음식을 먹으면 자식생각이 나 목구멍에 걸려 안 넘어갔다고 했다. 이런 일을 체험 안 해 본 사람들은 모를 것이다. 체험해 본 사람들은 이글을 읽고 코가 시큰한 감정을 느낄 것이며, 나 역시 그런 것을 체험해 보았기 때문에 알고 있다. 어머니는 받은 상에 있는 떡은 창피스러운 감정을 무릅쓰고 손수건에 싸가지고 혹시 남이 볼까 품속에 얼른 간직한다. 다른 볼일이 있어도 빨리 가서 이 음식을 자식들에게 먹이겠다는 마음에 허둥지둥 달려와서 조금씩 나누어주면 그 자식들은 그저 좋아라하면서 받아먹는다. 그러나 우리 엄마가 창피를 무릅쓴 체, 자신이 먹고 싶은 것을 참고, 우리에게 갖다준다고, 그 시정 아는 자식이 하나도 없다.

체험하고 느낀 일들을 일일이 글로 다 쓸 수 없는 형편, 내가 체험한 한 가지만 더 적어보자. 한때 경주에 있는 교도소와 청송감호소로 7년간 설법포교를 한다고 다녔다. 절도 절 나름이고, 사람도 사람 나름이다. 내가 있는 절은 매몰스러운 신도 두 명 밖에 없는 가난한 절이다. 교도소 법회에 가는 날은 무엇이라도 먹거리를 해가야 된다는 고정관념 때문에, 떡, 과일 빵 종류를 준비해 가는데, 한두 개도 아니고, 500명, 400명분을 해가지고 가려면 혀가 쑥 둘러빠질 것 같았다. 나는 고무신 한 켤레도 똑바로 못 사신고, 비가 오면 물이 세어 들어와 양말이 다 젖어도 아랑곳 하지 않으면서도, 충분하지는 못하지만 그래도 먹을 만큼 준비해 일심으로 갖다 먹였다. 그러나 교무과 직원으로부터 수용자들 어느 누구도 그 사정을 아는 사람은 한 놈도 없었다. 수용된 놈들은 죄 지은 놈들이라 그렇다고 보고, 한술 더 떠 교무과 직원들도 직간접적으로 교화위원들에게 부담을 주었다. 한 교무과 과장은 수용자들 교육차원에서 영상매체를 설비해야 되는데 돈이 없어 그렇다고 하면서, 나더러 30만 원만 보태달라고 해 주었더니, 속 호주머니에 집어 넣어버렸다. 그런 찬조금이 들어오면 서무계를 불러 돈을 접수해야 될 것이고, 시설을 마친 다음 결과를 말해주어야 하는데도, 그 후 아무 말도 없었다. 운동회 때, 모범수견학시킬 때, 으레 손 벌리는 그 사람들이 오후에 교도소에서 법회하고 저녁예불 시간에 쫓겨 서둘러 오다 걸린 속도위반에 인정사정없이 스티커는 잘도 끊는다. 참 남의 시정 모르는 것이 세상 살아가는 진리인가. 절에 있으면 누가 돈을 막 갖다주는 걸로 알고, 돈이 남아넘치는 줄로 생각한다. 자기들은 월급 타서 계집, 자식 다주면서, 운동회 하는데, 모범수용자들 견학 가는 데, 자기네 돈을 조금 거두어 비용을 보태면 무엇이 그리 나쁠 것인가. 이놈들은 내 욕심에는 아예 손대지 말고, 네 돈만 내라는 심보이다.

그렇거나말거나, 내가 맡은 시간에는 7년 간 하루도 안 빠지고 갔다. 나는 목이 말라도 음료수 한 병 못 사먹을 망정, 교도소 갈 때는 30만 원씩 넘게 항상 먹을 것을 준비해갔다. 그렇다고 무엇을 바래서 아니었다. 7년 넘게 다녀도 법무부장관이백 고무신 한 켤레 사준 일 없고, 교무과 직원들도 고맙다는 말 한마디 없었다. 이 세상에 자기 것을 챙기는 욕심 많은 세상에, 나 같이 오줄없고 나사가 덜 조인 어물정한 인간이나 교도소 설법한다고 다녔겠지. 세상 사람들이 남의 시정을 몰라도 너무 모르고 산다. 대통령표장이라고 하나 준다 해도, 그 종이쪼가리를 어디 맡겨놓고 국수도 한 그릇 못 먹는 것이지만, 표장장 뒤에는 오백만 원 상금이 있기에 입맛이 당겼다. 그 종이야 오다가 한강물에 던져 버리고, 돈 오백만 원을 가져오면, 불사에 한 몫 할 것인데 하는 생각이 들었다.

교통 경찰관도 내 시정 모르고, 법무부장관도 내 시정 모르고, 대통령도 내 시정 모르고, 그뿐 아니라 세상살이 전반에 이 진리가 해당된다. 장관은 대통령 시정 모르고, 대통령은 장관들 시정을 모른다. 자식은 부모시정 모르고, 부모는 자식들 시정을 모른다. 선생은 제자들 시정을 모르고, 제자는 선생님 시정을 모른다. 형제는 형제 시정 모르고, 친구는 친구 시정 모른다. 사장은 사원 시정 모르고, 사원은 사장 시정을 모른다. 남편은 부인시정 모르고, 부인은 남편시정 모른다. 성인은 범부시정 모르고, 범부는 성인 시정 모른다. 결론적으로 부처의 공부가 어렵고 멀리 있는 것이 아니라, 남의 시정을 알면 그것이 곧 부처다.

他人事情知人卽佛

남미와
미국 그랜드캐넌 기행

가고 싶은 곳 다시 가다

역마살이 초특급으로 들린 나는 사주풀이로 세계 여러 나라를 돌아다녔다. 가는 곳마다 특색이 있고, 나라마다 다르지만, 사람 사는 형편은 별로 다를 바가 없었다. 세계 어느 나라를 가더라도, 벌어서 먹고 산다는 중생살이는 어찌 그리도 똑같은지 하면서 돌아다녀보았다. 사람마다 보고 느낀 바는 각자 다르겠지만, 나는 나대로 보는 면이 있어, 다시 가고 싶은 나라, 다시 보고 싶은 곳이 생겨서, 언젠가 기회만 주어진다면 꼭 가볼 거라고 별렀던 곳이 몇 군데 있었다. 첫째, 인도, 둘째, 미국에 있는 그랜드캐넌, 셋째, 티벳에서 히말라야 산을 넘어 국경도시인 장목까지 이어지는 악마의 도로, 마지막으로 멕시코에 있는 휴양도시 깐쿤과 무하마드 섬이었다.

몇 년 전에, 미국 동서부 일주 관광을 하면서, 가장 호감을 느꼈던 곳은 아메리카 국립공원인 그랜드캐넌이었다. 그 넓은 지역에 자연의 조화로 이루어진, 이 아름다운 절경을 몇 번이나 감탄 하면서 구경을 했다. 내가 잘 쓰는 말로, 인간이 제 아무리 잘 만들었다 해도, 손때가 묻고, 오래보면 싫증이 나며, 사람마다 각자 개성에 의해 달리 평가를 해댄다. 좋다, 나쁘다, 저것은 이렇게 하지, 이것은 저렇게 하지. 그러나 자연으로 일어난 일들은 인간의 눈으로 평가가 되지 않는 특이한 걸작들이다. 그랜드캐넌은, 그 속에 지금도 유유히 흐르는 콜로라도 강이, 수억 년을 지나는 세월동안 풍화작용으로 다

들어 낸 작품이다. 내가 다시 가 보고 싶은 충동을 일으킨 이유는, 아름다워서만은 아니었다. 그 곳을 구경하고 나오는데 정문 같은 곳을 지나니 상점도 있고 조그마한 시장이며 제법 큰 건물도 보였다. 그 곳에 차를 세우고, 가이드는 우리 일행을 인솔해 널찍한 극장 안으로 들어갔다. 각자 자리에 앉혀놓고 설명하기로, 이곳에서 상영하는 영화는 그랜드캐넌 안에 절경과 수천 년 간 살아온 인디언 원주민의 생활상을 촬영하여 영화로 상영한다고 했다. 영화속 인디언의 말에 따르면, 바깥세상에는 최첨단 과학문명으로 극에 달하는 육체적 향락을 누리고 산다지만, 몇 천 년 동안 조상 대대로 물려받은 이 아름다운 자연 속만 하겠는가 하면서, 바깥세상을 부러워하지 않고 즐거운 마음으로 그 계곡에 살고 있는 원주민이 있다고 했다. 현실사회에서 혐오감을 많이 느낀 사람일수록 이러한 이야기를 들으면 영혼이 서늘해지는 청량감을 느낄 것이다. 나 역시 그곳이야말로 지상 극락이 아니겠느냐고 생각했다. 그렇지 않아도 그 계곡 안은 어떻게 되어 있을까 하며, 매우 궁금증을 일으키고 있던 차에, 잘 되었다 싶은 생각에서 열심히 스크린을 보고 있었다. 영화를 다 본 후 그 궁금증이 풀어지는 것이 아니라, 오히려 꼭 그 곳을 한 번 들어가 봐야겠다는 굳은 결심이 생겼다. 그날은 일행들 따라 다음 코스로 갔지만, 마음속으로는 반드시 다시 와서 들어가 봐야겠다는 결심을 세우고 갔다. 일정에 따라 미국 동서부 관광을 마친 뒤, 미련을 품고 귀국했다.

몇 년 뒤, 남아메리카를 여행하기 위해, 또 배낭을 꾸리기 시작했다. 이번 스케줄은 멕시코, 칠레, 페루, 아르헨티나 쪽으로 가기로 정하고, 돌아오면서 로스엔젤레스로 들러, 가슴속에 꿈꾸고 있던 그랜드캐넌 인사이드(내부) 관광을 한다는 계획을 굳게 세워 가지고 출발했다. 비행기는 유나이티드 에어라인을 탔는데, 올 때나 갈 때나 꼭 로스엔젤레스를 경유하므로 나의 여행 스케줄은 안성맞춤이었다. 출발하는 날 하늘에는 구름 한 점 없었고, 해님은 잘 다녀오라고 무한한 에너지를 온 몸에 퍼부어 주기에, 나는 기분이 좋아 옛날 노래인 황성옛터 삼절을 불렀다.

나는 가리라 끝이 없이 이 발길 닿는 곳
아 괴로운 이 심사를 가슴깊이 묻고
산을 넘고 물을 건너서 정처가 없이도
이 몸은 흘러서 가노니 옛터야 잘 있거라

김포에서 비행기를 타고, 일본 하네다 공항을 거처, 16시간이라는 긴 시간을 소모하여, 미국 로스앤젤레스 공항에 도착했다. 비행기가 바로 가는 것이 아니고, 내려서 4시간 넘게 기다려, 페루 리마로 가는 비행기로 갈아타야 했다. 그 곳에서 8시간 넘게 가는데, 별로 볼 것도 없고 해서, 밑에 보이는 남아메리카 땅이나 구경하자 싶어 열심히 내려다보았다. 멕시코 서쪽 태평양 연안에 방파제 모양으로 길게 늘어져 있는 협만에는 멋진 항구 도시가 형성되어 있을 거라고 눈이 빠지도록 내려다보았으나, 실망할 정도로 나무 하나 집 한 채 없는 황량한 사막뿐이었다. 그 뒤부터는 내려다보는 것을 포기하고, 어서 빨리 리마에 도착하기를 바라면서, 눈을 감았다.

그 쪽 동네를 둘러 본 결과, 칠레는 똥개 창자모양 길기만 길었지 별로 볼 것은 없었으나, 페루와 멕시코가 유적이 많고, 세계 최고라는 타이틀 붙은 곳이 여러 군데가 있어 볼거리가 많았다. 그곳을 다 돌아보고, 오는 길에 로스엔젤레스에 들렀다.

멀고 먼 그랜드캐넌 가는 길

물어물어 코리아타운을 찾아가니, 이곳은 한국하고 조금도 다를 바가 없었다. 먹을거리로부터 시내 간판 모두가 한글로 쓰여 있고, 이곳에 태어나서 늙어 죽도록 영어 한마디 안 해도 살 수 있는 곳이었다. 관공서로부터 모든 사무실에는 한국 직원이 배치되어 있어 우리나라 말로 모든 일을 처리 할 수 있게 되어 있었다. 나 같이 영어 서툰 사람에게는 살판 난 셈이었다. 지나가는 한국계 사람을 만나, 이곳에서 제일 싼 호텔을 소개해 달라 했다. 이 곳 역시 한국교포가 운영 하는 호텔이었다. 카운터에 있는 사람도 한국인이라 언어에 구애됨이 없이 수속을 마치고 방에 들어갔다. 모든 것이 깨끗하며, 온화한 느낌이 들어, 편안하게 누워 잤다.

아침에 눈을 뜨니 3시라 ,얼른 세수를 하고, 아침예불 기도를 마친 뒤, 짐을 주섬주섬 챙겨 담아, 계획했던 그랜드캐넌 여행을 가기 위해 카운터로 나왔다. 짐은 임시로 맡겨 놓고, 카운터 종업원으로부터 근방 로스엔젤레스 지리에 대한 설명을 들은 다음, 거리로 나섰다. 올림픽 대로를 찾아 나와 살펴보니, 저만치 금아관광이라는 간판이 보이기에 찾아 들어갔다. 직원들은 하나같이 친절하게, '어서 오십시오' 하고 인사를 했다. 한 직원이 '무엇을 도와 드릴까요?' 하면서, 살갑게 물었다. 그러나 내가 하고자 하는 말은, 내가 생각해도 평범하지 못 한 것 같아, 선뜻 말을 못하고 웃으면서, 조금 머뭇거렸다.

한참 있다가 한마디 묻자는 말을 앞세워, 그랜드캐넌 인사이드 관광이 있느냐고 하니, 그 직원은 웃으면서 없다고 고개를 흔들었다. 3일마다 그랜드캐넌 외곽 관광이 있는데, 오늘 가는 날이라고 했다. 그러면 나를 그랜드캐넌에 내려 줄 수 있느냐고 하니, 그렇게 할 수는 있지만, 오실 때 어떻게 오시겠느냐고 걱정을 했다. 그 곳에서 나오는 대중교통도 없고, 3일 후에 우리 버스가 간다 해도, 그 차를 타고 다른 데로 둘러서 오게 되면, 날짜도 많이 걸리고, 고생도 많을 거라면서 안 된다는 것이다. 저쪽 의자에서 이 말을 듣던 교포청년이 렌터카를 빌려 가는 것이 좋겠다고 권했다. 맞은편에 앉아 있던 60대 사람들이 말을 듣는 순간, 눈이 둥그레지면서, 아예 그런 생각을 하지 말라고 손을 내어 저었다. 여기가 어떠한 곳인데, 말도 잘 안통하고, 지리도 능통치 못한 이국땅에서, 될 말이 아니라는 것이다. 보아하니 젊은 사람도 아닌 노인네가 그곳까지 간다는 것은 말도 안 된다는 것이다. 차라리 안전하게 갔다 오려면, 돈이 조금 더 들더라도, 이 곳 지리를 잘 아는 사람을 고용해서 가라고 권했다.

그래서 멍하니 앉아 생각하고 있는데, 그 관광회사 부장이 들어오면서, 나를 보고 아는 체 했었다. 언젠가 스님하고 같은 차를 타고 관광길에 오른 적이 있다면서 웃었다. 나도 기억해 주어 감사하다고 인사를 했다. 그 사람은 본인의 말대로, 2000년 1월 2일에 서부관광을 할 때, 내가 탄 차에 가이드를 했다. 같이 타고 이동을 하면서 하는 말 가운데, 2000년을 맞는 것을 너무 신기하게 여기며, 2000년에는 특별한 일이라도 일어날 것처럼, 기대 섞인 말을 열두 번도 더 하였다. 처음에는 듣고 있다가, 너무 많이 그러기에 마이크를 달라고 해, 한 마디 반박을 했다. 2000년이라 해서 죽은 놈이 살아나는 것도 아니고, 가난한 사람이 갑작스레 부자가 되는 것도 아니며, 해가 서쪽에서 뜨는 것도 아닐 텐데, 자연스럽게 세월이 흘러갈 따름이다. 서기 2000년이라고 신기하다면, 단기 2000년, 불기 2000년은 왜 신기하게 여기지 못 했느냐고 반문하면서, 마이크를 돌려주었다. 그 차 안에는 각계각층의 인텔리들이 타고 있었다. 말 한 마디 없이, 각자의 생각으로 정리하는 순간, 버스 엔진 소리만 높아갔다.

그러한 인연이 있기에, 저 사람이 나를 알아보는구나 하는 순간, 나의 똥고집이 머릿속에 콱 차올랐다. 한국에서 출발할 때, 혹시 로스앤젤레스에서 렌터카를 이용할 수도 있겠다 싶어 국제면허증을 만들어 갔다. 그 장소에서 이런저런 말을 해도, 결론을 얻지 못할 것 같았다. 일어서면서 속으로 죽기 아니면 까무러치기라고 생각했다. 여직원에게 택시를 불러 달라고 부탁했다. 조금 있으니 한사람이 나타나서, 택시를 불렀느냐고 하기에, 그렇다하니, 나를 인도해서 후문 주차장으로 갔다. 이 차는 영업용 택시도 아니고, 자가용이었다. 미국사회에서 자가용으로 영업을 해도 괜찮으냐고 물으니, 합법적으로는 위반이지만 교포사회에서 이렇게 통하고 영업을 한다는 것이다. 이 사람들은 정당하게 미터기를 사용 하는 것도 아니고, 사람 봐 가며 요금을 받는다는 것이다. 우리 한국 같으면 기본요금에 갈 곳도 10불을 달라하고, 조금 더 가면 20불을 달라한다. 처음 가는 사람들은 일단 말이 통하니, 데리고 가서 조금 이용할 요량으로, 두 말 안하고 20불을 주는 실정이다.

더러 외국을 다녀보면 쇠가 쇠를 깎아 먹고, 조선놈이 조선놈 갉아 먹는다는 말을 실감하는데, 이 머나먼 로스앤젤레스에서도 그러하니, 본래 조선놈 종자 탓으로 돌려야겠다고 생각했다. 차를 타니, 어디로 가느냐고 나 더러 행선지를 묻기에, 이곳에서 가장 가까운 렌터카 회사로 가자고 하니, 불과 200m정도 거리에 있었다. 차에서 내려, 사무실에 들어갔다. 담당자를 만나 보니, 그 역시 고려 종자였다. 같이 간 그 운전사의 도움을 청할 것도 없이 내가 직접 이야기를 했다. 그 택시 운전사는 가고, 내가 렌터카 수속 절차를 마친 다음, 차를 수령했다. 가급적 신품차를 달라고 하니, 이 회사 차들은 모두 새 차라서 고를 것이 없다 했다. 배정 된 차를 세워두고, 일단 점검을 한 다음 설명을 했다. 가만히 보니 기어가 오토였다. 나는 한국에서 40년 넘게 스틱만 운전했기 때문에 오토 보는 것도 처음이었다. 그래서 오토에 대해 더 자세하게 물으니, 이상한 표정을 하기에 알겠다면서 그냥 차를 몰고 나왔다.

나는 핸들을 돌릴 줄 알고, 장애물이 있으면 브레이크를 밟을 줄도 안다. 가보자 하면서 렌터카 회사에서 나와, 내가 묵었던 호텔로 찾아오는데, 내 뒤로는 차가 길게 밀려 따라오고 있었다. 미국 놈 차들아, 내 차를 한 번 받아봐라 하면서, 겨우 호텔을 찾아 들어가니, 주인이 나를 보고 큰 걱정을 했다. 여기 오는 데도 그렇게 힘들여 왔는데, 그 머나먼 그랜드캐넌까지 어떻게 갔다 올 것이냐고 걱정 섞인 말을 했다. 가는데 만 3,000리, 왕복 6,000리 길이니 함부로 위험한 짓 하지 말고 포기를 하던지, 이곳 지리를 잘 아는 사람을 고용해서 갔다 오라고 간곡히 권했다. 그래서 나는 시작해 놓고 포기 하는 것은 내 사전에는 본래 없는 일, 그렇다고 사람을 고용한다면 삼일에 얼마나 주어야 하느냐고 하니, 미화 3,000불 정도는 들어야 할 것 같다고 했다. 그 때 형편으로는 미화 3,000불이면, 나로서는 뉴욕에 은행도 차릴 거금이었다. 죽기 아니면 살기다 하면서 그냥 간다 하니, 한국 주소라도 하나 적어 달라고 했다. 이곳 교통관계법이 말로 다 설명 못하도록 살벌하니 조심하시고, 속력은 70마일 이상 놓으면 속도위반으로 걸린다며, 70마일을 넘지 말고 다녀야 한다고 신신당부했다.

숙소를 나와 한남슈퍼마켓 주차장에 차를 세워 두고, 안으로 들어가 보니, 우리 한국 음식 상품이 없는 것이 없었다. 먼저 눈에 띄는 팥 앙꼬가 들어있는 빵이 맛있어 보여, 10불 어치 정도를 봉지에 넣은 다음, 라면 3봉지를 가지고, 카운터에 계산을 하면서, 주인에게 그랜드캐넌 가는 길을 물었다. 그러니 지도를 하나 꺼내어 볼펜으로 체크를 하면서, '여기 나가면 굴다리가 있고요, 오른쪽에 75번 길로 돌아가 여기쯤에서 N15로 가야하고요' 하면서 정신이 어지럽도록 설명을 했다. 대충 알아듣고, 그 지도를 얻어 가지고 나와, 얼른 부딪혀 보자 싶어, 차를 몰고 나섰다. 나중에 안 일이지만 너무 급하게 설치지 말고 차분히 행동했다면, 한남마켓 안에 내가 좋아하는 찰떡, 송편, 김밥, 과일 할 것 없이 여러 종류가 많이도 있었던 것을 성질 급한 탓에 아무것도 못 사고, 칠팔월 은어 굶듯이 쫄쫄 굶으며 갔다. 가는 도중 목이 마르고, 배 속에서 개구리 소리가 나도, 어디 차 세워놓고 무엇하나 사 먹을 곳도 없었으며, 누구에게 물어 볼 때도 없었다. 고속도로 변에는 집 하나 없는 망망한 사막에 차들만이 갈 뿐이었다.

얼마 가다보니 도로변에 교통순찰차 한 대와 승용차가 서 있기에 옳다 싶었다. 나도 저기 차를 세워두고, 저 순사에게 그랜드캐넌 가는 길을 물어봐야지 하는 생각에서, 길옆에 차를 세우고, 예절 상 내려서 물어봐야지 하며 문을 열려는 순간, 이 미국 놈 순사가 내 차 본네트를 탕탕 치면서 못 내리게 했다. 왜 그런가 싶어 조수 쪽 창문을 내리면서 보니, 고속도로에서 내리면 위험하다고 못 내리게 한다는 것이다. '디스 웨이 그랜드캐넌(이 길이 그랜드캐넌 가는 거 맞소)' 하고 물으니, 알아들었는지 못 알아들었는지, 화를 벌컥 내며, '렛츠 고우(가세요)' 하고 고함을 지른다. '미국 놈 순사는 왜 저리 친절치 못 하노' 하며 차를 몰고 가 버렸다. 운전을 해 가면서, '저 미국 놈들은 애비도 없나' 하고 군말을 했다. '나이 많은 사람에게 저렇게 예절 없이 말을 하고' 하면서 속도 게이지를 보니, 90마일이라 얼른 액셀러레이터에 발을 떼고 70마일로 조정했다.

가면서 도로 너머를 보니, 대충 바로 가고 있는 거 같았다. 기분이 좋아 사공의 뱃노래 가물거리면 하는 노래를 흥얼거리면서 가는데, 저 앞에 승용차 한 대가 길가에 세워져 있고, 여자 둘, 남자 한 사람이 서 있기에, 나도 차를 옆에 세워놓고, 그 사람들에게 다가가 "하와 유" 하면서 인사를 했다. 그 쪽에서는 "파인 생큐" 라고 답을 하면서, "훼어 유어 컴 푸롬(어디서 오셨습니까)?" 하기에, "프롬 코리아(한국에서요)" 라고 답을 했다. 반갑다며 인사를 서로 나누었다. 나는 얼른 미국 청년을 손짓하면서 내 차로 불렀다. "아이 엠 쏘리" 라 하며, 손가락으로 오토기어를 가리키면서 "암 오토 기어 퍼스트타임, 인터레스티드(난 오토 기어가 처음이라 궁금하다)" 하니, 알아듣고, 웃으면서 설명을 했다. H는 하이스피드, S는 스로우, D는 미들스

피드, R은 백 하면서 상세히 가르쳐 주었다. 내가 보는 앞에서 전조등도 켜 보이고, 좌우측 깜빡이, 윈도우 브러시도 작동해 보이고, 크락션도 눌러 보이면서, "굿(문제없네요)" 하며 일어섰다. 나는 "생큐 베리 마치" 하면서, 손을 잡고 악수를 했다. 그러고 보니 오줌이 마려워, 이리 저리 둘러봐도 적당한 곳이 없어 살피는데, 저 쪽에 있던 여자들과 청년은 나의 동작을 알아차리고, 차 안으로 들어가 주었다. 나는 감사하다는 마음으로 볼 일을 본 다음, 인사나 하고 가자 싶어, 그 차 가까이 가서 "생큐" 하니, 세 사람이 하나같이 "굿바이" 라고 답했다. 그 밝고 깨끗한 표정! 나는 새삼 미국 사람들의 좋은 점을 엿보았다.

세계 여러 나라로 값 싼 배낭여행을 하다 보니, 변소다운 변소를 찾아다니면서 제대로 용변을 못 보고, 형편상 적당하다 싶으면 용변을 보면서 다녔다. 한 예로, 그리스를 갔을 때, 나이가 조금 들어 그런지, 모든 기능이 쇠약해 그런지, 오줌이 자주 마려워, 여행 다니다 보면 소변 때문에 상당한 곤욕을 치를 때가 많았다. 아테네 시가지를 걸어서 관광을 하던 중, 변소에 가고 싶은데, 적당한 곳이 없어 참고 갔다. 도저히 더 참을 수가 없어, 안전한 일급지, 이급지를 찾을 형편이 안 되어, 도로 옆 공원 같은 울타리에 대고 소변을 보다가, 대통령궁 근위병에게 붙잡혀 말다툼을 하게 되었다. 나는 바로 앞 건물이 대통령 관저인줄 몰랐다. 알았더라면 무슨 놈의 간으로 거기에서 오줌을 누었겠는가. 이 글을 읽는 사람들은 그래서 어떻게 되었느냐고 궁금할 것이다. 나는 말 한마디로 해결한 후, 내 갈 길을 걸어갔다.

변소가 아닌데 소변을 보다 남의 눈에 띄게 되면, 무엇이라 표현 못 할 찜찜한 감정에 미안하고 당황스러워 얼굴을 바로 못 볼 정도다. 서로 마주쳐도 표현 못 할 어색함을 느낀다. 그런데 그날 미국 남녀들 얼굴에는 아는 체는 고사하고, 알고도 모르는 체 한다는 티조차 내지 않았다. 다시 설명을 하자면, 우리는 당신이 소변보는 줄도 몰랐고, 그러니 당신은 소변 본 일도 없다는 태연한 표정, 나는 다시 한 번 미국 청년들을 보고 깨달았다. 옛날이나 지금이나 한국 사람들이 모여, 오락회나 장기 자랑 같은 것을 하고 노는 것을 보면, 즐겁게 노는데 뭔가 세련되지 못하다. 미군들이 노는 것을 보면, 경쾌하고 깔끔하게 끝난다. 이것이 문화적 차이인가, 지역적 차이인가는 모르겠다. 어쨌든 좋은 마음으로 '굿바이' 하고, 내 차에 와서, 시동을 걸고 다시 출발했다.

가도 가도 사막, 똑 같은 환경, 하도 심심해서 졸음이 왔다. 반야심경과 천수경을 하다가, 그곳도 모자라 법성까지 해도 안 돼, 내가 아는 흘러간 옛 노래를 모두 찾아내 불러도, 일차 목적지 라스베가스는 아직도 멀리 있었다. 화엄경 82권을 다 외우면 얼추 되겠지만, 그것은 못 외우고 내 손으로 내 뺨을 코피가 나오도록 힘차게 세 번 때려도 졸음은 여전하였다. 그래서 하다못해 허벅지를 꼬집어 비틀어도 안 되었다. 이쯤 글을 읽은 사람들은 그럴 때에는 차를 세워놓고, 5분만 눈을 붙이면 괜찮다고 할 것이다.

내 성질 사전에는 그런 것 없다.

가야 할 곳은 죽어도 가야지.

왜 차를 세워.

그러다 못해 이빨을 뽀드득 갈았다. 이빨 가는 것도 젊어서는 소리도 잘 나고 갈만도 했다. 그렇지만 부분적인 틀 이빨이라 잘 갈리지도 않고, 소리도 안 났다. 그래서 할 수 없이 '부처님요, 오늘만 살려구다사이' 라는 말만 자꾸 했다. 로스앤젤레스에서 길 안내를 받을 때, 라스베가스까지 설명을 듣고, 이곳에 오면 그랜드캐넌 가는 길을 물어서 가면 된다고, 가는 길에 자신을 가졌다. 어디쯤 오니 기름이 다 되어갔다. 이때부터는 주유소를 살피느라, 노래고 지랄이고 다 치운 체, 주유소 있는 간판만 살폈다. 40분정도 더 가니, 길가에 개스스테이션(주유소) 간판이 있기에, 반가운 마음으로 화살표를 따라 들어가니, 고속도로에서 2㎞정도 벗어나 주유소가 있었다. 주유소 기름 게이지 통 옆에 차를 세워두고 있어도, 어느 누가 나타나지도 않고, 기름 넣어 주는 사람이 없었다. 이상하게 생각하며 한참 기다리는데, 승용차 한 대가 급유하기 위해 들어왔다. 가만히 보니 차를 기름 게이지 앞에 세워두고, 저 쪽 상점 있는 곳을 가더니, 다시 와서 본인이 기름을 넣고, 다시 또 주인 있는 곳을 갔다. 나도 대충 알아차리고 주인 있는 상점 쪽으로 가니, "홧(무슨 일이오)" 하고 묻기에, "카 가스 해브노(기름 떨어졌다)" 라고 하니, 영어로 무어라 하는데, 나는 못 알아듣고 웃고 서 있기만 했다. 옆에 있던 미국청년이 웃으면서, 주인보고 무엇이라 말을 하더니, 나더러 오라고 손짓을 했다. 따라가니 기름 탱크 마개를 열고, 기름을 넣었다. 나를 보더니 "하우 메니(얼마나 넣을 겁니까)?" 라고 묻기에 "풀(가득)" 이라고 하니, 오케이 하면서 한가득 넣고 뚜껑을 닫으면서, "렛츠(갑시다)" 하며 손짓을 했다. 다시 주인 있는 곳을 가 계산을 하는데, 34달러 라 하기에, 돈을 주고, 그 청년에게 "생큐 베리 마치" 하며 인사를 했다. 그 청년은 가고, 나는 오면서, '무슨 놈의 일이 와이리 복잡하노' 하며, 액셀러레이터를 밟아 제쳤다.

가도 가도 사막, 똑 같은 환경, 이제는 부를 노래도 없고, 앞만 보면서 오는데, 이상하게도 배 속에서 개구리 소리가 났다. 시계를 보니 오후 2시이라, 로스앤젤레스에서 온 지 6시간 정도 지났다. 이때부터는 배가 고프기 시작했다. 처음에는 라스베가스에 가서 실컷 먹은 다음, 지도를 구해가지고 다시 간다며 참으면서 갔다. 한 시간을 더 가도 라스베가스는 안 나오고, 점점 참기 힘들 정도로 배가 고파오면서, 온몸에 힘이 빠졌다. 운전을 하는데 앞 윈도우에 밥이 왔다 갔다 하고 라면, 국수가 다 보이고 해서, 더 갈 수가 없었다. 그래도 조금 더 가니, 개스스테이션이라는 간판이 또 보이기에 그리로 차를 몰고 들어갔다. 이 곳 역시 2㎞정도 가니, 급유 게이지가 있었다.

옆 주차장에 차를 세워두고, 건물 안으로 들어가니, 그 안에는 먹을거리가 많이 있어, 이것저것 살펴봤는데, 막상 내가 먹을 만 것은 별로 없었다. 우선 급한 대로, 콜라 한 캔을 달라 해서 마시고, 정신을 차렸다. 이리저리 더 살펴보다가, 변소에 들어가 용변을 보고 나오면서 보니, 세면기 위 벽에 전기 콘센트가 있어, 내가 가지고 다니는 투어쿠킹 냄비에다 라면을 끓여 먹으면 되겠다 싶었다. 밖으로 나와 끓이는 그릇과 라면 한 개를 비닐봉지에 넣어 숨겨 가지고, 주인 안 볼 때 살짝 변소 안에 들어가 끓이기 시작했다. 혹시나 누가 올까봐 가슴을 졸이면서 끓이고 있는데, 누군가가 문을 열고 들어왔다. 깜짝 놀라 보니 그 집 젊은 아가씨가 들어와 보는 것이었다. 나는 어쩔 줄 몰라 즉흥적으로 배가 고파죽겠다는 시늉을 하며, 미안하다고 합장을 하면서 고개를 숙였다. 그러니 나의 처지에 동정심이 생겨 그런지, 내가 합장하며 절을 해 그런지, 웃으면서 오케이하고 나가 버렸다. 그렇게 해서 라면을 끓여 그 자리에서는 못 먹고, 냄비채로 들고 나와 차 옆에서 먹었다. 처음에는 주위에 아무것도 안 보이고, 오로지 라면 밖에 안 보이더니, 다 먹은 후에는 자동차 타이어도 보이고, 언덕배기 풀과 나무도 보였다. 먼 산 위 하늘에는 흰 뭉게구름이 떠 있고, 해는 서산에 내려 갈 준비를 하고 있었다. 아, 금강산 구경도 식후경이라는 말이 제법 맞는다고 느껴졌다. 이제는 되었다 하며 조금 쉬다보니, 또 가야 할 걱정이 생겨 차에 올랐다. 이제는 배도 부르고 해서, 또 흘러간 옛 노래를 골라 부르기 시작했다. 그러면서 오는데, 이정표가 붙어있어 살펴보니, 라스베가스에 다 왔다. 저 멀리 시가지가 보이고, 궁전 같은 호화스런 호텔들이 즐비하게 늘어져 있으며, 가로등과 도로변 조경들이 라스베가스가 아니라고는 못 할 정도로 잘 되어있다.

일단 시가지로 들어가, 적당한 곳에 차를 세워두고 쉬면서, 다시 그랜드캐넌 가는 코스를 물을 양으로 시내로 들어왔다. 적당한 곳에 차를 세워두고, 가게에 가서 음료수 한 잔을 마시면서, 그랜드캐넌 가는 길을 물었으나, 아무도 모른다고 했다. 다섯 사람 정도 붙잡고 물어봐도 다 잘 모른다는 것이다. 참 이상한 일이라고 여기면서 건너편에 서 있는 경찰관에게 물어봐도 모른다고 했다. 야, 이거 보통일이 아니구나 싶은 생각이 들어 지나가는 택시를 세워 물어보니, 저 밑으로 가라고 했다. 그러면 가는 길까지 안내 좀 해 달라 하니 40불을 내라고 한다. 그 때 나에게는 10불이 목돈이라 여기는 판에, 40불이라기에 '노' 하며, 택시를 보내버리고 죽기 아니면 살기다 하면서, 다시 차를 몰고 택시 운전사가 가리키는 밑으로 내려갔다. 그 시가지에 걸어 다니는 사람들은 대체적으로 관광객이라 잘 모를 것 같아, 요번에는 주차장을 관리하는 사람에게 가서 물었다. '익스큐즈미 그랜드캐넌 위치 로드(실례합니다만 그랜드캐넌 가는 길이 어느 길입니까)?' 라고 말을 하니, 그 노인은 정중한 태도로, 이 길로 바로 가, 사거리에서 북쪽

N80번 도로를 타라고 가르쳐주었다. 두 손을 합장한 다음 '생큐 베리 마치' 하면서 차를 몰고 내려갔다.

한 10분정도 내려가니, 사거리가 나오고, N80번 도로가 보이기에 그 길로 들어섰다. 가면서 생각하니, 라스베가스를 들어가지 말고 바로 이리로 왔으면 될 것을, 몰라서 라스베가스로 들어가 고생만 죽도록 하고, 2시간 정도 낭비했다. 여기에서 캐넌까지는 2,000리 길이었다. 라스베가스 위에 있는 큰 도시를 묻든지, 후버댐 가는 길을 물으면 대부분 사람들이 다 알 것인데, 보통 사람들은 잘 모르고 아주 고참이나 나이 많이 든 사람들만이 알고 있는 형편이었다. 길을 묻는 방법도, 헛수고를 덜 하려면, 그 지역에서 오래 산 노인들에게 물어야 효과가 크다는 것을 깨달았다. 액셀러레이터를 밟아 제쳤다.

이제는 어둠살이 내려, 지나가는 차들이 전조등을 켜고 운행하기 시작했다. 나도 헤드라이트를 밝히고 한 시간 정도 더 가니, 하품이 나오면서 졸음이 오기 시작했다. 나는 본래 산사에 있을 때 저녁 7시 30분이면 누워 잤는데 하면서, 시간을 보니 9시 40분이었다. 생체리듬은 어쩔 수 없구나 하면서, 적당한 곳에 차를 세우고, 혹시나 산소부족으로 질식이나 해서 죽을까봐 창문을 조금 내려놓고 누워 잤다.

얼마나 잤는지 눈이 떠져 시계를 보니 정각 3시라, 참 지독하게도 맞혀낸다 싶었다. 나는 본래 새벽 3시면 일어나 예불기도를 하기 때문이다. 두두물물이 청정법신 비로자나불이라, 때와 장소를 가릴 것 없이, 그 자리에서 예불을 올리고 항상 하는 기도도 마쳤다. 시간을 보니 새벽 4시라 또 목적지를 향해가야지 하면서 시동을 걸었다. 이 시간대에는 거의 차가 없고, 도로도 편도 2차선에 사막이라, 옆으로 비켜나가도 낭떠러지가 없는 그저 편편한 곳이다. 그래서 안심하고 액셀러레이터를 좀 다잡아 밟았다. 속도계를 보니 140마일에서 150마일 사이로 바늘이 왔다 갔다 했다. 기분이 좋아서 나의 살던 고향은 꽃 피는 산골하고 노래를 부르면서 열심히 가는데, 난데없이 저 멀리 위쪽에서 차가 다가오며 헤드라이터를 켰다가 껐다가 하는 것이었다. 나에게 무엇인가 암시를 주고 지나가는 것 같았다. 한국에서 통상적으로 교통순경이 서 있으면, 대형차가 순사 있다고 신호를 해주고 가는 일이 있지 않은가. 그런 생각을 하면서, 속력을 낮추어 70마일을 유지해 5분쯤 가니, 길옆에 바리게이트가 있고, 검문소 같은 곳이 나타났다. 그래서 속력을 낮추어 조심스럽게 지나갔다. 그 뒤부터는 날도 밝아오고, 차량도 점점 많아, 규정 속도 70마일을 유지해 갔다. 아침 햇살이 퍼져 오르고, 배는 고파오지만, 그랜드캐넌이라는 목적지에 간다고, 꾹 참으면서 계속 갔다. 하도 지겨워 시간을 보니 오전 11시 30분이라, 벌써 시간이 이렇게 됐나 싶어, 기절 할 것 같은 심정이었다. 입 속은 말라붙었기에 석류 생각을 해서 침을 짜내, 말라붙은 입술에 혀를 둘러 바르고, 한 시간을 더 갔다.

오, 그랜드캐넌!

아! 여기가 바라고 바라던 그랜드캐넌 입구! 무구만세! 몇 년 전 미국 동서 일주 관광할 때, 그랜드캐넌 인사이드 영화를 본 곳, 나를 이곳에 다시 오게 만든 저 영화관이 저기에 있네 하면서, 일단 내려 빵 한 조각과 콜라 한 잔으로 허기진 배를 달래고, 그래도 목적지에 다 왔다는 즐거운 기분에 거닐면서 가벼운 운동을 했다. 대자연의 예술, 그랜드캐넌은 애리조나 주를 흐르는 콜로라도 강이 수억 년의 세월에 걸쳐 대지를 침식하여 만들어 낸 것으로 그야말로 그랜드 캐넌(위대한 계곡)이다. 넓이 6.5~29㎞, 깊이 1~6㎞라는 웅대한 규모는 대자연이라는 말을 실감하게 했다. 빙하기에서 오늘날에 이르기까지의 긴 세월을 거쳐 표출된 지층은 지구의 역사 그 자체이다.

얼마쯤 쉬고 나서, 시간을 보니 오후 2시였다. 값싸고 깨끗한 숙소 하나를 골라 찾아 들어갔다. 싸다고 하나 나에게는 비싼 가격으로 느껴졌다. 하루 저녁 자는데 거금 40불, 주인 쪽에서는 요사이 비수기라 이렇게 싸다고 설명했다. 나는 '오케이' 하며 열쇠를 들고 방을 찾아가 짐을 넣어 두었다. 다시 주차장으로 나와 근방 상황파악을 한다고 이리저리 돌아다녀 보았다. 아스팔트 길이 남쪽 방향으로 나 있기에 길 따라 계속 가니, 드문드문 차를 세울 수 있는 주차장이 있고, 그 곳이 캐넌 관광을 하는 전망대였다. 또 300m 정도 가면 그런 곳이 있고, 또 있어, 세어보니 여덟 군데가 있어 보였다. 다시 돌아오니,

북쪽에도 남쪽과 같이 일정한 거리를 두고, 전망대가 있었다. 보통 단체 관광객들이 오면, 두 곳 정도 보이고는 걷어 싣고 가버린다. 이번엔 제대로 구경을 하겠구나 하는 생각이 들었다.

숙소로 와서 카운터 직원에게 내가 내일 캐넌 인사이드 관광을 가야 하는데, 어떻게 하면 좋으냐고 물으니, 관광하는 방법을 말해주었다. 첫째, 비행기로 할 수 있고, 둘째, 당나귀를 타고 갈 수 있고, 셋째, 걸어서 갈 수도 있다는 것이다. 어느 쪽을 택할 것이냐고 묻기에, 당나귀를 타고가면 어떻겠냐고 하니, 이내 전화를 해 보더니만 안 된다고 했다. 왜냐하면 영어가 능통하지 못해서 안 된다는 것이다. '이런 죽으면 썩을 놈들이 다 있나, 당나귀하고 영어로 이야기 하면서 가나, 등위에 앉아 가면 될 일이지. 야, 이거 미국에는 이상한 일도 다 있네' 하면서 이상하다는 표정을 지으니, 자기도 잘 모르겠다면서 웃었다. '그러면 좋다, 내가 걸어갔다가 오겠다.' 고 하니, 그러면 호텔에 예약을 해야 한다는 것이다. 예약 문화에 약한 나는, '무슨 예약을 하노, 가 봐서 방이 있고 경치가 좋으면 하루 저녁 자고 오고, 그렇지 않으면 도로 돌아오면 그만이지' 라고 하니, 그 직원은 '노노' 하면서 머리통을 흔들어 제쳤다. 왜 그러냐고 하니, 힘이 들어 당일 갔다가 돌아온다는 것은 불가능 하다는 것이었다. 보편적으로 오전에 내려갔다가 그 곳에서 자고, 다음 날 오전에 출발해서 오는 것이 적당한 방법이라 했다. 그러면 언제 예약이 되느냐고 하니, 내일 아침 6시에 이 곳 카운터로 오라 했다. 그래서 방이 없다고 하면 어떻게 할 것이냐며 되물으니, 방이 없다고 하면 못 간다는 것이었다. 이 말을 들은 나는 고생고생 해 가지고 이곳까지 왔다가 방이 없어 내일 못 가면 어쩌란 말인가. 비행기 시간도 급박해, 이리저리 생각해 봐도 별 수가 없어 예약이고 지랄이고 다 때려치우고, 내일 아침 7시에 무조건 뛰어 내려간다는 마음을 단단히 먹은 후 누워 잤다.

잠이 깨어 일어나보니 새벽 3시라, 그 자리에서 예불과 기도를 마친 다음, 취사기구를 꺼내어 누룽지 한 그릇을 끓여 먹고, 배낭을 챙겨서 나왔다. 프론트에 가 짐을 맡겨 놓으려고 생각을 했으나, 그 곳에 가면 예약을 해야 되느니, 가느니, 못 가느니 하며 말을 나누기가 싫어서, 그냥 메고 와 차 안에 넣고, 어제 봐 둔 남쪽 코스, 당나귀 다니는 길로 가기위해 그 쪽으로 갔다. 주차장에 차를 세워 둔 채, 아무것도 안 가지고 침낭 하나만 챙겼다. 다른 것을 가지고 가려 해도 사실 아무것도 없었지만, 전날 인사이드 가는 주의사항을 보니, 일체 먹을 것을 가지고 오면 안 된다는 경고가 쓰여 있기에, 피크닉 가방에 조그마한 보온 물병 한 개와 가벼운 침낭만 넣어 짊어지고 갔다. 출발시간은 아침 정각 7시였고, 처음 가는 길이라 호기심과 탐험한다는 기분에 들떠 몸에 용기와 힘이 솟구쳐 올랐다. 맑은 공기에 조용하고 적막한 각형각색의 아름다운 절경 속으로 이 몸을 집어넣고, 내가 머리털 난 후 처음 느끼는 황홀한 감정에 휩싸여 유행가 옛 노래를 흥얼거리면서 내려갔다. 평지 같으면 보통 뛰는 걸음인데 가깝다고 느껴도 가보면 30 내지 40분 정도 걸리는 거리였다. 출발지에서 보면 콜로라도 강이 보이며, 생각 같아서는 30분이면 갈 것 같은 생각이 들었다. 실제로 내려가 보니 장장 5시간이 걸렸다. 그래도 오전이고 내리막길이라 별로 고단함을 못 느끼고, 11시 10분경에 콜로라도 강가에 도착했다. 거기에는 관광객을 위해 15미터 정도 되는, 터널과 그 곳을 연결하는 철다리가 놓아져 있어, 그 다리를 건너 원주민 사는 곳을 가게 되어 있었다. 다리를 지나 조금 가니 길을 보수하는 듯한 백인 두 사람이 있기에, 마을을 물으니 30분만 더 가면 동네가 나온다했다. 기대감을 잔뜩 가지고 갔는데, 마을을 보니 실망스러웠다. 원주민의 집이라기보다 재료 운반이 곤란해서 운반하기 쉬운 재료로써 값싸게 지은 집들이 몇 채 있고, 말똥이 수북한 마구간 서너 채와 미국 국기가 게양되어 있는 조그마한 목조건물이 있었는데, 그 건물은 알고 보니 우리나라 보건소와 같은 곳이었다. 그 위로 올라가니 조금 넓은 지역에 원주민이 살았던 집 일곱 채와 고적 같은 유물과 터뿐이고 영화에서 본 원주민은 눈을 닦고 봐도 없었다. 별로 볼 것도 없었으나 여기까지 온 김에 하루저녁 자고 갈 양 사무실로 찾아가 방이 있느냐 물으니 없다는 것이다. 그래서 내가 다리가 아파 오늘은 못 가겠다고 하니, 그러면 요 밑에 보건소에 가라고 했다. 이리저리 봐도 비좁은 골짜기에 별로 볼 것도 없어 꼭 머물러야 할 조건이 안 된다 싶어 그 길로 다시 돌아가고 싶은 생각이 들었다.

시계를 보니 12시 30분이라 내려올 때 5시간 걸었으니 올라

갈 때 1시간을 더 해 6시간 30분이면 가겠다 싶은 생각이 들어 그 즉시 돌아 왔다. 강 다리를 건너 얼마만 올라오니 배도 고르고 몸에 피로함이 느껴져 자주 앉아 쉬고 싶었다. 조금 오다가 쉬고, 또 쉬고, 처음에는 300m정도 와서 쉬었는데, 점점 몸에 힘이 빠지고 지쳐, 이제는 100m정도 와서 앉아야 했다. 그러기를 반복하는데, 해는 지고 어두워오며, 거기다가 찬바람까지 휘몰아쳐 왔다. 목이 마르고 몸은 한기가 들어, 한 발자국도 앞으로 딛고 갈 수 없는 사정이라 두리번거리고 있는데, 내려오면서 보아둔 간이 변소가 저만치 보였다. 그래서 변소를 찾아 들어가, 밤을 세워갈까 하는 생각에서 살펴보니, 춥고 도저히 머무를 수 없다는 판단이 생겼다. 이러다가 여기에서 얼어 죽지 싶은 생각이 들어, 가다가 죽더라도 가보자하고 다시 나왔다. 이제는 10m정도 가서 쉬어야 했다. 계단 같은 것을 한 번 디디고 올라서면, 숨이 차면서 가슴이 찌릿했다. 몸에 힘이 하나도 없고, 그 자리에 주저앉을 형편이었다. 어디까지 올라왔는지도 모르고 이제는 정신마저 흐려졌다. 점점 몸은 탈진해 가는데, 밤은 더 깊어만 갔다. 이제는 5m정도 걷고 앉아야 했다. 생명의 애착도 보통 편할 때 생기지 육체적으로나 정신적으로 너무 고통을 받으니 죽고 싶은 생각이 문뜩문뜩 떠올랐다. 그 때 숨을 헐떡이며 생각하기로, 저 아름답다는 절벽이 무너져 깔려 죽었으면 얼마나 행복하겠나 싶은 생각이 들었다. 사람이란 살면서 행복을 찾는 것이지, 죽음으로 행복을 찾는 것은 상식 밖의 일이라 하겠지만, 모든 면에 체험 없이는 깊은 이해가 안 된다고 본다.

우리가 흔히 라디오나 텔레비전에서 자살해 죽었다고 하면, 조금 단순하거나 생각을 깊이 못하는 사람들이라고 가볍게 평가한다. 옛날 속담에 오뉴월에 닭이 오죽 답답하면 지붕 위에 올라가겠느냐고, 생물이면 누구나 다 생명의 애착은 있기 마련인데, 오죽 답답하면 자살하겠냐고, 자살하는 사람들에게 깊은 공감이 갔다. 얼마 전에 고위인사들이 한강 다리에서 투신자살을 하는 것도 백번 이해가 되었다. 하지만 그 와중에 또 한 가지 의문점도 생겼다. 뛰어 내리는 사람들이 수영을 못 해서 죽는 것은 당연하지만, 그러면 뛰어 내린 사람들이 모두 수영을 못 했던가. 내가 생각하기로 수영을 할 수 있는 사람이면, 먹기 싫은 물을 술 마시듯 자꾸 먹을 수 있는가. 숨이 답답하면 고개를 들어 숨을 쉬지 않을까하고 의문이 생겼다. 그 다리에서 뛰어 내린 사람은 다 죽었으니, 그 곳이 한강다리가 아니고 저승다리인 모양인데, 나도 언젠가 기회만 주어진다면, 이 의문을 풀기 위해 서울에 가서 한 번 뛰어 내릴 작정이나, 허가를 내고 뛰는지, 그냥 뛰어 내려도 괜찮은지 궁금하기 짝이 없었다.

내가 이 세상에 나고, 그날처럼 육체적으로나 정신적으로 고통을 받아 본 적은 없었다. 이렇게 된 이유를 생각해 보니, 갑작스럽게 몸이 아파 그런 것도 아니었다. 본래 육식은 못하고 채식으로, 그 와중에 돈을 아낀다고 갱죽과 누룽지를 끓여 먹으며 40일 넘게 남미를 돌아 다녔으니, 지쳐서 그렇게 되었다여겨졌다. 여행 초반도 아니고 마지막이라 지칠 대로 지친 몸을 끌고, 아침에 겨우 흰 죽 한 그릇을 먹었으나, 점심도 굶었으며, 물 한 모금, 사탕 하나 입에 넣은 일 없이, 11시간이나 산을 걸었으니, 이것은 관광이 아니고 자살연습을 한 셈이었다. 보통 등산은 오전에 힘이 있을 때 올라 갔다가 오후에 힘이 빠지면 하산하는 것이 보통 등산 코스인데 이곳은 정반대되는 형상이다. 오전에 힘이 있을 때 내려가서 오후에 힘이 빠져 지치면 올라오니 말이다. 우리나라 백두산 높이가 2,800m가 잘 안 된다고 한다. 이곳은 땅 평면에서 3,000m 땅 속으로 내려가야 한다. 직선거리가 3,000m라도 사람이 걸어 갈 수 있는 길을 만드느라고 꼬불꼬불 둘러가기 때문에, 정확한 거리는 모르고, 발 빠른 사람들이 내려가는데 4시간, 올라오는데 6시간, 왕복 10시간이 걸린다고 안내판에 쓰여 있다.

내가 죽을 때까지 간다고 일어서 걸었으나, 3m 와서 앉아 쉬어야 했다. 이렇게 반복하면서 시계를 보니 9시 20분이었다. 급할 때 내가 자주 쓰는 말이 있다. '부처님요, 살려구다사이.' 그러나 이런 말도 덜 급할 때 자주 나오지, 이렇게 탈진되니 그 말조차 할 수 없었다. 과학과 편의시설이 최대로 발달한 미국 땅이지만, 이 곳 형편에는 아무것도 소용에 닿지 않은 무용지물이었다. 전화도 없고, 지나가는 사람도 없는 산속에 공중 순찰 하는 기구도 없으니, 속절없이 죽는 수밖에 없었다. 이런 식으로 20m 넘게 더 올라오니, 길 옆에 하얀 것이 보이기에 쉬면서 손으로 만져보니 눈이었다. 그래도 죽어

가는 주제에 위생 챙긴다고, 위에 먼지 덮인 눈을 쓸어내고, 속에 있는 눈을 집어 입에 넣어 우물거리면서 먹었다. 그 눈이 얼마나 달콤하고 맛이 좋은지 앉아서 계속 먹었다. 이 세상에 이보다 더 맛있는 음식은 없다고 느끼면서 계속 먹었다. 얼마나 지나니 몸이 의식되면서 추워왔다. 정신이 번쩍 들어 이러고 있다가 얼어 죽지 싶은 생각이 들어 일어섰다. 가만히 살펴보니 정상에 다 올라온 것이다. 아! 다 왔구나 하면서, 여기에서 50m만 더 가면 내 차가 주차 되어 있다고 생각을 하니, 어디서 나오는지 힘이 솟아났다. 근근이 올라와 차 로 다가가서 문을 열고 운전석에 앉으니, 어찌 이리도 편하고 안도감이 생기는지. 한 10분쯤 쉬고 운전을 하니 아무렇지도 않았다. 호텔로 와서 방을 얻어 들어가 먼저 된장 넣은 죽을 만들어 먹고, 그 자리에서 누워 잤다.

환상 탈출

어느 때인가 눈이 떠져 시계를 보니 새벽 3시였다. 참 변함없이 작용되는 것이 새벽 3시네 하면서 세수를 하고 예불과 기도를 마친 다음, 커피 한 잔과 아침을 지어 먹고 나니, 어제 그 만큼 혹사당했던 피로감은 어디로 가고 기운이 팔팔해졌다. 샤워를 하고 급히 짐을 챙겨 나와 주차장에 세워 둔 차에 몸을 싣고 운전을 했다. 뒤도 돌아보기 싫은 캐넌아, 잘 있어

라. 어제 같으면 일주일 정도는 꼼짝 달싹도 못 할 것 같더니 오늘은 웬일인가 싶었다. 머리에서부터 발끝까지 조금도 저리거나 아픈 데가 없었다. 정신도 기분도 아주 건강한 상태로 컨디션이 매우 좋았다. 흘러간 옛 노래를 흥얼거리면서 로스앤젤레스를 향해 열심히 액셀러레이터를 밟아 제쳤다.

새벽이라 100마일 속력으로 남쪽으로 계속 내려오다가, 후버댐에 와서 용변을 보고, 상점에 가 빵 두 개를 사 먹고, 또 출발했다. 올 때보다 이제는 많이 똑똑해져 기름이 떨어지면 주유소에 가서 남의 도움 없이도 내가 기름을 넣고, 주인에게 가 얼마냐 물어 기름 값을 지불 할 줄도 알고, 상점에도 들어가 여유있게 음료수도 한 잔 할 줄도 알게 되었다. 올라 갈 때는 처음이라 만사가 생소하고 겁이 나서 주눅이 잔뜩 들어 불안했는데, 이제는 모든 것을 알고 있으니 너무 편안했다. 그래서 우리들에게 교육이 꼭 필요하고, 모든 면에 알아야 안전감을 가질 수 있구나 하며 새삼 깨달음을 얻었다. 빵을 한 입 씹으면서, 옛날 포병대에 있을 때 그 부대 구호였던 '알아야 산다.' 는 말을 지금 여기에서 돌이켜보니 너무 사리적으로 맞는 말이라고 여겨졌다.

성질이 급한 나는 본래 빵 한 개를 앉아서 다 못 먹는 인간이라, 들고 먹으면서 운전을 했다. 역시 100마일 신나게 오는데 내 앞에 가는 차들이 전부 나에게 추월당했다. 조금 오다가 이상하다 싶어, 속도를 낮추어 70마일 놓고 오니, 아니나 다를까 순찰차가 서 있고, 경찰이 속도 감시를 하고 있는 것이 아닌가. 지나가면서 옆으로 슬쩍 보니, 예쁜 아가씨와 허연 이빨을 드러내면서 재미나게 이야기를 하고 있다. 저러다가 성희롱 죄에 걸리면 어떻게 하려고 저렇게 서 있는지, 미국 놈들은 여자 좋아 하는 것은 아무 죄가 안 되는가보다. 하기야 우주에 있는 모든 생물 중 수놈이 암놈 좋아 하는 것은 자연의 법칙이지.

경상도 말로 남자가 여자를 보면 지분(집적)거린다고 한다. 왜 지분거릴까? 한 예를 들자면, 내가 어느 동네를 지나가는데 한 30대 초반 된 남자가 어느 여자에게 무슨 말을 했는지, 위에서 말한 것처럼 조금 지분거렸는지, 여자 쪽에서 그 따위 말을 함부로 하느냐면서 탁 쏘고 가는 것을 보았다. 말을 조심 안 하고 함부로 하다가 여러 사람 보는 앞에서 저렇게 무안을 당하는구나 하면서 지나갔다. 그리고 한 달 정도 넘어 촌 장날인데 볼 일이 있어 갔더니 그 때 그 지분거린 남자와 다시 안 볼 것처럼 탁 쏘고 돌아간 여자가 손을 맞잡고 지나가는 것을 본 일이 있었다. 그 때 내 생각에는 남자가 여자에게 지분거릴 만하다고 결론지었다.

성희롱이라는 것은 여자가 절대로 미워서가 아니고, 젊잖게 말하자면, 조금 가까이 지내 볼 수 없느냐는 인사이고, 영어로 말하자면 가까이 하자는 제스처로 볼 수 있다. 조금 노골적으로 표현하자면 한 번 붙자는 뜻이다. 성희롱을 법적으로 죄로 취급한다. 그러나 여자 쪽에서 보는 것처럼 성희롱하는 것은 자신을 무시하고 죄를 짓는 것이 아니라, 구조적으로 타고난 남자의 기질 때문에 일어나는 현상이다. 다시 말해, 여자 한 사람 앞에 남자가 백 명이라면 징그러운 감정이 들지만, 남자 한 사람 앞에 여자가 백 명이 있어도 싫지가 않다는 것이다. 남자들이 나빠서가 아니라 자연의 본성이라 볼 수 있다.

이런 생각을 하고 가는데 뒤에서 오는 차들이 경적을 울리면서 쏜살같이 지나갔다. 깜짝 놀라 정신을 차려 살펴보니, 내 차가 중앙선을 물고 가고 있었다. 얼른 2차선으로 꺾어 넣으면서, 정신 차려야지 하며 그때부터는 일체 다른 생각을 안 하고, 똑바로 열심히 내려왔다. 조금 더 내려오니 어둠살이 깔려 내려왔다. 모든 차들이 전조등을 켜고 가기에, 나도 전조등을 켰다. 얼마나 오다가 시계를 보니 저녁 10시 5분이었다. 적당한 곳에 주차 시켜 자고, 내일 아침 일찍 가야지 하면서, 적당한 곳을 물색하며 가는데, 좀처럼 마음에 드는 곳이 나타나지 않았다. 한 시간 정도 더 가니 큰 시내가 나타났다. 그래서 스쳐가는 이정표를 보니 로스앤젤레스라고 쓰여 있었다. 결론적으로 로스앤젤레스에 다 왔다는 것이다. 그래서 누워 잔다는 생각은 멀리 가 버리고, 어떻게 하면 코리아타운을 무사히 찾아 갈까 하는 걱정이 일기 시작한다.

차를 어디에 세워두고 물어보려 해도 물어 볼 데가 없었다. 처음 갈 때 호텔주인이 이곳을 다시 찾아오려면, 북쪽에서 12번 도로로 계속 와서, 어디로 내려오면 된다는 말을 더듬어 생각해 내었다. 12번 도로라는 것은 생각이 나는데, 내려가는 지명은 기억에 떠오르지 않았다. 물을 때도 없고 답답하니,

할 수 없이, '부처님요, 제발 오늘 저녁에 좀 봐 주소' 하는 말밖에 안 나왔다. 그러면서 살피고 오니, 우선 12번 도로표시가 보였다. 다음 이정표에도 12번 도로가 보이기에 안도감을 느끼면서 계속 왔다. 어디쯤 오니 여러 갈래로 갈라지는 도로에서, 이정표를 제대로 못 보고 엉뚱한 길로 내려왔다. 할 수 없이 지나가는 흑인에게 '코리아타운 고우 웨이(코리아타운 가는 길 어디냐)' 라고 물으니, 조금 전에 내려온 그 곳으로 다시 가서 12번 도로를 타고 1시간 정도 더 가야 한다면서, '부프치 오우버 뎃 고우(저리로 가면 부프치가 나와요)' 하면서 가르쳐 주었다. '생큐 베리 마치' 라 인사를 하고, 물병을 꺼내어 물을 한 잔 마신 다음, 숨을 크게 한 번 몰아쉬었다.

다시 그 도로에 차를 올려 12번 도로를 찾아갔다. 그 때 시계를 보고 밤 11시 50분쯤에 이 도로에서 내려가야 되겠다는 계산을 했다. 계속 이정표만 보고 가는데, 11시 50분이 다 되었다. 이제는 내려가야 한다고 내릴 구멍만 살펴보는데, 오른쪽으로 빠지는 길이 보였다. 그래서 무조건 내려가 보니, 이름 모를 시가지라 적당한 곳에 차를 세우고, 지나가는 동양계통 사람에게 물어 볼 양으로 '헬로, 헬로' 하고 부르니, 그 사람이 나를 보더니 '안녕하십니까' 하며 한국말을 했다. 하도 반가워서 '예, 안녕하십니까' 라고 답하며, 이곳이 처음이라 길을 묻고 싶어 그랬다고 하였다. 코리아타운에 있는 한남체인으로 찾아가야한다고 했더니, 그 사람이 고개를 끄덕 하면서, 저 앞에 세워둔 차가 내 차이니 자기를 따라 오라 했다. 이제는 살았다 싶은 생각이 들어 그 차 뒤에 바짝 붙어 따라갔다. 거기에서 얼마 안가니 한남체인이 나왔다. 차에서 그 사람 보고 감사하다면 목을 내밀고 인사를 했다.

내가 묵었던 호텔을 찾아가니 주인이 반갑게 맞으면서, 내가 로스앤젤레스 온지 15년 되어도 손님 때문에 이만큼 걱정해본 적은 처음이이라 했다. 나는 온갖 생각을 다하면서, 이틀 더 기다려보고 안 오시면, 정보기관에 연락해 진상을 알아볼 작정을 했다한다. 여하튼 무사히 왔으니 대단히 반갑다면서 나를 맞아주였다. 방을 하나 주기에 들어가 무조건 누워 잤다. 자다가 오줌이 누고 싶어 일어나니 새벽 3시라, 야 이놈의 3시는 내 몸속에 뿌리가 박혀있나 하면서, 그 자리에 앉아 예불과 기도를 마치고 또 누워 잤다.

얼마나 자고 눈이 떠져 일어나보니 8시라 허둥지둥 아침을 먹었다. 비행기 타는 날짜는 내일이니까, 오늘은 유니버시티나 한 번 더 가보자 싶어, 옷을 찾으니 하의는 없고 상의밖에 없었다. 참 이상한 일이구나하며 구석구석을 찾아봐도 방에는 없었다. 가만히 앉아 생각을 해보니 바지허리띠에 천대모양 비상용으로 돈 넣어두는 곳이 있어 나중에 귀국하면 쓸 거라고 한국 돈 팔 만원을 넣어두었는데 도둑놈이 그것을 보고 급한 나머지 바지까지 가져 간 모양이었다. 중이 승복을 입어야 폼이 자연스러운데, 바지가 없어 승복을 못 입고 사복차림으로 나가니 무엇인가 어색한 감정이 들었다. 그러나 꾹 참고, 유니버시티를 찾아가 구경을 하고 돌아와, 다음날 오후 3

시에 일본을 거쳐 한국으로 가는 비행기를 탔다.

귀국길 단상 — 사주팔자

두 달 가까운 시간에 남미 몇 나라를 여행하면서 희비곡절을 다 겪고 나니 체중이 6kg나 빠졌다. 게다가 이제는 한국으로 간다는 마음에 정신적으로나 육체적으로 아주 가벼웠다. 그러나 체중이 줄었다고 비행기 삯을 감면 해 줄 리는 만무하였다. 한편으로는 긴장과 불안과 고독 속에서 헤매다가, 갑작스럽게 모든 시름을 덜고 나니 이상한 느낌도 들었다. 앞으로 14시간이라는 긴 시간동안 비행기속에서 지내야 할 생각을 하니, 답답한 감정이 들었다. 그래서 이 생각 저 생각 하면서 왔다. 내가 역마살이 초특급으로 들어 이렇게 돌아다니는데, 앞으로는 조금 자제해서 승려다운 생활과 사회봉사를 해 여러 사람들에게 도움이 되고 보탬이 되는 일을 해야지 하는 반성을 했었다. 무엇을 할까. 전처럼 다시 교도소를 찾아다니면서 법회나 할까. 그렇지 않으면 길거리에 휴지 같은 오물을 치우러 다닐까. 여러모로 생각을 해봐도 적당한 수가 안 나왔다.

그런 생각을 하고 오는데, 옆에 앉은 여자들이 처음에는 나지막이 이야기를 하더니, 이제는 이야기에 가속이 붙어, 옆 사람이 시끄러울 정도로 마우스 볼륨을 올리기 시작했다. 가만히 앉아 들으니, 모든 인생살이 이야기인데, 돈을 좀 벌어

보겠다고 이것저것 해봐도 도무지 안 된다는 것이었다. 자기 친구 한 사람은 별로 뛰어난 사람도 아니다 싶은데, 그 애는 무엇이든가 하면 잘되어 돈을 많이 번다는 것이었다. 이렇게 되는 데는 노력도 노력이지만, 아마도 사주팔자에 연관이 있는가보다 하면서, 나를 힐끔힐끔 보고, 목에 힘을 주어 말을 했다. 나는 그 여자들의 말과 행동에 불쾌감이 들어, '한심한 년들, 나를 뭐 때문에 힐끔힐끔 보면서 이야기를 하노' 라고 못마땅하게 생각했다. 하기야 세상 사람들에게 묻는다면, 내 잘산다는 사람은 별로 없을 것이다. 아마도 거의 다 편치 않다고 답할 것이다. 내가 객관적으로 살펴보면, 어머니 뱃속에서 태어날 때 돈과 권력을 가지고 나온 사람은 한 명도 없다. 모두가 맨손으로 나와 사는데, 어떤 사람은 돈과 권력이 있어 잘도 사는가 하면, 어떤 사람들은 삼시 세끼 입에 풀칠도 못하고 아주 처절하게 산다. 어느 누가 너는 돈 못 벌고 그렇게 처절하게 살라 해서 그렇게 사는 것은 아니다.

돈이라는 것은 우리 땅 위에 흐르는 물과 같다. 물은 주인이 없듯이 돈도 주인이 없다. 우리나라에서 제일가는 큰 부자라 해도 그 사람 돈은 일 원도 없다. 일 원짜리로부터 만 원짜리 여러 수천 개를 봐도 뱅크 오브 코리아(한국은행)라고 쓰여 있지, 누구의 돈이라고 이름이 쓰여 있지 않다. 물도 마찬가지로 주인이 없다. 산골짜기에 들어가서 열 잔을 먹어도 돈 달라는 사람 없고, 너무 많이 먹는다고 눈치 주는 사람도 없다. 돈도 정당하게 많이 벌면, 많이 번다고 항의할 사람 없고 눈치

주는 사람도 없다. 그런데 인간이라면 누구든 간에 돈을 벌고 싶으나, 버는 사람은 벌고, 못 버는 사람은 못 버니, 사주팔자라는 말을 자주 들먹거리게 된다.

한국사회의 일면을 보면, 남의 근심걱정을 해결하며 소원하는 바를 성취시켜 준다는 점집이나 철학관이 하늘에 별처럼 많다. 그러나 그 사람들이 돈을 받고 백 번 봐도 사주 나쁜 것을 고쳐줄 수는 없지 않은가. 그러면 내가 요번에 한국에 가서 사주팔자 수리 센터를 차려야 되겠다는 생각이 번쩍 떠올랐다. 그렇다. 이 세상 사람들 모두에게 당신의 사주가 좋아 잘 사느냐고 물어 본다면, 거의가 그렇지 않다고 대답 할 것이다. 100명에게 묻는다면 95명은 잘 안 된다고 할 것이다. 그렇다면 일거리는 무진장 많을 것이다. 한국을 비롯해 세계 각국 사람들을 다 고치자면 간단한 문제가 아니다. 유엔 기구에 사주팔자 수리 기구를 새로 신설해야 될 것 같다. 나 자신의 능력으로 봐서, 세계적으로는 도저히 못 놀 것 같고, 한국에 가서도 일급 자동차 정비 공장 같이 크게는 못 차리고, 그저 면단위 시골에 농기계 수리 센터 정도나 차려서 운영하면 되겠다 싶은 생각이 든다. 이 글을 보고 뜻이 있는 사람들은 선착순으로 나에게 신청하기 바란다. 세계 전체를 다 관할할만한 능력은 없지만 한국 안에서는 지점 개설 신청도 받아 주겠다. 일거리는 무한정 많을 것 같고, 요새 같이 직장 구하기 힘드는 세상에, 별 밑천 안 들이고, 성별, 학력, 연령 제한 없이 할 수 있는 일이다. 우리나라에 널려 있는 아파트 한 동마다 한 사람씩만 차린다 해도 한 평생 다 못 할 것 같다. 그러니 일거리는 무진장 많다고 본다. 능력이 뛰어난 사람들은 외국에 가서 지점을 차리면 상상을 초월할 일이 생길 것이다. 되도 안한 놈이 비행기 안에서 이렇게 망상을 떤다고 생각해도, 내가 한 말을 인정받기 위해 수리기술을 이 지면에다 소개 할 수는 없지만, 중국 고사 한 가지를 소개하여 내 말을 뒷받침하고자 한다.

배도 정승

중국은 나라도 크고, 인구도 세계에서 제일 많으며, 역사적으로 말마디나 해온 나라이다. 그 과정에서 잘못된 일과 모범적이면서 매우 잘 된 일들도 있었고, 그런가하면 서민들을 잡아 흔드는 악독한 정치인, 위대한 인물, 사람들에게 정신의 지주가 된 성인, 몇 세가 흘러가도 칭찬받는 모범적인 사람들도 살다갔다. 그 중에서도 내가 말하고자 하는 인물은 중국 역사상 청백리로써 가장 크게 알려진 배도 정승이다. 일인지하에 만인의 재상이라는 자리에 있는 사람도, 처음부터 그 자리에 앉게 되는 것은 아니다. 막강하고 화려한 사람이 되기까지는 수많은 고생과 시련, 인간이 당하는 처절한 시비곡직을 다 겪은 다음에야 그러한 결과를 맞이하는 것이다.

그 역시도 부잣집에 태어나 잘 먹고 양부모의 보호아래 훌륭한 교육을 받고 자라난 사람도 아니었다. 가난한 시골 농가에 태어났는데, 날 때부터 평범한 고충도 아니고 지구가 멸망하도록 세월이 흘러가도 일어나기 어려운 해괴한 일을 겪고 태어난 사람이었다. 아버지는 배정이고, 어머니는 이규희였다. 두 사람들은 결혼해 서로 사랑하며, 앞으로 열심히 노력하여 남부럽지 않은 재산을 모으고, 훌륭한 자식을 낳아 세세생생 이름 있는 사람으로 만들어 키우자고, 아침마다 손을 꼭 잡고 맹세했다. 언제나 함께 일터에 나가, 열심히 일하고, 서로 위로하며, 저녁에는 앞날의 설계를 나누면서 평화롭게 살았다.

그러던 중 어느 날 아침, 규희가 구토증을 일으켰다. 배정은 깜짝 놀라, 이웃집 할머니에게 달려가 물으니, 이야기를 들은 할머니께서 얼굴에 웃음을 지으며, 좋은 일이 생기겠다고 했다. 배정은 할머니의 말뜻을 못 알아듣고, 무슨 좋은 일이 생기느냐며 되물었다. 할머니는 앞니 빠진 입을 활짝 벌리면서 어린 아기 안는 흉내를 냈다. 그때야 알아차린 배정은 기쁜 마음에 나는 듯이 집으로 뛰어가니 마누라는 부엌에 있었다. 급하게 부엌으로 뛰어 들어간 배정은 다짜고짜 부인을 껴안고 볼에 입을 맞추면서 '생큐 베리 마치' 라 했다. 놀란 부인이 안긴 채, 왜 이러냐고 물으니, '당신이 아기를 가졌대요. 우리 아기를 가졌대요.' 하면서 기뻐 날뛰었다. 그 말을 들은 규희도 은연 중 기쁜 생각이 들어 다시 남편을 꼭 껴안고, '아이 러브 유' 하면서 쪽 소리를 냈다. 그런 소식을 접한 후로는 인정이 더 깊어지고, 힘 드는 일로부터 먹는 것 할 것 없이 모든 면에 신경을 쓰는 남편에게 더 고마움을 느낀 규희는 날로 행복하기만 했다. 그러던 중 세월이 흘러 어느 덧 열 달이 다 되었다. 하루는 규희가 산기를 느끼면서 아침도 못 먹고 자리에 누워 있었다. 이웃집 할머니가 와 산파역을 했다. 배정은 마당을 왔다 갔다 하면서 하늘 색깔이 노랗게 보일 정도로 용을 쓰고 있었다. 진시가 지나 사시에 접어들 무렵 방에서 갓난아기의 우렁찬 울음소리가 흘러나왔다.

아 이제는 순산했구나 하며 기뻐하는 중에, 산모는 무사한가 하는 걱정이 문득 가슴을 흔들고 지나갔다. 마당에서 서성거리며 방문만 집중해 보고 있는데, 피 묻은 걸레 보자기를 들고 나오는 할머니가 예사스럽지 않는 표정을 지으면서 나왔다. 어쨌거나 수고가 많았다 하며 인사를 하니, 할머니께서는 입맛을 한번 다시고 아무 말도 없이 자기 집으로 가버렸다. 궁금증이 난 배정이 얼른 방으로 들어가 보니, 갓난아기는 쌍둥이 같은데 등을 맞대 누워있고, 산모는 기절해 있었다.

배정은 급한 나머지 아내를 흔들어 깨웠다. 여보, 여보 하고 부르는 소리를 몇 번 반복한 끝에, 아내는 겨우 실눈을 떴다. 다시 '여보, 정신 차려요. 정신 차려.' 하면서 어깨를 흔드니, 눈은 크게 뜬 아내는 어찌 되었느냐고 물었다. '무엇이 어찌 되었다는 거요' 라고 하니, '아기들 말이예요.' 했다. 그때에서야 아기를 자세히 보니, 등이 붙은 쌍둥이였다. 그것을 본 배정은 깜짝 놀라 뒤로 주저앉고 말았다. 얼마동안 정신없이 앉아있는데, 산모가 울면서 '여보 이 일을 어떻게 하면 좋겠어요' 하며 통곡을 했다. 울음소리에 놀라 정신을 차린 배정은 모든 것이 자신으로 인해 생긴 운명의 장난이라 생각하고, 생명이 왔다 갔다 하는 산모를 껴안고, '여보, 걱정 하지 마오. 모든 것을 내가 처리할게. 나를 믿고 진정 하오' 하면서 아내를 다독였다. 아내는 남편의 가슴속에 얼굴을 더 깊이 묻고 흐느꼈다. 그러고 있는데 바깥에서 인기척이 나 문을 열고 보니, 할머니가 산모에게 첫 밥이라며 국과 밥을 가지고 와 어서 먹으라고 권했다. '모든 것이 내 팔자요, 나의 운명이다.' 하며 굳게 마음먹고, 산후 처리를 깨끗이 했다.

그러나 사랑하는 아기들만 보면 만 가지 괴로운 생각만 일어났다. 그래도 어쩔 수 없이 보고 살자니 말로 형언할 수 없는 괴로움이 엄습해왔다. 병신의 몸을 가진 사람들의 종류도 여러 가지이다. 사지가 없는 사람, 봉사, 벙어리 같은 환자는 이 세상에 보통 있는 장애인들이다. 그러나 이 아기들의 형편은 몇 천 년에 한번 날까 말까 하는 특이한 출생이다. 두 아이가 등이 붙어있기 때문에 요즈음 보는 전차 앞머리가 한쪽이 동쪽으로 가면 한쪽은 뒤가 되어 끌려가고, 한쪽이 서쪽으로 가면 한쪽이 뒤가 되어 끌려가야 한다. 그것이 전차니까 가능하고, 그것도 외선 철로 위에서나 통할 일이지, 사람이 그렇다고 생각을 해보라. 여러 가지로 기가 막힐 일이다. 삼자인 우리가 생각해도 끔찍하고 별 묘책이 없는데, 부모 된 입장은 오죽 하겠나. 만약 살다가 생명이 똑같을 수 없어 둘 중 한명이 먼저 죽는다면. 그때는 어떻게 처리해야 하나. 변소도 같이 가야하고, 병원을 가도 같이 가야하며, 결혼식을 해도 예식장에 같이 가야 하니, 이 아이들은 죽을 때까지 고충은 물론이요, 두고두고 남들에게 혐오감을 주는 구경거리가 되어 산다는 것을 생각한 아버지인 배정은, 하루에도 만 가지 생각과 참참함이 들어 머리를 비워둘 여유가 없어졌다.

그러던 중 하루는 배정이 하늘을 우러러 보고 탄식했다. 나는 전생에 무슨 죄를 지었기에 금생에 이다지도 괴롭게 살아야 하나. '천지신명이시여, 나의 목숨을 거두어 주시십오' 하면서, 두 눈에 눈물을 줄줄 흘리며 하염없이 울었다. 그렇게 울다가 자기도 모르게 잠이 들었는데, 꿈결에 수염이 긴 노인 한 사람이 나타나, 드리워진 도복 소매에서 칼 한 자루를 내주는 꿈을 꾸었다. 받는 순간 좋은 감정도 아니고 나쁘지도 않아, 이 칼을 무엇 때문에 주나 싶어 의문이 생겼다.

꿈을 깬 후 가만히 앉아 생각을 하니 단호한 생각이 떠올랐다. 배정은 속으로 굳게 다짐을 한 뒤 부엌에 들어가 칼을 들고 나와 착잡한 심정을 가지고 열심히칼을 갈아 제쳤다. 규희가 집안을 오가며 보니, 남편이 너무 심각한 얼굴빛으로 시퍼렇게 칼을 갈고 있기에, 불현듯 살기를 느꼈다. 전에 찾아 볼 수 없던 표정으로 왜 저렇게 칼을 갈까 하는 심정에 아무 일도 못하고, 남편의 동정만 살피고 있었다. 얼마 지나 갈았던 칼을 맑은 물에 씻고 깨끗한 행주에 곱게 닦아서 흰 초지에 돌돌 싸 마루 끝 장방에 넣어두고 내려왔다. 하도 궁금증이 난 아내는 '여보, 무엇 때문에 칼을 갈았어요.' 하고, 애를 끓이며 물어봐도, 남편 얼굴에는 웃음과 자애로운 인상은 조금도 찾아볼 길 없고, 죽기 아니며 살기라는 결연한 눈빛만 띄고 나가버렸다. 규희가 온 종일 마음을 졸이면서 지내다가, 저녁시간이 되어 저녁을 먹고, 설거지를 마친 다음 부엌문을 닫으며 나왔다. 그날은 보름이라 대낮 같이 달도 밝다 하며, 행주치마에 손을 닦으며 방으로 들어갈려는 찰나였다.

사랑채에서 남편이 아주 무거운 어조로, '여보, 아이들을 안고 여기 와 봐요' 하고 말을 하기에, 왜 그러느냐고 물었다. '할 말이 있어도 오늘 저녁만은 일체 말하지 말고, 내가 시키는 대로 응해줘요.' 그 말속에는 대단한 결의가 섞여 보였다. 그래서 아이들을 안고 건넛방에 들어가니, 남편이 칼을 옆에 둔 채 큰 초지 한 장을 방바닥에 깔아 놓고 있었다. 섬뜩한 감정이 든 규희는 '어찌 하려고요' 하며 놀랐다. '아무소리 말고 내가 시키는 대로 해요. 당신 앞에 있는 아기 머리를 좀 당겨줘요' 하더니, 칼을 들어 등에다 대고 사정없이 눌렀다. 그 순간 피가 온 종이에 검게 물들면서 아기들의 울음소리가 집안이 떠나갈듯 울려 퍼져 나갔다. 배정은 아이들 등에다 준비해 둔 지혈제를 빨리 바르고, 얇은 약 종이를 붙여놓은 다음, 안도와 걱정 섞인 한숨을 크게 쉬었다.

그 뒤부터는 별 탈 없이 아기들은 무럭무럭 잘 자랐다. 우리가 생각할 때 척추 뼈가 하나인데 두 명이 형성되었다면 둘 다 무사하기는 불가능했을 텐데, 척추가 각각 있고 겉피부만 붙어 있기 때문에 가능했다고 봐진다. 이 글을 쓰면서도 배정이 남자답게 용감한 생각으로 잘했다고 여겨졌다. 인도의 어느 철인이 말했듯이 용감한 자에게 진리가 열리고, 비겁한 자에게 진리가 닫힌다는 말이 여기에 제법 맞아 들어간다. 두 부부와 두 아들들은 아무 일없이 평화롭게 잘 지내고 있었다. 그러던 어느 날, 부인이 밝게 웃으며, 일을 하고 돌아온 남편의 무우단을 받아 내리면서, '여보, 우리 아이들 이름을 지어야지요.' 했다. 그 말을 들은 남편은 마주 웃으며, '그렇지 않아도 내가 오늘 밭에서 일하며 우리 애들 이름 때문에 온종일 생각해 보았어요' 라고 했다. 아내는 궁금해 죽겠다는 표정을 지으며, '그래요? 무엇이라고 지었는데요?' 하고 다그쳤다. 남편은 일부러 여유를 부리며, '여보, 너무하지 않소. 종일 일하고 배가 고파 돌아온 남편에게 저녁부터 먹게 하는 것이 도리잖아요. 저녁이나 먹고 느긋하게 앉아 이야기 합시다' 하고 웃는 얼굴로 가볍게 부인의 등을 쓰다듬었다. 그때서야 규희는 부엌으로 달려가 준비해둔 밥상을 들고 방으로 가며 남편을 청했다. 시장이 반찬이라 배가 고프던 남편은 부인이 차려준 밥 한 그릇을 다 비우고 물을 한 대접 다 마셨다. 배가 부르니 만가지 부러울 것이 없네 하며 이제부터 아이들 이름 한번 지어보자는 말을 했다.

그러나 이것도 좋아 보이고 저것도 좋아 보이니, 어느 이름을 해야 할지 쉽게 결정할 수가 없었다. 남편은 한참 생각 하더니 심각한 어조로, '이름 덕에 먹고 산다는 속담도 있소. 이름이란 첫째, 역학적 수리가 맞아야 하고, 그 다음은 자의字意, 즉 뜻이 좋아야 하며, 셋째, 글자 획이 가능한 적어야 한다네. 그 다음은 부르기가 쉬워야 좋은 이름이요' 라고 한다. '그러면 당신이 가장 좋다는 이름을 한 가지 골라내세요.' 라고 부인이 재촉을 했다. 배정은 눈을 지긋하게 감은 채, 한 참 이리저리 생각하다가, 눈을 번쩍 뜨면서, '이것으로 합시다.' 하며 종이에 크게 글 한자를 썼다. 이 글자가 참 좋다면서 미심쩍게 바라보고 있는 아내에게 열심히 설명을 했다.

'이 글자는 도度인데, 우리 인생뿐만 아니고 우주만물의 섭리의 근본이오. 그러니 도度가 최고 좋고, 또 우리 아이들이 쌍둥이가 아닙니까. 다른 사람들은 쌍둥이들의 이름을 보통 먼저 낳았다고 선생, 조금 늦게 낳았다고 후생이라 짓고, 또 어떤 사람들은 선동, 후동이라 지으며, 여자 아이인 경우 선화, 후화라고도 짓지요. 그렇지만 우리 아이들 경우는 그런 쌍둥이와 다르지 않소? 똑같이 나왔기 때문에 선후관념이 없으니 다른 쌍둥이처럼 지을 수가 없고, 도度가 우리 아이들에게 가장 딱 맞는 이름이오.' 옆에 있는 물그릇을 들어 입에다 대고 말라붙은 목을 축인 다음, 다시 설명을 했다. '이 도度가 글자는 한자이지만, 음과 훈이 두 가지로, 하나는 법 도이고, 다른 하나는 헤아릴 탁이요. 우리 아이들도 같이 붙어 났기 때문에 한 몸과 같으니, 한 놈은 도, 한 놈은 탁이라면 좋지 않겠소?' 라고 했다. 듣고 있던 마누라는 손뼉을 치면서 너무 좋은 이름이라 탄성을 자아냈다.

그런데 아내는 또 아주 난처한 표정을 지으면서, '여보, 그러면 누가 형이고, 누가 동생이 되어야 합니까?' 라고 묻었다. 이 말을 들은 남편은 얼른 방법이 떠오르지 않아 태산을 마주하는 기분이 들어 멍하니 앉아 있었다. 한참만에야 눈을 뜨고, '인생살이 치고, 참 어려운 숙제를 다 풀면서 살아야 하네. 그러면 당신은 어떻게 하면 좋겠소?' 하고 반문을 했다. 이 말을 들은 마누라는 오른손을 살짝 들고 저으며, '잘 모르겠습니다. 그저 캄캄한 그믐 밤 같은 심정입니다' 라고만 했다. '이런 일에는 마누라의 묘한 아이디어가 보탬이 될 수 있을 법도 하건만, 천 가지 만 가지 나 혼자 찾아 내야하니, 팔자치고는 더러운 팔자구나' 하고 탄식했다. 좋은 생각이 안 나와 헤매는데, 물어볼 데도 없고, 말 한마디 거들어주는 사람도 없이, 의지하고 벗이 되어야 할 마누라마저 묵묵부답으로 걷보리 자루모양 앉아 있는 것이 미워 보였다.

그러면서 이런 생각 저런 생각 하던 끝에 묘안이 떠올랐다. '옳다. 저놈들을 나눌 때 살점이 많이 붙은 놈을 형으로 하고, 적게 간 놈을 동생으로 하되, 이름 역시 글자의 기본 뜻, 즉 도는 형에게 주고, 두 번째 뜻, 탁은 동생 이름으로 하자' 하고 무릎을 쳤다. 옆에 앉아서 온갖 용을 다 쓰며 듣고 있던 마누라는 모든 방법이 사리에 맞고 마음에 들어, 자기 남편이야말로 노자나 공자보다 더 훌륭한 성인으로 여겨졌다. 그 자리에서 큰절을 올리며, 서방님 '생큐 베리 마치' 라고 인사를 하니, 남편 또한 '유어 웰컴' 이라 답함으로써 이름 짓는 일은 드디어 끝났다.

그런데 주어진 운명의 장난은 한 치의 어긋남도 없이 때맞추어 작동하는 것이기에, 사람으로서 어쩔 수 없이 운명의 풍파에 휘말려 살아야 하는 것이 중생세계요, 인간살이다. 아이들이 자라 6살쯤 되던 해, 어느 봄날, 일터에 갔던 아버지가 돌아와 몸이 아프다고 누웠다. 처음에는 몸살이거니 하며 여기고 있었는데, 3일 만에 세상을 뜨고 말았다. 배도의 집에서는 청천벽력과 같은 일이었다. 온 가족이 슬퍼했고, 이웃동네 사람들도 행동거지가 바른 사람이 타계 했다고 애석해 하면서, 모두 슬퍼했다. 슬퍼하는 것은 살아있는 사람들의 감정이고, 죽은 사람은 다시 살아 올 리가 만무하다. 동네 사람들의 도움으로 배도의 가족은 초상을 치를 수 있었다. 삼우제를 치른 다음날, 이상하게도 어머니가 몸져누웠는데, 누운 지 세 시간 정도 지나니, 의식이 오락가락하던 어머니는 한손에 도를 잡고 한손에 탁을 잡으며, 하염없이 눈물을 흘리면서, '불쌍하고 가련한 자식들아, 내가 죽으면 어린 너희들을 누가 거둬줄꼬. 목이 메어 말 못하고, 가슴이 저려 못가겠네' 하며, 닭똥 같은 눈물을 흘렸다.

도와 탁은 '어머니 가지마요, 어머니 가지마요' 하면서 팔을 잡고 늘어졌건만, 끝내 어머니는 저 세상으로 가고 말았다. 배도와 탁은 졸지에 고아가 되어 눈물과 콧물이 얼굴에 범벅이 된 체 울고 있었다. 이 소식을 들은 동네 사람들이 달려와 하늘아래 이렇게 안타까운 일이 또 있냐면서 제각기 한마디씩 했다. 사람이 살다가 언제 죽을지는 모르지만 몸에 병이 있다고 일찍 죽는 것도 아니다. 건강하고 생때같은 사람도 어느 순간 갑작스럽게 죽을 수도 있지만, 남편이 죽고 삼일 만에 아내가 따라죽는 것은 세상에 드문 일이라고 했다. '모든 일들은 우리 인간들은 모르는 일이지만, 필시 이유가 있어 옥황상제가 행하는 일이라 여겨진다.' 고 말하는 사람도 있었다. '이미 죽은 부모는 어쩔 수 없지만 살아있는 저 어린아이들은 어찌하나, 불쌍해서 못 보겠다.' 하며 눈물을 글썽이는 여자들도 더러 있었다. 어찌되었거나 송장을 방에다 썩힐 수는 없어 인생살이 허망함과 무정함을 느끼면서 초상을 치렀다.

그러나 어린아이들의 처리가 큰일이었다. 사람들마다 제 살기가 빠듯한지라 아이들을 데려다 돌봐줄 수도 없고, 어린아이들만 그 집에 둘 수도 없는 형편이라 동네사람들이 여간 걱정이 아니었다. 가장 가까이 있는 이웃집 할머니는 밤잠을 설쳐가며 백방으로 생각해봐도 별수가 없었다. 자기가 길러주고 싶어도 자식들의 눈치도 보이고, 양육할만한 사정도 안 되니 걱정만 하고 있을 뿐이었다. 생각다 못해 그곳에서 50리 정도 떨어져 사는 배도의 외갓집으로 통지해서 아이들을 데려가라고 전했다. 소식을 접한 배도의 외삼촌은 눈물을 흘리면서 매부네 집으로 들어서니 반겨 맞이할 사람은 온데간데없고 설렁한 집안에 어린조카만 울고 앉아있었다. 가련하고 불쌍한 감정이 들어 자기도 눈물이 쏟아졌다. 실컷 울고 나서, 조카 얼굴을 닦아주며, 데리고 갈 양으로, 장롱에든 옷가지 몇 벌을 챙기면서, 탁은 어디로 갔느냐고 물으니, 조금 전까지는 있었는데, 어디로 갔는지 모르겠다는 것이었다. 외삼촌은 탁을 찾는다고 근방을 헤매 다녀도 없었다. 이웃집 사람들에게 물어봐도 아무도 모른다고 했다. 찾다 못해 동네 사람들에게 부탁하기로, 내가 간 뒤로 아이가 나타나면 연락을 취해 달라는 부탁을 남긴 채, 배도만 데리고 자기 집으로 돌아왔다.

흐르는 세월이 약이라는 말처럼, 슬프고 애달픈 감정은 사라져, 이삼년이 흘러갔다. 도의 나이가 아홉 살이 되니, 외삼촌 집 가정에 잔심부름도 마다않고, 소도 먹이며, 꼴도 베어 나르면서, 자기 몫을 톡톡히 하고 살았다. 그러나 추울 때 더울 때 맛있는 음식이 생길 때면, 머릿속에 가끔 스쳐가는 것은 아버지와 어머니가 죽고 나서 헤어진 동생 탁이었다. 코가 시큰하면서 짠한 생각이 났으나, 그 때 형편으로서는 어쩔 수 없는 일이라, 어린 가슴에 한 같은 응어리를 품고 살아갈 뿐이었다. 그렇게 별 탈 없이 살고 있는데, 하루는 점심을 먹은 후 꼴망태기를 챙겨들고 사랑채 앞을 지나가는데, 외삼촌과 아주 친한 일행스님이 와서 이야기를 나누고 있었다. 지나면서 무심결에 들리는 말이 귀에 솔깃하기에 걸음을 멈추고 계속 들어봤다. 일행스님이 외삼촌을 보고 하는 말이, '저 아이 팔자가 아주 복 없는 아이기에, 저 아이가 타고난 자기 팔자대로 살아야 하는데, 외삼촌 때문에 본인의 팔자대로 못 살고 있지 않습니까' 라고 하는 것이 아닌가. '삼이웃이 망하고, 거사께서도 망하기 전에, 저 아이를 보내야 합니다' 하고 말하는 소리가 들렸다. 어린 마음이지만 이 말을 들은 도는 하늘이 무너지고 땅이 꺼지는 기분이었다. 아무 말도 못하고 물러나, 저 멀리 밭 언덕 밑에 앉아, 한 없이 울고 있었다. 울며불며 몇 시간을 보내도 좋은 방책이 서지 않았다. 어디다 남의 탓이나 원망할 곳도 없었다. 그저 무심이 하늘만 보고 있는데, 그 때가 초가을이라 한 없이 맑은 하늘에 기러기 한 떼가 날아갔다.

저 기러기들은 무엇 하러 저렇게 날아갈까. 고향은 어디인가. 멀리가도 먹고 살 수 있는 건가. 그래도 즐거운 마음을 가질 수 있는 건가. 그렇다! 저 보잘 것 없는 짐승들도 저렇게 자유롭게 날아다니면서 살고 있는데, 사람인 내가 무엇에 걸려 꼼짝 못하고 묶여있어야 하나. 나도 기러기처럼 저 넓은 창공을 날듯이 이 세상 넓은 곳을 마음대로 가보자. 나도 살 수 있다. 나도 할 수 있다. 이런 생각을 하니 마음 한구석에 단단한 결심이 생겨 올랐다.

그 길로 외삼촌이 계시는 사랑채 문 앞에 서서, '긴요한 말씀을 여쭐 일이 있어 왔는데 들어가도 되겠습니까' 하고 말을 하니, 외삼촌과 일행스님께서 나누시던 말을 멈추고 웬일이냐면서 들어오라 했다. 문을 열고 들어 선 배도는 먼저 일행스님께 삼배 인사를 드린 다음, 외삼촌에게 큰 절을 올리고 꿇어 앉아, 청명한 목소리로 '실례지만 사랑채 앞을 지나다가 일행스님의 말씀을 들었습니다. 나로 인해 이 곳 삼이웃과 외갓집이 망하게 된다니 한시도 머무를 수 없습니다. 외삼촌 저는 이곳을 떠나겠습니다' 하면서 다시 절을 하고 일어서는데,

눈물이 소낙비처럼 흘러내려 몸을 가누지 못 할 형편이었다. 외삼촌 역시 배도를 껴안고 흑흑 흐느끼면서, '도야 가지마라. 내가 비렁뱅이가 되어 강동팔주를 얻어먹고 헤매 다녀도 괜찮다. 어린것이 가면 어디로 간단 말이냐' 하면서 흐느꼈다. 그러나 외삼촌이 잡고 있는 팔을 뿌리치고 뛰쳐나와, 정처 없이 무한한 넓은 대지위로 걸어 나갔다.

가도 가도 막막한 세상길이고, 머무를 곳이 없었다. '언젠가 머무르며 의지할 곳이 나타나겠지. 바람 따라 구름 따라 한 없이 흘러보자' 하는 심정으로, 터덜터덜 걸어갔다. 배가 고프면 인가에 들어가 걸식을 하고, 해가 지면 주위에 있는 모든 것을 이용하여 하룻밤 새우잠을 잤다. 가고 또 가고 한없이 흘러갔다. 처음에는 먹는 것, 자는 것에 많은 걱정이 있었지만, 이제는 익숙해져 그런대로 살만해졌다. 새장 안에 갇힌 새가 밖을 나오면, 처음에는 목숨부지하기가 힘들 듯이 배도 역시 낯선 환경에 힘들었지만, 지금은 모든 면에서 자연과 동화되어 생물의 본성을 따라 행하고 있었다.

그렇게 흘러가다, 중국 남쪽에 위치한 광동성으로 들어가, 몇 년을 헤맨 끝에 어느 곳에 다다랐다. 때는 여름이라 한 낮이 되어가니 날씨는 찌는 듯이 덥고, 한 발짝도 옮길 수가 없었다. 나무그늘을 찾아 쉬고 있는데, 사람들이 왔다 갔다 하는 것이 보이기에 살펴보니 그 위에 큰 절이 보였다. 비렁뱅이 팔자 배도이지만 언제 더 큰 비렁뱅이가 될 건지 하면서, 자기도 부처님께 한 번 빌어 보자는 마음에, 덥지만 법당 안으로 찾아 들어가, 남 따라 부처님 전에 난생처음 절도 해 봤다.

이곳저곳을 두루 살펴본 뒤 내려오면서 보니, 초막집 두 채가 물가에 세워져 있었다. 이곳은 무엇 하는 곳인가 하고 살펴보는데, 남자들은 위에 있는 집으로 들어가고, 여자들은 밑에 있는 집으로 들어갔다. 그래서 남자들이 들어간 집 문간에서 자세히 안을 들어다 보니, 들어간 사람들마다 옷을 훌훌 벗어 던지고 목욕을 했다. 그 밑에 초막은 여자들만이 목욕하는 곳이라는 것을 금방 알 수 있었다. 배도도 당장 들어가 목욕을 하고 싶었으나, 자기 같은 상거지가 들어가면 불결하게 여기고 나무랄까봐, 조금 있다 점심시간 때 한가해지면 해야지 하는 마음에 기다리고 있었다.

얼마나 되니 왕래하는 사람들이 뜸해져 이제는 되었다 하면서 들어갈까 하는데, 웬 50대쯤 되어 보이는 여자가 땀을 콩죽같이 흘리며 손에는 조그마한 보따리 한 개를 들고, 아이 더워하면서 빠른 걸음으로 오더니, 남자 목욕실로 들어갔다. 아차하면서 멈칫해 그 광경을 생각해봤다. 덥고 급한 나머지 여자실로 착각해 남자실로 들어갔구나 하며, 그 여자가 나올 때까지 앞에 있던 나무 그늘 밑에 앉아 기다리고 있었다. 한 30분 정도 지나니, 그 여자는 옷을 입고 얼굴을 닦으면서 급히 나와, 경상도 말로 하자면 진동한동(허둥지둥) 가 버렸다.

기다리고 있던 배도가 이내 목욕실로 들어서니, 조금 전에 왔던 그 여인이 두고 간 듯한 보따리 한 개가 있었다. 얻어먹는 비렁뱅이 신세지만 마음만은 청백했다. 남의 보따리 안에는 무엇이 있든 간에 신경 쓸 일이 아니고, 귀중하든 아니든 그 주인은 자기 물건을 잃어 버렸다는 데 상당한 당혹감을 느낄 것이다. 그렇다고 이 보따리를 놓아둔 체 벌거벗은 알몸으로 목욕 할 수도 없었다. 언제 물건을 찾으러 올지 모를 급박한 상황이기 때문에, 그 보따리를 들고, 조금 전에 있었던 나무 밑에서, 그 부인이 다시 오기를 기다리고 있었다. 아니나 다를까 얼굴이 벌겋게 된 여인은 초죽음이 되어 급하게 목욕실로 들어갔다. 들어간 즉시 억 하는 소리가 나더니, 조용하고 기척이 없어, 배도가 내려가 보니, 그 여인은 기절해 쓰러져 있었다. 다급한 나머지 배도는 목욕바가지에 물을 떠 와, 여인의 얼굴에 물을 뿌리고, 아주머니, 아주머니 하면서 흔들었다. 눈을 번쩍 뜬 여인은 내 보따리하며 외쳤다. 그래서 배도가 '아주머니 보따리는 여기 있습니다. 걱정하지 말고 일어나세요.' 하니, 벌떡 일어난 여인은 인사치레조차 없이 보따리만 거머쥐고 달려 나갔다.

배도는 섭섭함도 없이, 참 이상한 일이라 여기고, 이내 옷을 훌훌 벗어 던진 다음, 시원한 물속으로 들어갔다. 내용인 즉, 그 여인은 광동출신인데, 남편이 일찍 죽고, 외동아들만 믿고 청상과부로 살아왔다. 남편이 남겨 두고 간 재산은 제법 많았으나, 아들이 어찌나 방탕한 생활을 하는지, 술, 여자, 노름을 직업삼아 했었다. 바른 사람 되라고 좋은 말도 많이 했건만 아무 소용이 없었다. 갖은 방책을 다 썼으나 아들은 점점 더 난폭해져 감당하기 어려운 형편에 처했다. 그 많던 재산을 팔아다 쓰고, 끝내는 남과 싸워 살인 죄목으로 사형선고를 받고 복역 중인데, 밉든 곱든 부모의 심정은 달랐다. 어떻게 하면 우리 귀중한 자식을 구할까 하는 마음에서, 재산과 자기의 목숨도 아끼지 않고 일념으로 생각한 끝에, 최종적인 카드를 생각해낸 것이 모든 재산을 다 팔아 가지고, 그때 여성 삼대라는 보물을 사기로 했다. 사람들이 '우리는 언제 그것을 만져볼꼬. 우리도 돈 많이 벌어 그것을 사야지' 하는 그 보물을 이웃나라 어느 부자가 가지고 있다는 소문을 들었다. 우여 곡절 끝에 그 보물을 사가지고, 아들의 생명을 구하기 위해 찾아가는 길에, 급한 나머지 여자실, 남자실을 챙겨볼 여유가 없어, 남자실로 들어가 목욕을 한 후, 급하게 간다고 그 귀중한 보물 보따리를 잊은 체 간 것이었다. 배도에게 고맙다는 인사도 제대로 못 한 것은 그 날 오후 2시에 사형집행 시간이라 이미 12시가 넘은 시각이니, 그 여자에게는 예절이나 인사를 챙길 겨를이 없었던 것이다.

배도가 그 깨끗하고 시원한 물에 5년 묵은 때를 구석구석 다 씻고 나오니, 모든 것이 새로워졌다. '나도 이제부터는 무의미한 생활보다 남을 도와주는 보람된 일을 하고 살아야지' 하는 생각이 머릿속으로 스쳐 지나갔다. 자기가 몇 년을 거지 생활을 하면서 많이 보고 느낀 것에서 얻은 결론이었다. 그러나 마음만 그렇지 얻어먹는 주제에 별 수 없고, 때 되면 먹는 것과 해지면 머물 곳에 매달려 다른 일을 할 수 있는 여유라고는 조금도 없었다. 그렇게 헤매던 중 세월은 흘러 떠돌이 생활

10년이라 배도 나이도 19세가 되었다. 이제는 어디로 가든 당당한 청년의 체격을 갖춘 배도이지만 별다른 뾰족한 수는 없었다. 그냥 습성대로 살아가고 있었다.

하루는 어느 고을을 지나는데 너무나 낯익은 곳이라는 감정이 들어 자세히 살펴보니, 다른 곳이 아니고 10년 전에 자기가 하늘이 무너진 느낌에 울고불고 뛰쳐나온 외가 동네였다. 그때의 애달프던 기억이 아리도록 새삼스럽고, 어린 시절 다니던 구석구석이 주마등처럼 떠올랐다. 이곳까지 와서 외삼촌을 찾아뵙지 못하고 간다는 생각을 하니, 천륜에 어긋난 큰 죄를 짓는다는 마음이 들어, 인사나 하고 가자는 심정에서 가볍지 않은 발걸음으로 외가를 향해 걸어갔다.

사랑채 앞에 이르니, 그 날도 역시 일행스님이 오셔서 외삼촌과 정담을 나누고 있었다. 도는 '계십니까?' 하면서 인기척을 넣었다. 이내 방문을 열고 내다본 두 어른은 한동안 멀뚱히 보고만 있더니, 이내 알아차리고, 도가 아니냐는 말과 함께 방에서 뛰어 나와 얼싸안고 눈물을 글썽이며, 어서 들어가자는 것이다. 방에 들어온 도는 '일행스님 안녕히 계셨습니까?' 라고 하며 삼배를 올린 후, 외삼촌에게도 큰 절을 올렸다. 외삼촌은 도의 손을 잡고 연신 숨을 길게 쉬며, 어디로 갔으며 어떻게 지냈느냐고 궁금해 물었다. '내 사주가 나빠 훌륭한 일도 못하고, 거지가 되어 방방곳곳을 헤매다가, 마침 나도 모르게 이 동네 앞을 지나게 되었지요. 거지 팔자지만 외삼촌께 인사나 드리려는 마음에서 왔습니다.' 하며 사실대로 고했다. '아무렴, 그래야지. 그래, 잘 왔다' 하며 인사를 나누는데, 옆자리에서 듣고 있던 일행스님이 한마디 거드는 조로, '그래, 오늘 다시 보니 네가 앞으로 정승 될 팔자다. 지금도 늦지 않으니 열심히 글공부를 해서 과거시험을 보거라' 하고 말했다. 이 말을 들은 두 사람은 각기 생각이 다르게 일어났다. 외삼촌은 매우 기분이 좋아 '그렇고 말고' 하며 일행스님의 말에 동조를 했다. 그러나 배도는 그렇지 않았다. 한편으로는 원망스럽고, 한편으로는 반가웠다. 그래서 본인도 모르게 '아니, 일행스님, 언제는 나더러 복 없는 아이라 이곳에 있으면 삼이웃이 망하고 외삼촌댁이 망하게 되니 나를 내보내라 해놓고, 이제 와서 복 없는 거지가 무슨 정승이 된다고 그런 말씀을 하십니까?' 하며 대들듯이 말을 했다.

그 말에 일행스님은 '그때는 너의 관상과 사주가 그랬고, 오늘은 너의 마음을 보았노라. 너의 관상과 사주가 변하여, 앞으로 거룩한 정승이 되겠다는 것이다' 하며 아무렇지도 않게 대답하는 것이 아닌가. 그래도 배도는 응어리가 깊이 맺힌 마음이 풀리지 않아 한마디 더 하고 싶었으나, 연세와 경지가 높은 어르신네 앞이라 말을 더 못하고 입술을 깨물면서 참았다. 그러니 외삼촌이 '스님, 고마운 말씀입니다. 저 애가 공부하는 비용은 내가 다 당할 터이니, 스님께서는 우리 도가 이름난 정승이 되게 인도하여 주옵소서.' 라고 간곡하게 부탁했다. 일연스님도, '그렇게 해야지요. 한 사람 잘 만들어서 만인에게 덕을 주게 한다는 것이 얼마나 세상을 위하는 일입니까.

불교에서 말하는 큰 보시행이라고 보지요. 이 자리에서 내가 부처님 전에 맹세코, 도를 이 세상에 요긴한 사람으로 꼭 만들겠습니다.' 하며 흔쾌히 허락했다. 도 역시, '감사 합니다. 스님과 외삼촌님의 뜻을 받들어 이 몸이 가루가 되도록 노력하겠습니다.' 라고 변한 팔자를 받아들였다.

이러고 보니 사주팔자가 조금 융통성이 있어 보인다. 우리가 생각할 때, 타고난 사주팔자가 고정불변인줄 알았는데, 꼭 그렇지만 않다고 봐진다. 좋은 사주이거나 나쁜 사주이거나 타고 났다 하더라도, 태어난 후 그 사람의 행동과 생각에 따라 변한다는 것이다. 우리 모두가 근심 걱정 없이 다 잘살면, 팔자라는 단어는 인간사회에서 없어질 것이다. 그렇지 않기 때문에 사람들 사이에 복이 있니 없니 하는 소리가 나오는 것이다. 나는 생각할 때 복하고 근심걱정과는 아주 종류가 다르다고 본다. 보통 우리가 생각할 때 복과 근심걱정을 같이 묶어 생각하는데 그렇지가 않다. 불교 말에 의하면 고액苦厄 속에서 산다는 말이 있다. 다시 말하면 고액苦厄이란 인간이 가장 싫어하는 것이다. 고苦란 어디서 오고 누가 주는 것은 아니다. 누군가 준다면 어느 누구가 받겠는가. 내가 존재하기 때문에 생기는 것이고, 그러므로 이 세상에 살고 있는 한 꼭 치루며 살아야 한다. 누구든 고苦는 다 싫어하나, 조금 더 깊이 생각하자면 자연의 섭리다.

나는 절에 있으면서 한가 할 때면 가끔 동해 바다로 간다. 한 잔 하는 사람들은 술 한 잔하러 가겠지 하고 여기겠지만 그런 것이 아니고 그저 바닷가 모래밭에 앉아 수평선을 한 없이 바라보고 있다가 온다. 나도 중생이기 때문에 심심하고 외로울 때를 느낀다. 술이나 먹을 줄 안다면, 소주 한 병에 즐비하게 차려져 있는 생선 회 한 사라를 사랑하는 연인과 마주앉아 갯바람을 쏘이면서 먹으면, 이곳이 극락이며 신선 같은 마음이 들것이다 하며, 입맛을 다셔 본적도 한 두 번이 아니다. 그런데 깨닫지 못한데다가 시원치 않는 중이라, 그 좋다 싶은 생선회 한사라 먹을 용기를 못 내고, 계행 지킨다는 생각에서 꾹 참고, 차에 있는 마른 다시마 한 조각을 입에 넣고 뽀드득 씹으면서 열을 풀곤 한다.

그래도 심심하고 조용하면, 눈요기라도 할 겸 동해 바닷가로 자주 가는 편이다. 어떤 때에 가면 파도가 많이 칠 때도 있고 어떤 때에는 중간정도, 어느 때에 가보면 그릇에 담아놓은 물처럼 고요할 때도 더러 있다. 그래도 가까이 가보면 가만히 있는 것이 아니고, 물이 약간 씩 움직이면서 미세한 파도가 치고 있었다. 그런 광경을 본 나는, 그래 파도가 치고 싶어 치나, 치라고 권한다 해서 치는 것도 아니다. 치지 말라 해서 안 치는 것도 아니지, 그렇다고 어느 절대 신에 의한 명령도 아니다. 오로지 대자연의 섭리 안에서 이루어지고 있는 작용이라는 생각을 해본다.

그렇다. 사람들에게 밀려오는 고액苦厄의 파장 역시 밀려오는 파도처럼 언제나 때가 되면 저절로 닥쳐온다. 어느 때는 큰 근심에, 어떤 때에는 중간, 어느 때에는 약한 근심. 이제는 아무 근심걱정이 없다고 마음 놓을 때가 없다. 하다못해 거울을 들여다보고, 내 코가 조금 이렇게 생겼으면 좋을 텐데, 내발 뒤축은 왜 이렇게 달걀같이 생겼고, 수도꼭지는 약간 비틀러져 있네 하며 미세한 근심걱정을 자아낸다. 바람 잘날 없다는 말처럼 여하튼 근심 걱정이 떨어질 날이 없다. 세상 사람들이 싫어하는 이 고액苦厄은 오지 마라 한다고 안 오는 것도 아니다. 가라해서 가는 것도 아니다. 사람마다 모두 싫어하는 이놈의 고액苦厄 파장은 어디로 간들 피해지나. 산으로 간들, 들로 간들, 심지어 절에 가도 피해지는 것은 아니다. 꼭 피하고 싶다면 방법이 없는 것은 아니다. 고집스럽게 피하고 싶은 사람이 있다면 가르쳐 주겠다.

길은 딱 한 가지 농약을 마시고 죽는 수가 있다. 죽음에는 여러 가지 방법이 있는데, 하필이면 농약을 소개하느냐고 반문하는 사람도 있겠지만, 농약을 소개하는 이유는 가장 구하기가 쉽고, 가격도 싸며, 남에게 피해를 덜 주고 죽는 이점이 있어 권하는 바이다. 한강에 투신자살 하는 사람들을 보라. 얼마나 많은 사람들에게 몇날 며칠 괴로움을 주는가. 달리는 자동차에 뛰어들어 자살한다고 생각해보자. 자기로 인해 다른 사람들의 생명과 막대한 재산 피해를 줄 수 있다. 자기가 죽더라도 남에게 피해주는 일은 없도록 하고, 죽는 것이 예절 있는 죽음이라 하겠다.

요사이 대학 캠퍼스가 남는다는데, 예절 있게 죽는 학과를 하나 신설할 만도하다. 요즈음 너무 자살하는 사람이 많기 때문에 한마디 일러주는데, 사람이 죽더라도 완벽하게 죽어야 한다. 자살미수에 그치게 되면 말이 아니다. 남들 보기에 창피스럽고, 정신적이나 육체적으로 종신, 즉 죽을 때까지 상처 속에서 살다 죽는다. 위에 농약을 먹어라 해놓고, 혹여 잘못 선택 할까봐 걱정이 되어 첨가 말을 쓰니, 감지 또 감지하기 바란다. 농약은 여러 가지가 있다. 크게 나누어 살충제, 살균제, 제초제(풀약)가 있고, 풀 약 중에도 뿌리까지 다 죽는 강한 약도 있다. 가급적 완벽하게 죽으려면 제초제 계통 약을 선택해야 한다. 왜냐하면 나는 무식해서 독성과 성분은 잘 모르겠지만, 내가 본 바로 산에 소나무에 피해를 주는 송충이 약이 초특급으로 독하다는 것을 느꼈다. 어느 집 할머니가 아들하고 다툰 끝에 죽는다고, 집 뒷간에 있던 약병을 꺼내더니, 조그마한 소주잔에 한 잔 따른 것을, 먹지는 않고 잔을 입에 대었다 싶은데, 그 자리에 쓰러져 죽었다는 말을 들은 일이 있다. 요즘처럼 이런 불경기에 그 독한 약을 구해 먹기가 하늘에 별 따기보다 더 어렵고, 그 대신 가장 값싸고 구하기 쉬운 풀약을 권하고 싶다.

사람이 살다보면 항시 좋을 수는 없다. 어느 때에는 죽고 싶은 감정이 일어날 때도 더러 있다. 한 예로 가난하고 무엇이 뜻대로 잘 안 되는 사람이 세상을 비관하고 농약을 먹고 자살을 기도 했는데, 이웃 사람들이 재빨리 병원으로 데리고 갔다. 저녁 12시가 넘은 밤이라 병원문은 꼭 잠겨 있어, 바깥에서 고함을 치며 문을 두드려도 아무 기척이 없었다. 그래도 계속 두드리니, 현관에 불이 켜지면서, 자다 나온 의사는 연거푸 하품을 하며, 문을 조금 열고 고개를 내밀더니, 무엇 때문에 왔느냐고 물었다. 몹시 다급한 목소리로 농약을 마시고 사람이 다 죽어간다고 말을 하니, 무슨 약을 먹었느냐고 물었다. 듣는 사람들은, 급한데 묻기는 무엇 때문에 묻느냐는 감정이 들것이다. 그러나 의사가 그리 묻는 의도는 살충제를 마셨으면 빨리 들어오라 하고, 풀 약을 먹었으면 살 길이 없다고 가라 하려는 것이다. 이렇게 보면 죽는데 명약은 오로지 제초제뿐이다.

밀려오는 고액苦厄은 육체 가진 자들에게는 피할 길 없고, 자기에게 해당된 몫은 남에게 전가 할 수도 없을 뿐만 아니라 원망해서도 안 된다. 자기 스스로가 잘 소화시켜 나가야 한다. 파도로 표현하자면 나에게 닥치는 파도는 크든 작든 슬기롭게 잘 타고 넘어가는 것이 현명한 방법이다. 육체가진 대가로 모든 사람이 겪는 것을 팔자로 계산해서는 안 된다. 복은 운이 좋아 잘 되는 것이니, 방법만 알면 식은 죽 먹기보다 더 쉽다.

그 뒤 배도는 외삼촌의 적극적인 후원 아래 일행스님의 가르침을 열심히 받들어 글공부를 했다. 밥 먹고 자는 시간을 제외하고는 책과 시름한 끝에 삼년이 경과했다. 어느 날 스님께서는 단호한 어조로 금년에는 과거시험을 봐야 한다고 정리하라는 것이다. 도는 넓게 보던 책을 정리하고, 시험 준비 차원에서 사리에 대해 정리해 나갔다. 그해 삼월에 과거 시험이 있다고 지방마다 방이 나붙자, 사람들의 마음은 설레기 시작했다. 시간이 흘러 과거 날짜가 다가오니, 장안에는 과거객들이 각향각지에서 구름처럼 몰려오고, 사람들마다 희망과 용기가 불끈 솟았다. 몇 년씩 공부한 자기의 실력을 최종적으로 발휘해서 과거 합격이라는 결과를 얻으려고 이곳에 온 선비들은 희망과 근심걱정, 희비가 교차 하는 인파를 이루었다. 나라에서 지정한 과거장에 들어가 마음껏 자기 실력을 발휘했다. 그 때 당시 합격자 발표는 필기시험이 끝나고 면접시험까지 봐서 최종 합격자를 발표하게 되어 있었다. 글 실력만 좋다고 합격하는 것이 아니라, 인품과 인격을 더 중요하게 여기던 때라, 글 실력도 보겠지만 면접시험에 비중을 더 크게 두었다.

이 제도가 옳게 행해지는 제도인지는 모르겠다. 사람가운데 진짜 사람을 뽑아 쓰려면, 학과보다 그 사람의 인품과 사람 됨됨이를 보고 쓰는 것이, 몇 차원 우수한 정책이라 여겨진다. 나 역시 들은 말이지만 일제 때 순사 모집이 있어 똑똑한 조선 청년들이 응시하러 갔다. 그 때 당시 그 시험에 합격하려면 여러모로 힘이 들었다. 필기시험도 어렵고, 신원조회, 신체검사, 학과시험, 면접 할 것 없이 수월한 것이 하나도 없었다. 그 중에서 가장 비중을 두는 것이 구두시험인데, 시험 보는 사람들마다 걱정하기로 학과 시험은 문제에 따라 답을 써내면 되고, 신상에 대해서는 자기네가 조회할 것이며, 신체검사야 기준에 의해 외적, 내적으로 별 하자가 없으며 되겠지만, 구두시험은 무엇을 물을지 즉흥적인 답을 해야 하니, 수험생마다 상당한 부담을 안고 있었다. 신체검사로부터 학과

시험을 치르고, 구두시험을 보는데, 속으로 벌벌 떨면서 한 사람씩 시험장에 들어가고 있었다. 길게 늘어선 사람들은, 앞에 면접보고 나오는 사람이 있으면, 주로 무엇을 묻더냐고 물어보려고 해도, 시험 본 사람들은 저쪽 문으로 나가고, 시험 보려는 사람들 쪽에는 얼씬거리지도 않았다.

초조한 감정을 가지고 들어간 주인공이 문 안으로 썩 들어서니, 맞은편에 시커먼 제복에 누런 금술로 장식하고, 머리는 벗겨져 반들반들하며, 눈은 호랑이 눈처럼 빛이 나다 못해 불덩어리가 뚝뚝 떨어져 보이는 경무관 한사람이, 한 손에는 시퍼런 칼을 빼들고 앉아 있었다. 누가 봐도 겁에 질려 할 말도 제대로 못할 형편이었다. 그래도 용기를 내 거수경례를 하면서, 수험번호와 이름을 대니, 이리 가까이 오라는 명령이 떨어졌다. 한발 다가서니 사정없이 뺨을 한 대 힘껏 때리면서, 이 세끼 얼마나 아프냐고 묻는 것이다. 그래서 얼마나 아프다고 말할 길이 없어, 같이 상대 뺨을 힘껏 때리면서 이정도 아프다 하니, 시험관은 웃으면서 나가라고 했다.

이 사람은 나와서, 먼저하고 나온 사람들을 붙잡고, 너는 면접시험을 어떻게 봤느냐고 물으니, 자기 뺨을 쓰다듬으면서, 자기도 들어서는데 뺨을 한대 탁 때리면서 얼마나 아프냐고 묻기에 아프다하면 맷집이 약하다는 이유로 떨어질까 봐, 안 아프다고 했다는 것이다. 옆에 있던 한 사람은 자기는 견딜만하다고 했다는 것이다. 몇 사람들의 이야기를 종합할 때, 안 아프다, 견딜만하다는 사람들보다, 이빨이 속속 아리고 눈에 개똥 불이 번쩍 나게 때린 놈을 합격시켜야 하지 않겠나 싶다. 결론적으로도 시험관 빰을 때려서 답을 한 사람이 합격했다고 지금도 전해 내려오는 말이 있다.

배도를 포함한 과거객들도 하나같이 면접시험 걱정을 하면서 때가 오기만 기다리고 있었다. 얼마 지나니 구두시험이 시작되어 차례대로 시험장 안으로 들어가 시험관이 묻는 말에 몇 마디씩 답을 하고 나갔다. 구두시험을 본 사람과 앞으로 볼 사람들을 분리해서 관리하기 때문에 먼저 시험 본 사람들에게 물어 볼 길이 없었다. 기다리던 배도의 차례가 되어 들어가니, 화려한 관복차림에 위엄을 갖춘 시험관이 앉아있었다. 그 앞에 다가가 읍을 하고 이름을 대니 시험관은 산과 물에 대해 말해보라고 했다. 그 말을 들은 도는 달리 말할 것도 없고 '산은 산이고 물은 물이지요' 라고 답을 했다. 이 말에 시험관은 부정하기도 곤란하고, 긍정하기도 곤란한 입장이라 멍하고 있는데, 배도가 '한 바퀴 돌려 봅시다' 하고 제의했다. 시험관은 정신이 어리벙벙해 '한 바퀴 돌려보면?' 무심결에 반문했다. '그러면 산은 산이 아니고 물은 물이 아니지요' 이 말을 들은 시험관은 갈수록 이상한 감정이 들었다. 밑도 아니고 위도 아닌 중간에 떠있는 기분이었다. 수백 명을 겪었지만 특이한 일이다 싶어 수험생인 배도 말에 말려들어 아무런 뜻도 없이, '그러면 한 바퀴 더 돌리면?' 하니, 배도가 '그때는 산은 산이요 물은 물이지요' 라고 했다. 말은 서로 주고받고 했지만, 면접관은 말의 속뜻을 못 헤아려 골똘히 생각에 잠겼다. 그때 상황은 시험관이 묻고 배도가 대답하는 것인지, 시험관이 배도에게 배우고 있는 것인지, 가늠하기 어렵게 되어갔다. 그래서 시험관이 엉겁결에 '한 바퀴 더 돌리면 어떻게 되느냐' 고 물으니 배도의 말은 '너도 없고 나도 없다' 고 했다. 이 말을 들은 면접관은 얼굴이 새파래지면서 그 자리에 쓰러졌다. 시험관은 교체되고 배도는 밖으로 나왔다. 왜 면접관이 쓰러졌을까 하고 궁금할 것이다. 짧게 말하자면, 요술자가 정술자와 부딪히면 똥구멍부터 녹아내린다는 속담이 여기에 제법 맞아 들어간다. 배도의 경지가 대단히 깊고 높았다는 결론이다.

면접시험 다음날 사시에 합격자 발표를 했다. 그 많은 사람들은 눈을 크게 뜨고 자기 이름이 있는가하여 훑어봤다. 이름이 붙어있는 사람들은 표현 못할 정도로 기뻐 날 뛰고, 불합격 된 사람들은 슬픔과 괴로움에 한 없이 가라앉는다. 요새 같이 시험 많이 치는 세상에서도 마찬가지지만, 합격자와 불합격자의 기분은 극과 극으로 양분되는 것은 동서고금을 통해봐도 다를 바 없는 이치이다. 배도 역시 사람이라 마음을 졸이며 발표장으로 들어서는데, 외삼촌이 뛰어나오며 배도를 얼싸 안고, '내 사랑하는 도야, 장하구나.' 하면서 눈물을 글썽이며 좋아했다. '저는 지금 걱정을 하고 들어가는 중입니다' 하니, '그래, 그래, 어서 가보자꾸나' 하면서 손을 잡고 끌었다. 방 앞에선 배도도 만면의 웃음을 머금고, 외삼촌의 손을 꼭 잡으면서 '외삼촌, 감사합니다. 이 모든 영광이 외삼촌의 지극한 보살핌에 의한 결실입니다' 하며, 눈물만 하염없이 흘리고 있다가 절을 했다. 외삼촌은 눈물로 범벅이 된 배도의 얼굴을 두루마기 자락으로 닦아 주면서 부둥켜안고 발표장 밖으로 나갔다.

곧바로 산사로 돌아온 배도는 일행스님 앞에 큰절을 삼배 올리고 꿇어앉아, '스님, 감사 합니다. 이 거룩한 스님의 은총은 내가 관직에 나가 임금님을 받들고 만백성들에게 덕으로 보답 하겠습니다. 감사합니다' 하니, 스님이 '그래 나는 꼭 네가 그렇게 되기를 믿고 있다' 하고 화답하였다. 열흘 가까이 지나자 나라에서 첩지를 보내왔고, 법당으로 들어가 첩지를 부처님 전에 올려놓은 다음 삼천배를 하고, 꿇어앉아 '거룩하신 부처님, 만백성을 위한 참된 관리가 되게 하여 주십시오' 하며 기도를 마쳤다. 일행스님께 인사를 하고, 외가로 내려와 외삼촌께 인사를 드린 다음, 궁궐로 들어갔다.

모든 규정에 의한 절차를 마친 뒤 지방 관리로 발령을 받아 내려갔다. 견문이 없는 사람도 아니고, 근본 밑바닥 생활의 체험자이기 때문에 탐색전도 할 것 없이, 부임한 그날부터 일사천리로 막힘없이 행정 처리를 해나갔다. 오전에는 결제부터 모든 행정을 끝내고, 오후에는 각 부락이나 백성들의 삶의 터전을 방문하여, 직접 고충을 겪어보며 일도 거들어주면서, 백성들이 원하는 바를 수렴했다. 할 수 있는 한 모든 것을 반영하면서, 나라와 국민의 화합이 우리 후손들에게 영화와 번영을 주는 일이라고 강조하며, 돈 없어 배우지 못한 백성들을 위해 관사 한 채를 비워 야학을 개설 해놓고, 본인이 직접 가르치는 훌륭한 지방장관이 되었다. 관리들은 물론 그 고을 백성 모두가 만년에 한사람 날까 말까 하는 성인군자라고 입이 닳도록 칭송했다.

이렇게 하는 세월이 반년 정도 흘렀는데, 중앙에서 심심찮게 배도에 관한 미담이 거론되고, 결국 임금님의 귀에까지 들어갔다. 임금님께서 삼정승을 불러 자리에 앉혀놓고 배도의 인품에 대해 하문하자, 좌의정이 하는 말이 '소신이 들은 바로 인격과 학식이 뛰어난 사람이라고 들었습니다.' 하며 아뢰었다. 영의정도 거드는 말로 그렇지 않아도 조금 더 알아본 후 임금님께 알현시키겠다고 생각을 했다는 것이다. 임금님께서는 '그렇다면 그 사람을 불러올려 중앙부서 요직에 쓰면 어떻겠소. 모든 연장이나 그릇은 그것들이 필요한 자리가 있는 법, 아무리 좋은 그릇이라도 그것에 맞지 않는 곳에 쓰면 그의 진가를 발휘 못 하는 것이 아니오.' 하고 하교하셨다. 이 말을 들은 삼정승들은 임금님 앞에 절을 하면서 '지당하시옵니다.' 하고 이구동성으로 동의했다. 다음날 여의정의 특명으로 지방관인 배도를 불러 중앙관서인 이조참의 자리에서 일을 하게 하였다. 이조참의라 하면 아주 지체 높은 자리지만 배도는 크게 기쁜 내색도 하지 않고, 지체가 같은 관리는 물론, 하급관리에게도 수평적으로 대하였다. 그 부서는 한결 분위기가 좋아지고, 명령계통의 조직이기보다 도덕적이고 창의적인 업무수행을 하는 곳이 되었다. 모든 직원들은 좋은 일이든 나쁜 일이든 심지어 가정에서 일어난 일까지도 참의에게 이야기하고 자문을 구했다. 그렇게 보면 배도가 직장 상사라기보다 가정으로 보면 어머니 같이 여기는 분위기였다. 사람들 모두가 배도와 같은 것은 아니다. 어떤 사람들은 말은 고사하고 옆에 가기도 어색하며, 오는 것도 싫어지는 사람이 있다. 그러나 어떤 사람은 처음 보는데도 매우 친근함이 느껴지며, 말도 걸어보고 싶은 생각이 드는 사람도 있다. 또 한 예를 들면 친한 사람이 두 명이 있다고 보자. 한 사람은 단지 친한 것뿐인데, 다른 한 사람에게는 자기의 속말을 털어놓고 이야기 할 수 있다. 왜 다같이 친한 사람인데 이런 차이가 날까. 이에 대해 조금 배운 사람내지 말마디나 하는 사람들의 소견에서 가지각색의 말이 나올 것이다. 어떤 사람은 전생에 타고난 인과라 하는 사람도 있고, 인연이라는 사람도 있을 것이며, 요사이 말로 코드나 사이클이 맞아 그렇다고 할 것이다. 이와 관련하여 경전 한 구절이 떠오른다. 석가모니 부처님께서 내가 가진 것은 없어도 남에게 줄 수 있는 것이 일곱 가지가 있다고 했다.

첫째, 안시眼視 = 부드러운 눈으로 보는 것

둘째, 화안열색시和顔悅色施 = 부드럽고 미소 띤 얼굴

셋째, 언사시言辭施 = 좋은 말로 사람을 대함

넷째, 심시審視 = 예의바른 마음

다섯째, 행시行施 = 모범적이고 남을 구하는 일

여섯째, 상좌시床座施 = 자리를 양보하는 정신

일곱째, 방사시房舍施 = 잠재워 주는 것, 즉 의지처 제공이 일곱 가지는 물질보다 본인의 마음과 생각에서 행할 수 있는 일이다. 이 일곱 가지는 제쳐두고, 세상 사람들께 권하고 싶은 것은 무재삼시無財三施이다. 이것은 돈 드는 일도 아니고, 육체적으로 큰 힘이 드는 일도 아니다. 무제삼시를 말하자면, 첫째, 법시法施, 즉 아는 방법을 남에게 논하는 것, 둘째, 재시財施, 즉 작은 물건이라도 나눌 수 있는 마음, 셋째, 무애無碍, 즉 남에게 편안함을 주는 것이다. 이러한 것은 누구라도 할 수 있는 일이다.

우리나라 사람들은 남에게 인사하는데 인색하기로 세계에서 일등 가는 국민이다. 그런데 남이 인사하면 받는 데는 프로급이다. 어쨌거나 일등이니 다행이다. 중국, 터키, 한국을 제외하고, 거의 모든 나라 사람들은 길을 가다 스치며 처음 보는 사람일지라도 부드러운 눈으로 얼굴에 미소를 지으며 목례 인사를 하고 지나간다. 이런 모습을 대하면, 낯선 외국 땅에 온 불안감과 걱정이 일시에 사라지고, 마음이 편안해지며 정감이 생긴다. 남에게 편안함과 기쁨을 주는 일이야말로 정이 말라가는 이 사회에 얼마나 좋은 청량제가 될 것인가. 석가모니 부처님께서는 사주팔자를 잘 타야 부자로 잘 사는 것이 아니고, 그 잘 사는 부자도 처음 근거는 자신이 복을 지었고, 지금 못사는 사람들도 복 농사를 지으면 잘 살 수 있다는 것이다. 베푸는 것은 밭이요, 선근善根은 줄기요, 복은 열매다. 세상 사람들이 복이라는 농사는 짓지 않고 복을 바라는 것은, 마치 봄에 씨앗을 뿌리지 않고 가을에 곡식을 거두어드리려는 사람과 같다는 말씀을 했다.

부처님 당시 있었던 일을 한 가지 더 소개 하자면, 석가모니 부처님께서 수백의 제자들과 기원정사에 머물고 계실 때, 공양 때가 되면 부처님을 비롯해 모든 제자들이 바리를 챙겨들고 걸식을 하기위해 마을로 나가, 많든 작든 일곱 집을 거쳐 얻은 공양물을 먹고 돌아와, 자리에 앉아 공부를 하고 정해진 일과대로 수행해 나갔다고 한다. 수십 년을 그렇게 사는데, 하루는 속세의 연으로는 사촌 동생이요 부처님 옆에 가장 가까이에서 시봉하는 제자 아란이 부처님 앞에 삼배를 올리고, 단정히 꿇어 앉아 '의문이 있어 말씀드릴까합니다' 하고 운을 떼었다. 부처님께서 무슨 말인지 어서 해보라 하니, '다름이 아니옵고 부처님께서는 연세도 많으시고 몸도 불편하신데 내일부터는 정자에 가만히 계십시오. 저희들이 걸식해서 부처님께 공양을 바치겠습니다' 했다. 부처님께서는 조금 엄한 어조로 '아란아, 깊이 새겨들어라. 삼라만상 모든 동물들이 자기 먹이는 자기가 구해먹지, 다른 누가 구해주어 먹는 생물이 어디에 있더냐.' 하고 꾸짖으셨다. 이 말을 들은 아란이 미물로부터 고등동물까지 습생, 난생, 태생을 전부 살펴봐도 자기 먹이는 자기가 구해먹지 다른 누가 구해주어 먹는 동물은 하나도 없다.

부처님께서 '나도 자연의 한 생물인고로 내 먹이는 내가 구해 먹어야지 어찌 너희들이 구해준다 말이냐. 그렇게 하면 자연의 섭리에 어긋나는 짓이 아니겠느냐. 주둥이가 노란 세끼 때는 자력이 없기에 부모가 날라다주는 먹이를 먹고 자라지만, 주둥이가 까맣게 되면 자력이 생겨 부모에게 의지하지 않을뿐더러, 부모는 더 이상 돌봐주지도 않는다. 유독 사람만은 그렇지가 않다. 허리를 끊으면 피가 동이로 나올 장정이, 부모 그늘에 벗어나 독립할 생각은 안하고, 죽도록 의지하려는 사람들이 많다. 이런 일들은 자연의 법칙에 크게 어긋난 일들이다. 독수리 새끼들도 주둥아리가 노랄 때는 어미가 열심히 먹이를 물어다 먹인다. 점점 자라 주둥이가 까맣게 되면 새끼를 물어다 절벽 밑으로 밀어 떨어뜨린다. 죽고 싶으면 떨어져 죽고, 살고 싶으면 날아가서 살아보라는 것이다. 다른 생물들은 자연의 순리에 맞춰 잘도 사는데, 만물의 영장이라 하며 수캐 머 자랑 하듯이 자랑만하고 자연의 섭리를 그르치며 사는 것이 사람이다. 그러므로 어떻게 사람답게 살아야 하느냐에 대한 본질적인 답을 말하자면, 이렇게 자연의 순리를 거스르고, 자기 욕심을 위해 거짓말하고 사는 것이 사람다운 사람일 것이다.' 라고 설파하셨다. 이 말을 들은 아란은 머리를 조아리면서 '부처님이시여, 오늘도 이 거룩한 설법을 해주시어 감사합니다' 하며 큰 절 삼배를 올렸다.

아난이 다시 정좌하여 '부처님이시어, 한 가지만 더 여쭙겠습니다. 공양 때에 부처님께서는 가깝고 부자가 많은 마을로 가시면 음식도 좋고 풍부할 텐데, 왜 하필이면, 저 먼 곳, 그들도 먹고 살지 못하는 가난한 동네만 찾아가십니까?' 했다. 이 말을 들은 석가모니 부처님께서는 가벼운 한숨을 쉬면서, '아란아, 깊이 새겨들어라. 저 산 밑에 가난한 동네 사람들은 전생에 유루복을 짓지 못해 금생에 가난하게 산단다. 복이라는 것은 누가 주는 것도 아니고, 어디에서 오는 것도 아니지 않느냐. 자기복은 자기가 지어야 하는데, 전생에 복을 못 짓고 다시 온 저 사람들은 금생에 가난하게 사니, 전생에 인과는 모르고 우리는 본래 없어 가난하게 산다면서 푸념만 하지. 남에게 베풀어 복을 지어야 하는데, 못하고 있는 것이 안타까워 내가 찾아가는 것이다.' 하고 부처님께서 답하셨다. 아란이 또 '전생에 지은 복이 없어 금생에 가난하게 산다는 사람들을 부처님께 가신다고 복을 구할 수 있을까요' 하고 여쭈었다. '그들이 본래 없다고 조금이라도 베풀지 않으면, 마음에 선근의 싹이 삭아 없어져 영영 복을 구하기가 힘들어지는 연고로, 내가 그들의 마음에 선근의 싹을 벼리어주기 위해 매일 그곳으로 가서, 조금 내어 놓아라, 너희들 먹던 국물도 좋다, 소금도 좀 달라, 그렇게 줄 것이 없으면 물이라도 좋다 하며 청한다. 다시 말해 사람이 베풀어야 선근의 줄기에 복의 열매를 얻을 수 있기 때문에, 내가 그곳으로 매일 가는 이유는 그들의 선근의 싹을 살려주기 위해서다.' 하고 부처님께서 답하셨다. 이 말씀을 들은 아란은 크게 깨달아, '부처님, 감사합니다.' 하며 다시 삼배를 하고 물러났다.

베풀라는 말은 사람들에게 천번 만번 해도 하자 될 것 없고 넘칠 일이 없다. 내 자신 역시 법회 때나 만나는 사람들과 이야기 하게 되면 베풀고 살아야 된다고 알게 모르게 많이 강조

하는 편이다. 백 마디 말이 한 번 실천하기보다 못하다는 말과 같이 나도 실천 한 번 해보자 싶어, 화안열색시, 즉 부드럽고 미소 띤 얼굴을 한번 지어 보려니 잘 안 되었다. 본래 내 마음이 기뻐야 자연스럽게 되는 것이지 일부러 연기하는 배우처럼 꾸며 하려니 어색스러운 감정이 들었다. 그래도 한번 해보자 싶어 마주치는 여자에게 한번 시도 하니, 반응이 매우 좋았다. 남자들을 제외하고 여자들에게만 계속해봤다. 성적은 매우 좋아 95% 정도였다. 요번에는 남자들에게 해보니 별로 성적이 안 올랐다. 35% 정도였다. 내가 느낀 바로, 미소 지은 얼굴에 목례 인사를 하니, 보통사람들은 왜 저리도 싱거운 놈이 다 있나 하는 마음을 갖는 것 같고, 더러는 무엇 때문일까 하는 감정을 갖는 것 같이 느껴졌다. 그래서 이번에는 '하와유' 하고 목례 인사를 하니, 100% 인사에 반응했다. 야, 이것 알아볼 만한 일이다. 여자들에게는 부드러운 얼굴에 목례 인사만 해도 95% 정도 반응을 하는데, 남자들은 부드러운 얼굴에 목례 인사만 해가지고는 별 효과가 없어, 거기에다 목구멍까지 동원해 인사를 하니 그제야 통하는 것을 볼 때, 숫놈의 정신연령이 암놈보다 한 단계 더 낮다고 느껴졌다.

이것을 계기로 한국에 가서도 다른 사람들보고 권할 뿐만 아니라, 내 스스로 솔선해서, 인사 잘하는 사회, 부드러운 사회를 한번 만들어 보자는 생각에서 단단한 결심을 하고 나왔다. 그래 인천공항에서부터 시작하자 싶어 마주치는 여자가 오기에 목례 인사를 하니, 거들떠보지도 않고 지나가 버렸다.

저 여자는 참 바빠 그런가보다 하면서 몇 발자국 더 가자, 또 여인 한 분이 짐수레에 가방을 싣고 오면서 마주치기에 목례 인사를 하니, 한번 보더니 고개를 외면하고 지나가 버렸다. 왜 저럴까 내가 도와달라는 행동과 말도 하지 않았는데 이상한 일이었다. 내 얼굴에 무엇이 묻었나, 나를 미친 사람이라고 보는가 싶어, 변소에 들어가 얼굴을 씻고 닦은 다음, 거울에 내 얼굴을 비춰놓고 일급 검사를 했다. 얼굴형은 별로 잘생기지는 못했지만 그런대로 괜찮다고 하며, 나오자 말자 젊은 여자와 마주치기에 목례 인사를 하니, 힐끔 보더니 그냥 쏜살같이 지나갔다. 인천공항에서 김포공항까지 와 만나는 사람들에게 빠짐없이 해도 외국에서 하는 것처럼 인사 답하는 사람은 한 사람도 없었다. 그 다음은 남자들게 시도해 보았다. 마주치는 한 남자에게 목례 인사를 하니, 이상한 눈초리로 바라보면서, 나를 미친 사람 내지 돈 같은 것을 구걸하는 사람으로 봤다. 그러거나 말거나 마주치는 사람들에게 목례 인사를 했다. 백 명, 이백 명에게 해도, 보는 사람들은 모두 나를 정신 나간 사람으로 여기고, 인사에 응하는 사람은 한 사람도 없었다.

인사성이 약한 이 사회에서 낯모르는 사람이 인사하는 것을 이상히 보는 것도 당연할지 모른다. 그래서 혼자 앉아 생각하기로 지구촌 곳곳에는 지역특색이 있고, 지역민의 정서관습이 절대적으로 작용하는구나 하고 느꼈다. 위에서도 말했듯이 다른 나라 사람들은 처음 보는 사람일지라도 마주치면, 부드러운 눈에 미소 짓는 얼굴로 고개를 끄덕이며 지나가니,

서로가 고마운 감정이 느껴지며, 언짢은 기분을 갖고 있는 사람들도 그런 인사로 인해 곧 풀어지는 그 아름다운 일들이 우리 한국인에게는 왜 적용이 안 되는지 모르겠다. 이렇다면 부처님께서 말씀하셨다는 무재칠시도 한국 사람들에게는 군소리가 아니겠나. 그것은 우리가 지역 특색이 강한 조선 토종이라 그런가. 아주 매운 고추에 마늘을 먹어 그 맵고 독한 기운이 베어 만들어진 종자들이라서 그런가. 근본적으로 이해성과 협조심이 부족한 국민이라서 남을 무시하고 자존심만 강한 종자들인가. 역사상 수천 년 인접국가로부터 침략을 받으며 생활한 데에 기인된 후유증인가. 그도 저도 아니면 한국의 토질과 물 때문인가. 그냥 알다가도 모를 일이구나 하고 결론을 못 낸 채, 울산공항 매점에서 물 한잔으로 마음을 달래며 산사로 돌아온 일이 있다.

어찌하였든 배도는 무재칠시를 행하였을 뿐 아니라 무재삼시중에서 무애시를 체득한 사람이 틀림없었다. 그런고로 궁궐 내 상하 관료들의 칭찬이 자자하였고, 좋은 일이든 나쁜 일이든 모든 일들을 잘 받아들이고 그 중에서 좋은 안을 걸러내는 훌륭한 상담자 역할을 하였다. 몇 십 년 동안 그런 생활을 하고 지낸 결과로 관료들의 추천과 임금님의 인정을 받아 제상이라는 막중한 자리인 영의정에 올랐다.

하루는 아침에 세수를 하고 거울을 보는 순간 깜짝 놀랐다. 바삐 돌아가는 국사에 자기 자신을 돌아 볼 여유도 없이 지내다가 그 날은 조금 한가해 거울을 한번 들어다 보았는데, 거울 속에 비친 자기 얼굴에는 주름살이 깊었고 머리는 반백이 되어있었다. '아, 제행무상이로구나' 하고 한숨을 깊게 쉬었다. 그 뒤부터는 자주 인생의 허무감을 느끼며 상념에 젖어들었다. 그 전에도 가끔 진하게 스쳐가는 감정, 천륜인가 모르지만 자기와 등을 맞대고 기구한 운명으로 태어난 배탁의 생각으로 마음이 흔들렸다. 나는 지금 일국의 여의정이 되어 권세와 모든 면에 부족함이 없이 잘 사는데, 동생인 탁은 어떻게 생활하며, 하늘아래 어디에서 살고 있는지 궁금하고, 그리운 감정이 진하게 스쳐갔다. '아, 탁을 만날 길은 없는가?' 하고 생각하는 순간, 눈에서 붉은색이 섞인 눈물이 떨어지기도 했다. 그 뒤부터는 무역하는 상인이나 외국에서 온 사신 같은 사람을 만날 때 마다, 공적인 업무가 끝나고 사담을 나누는 장소에서 이산가족이 된 자기의 동생 탁을 자주 거론하면서, 혹시 보거나 있는 장소를 가르쳐 주면 후하게 사례 하겠다는 말을 번번이 했다. 그렇게 백방으로 찾고 수소문을 해도 찾을 길이 없었다. 어릴 때 헤어져 그대로 자라보지도 못하고 그 어린 고사리 손을 움켜쥐고 죽었는가, 그렇지 않으면 모진 병이 걸려 지금도 어느 곳에서 신음하고 있는가, 생각하면 할수록 편히 살고 있는 자신의 마음에 커다란 구멍이 뚫리어 오는 것만 같았다.

그리 지내는 중, 하루는 임금님께서 정승 집무실로 전갈을 보내왔다. 영의정 어전으로 듭시라고 하명을 받은 배도는 단정히 관복을 차려입고 어전으로 들어가 임금님께 인사를 드리고 지정된 자기 자리에 앉았다. 어명하기로 '요번 양자강 남쪽 토지계량 사업 기공식에 짐이 참석차 가려고 했는데, 몸이 조금 불편해 그러니, 짐 대신 정승께서 다녀오면 어떨까 해서 의논 차 불렀소. 요번에는 정승께서 다녀오시오' 라고 했다. '예, 상감님께서 정히 뜻이 그러시다면 신이 다녀오겠습니다' 하며 대답을 하고, 다소의 국사로부터 즐거운 사담도 하면서 군신간의 좋은 분위기로 독대가 끝이 났다.

그 다음날부터 그 곳 행사에 참가하기 위해 만조백관과 어영대장을 수행호위대장으로 임명하고 만반의 준비를 했다. 떠나는 날, 어전에 출장 수행원들을 집합시켜놓고 임금님께 다녀오겠다는 신고식을 끝낸 즉시, 풍악을 울리면서 현지로 출발했다. 일행이 궁성에서 50리 정도 가 양자강 강가에 이르렀다. 여기에서는 나룻배를 타고 건너야 하기 때문에 행사집행관은 나룻배 사공에게 건너갈 일에 대해 의논을 했다. 사공이 '오늘은 날씨가 좋아 바람도 조용하고 파도도 없어 강 건너기에는 매우 좋은 날입니다. 조건이 나쁠 때 갔으면 사람의 숫자로 봐서 3번 정도 나누어 건너야 하는데, 오늘 같으면 두 번만 건너면 되겠습니다.' 했다. 행사집행관과 호위대장은 의논 끝에 두 패로 나누어, 먼저 총 책임자인 배정승과 백관 일부와 호위군사 몇 명을 출발시키기로 했다. 때가 되니 사공이 밀짚모자에 웃옷을 벗고 삿대를 흔들면서 매우 기분 좋은 동작으로 배에 오르더니 '여러분들, 어서 승선하십시오.' 라고 외쳤다. 정해진 사람들이 모두 배에 오르니, 사공은 구릿빛

살결에 근육을 부풀리면서 삿대로 배를 밀어냈다. 배는 강위로 서서히 밀려 둥실둥실 떠갔다. 계절은 오월이라 날씨는 화창하고, 삼라만상 부드러운 감정을 일으키는데, 거기다가 모든 산천초목들은 싱싱함을 자랑하니, 때는 호시절이 틀림없었다. 그 사공은 그날따라 호주머니가 부풀러 오를 정도로 손님이 많으니 자연 흥겨울 수밖에 없었다. 배가 강위에 순항을 하는 순간 그 사공은 시한수를 읊어 댔다. 두 손으로 노를 저으니 삑 삑 하는 노 젓는 소리가 사공의 읊조리는 시 구절에 잘도 맞아 떨어졌다.

청산은 높고 높아 만고에 푸르른데
인걸은 부질없이 왔다 갔다 하는구나.
강물은 넓고 넓어 배탁의 생활터전
푸른 물 검은 배 위에는
옛 고향 사람이 지나가네.

노 젓는 사공 옆자리에 있던 배 정승은 이 시를 듣는 순간 귀가 번쩍 뜨였다. 자기가 항상 생각했던 배탁이라는 말에 두 눈을 크게 뜨고 그를 바라봤다. 사공의 등이 정승 쪽으로 향하고 있어 배 정승은 그 사공의 등판을 뚫어지게 바라봤다. 그의 등에 흉터는 장어같이 생겼는데 그 모양이 어찌 그리도 자기의 등의 흉터와 똑같은가. 이것을 본 배정승은 이내 닭 똥 같은 눈물이 뚝뚝 떨어졌다. 가까이에는 호위대장을 비롯해 문

무백관들이 앉아 있어, 고개를 들지도 못하고 누군가가 볼까 싶어 머리를 숙인 채 속눈물만 한 없이 흘렸다.

글을 쓰고 있는 나 같으면 그 자리에 일어서서 '눈물을 감추고, 눈물을 감추고' 라는 유행가를 멋지게 한곡 불렀을 것이다. 한참을 그러다가 겨우 진정한 배도 정승은 남들 보는 앞에서는 운동이라도 하는 체 팔을 좌우로 움직이면서 사공이 젓는 노위에 왼손을 넌지시 얹고 역시 시로 화답을 했다.

> 청산이 높고 높다 한들 하늘 아래 매어있고
> 인걸도 부질없이 왔다 갔다 하지만은
> 그 역시 인연의 작용이요,
> 강물이 넓고 넓다 한들
> 땅과 땅 사이에 흐를 것인데
> 그대가 배탁이라면 나의 동생이 분명하네.

이 시 내용을 볼 때 노 젓는 사공 배탁보다 정승인 배도가 한수 위이다. 권투선수로 말하자면 동생 배탁이 다운 당한 샘이다. 배도의 이 시를 듣고 난 사공 배탁은 옆으로 곁눈질을 슬쩍 하면서 싱긋이 웃었다. 이어 형제가 몇 마디 말을 주고받았다. '그대는 내가 정승이 된 줄 알았는가.' '벌써부터 알고 있었습니다.' '그러면 어찌 즉시 찾아오지 않았던가.' '내가 무엇 하러 형을 찾아간다 말입니까.' '이렇게 힘들고 가난하니, 찾아오면 이 가난함을 면하게 해줄 수가 있지 않았겠는가' '나의 걱정일랑 하지 마시고 정승답게 정사나 잘 돌보시오. 형님은 형님 복에 살고 나는 내 복에 사는 것이 천명에 맞는 이치입니다. 자기의 가난함을 노력으로 해결해야지 남에게 의탁하여 해결한다는 것은 잘못된 생각이 아닐런지요.' 이 말에는 형인 배도 정승이 캐이오 당했다.

사주팔자 후담

이쯤 되면 사주팔자 이야기를 안 할 수 없다. 사주팔자란 10개의 천간과 12개 지지를 조합해 연월일시를 나타낸 것이다. 이러고 보면, 배도와 탁은 연월일시가 똑같이 태어났으니 정승이 되면 다같이 정승이 되어야 하고 사공이 되면 다 같이 사공이 되어야 사주적인 공식에 맞아 떨어지는데 그렇지 않은 것은 왜일까 하고 의문이 생긴다. 이 의문에 앞에서 말한 것처럼 베푸는 밭에 선근의 씨앗을 키워 복이라는 과일을 딴다는 말이 어느 정도 답이 있다. 두 번 다시 말 할 필요 없이 사주팔자 탓하지 말고 복을 만들어야겠다는 생각을 해야 한다. 팔자도 길들이기에 매여 있다는 속담도 있지 않은가. 그렇다면 사주팔자 수리 센터에 가서 고치는 것이 상수일 것이다.

우리네 사회에서도 이와 비슷한 일이 헤아릴 수 없을 정도로 많다. 몇 년 전만 해도 국회의원 한 사람이 당선되면 사돈네 팔촌까지 국회의원 행세를 했고, 형 동생 사촌 오촌 육촌

칠촌 팔촌 할 것 없이 국회의원이 열 명도 넘었다고 한다. 형제간에도 잘사는 형제도 있고, 못 사는 형제도 있다. 못 사는 형제가 잘 사는 형제를 비난하는 말들을 많이 들었다. 의리도 없고 가난한 형제 시정 모른다는 말을 듣다보면 듣는 내 자신이 머리에 열이 오른다. 다같은 한 배 새끼로 태어나 왜 너는 못 사느냐는 말이다. 너도 열심히 벌어서 부자가 되어 잘 살지 누가 너보고 못 살라 붙잡고 늘어 지더냐는 말이다. 앞에서도 말했지만 돈은 누구 것이라고 정해져 있지 않다. 우주에 흐르는 물처럼 임자가 없다. 누구라도 능력만 있으면 아무리 많이 가져가도 말할 사람 없다.

잘 사는 사람들, 사회에서 출세한 사람들을 비하하고 욕이나 하는 사람들아! 이 글을 똑똑히 읽어보라. 너희들은 누가 돈을 못 벌게 했나. 권력과 출세를 못하게 하더냐. 너희들은 왜 못 벌고 밑에 처져 있느냐. 다같이 몸 하나를 가지고 이 세상에 태어나 살고 있지 않느냐. 왜 있는 사람을 욕하고 좀 보태주기를 바라느냐. 나 같은 사람은 자살해 죽었으면 죽었지 있는 사람이 동정의 차원에서 주는 것은 받지 않는다. 위에서도 말한 사공 배탁처럼 내 복, 내 형편에 만족을 구해 살아야지 남을 욕하고 다른 사람에게 의지하고자 하는 그 마음 자체를 바꾸기를 간곡히 권하고 싶다.

가난하면 양심과 자존심도 없어지나. 과거 60년대, 70년대에 비하면 라면을 먹고살아도 굶어 죽지는 않겠다. 옷 두 벌이면 한 평생 입고 남을 것이다. 형제가 잘 살아서 나에게 한 푼 안 보태 주더라도 그 형제마저 못 사는 것보다는 몇 배 낫다. 형제가 못 사는 것을 보면 보태줄 형편은 못 되고 골속에 병이 든다. 그러기에 못 사는 것보다 잘 사는 것이 몇 배 낫다는 말이다. 마찬가지로 재산 많은 사람들을 공경하고, 권력 있는 사람들을 존경하는 편이 오히려 좋을 것 같다. 인간사회 구성요소를 보면, 어느 개인이 우세해서 이룩되어 사는 것이 아니고, 공생공존 다같이 슬기를 모아 살아가는 현상이니 누구를 원망해서도 안 되고, 배척해서도 안 된다. 전생에서나 금생에서 지은 복이 각기 다르니 어차피 중생계에서 다같이 공평하기를 기대할 수는 없다. 자기 자신을 책 하는 것이 최고의 상수이다. 끝으로 경전 한 구절을 소개하자면 오종대은 명심불망이라는 말이 있다.

첫째, 각안기소 국왕지은 =

각각 그 처소를 편안하게 함은 국왕의 은혜요,

둘째, 생양구로 부모지은 =

낳고 기른 노고 속에 하늘같은 부모님의 은혜요,

셋째, 유통정법 사장지은 =

사회에 고루 통하는 바른 법을 알려주는 스승님의 은혜요,

넷째, 사사공양 단월지은 =

의식주 생활을 할 수 있게 하는 모든 사람들의 은혜요,

다섯째, 탁마상성 붕우지은 =

서로 닦고 가르치며 이끌어주는 벗의 고마운 은혜다.

이와 같이 두루 은혜를 입고 있는데도, 사람들은 조그마한 이해도 못하면서, 안보이고 안 들린다고, 그 은혜 주는 사람들에게 함부로 입에 담지 못할 욕을 한다. 일국에 대통령은 어느 개인이 하고 싶다고 다 되는 것이 아니라, 천지신명의 인가가 나야 되는 책임 있고 귀중한 인재이다. 그런데 여자나 남자나 나이가 많든 적든 간에, 그 나이 많은 대통령 이름을 조금의 존칭도 없이, 자기 아들 이름 부르듯 함부로 부르고, '개새끼, 소 새끼' 하며 서슴없이 욕을 해댄다. 대통령을 자기 스트레스 푸는 타겟 인양 자기 자식들에게도 못할 욕을 하고 있다. 그 뿐이랴. 열심히 국가를 위해 일하는 사람들을 자기 발사이에 묻은 때보다 더 못하게 여기고, 국회의원 보기를 미친개보다 더 가치 없게 본다. 국회의원 하는 저 새끼들, 천 날 만날 싸우기만 하고, 인간 못된 놈들이 전부 국회의원 된다고 욕설을 한다. 하기야 방에 가서 들으면 아제 말이 옳고, 부엌에 가 들으면 아지매 말이 옳다는 말도 있다. 세상 사람들의 생각이 나름대로 이유가 있겠지만, 그래도 한 나라 국가원수인 대통령을 그렇게 말 할 수 있는가. 세계적으로 우리나라 국민보다 더한 국민은 없다고 본다.

나의 결론적인 생각은 모든 것이 섣부른 민주주의의 결과라고 본다. 우리 국민에게 서구에서 받아들인 민주주의가 덮어놓고 좋다 할 일이 아니다. 이 나라 국민에게 과연 그 민주주의가 타당한지 한번쯤 생각해 볼 일이다. 옛날 어느 분의 말처럼 한국적 민주주의가 맞지 않을까. 이 사회 경제를 담당하고 있는 대기업 사장님들의 노고와 고마움은 전혀 모른다. 노동자들의 인권을 짓밟고 임금이나 착취하는 악랄한 사람으로만 보는 우리 국민들은 다시 한 번 성찰해야 된다고 본다.

나만 잘 살면 된다는 이기적인 사람들아! 다른 사람 없이 너희 혼자서 살 수 있는가 하고 한 번 깊이 생각해보라. 미운사람 고운사람 얽히고 설 키어 살아가는 것이 자연의 섭리라는 것을 한 번 더 강조하고 싶다. 내 주위의 모든 사람들은 내가 존재하게끔 만들어 주는 은인으로 봐도 한 치의 하자가 없다. 혼자 존재한다면 돈도 명예도 의식도 아무것도 필요 없다. 은혜는 물에 새기고, 원한은 돌에 새기는 세상 사람들아! 명심또 명심할 일이다.

아프리카 기행

검은 나라 아프리카를 가다

세계지도를 보면 먼 것 같으면서도 자주 눈에 띄는 나라, 아프리카를 한 번 가볼 생각이 들어, 자료 수집을 한다고, 아프리카 책자 모두를 뒤져보고, 가이드북 몇 권을 보았다. 요사이는 모르지만, 내가 갈 그때만 해도, 자세한 소개가 별로 없었다. 가이드북을 보면, 혼자 배낭여행은 도저히 갈 수 없다는 조로 얼마나 어르고 겁주는 말을 많이 써놓았던지, 나 같은 촌놈은 갈 엄두조차 못 낼 형편이었다.

아프리카라 하면 미개한 나라, 검은 사람들이 살고, 풍토병인 황열병이나 말라리아는 누구라도 한번 걸렸다하면, 염라대왕이 자기 외할아버지라도 살아남지 못한다는 말들은 배낭여행가인 나에게 위압감을 주었다. 그뿐인가. 정치, 경제, 치안이 불안해 사람들은 마음 놓고 혼자 거리를 걸어 다닐 수 없다 한다. 실업자가 70% 이상이라 사회가 많이 살벌하다는 것이었다. 걸어갈 때, 손목시계를 차고가면 십분 이내 도둑놈들한테 날치기 당한다고 했다. 호텔에 출입할 때도, 근처 사람들을 살펴보며 출입을 빨리빨리 해야 하고, 시내를 걸을 때도 누가 따라온다 싶으면 뛰어 도망가라고 쓰여 있다.

이 책자를 본 나는 혼자 생각하기로, 시계 같은 것은 호주머니 속에 넣어 다니면 되겠고, 호텔 출입을 빨리빨리 하라는 말은 성질이 급한 나에게는 안성맞춤이지만, 누군가가 따라온다 싶으면 뛰어 도망가라 말에는 두 손 들어야 할 판이었다.

왜냐하면 늙어서 다리도 아프고 숨이 차 도저히 뛰지는 못 할 것 같아 상당한 걱정이 되었다. 만약 내가 못 뛰어 도둑놈에게 붙잡힌다면, 핵탄보다 더 무서운 주먹탄을 쓰면 되지 하면서 스스로 위안도 했다.

많이 가는 편은 아니고, 드문드문 있지만 아프리카 단체여행객들은 요하네스버그를 지나 행정수도인 푸리토리아로 가서 숙박하고, 다른 여행코스를 찾아간다는 것이다. 요하네스버그 국제공항에 내려 바로 가까운 시내 숙소에서 묵으면 더 좋지 않느냐는 생각이 들었다. 그러나 그 곳 사정은 그러지 못할 이유가 있다는 것이었다. 과거 백인들이 통치할 때 화려하던 요하네스버그(그 지역사람들은 조하내버그스라함) 시내에는 빛나던 네온불이 꺼져가고, 흑인 범죄자들의 지상천국이 되어버렸다는 것이다. 과거에 시내 길도 백인의 전용 도로와 흑인들이 다니는 도로가 구분되어 있었고, 저녁 8시가 되면 요한네스버그 시내에 흑인통행금지령이 내려졌다고 한다. 급행열차 일등실에는 돈을 태산처럼 준다 해도 유색인종은 못 타게 했다는 것이다.

요하네스버그 근교에 금 광산이 있어 금을 많이 캐내던 시절에 시내를 최상의 낙원으로 삼고 살아오던 백인들은 큰 재앙을 만났다. 흑인 출신인 넬슨 만델라가 대통령으로 당선된 후 모든 규제를 풀어버리니, 시커먼 흑인들이 허연 이빨을 드러내고 밤낮 할 것 없이 설쳐대었다. 견디다 못한 백인들은 요하네스버그 시내를 떠나 외국으로 이주를 하든가, 그렇지 않으면 시내에서 먼 교외로 이사해 살고 있는 실정이라 한다. 치안은 불안하고, 마약과 총기를 든 강도들이 밤이며 떼를 지어 몰려다니면서 온갖 악행을 저지른다고 했다. 그래서 요하네스버그 시내는 범죄의 온상이 되어있고, 비즈니스나 여행 온 사람들은 저녁 8시가 되면 거리를 일체 걸어 다니지 못한다고 했다. 그러한 이유 때문에 관광객들은 요하네스버그 국제공항에 내려 안전한 곳을 찾아간다고 48km나 떨어져 있는 행정도시 푸리토리아시로 간다는 것이다. 나 역시 배짱이 좋고 겁간이라는 말을 들으면서 살아왔지만, 이런 말 저런 말을 듣고 낯선 아프리카를 혼자 간다는 생각을 하니, 기가 죽고 간이 조여 들어 편치 못한 것은 사실이었다.

그래서 이런저런 생각을 하다가 여행책자에 소개된 다국적 단체여행이라는 것이 있어 내용을 읽어보았다. 내용인 즉, 이 회사는 영국에 있고, 세계 각지 사람을 모집해서 개조한 트럭을 타고, 산악평지나 오지 할 것 없이, 케냐 라이로비에서 시작해 탄자니아, 모잠비크, 말라위, 잠비아, 짐바브웨, 남아공 등 6개국을 종횡무진으로 거쳐, 맨 마지막 케이프타운에서 끝나는 관광이라기에 내 적성상 딱 맞는 것 같아 상당히 입맛이 당겼다. 나는 본래 호화스럽고 편안한 팔자가 못되어 여행을 해도 보통사람들이 하기 힘든 고생스러운 여행을 즐겨 해왔다. 경제사정도 안 좋았지만, 호화스러운 호텔에 자는 것보다 육체적으로 고생은 되고 힘이 들더라도 오지여행을 즐기는 편이었다. 그래서 바로 여기 다국적 패거리에 어울려 가는 것이 좋겠다 싶은 생각이 들어, 서울에 있는 그 쪽 전문 여행사로 전화해서 알아보니, 가능하다고 신청하라는 것이다. 그래서 그들이 시키는 대로 모두 갖추어 신청을 해놓고 기다리는데, 한 달이 넘어서야 그 여행사에서 기별이 왔다. 결론적으로 안 된다는 것이었다. 무슨 이유로 안 되느냐고 반문하니, 나이가 많아서 안 된다고 했다. 그래서 몇 살까지 되느냐 하니, 55세 이하라는 것이다. 55세보다 한참 오래된 나로서는 나이가 많아 안 된다는데 더 할 말이 없고, 애원조로 나이는 좀 먹었지만, 아픈데도 없고, 아주 건강하며, 지금도 젊은 사람 못지않게 무엇이라도 할 수 있다고 사정을 해보았다. 그래도 그 회사 규정이 그러하니 어쩔 수 없다는 것이었다. 이 말을 들은 후 야, 이것 참 골치 아프네 하면서 다시 생각을 해보았다. 내가 확실히 늙은것이 틀림없다는 생각을 했다. 그전 같으면 앉아서 생각한 일이 없었다. 무슨 일이든 하고 볼 일이지, 하기 전에 생각해 본적이 별로 없었기 때문이다. 좋다, 죽기 아니면 까무러치기다 하고 혼자 가기로 결심을 단단히 한 다음, 그날부터 배낭을 꾸려 다음날 나섰다.

일단 서울로 와서 아는 여행사를 찾아가 다짜고짜 내가 지금 아프리카 여행을 가는데 비행기 표 한 장 내 놓으라고 했다. '스님, 해도 너무합니다. 사전에 전화도 없이 당일치기 표를 달라니 너무하지 않습니까.' 하고 웃었다. '김 처사님, 당신은 성질 급한 나를 잘 알지 않습니까. 모든 일에 여유 없이도 잘해 내는 것이 바로 능력이요 수완이지. 오늘 능력 테스트 받는 셈치고 빨리 해 내시오' 하며 독촉을 했다. 그러니 김 처사가 '스님을 당해내는 사람은 하늘아래에 없지요' 하면서 전화를 해보더니, 미소를 짓는 얼굴로 '스님의 도력인가는 모르겠지만 홍콩에서 사우스아프리카 항공에 딱 한자리가 있답니다.' 했다. 그러면 두말 말고 빨리 티켓준비를 하라고했다. 김 처사가 컴퓨터에 앉아서 직접 오케이 표를 만들어놓고, 7시 55분발 홍콩 가는 비행기 표를 주기에, 돈을 지불했다. '생큐 베리 마치' 하면서 인사를 하니, '스님 건강하게 잘 다녀오십시오.' 하는 말이 등 뒤에 서 들려왔다. 돌아보며 손을 흔들어 답례를 한 후, 택시를 타고 김포공항으로 급히 달려갔다. 차에서 내리자마자 손살 같이 안으로 들어갔다. 김포공항 정도는 우리나라 공항이고 말도 통하는데다가 여러 번 다녔기 때문에 제법 익숙했다. 편안한 자세로 리컨펌을 하고 여권심사를 한 다음 내가 가야 할 게이트를 찾아 갔다.

케냐 가는 길

그렇게 출발한 날이 7월 25일이었다. 외국 갈 때 늘 보는 일이지만 면세점에 항상 많은 사람들이 붐빈다. 그전부터 쇼핑센터하고는 문어 잔치하는데 게와 같고, 사돈 내 팔촌거리라 신문 한 장 사들고 곧장 내가 타야할 보딩게이트(탑승구) 앞을 찾아갔다. 적당한 의자에 앉아 신문 몇 줄을 읽는데, 방송이

울려 퍼져 보니, 내가 타야 할 비행기에 보딩을 시키고 있었다. 보던 신문은 접어들고 일어서서 갔다. 이미 내 앞에 30명 넘게 줄을 서 있었다. 나도 상당히 동작이 빠른데 나보다 더 빠른 놈들이 많다 싶어, 속으로 '기는 놈 위에 나는 놈 있다더니 모든 면에 내가 최고다 하고 으스대는 나를 한번 돌아봐야 되겠구나.' 하며, 그들 뒤에서 내 차례를 기다렸다.

처음 여행갈 때의 기분은 아니었다. 맨 처음 비행기를 탈 때의 호기심과 궁금한 마음이나 미지의 나라를 간다는 기쁜 감정 같은 것은 하나도 없었다. 그것 역시 워낙 많이 다니다보니 감정이 마비되어 그렇다고 정리했다. 비행기가 이륙 후 4시간이 다 되어가니 귀가 멍멍해졌다. 야, 이거 다 와 가는구나 하면서 창문을 보니, 저 멀리 홍콩의 야경이 눈에 들어왔다. 얼마 되지 않아 비행기는 홍콩 국제공항에 무사히 착륙했다. 짐을 챙겨들고 남들 따라 나오면서 이리저리 살폈다. 올 때 설명 듣기로, 홍콩 공항 바깥으로 나가지 않고, 공항 청사 안에서 갈아탄다는 이야기를 들었기 때문에, 나오면서 유심히 살폈다. 어디쯤 나오니 그 행렬이 두 패로 갈라졌다. '야, 여기구나, 어느 쪽으로 가야 되지' 하면서 살피는데, 저쪽에 공항직원이 서서 사람들을 유도하고 있었다. 빠른 걸음으로 가 내 비행기 티켓을 내보이면서 '디스 티켓 카운터(이 항공권 수속하는 데가 어디요)?' 하고 물으니, 이쪽으로 가라고 가르쳐주었다. 가리키는 쪽으로 얼마 안가니 넓은 홀이 나와서 두루 살펴보았다. 여기저기 네 군데 줄이 있어, 어느 줄에 서야할지 망설이고 있는데, 그 때 마침 직원 한 사람이 지나가기에 얼른 표를 보이면서 물었다. 그 직원은 친절하게 저기라고 가리켰다. 나는 '생큐' 하며 인사를 한 다음, 가르쳐준 줄의 말미에 서서 차례를 기다리고 있었다.

그러는데 한 오십 초반으로 보이는 두 사람이 재미나게 이야기를 하며 오더니, 물을 것도 없이 자연스럽게 저쪽 줄 뒤에 섰다. 그것을 본 나는 속으로 해외여행을 다니려면 저 정도 되어야지 하고 생각했다. 자연스럽고 거침없는 편안한 행동이 똑똑해 보여 속으로 부러운 마음이 생겼다. 그러면서 내 차례가 오기를 기다리는데, 옆으로 언뜻 보니, 그 사람들이 차례가 되어 들고 있던 티켓을 내미니, 직원이 여기가 아니라며 다른 곳을 가라고 했다. 그 여유 있던 얼굴이 금세 변해 굳어지며 손가방을 챙겨들고 옮겨가는 것을 보는 순간, '내가 잘못 봤구나. 나보다 더 똑똑한 놈들이라 여겼더니, 형편없이 덜 똑똑한 놈들이구나' 하는 생각이 들어 내 목에 힘이 생겼다. 그러는데 내 차례가 되어 비행기 티켓을 내미니 탕하고 도장을 찍어주면서 저쪽 도둑놈 소굴 같은 데로 가라했다. 그 문을 들어서 이층으로 올라가니 다시 보안검색을 했다. 그런 다음 남아프리카 요하네스버그로 가는 대합실에 들어가 탑승시간을 기다리게 되었다. 서울에서 홍콩을 거쳐 요하네스버그까지 16시간이 걸렸고, 남아공에서 다시 케냐 나이로비공항까지 5시간이 걸려 도착했다.

캐냐 나이로비

여행책자에 소개된 말에 따르면 도둑, 날치기, 소매치기들이 득실거려 치안이 불안하다해서 나도 모르게 주눅이 들어 조심을 했다. 공항을 빠져나와 값싼 허름한 호텔 한 군데를 찾아가 방을 하나 구해 놓고, 다음 날 구경 갈 케냐 마사이마라 국립공원 사파리 신청을 했다. 사파리라 함은 그곳 말로 관광이라는 말이라 해서 캐냐를 떠날 때까지 사파리라는 말을 많이 쓰게 되었다. 시계를 차고 가면 십분 만에 빼앗긴다는 말과 도둑놈이 따라와서 돈을 다 털어 가는 것에 한 번도 체험해 본 적 없다. 나로서는 호기심이 생겼다. 참말로 검은 나라라 하더니 호텔 사무실도 거뭇하고, 부엌도 검고, 앞에도 검고, 뒤에도 검고, 온천지가 다 검게 보였다. '내 눈이 검은 것에 익숙해지자면 며칠 걸려야 되겠구나. 검은색을 티 나게 보는 셈이다' 라고 생각했다. 스위스제 시계처럼 보이는 싸구려 시계를 보란 듯이 손목에 차고, 내가 쓸 돈 일부를 호주머니에 넣은 뒤, 두 팔을 흔들며 시내를 걸어갔다.

30분을 걸어가도 시계 날치기 하러오는 놈이 없어 이상하게 생각이 들었다. 그래서 이번에는 어스름한 시장 구석으로 들어갔다. 거기는 거지같은 놈들이 하얀 이빨을 드러내면서 손을 벌리고 빵 값을 좀 달라고 구걸했다. 공항에서 차비 하려고 바꾸어 온 잔돈을 한 푼씩 나누어 주었다. 무기를 들고 돈 내어 놓으라고 강도짓을 하기보다 배가 고파 한 푼 달라는

데, 없어서 다 못 주지, 있기만 있으면 얼마라도 줄 수 있는 나로서, 있는 대로 나누어주었다. 시장 안으로 바깥으로 할 것 없이, 두 시간 넘게 걸어 다녀도, 시계와 돈을 털기 위해 오는 도둑놈은 눈을 닦고 봐도 없었다. 내가 머리를 깎고 승복을 입고 다니니, 세계에서 제일가는 무술가라 여기고, 겁이 나서 못 달려들었는지 모르겠지만, 이 곳 남녀 모두 나를 보고 미소 짓는 얼굴로 어디에서 왔느냐며 환영하는 눈치였다. 이렇게 평화롭고 인심 좋은 아프리카를 왜 그렇게 도둑놈 소굴로 몰아붙이는 말을 할까 이런 생각에서 의심이 들었다. 그 때 혼자 생각하기로 돈을 새끼줄에 꿰어 목에 걸고 다녀도 나이로비 사람들은 아무도 빼가는 사람이 없을 것 같았다. 그렇게 얼마간 돌아다니다가, 길옆에 있는 전주 밑에서, 뭉게구름 떠있는 하늘을 멍하니 바라보며, 과거 우리나라를 다시 한 번 돌아봤다.

50년, 60년대와 지금을 놓고 견주어보면, 창피하고 부끄러워 말 못할 지난 시대가 아니었던가. 그때는 우리네 사람들의 생각이 그렇게 밖에 못미처서 그랬던가. 지금에 와 생각해 보면, 모든 직책에 있는 사람, 아니 국민 전체가 그러한 부패와 부정을 일상화 하고 살아왔다. 현시점에서는 과거 어느 부분이 잘못 되었니 하고 가려내기 힘들 정도로, 말하자면, 말단 공무원으로부터 대통령까지 너는 부정이 있니 없니 하면서 심문하고 재판할 것이 아니라 고속도로에 일렬종대로 세워놓고 각목으로 마구잡이로 때려 죽여도 죄 없는 사람 맞아 죽었다는 말은 없을 것 같다. 그리고 아무런 하자도 없다.

우리 국민이 겪었던 구구절절한 사연을 다 쓸 수 없는 어려운 그때, 6.25 당시 들어온 외국 사람들 눈에 비친 우리사회의 모습은 미개하고 부정부패가 만연하며 치안이 불안한데다 소매치기, 날치기, 강도, 사기 등 온갖 범죄가 들끓는 불안한 나라였다. 한 예로 미군들이 처음 우리나라에 와서 부산시내 외출 갈 때는 3인이 일개조로 구성해서 조장은 실탄이 장전된 권총을 차고 외출을 했다 한다. 그러나 한 나절 못가서 권총이고, 호주머니에 든 현금이고, 만년필 할 것 없이 몽땅 깨끗이 털렸다한다. 그 미군이 길거리에서 한 짧은 한마디는 '우리가 만약 한국하고 전쟁을 했더라면 일 년 전에 졌다. 그러나 일본하고 했기 때문에 승리한 것이다.' 라는 두려움 섞인 감탄이었다 한다. 이 말은 간단하면서 여운이 많은 말이다.

우리 국민은 장점, 단점의 차이가 너무 크다. 끈기, 즉 지구력, 술 ,인심, 그 중에서도 담배 인심은 세계에서도 자랑할 만하다. 또한 사촌 논 사면 배 아파 여기는 심술, 오기부리는 데는 세계에서 일등 가는 국민일 것이다. 가짜를 진짜처럼 잘 만들어 내는 솜씨하며, 모방하는 데는 천하일류급이다. 옛날 골목길에서 미제 기름통을 큰 쇠망치로 두들겨서 버스 만들어 내는 것을 보았다면, 세계 사람들이 놀라 나자빠졌을 것이다. 미국의 갱단, 소련 마피아, 이태리 소매치기가 유명하다고 하지만, 어느 모로 봐도 우리나라 사람들과 비교하면 참새 발에 피고, 모기 발에 워커 구두이다. 만약 세계 범죄 올림픽 대회가 있다하자. 사기, 절도, 강도, 소매치기, 날치기, 덮치기 할 것 없이 각 종목에 출전한다면, 금메달은 전부 우리나라에서 다 따올 것이다. 테러 종목만은 동메달정도일 것이라 아쉽다.

이러하니 세계 사람들, 특히 우리나라 사람들이 아프리카를 이렇게 안전하지 못한 나라로 평하는 것은 올챙이 적을 모르는 자만일 것이다. 우리나라도 세계 사람들에게 그런 평가를 받았을 때, 조금 예외인 사람도 있었겠지만, 나를 포함한 그 당시 이 나라에 살았던 우리 모두가 다 형편없는 범죄자들이었던가. 그렇기보다는 어려운 처지에도 양심과 도덕을 지키며 흰 옷을 즐겨 입고 선량하게 살아온 사람이 훨씬 더 많았다. 그렇다. 한강물에 미꾸라지 한 마리가 구정물을 일으킨다는 속담이 있다. 내가 보기에 사람 사는 데는 물론 범죄자도 있었겠지만, 그래도 선량한 사람이 몇 백배 더 많을 것이 분명하다. 옛날 속담에 '남의 집 아이 먹여보지도 않고 식충이라 한다' 는 말이나, '범 보지도 않고 물똥부터 싼다.' 는 말이 아프리카를 잘못 평가한 사람들에게 해당된다고 결론을 내렸다. 앞에 지나가는 차가 빵 하고 크락션 소리를 내는 바람에 정신이 들어 시계를 보니 오후 6시가 다 되어갔다. 조금 전에 들렀던 시장 안으로 들어가, 저녁 해먹을 국수, 감자, 오이, 내가 좋아하는 과일 몇 가지 사들고, 호텔에 들어와 요리를 해먹고 일찍 누워 잤다.

7월 26일 아침 9시가 되면, 사파리를 떠난다기에, 시간에 맞춰 아침식사를 해먹고, 호텔 프론트에 나가 기다리고 있었

마사이마라 국립공원을 구경하기 위해 개조한 트럭

다. 9시 30분이 되니 미니버스가 와서 타고, 집합 장소로 갔다. 두 번 바꾸어 태우더니, 마지막에는 큰 트럭을 개조한 버스에 태워 마사이마라 국립공원으로 갔다. 가는 길은 비포장도로가 많은데다가 자동차 쿠션이 나빠 얼마나 뛰는지, 10년 묵은 체증이 한꺼번에 다 내려가는 기분이었다. 그렇게 몇 시간을 가니 지정된 캠프에 도착했다. 천막으로 형성된 방에 두 사람씩 조가 되어 들어가는데, 나는 혼자니 누구와 조가 될까 하고 기다렸다. 내 생각으로 같은 값에 저기 있는 아름다운 백인 아가씨와 조를 해주면 영어회화 공부도 하고 심신도 편안할 것 같아 은근히 바라고 있었는데, 얼굴색이 까만 인도계 남자를 나하고 조를 맞추어주었다. 다소 실망스러웠지만 할 수 없다고 단념한 후 텐트 안으로 들어가니, 좌우측 침대가 있어 한쪽 자리를 내가 차지하고 다른 한쪽을 그 사람이 차지

했다. 우리나라만 성별 구분 짓는 것이 아니라 이런 곳에서도 성별 구분은 절대적이다. 같은 일행이 아니면 절대 남녀동숙을 시키지 않았다. 우리는 짐을 내려놓은 다음, 웃으며 손을 잡고 서로 국적과 이름을 가르쳐 주면서 인사를 나누었다. 나는 어디로 가나 인사를 나눌 때, '마이 네임 이즈 조지 부시(내 이름은 조지 부시입니다)' 라고 한다. 그러면 듣는 사람마다 눈을 크게 뜨고, 다시 한 번 쳐다본다. 내가 '마이 네임 굿(내 이름이 어떻습니까)?' 하고 물으면 얼굴에 옅은 미소를 띠며, 그냥 미국 대통령 이름과 같다고 한다. 미국대통령 조지 부시가 좋으냐고 재차 물으면 '노 굿(안 좋다)' 이라는 말을 많이 들었다. 이 사람 역시 '노 굿' 이라 했다. 그는 내가 농담한다는 것을 알아차리고, 바른 이름을 가르쳐 달라 해, 부르기 좋게 케네디라고 가르쳐주었다. 잠자리와 먹을 것은 거기에서 해주지만 만족할 수는 없었다. 그날은 자고, 다음날 27일 아침 일찍 일어나 사파리를 떠났다.

일찍 사파리를 가는 이유를 말하며 맹수들이 6~7시경에 먹이를 사냥해서 아침식사 하는 것을 보기 위해서였다. 약육강식이라는 원리를 이곳에서 실감했다. 어떠한 조건과 규제도 없이 자연스러운 먹이사슬을 이루면서 자연의 섭리대로 살아가는 동물들의 특별광역시가 바로 이 동네였다. 무슨 법규 같은 것이 없어도 아무런 탈 없이 잘 살아가는 것을 볼 때 숭고한 기분마저 들었다. 사람들은 스스로 작해作害를 일으켜 물고 뜯고 밀고 당기며 엎어지고 자빠지는 생활을 하고 있다.

마사이마라 국립공원

인간이 못된 일을 저지르면 짐승이라 하는데, 정작 동물들은 얌전하게 잘 살고 있지 않는가. 사람들이 그러하니, 나도 한 사람으로서 조금 미안한 생각이 들어, 지구상 모든 인류를 대표하여, 평화롭게 살고 있는 마사이마라 동물들께 미안하다고 사과를 올렸다. 공생공존이라는 말을 다시 떠올려 볼 때, 지구표면에서 같이 사는 생물이지만 참말로 인간과 대조적인 삶이라고 볼 수 있다.

넓고 넓은 초원, 나는 무식해서 숫자상 몇 평방미터인지는 모르고, 다만 대평원이라 말하고 싶다. 육상에서 제일 큰 코끼리로부터 아주 작은 다람쥐까지, 새 종류로는 타조, 알 수 없는 작은 새, 뱀, 맹수, 수천가지 동물들이 함께 어울려져 살고 있는 곳, 즉 동물의 나라라고 이름 지었다. 그런데 이런 동물들이 케냐 전체에 분포되어 살고 있는 걸까. 그렇지 않으면 이곳 마사이마라만이 동물들 살기에 적당한 서식처라 모여 사는 건가. 큰 산악지대도 아니고 평야에 가까운 곳인데, 처음에는 아주 작은 동물들이 무리지어 살다가 좀 큰 동물들이 먹이사슬에 의해 모여들고, 그 다음에 더 큰 동물들이 들어와 집단 형성이 되었을까. 인작人作, 즉 사람들이 동물을 모아 이런 동물원이 될 수 없는 것 같고, 천작天作, 즉 자연스럽게 이루어진 동물원은 틀림없어 보이는데, 무식한 나로서는 그 형성 연유를 짐작하기 어려웠다.

동물들 수는 케냐 인구보다 더 많을 것 같은데, 대통령도 없고, 교통순경 한명 없어도, 사건사고는 한 건도 없는 것 같다. 자연 순리에 따르며 평화롭게 잘도 살고 있다. 오히려 사람들이 살고 있는 모양새는 거기에 비하면 부끄럽고 미안할 정도이다. 나는 대자연을 보면서 자연 순리에는 한마디 말조차 거추장스럽다고 생각했다. 그날 마사이마라 국립공원을 출발하여 케냐 나이로비로 오면서 끝없이 펼쳐진 대초원을 바라보며, 사람 사는 것도 수많은 생물들이 함께 어울려 살아가는 대자연속의 한 부분에 속하지 않나 하는 생각도 해보았다. 인간들이 제법 늘어놓고 세상 전체를 장악하고 사는 것처럼 착각하지만, 여러 대륙을 돌아다녀보면, 인간이 활개치고 산다기보다 어느 부분에 옹색하게 붙어있다고 보는 편이 맞을 것 같았다.

새 파란 하늘에 듬성듬성 뭉게구름은 떠 있고, 울퉁불퉁한 비포장 도로위에 차는 좌우로 요동을 치면서, 죽기 아니며 살기로 달렸다. 의자는 딱딱하고 어떻게 뛰는지 도저히 앉아 갈 수가 없었다. 한 손은 의자 받침대를 짚고, 트럭 난간 대를 잡은 손에 힘을 주어 궁둥이를 약간 들고 갔다. 그래도 견디다 못해 운전석을 향해 고함을 꽥 질렀다. '슬로우, 슬로우(천천히, 천천히)' 라고 하니 운전사는 알아차리고, 그때야 저속으로, 굴곡을 요리저리 피하면서 안전운행을 했다. 그러한 시비곡직 끝에 저녁 6시경 나이로비 시내로 와 호텔로 들어갔다.

다음날 29일에는 여기 온 김에 케냐 수도인 나이로비 시내 구경이나 하자는 마음으로 다소 계획을 짜 가지고, 프런트에 있는 까만 아가씨에게 택시 한 대를 불러 달라 부탁을 했다. 한 10분 쯤 지나니 역시 까만 운전사가 와서 말을 걸어왔다. 그래서 서로 인사를 나눈 다음, 하루 돌아주는데 얼마냐고 흥정을 했다. 하루에 미화로 8달러를 달라 했다. '오케이' 하면서 차를 탔다. 낯선 타국에 혼자 택시를 타면 위험할거라고 생각할 것이다. 물론 위험한 것은 사실이다. 생각해보면, 만사가 다 위험하지 않은 곳은 없고, 한 곳도 수월하게 느껴지는 것이 없다.

우리나라나 외국에서나 택시강도 사건에 대해 심심찮게 들어봤다. 미개한 나라일수록 택시강도가 빈번하게 일어나 상당히 불안했다. 내가 들은 말인데 어느 사람이 택시를 타고 목적지를 가르쳐 주었는데, 가자는 곳은 가지 않고, 도둑놈 아지트로 가서, 몰려나온 강도들에게 여비도 없이 몽땅 털렸다는 말도 들었다. 나도 당해본 일이라서 운전사 이외 다른 사람이 타면 절대로 못 타게 한다. 만약 다른 사람이 꼭 타야 한다면, 내가 내려버린다. 그러나 그때는 다른 대중교통도 없고,

할 수 없이 택시를 탔다. 나 역시 그런 부담 정도는 생각 안한 것은 아니다. 이렇게 다니다가 어떠한 일이 발생하면 눈치를 봐서 일차 선수는 내가 먼저 쓰겠지만 만약 일차 기회를 놓치고, 이차, 삼차 접어들어 상대방이 무기를 들이대고 위협을 주면서 나를 꼼짝 못하게 손을 결박시켜 버리면, 그때는 하늘 쳐다보고 모든 것을 운명에 맡기는 수밖에 없다. 그렇게 되면 나의 귀중한 목숨은 그들의 손에 매여 있다가, 그들이 죽이고 싶으면 죽일 것이고, 살리고 싶으면 살릴 것이다. 왜 나도 손과 발이 있는데 그 귀중한 생명을 도둑놈들에게 맡기느냐 말이다. 그래서 나는 결박되어 꼼짝 못하게 되어 비굴하게 살겠다고 구걸하기보다는 결박되기 전에 최대한 발악을 해야 한다는 각오를 가지고 다니는 생물이다.

나는 태권도, 유도, 검도, 합기도, 권투 할 것 없이 그 어떤 운동도 해본 적도 없다. 옛날 가난한 농가에 태어나 지게지고 산에 나무하러 다닌 기술밖에 없다. 인생살이 살아오면서 무엇이 몇 단이라는 말들을 심심찮게 듣고 살았다. 그러나 나에게는 상추 반 단도 없다. 그렇지만 굼벵이도 구르는 재주가 있다고 나도 나름대로 노하우가 있어 용감하고 씩씩하게 잘 다닌다. 다른 스님들처럼 공부를 많이 해서 되라는 부처는 될 줄 모르고, 돌팔이 중이 되어 세계 각처를 돌아다니다가, 욕 하는 데는 9단이고, 싸움 잘 하는 노하우가 생겨 세상 사람들이 알아주지 않는 무단 싸움 전문 도인이 되어 지금은 산사에 앉아 있다. 이렇게 나름대로 정신적, 육체적으로 단단히 무장한 다음, 아무런 사고 없이 남북 아메리카, 소련 대륙, 유럽 전체는 물론이고 전 세계를 종횡무진으로 돌아다닌 내게는, 아프리카 케냐에 와서 택시 혼자 타는 것쯤은 별로 신경 쓸 일이 아니었다.

그 택시로 박물관 공원을 돌아본 다음, 전통가옥을 본 후, 민속 춤 추는 데로 가서, 입장료로 현지 돈 600원을 주고 들어가서 구경을 했다. 그렇게 하고도 시간이 많이 남아 호텔 주위 시장을 돌아 본 다음 숙소로 돌아왔다. 케냐 관광 역시 마사이마라 국립공원이 하이라이트라며 정리하고, 그곳에서 어정거릴 것이 아니라 750km 속도로 다른 곳으로 이동하는 것이 백번 맞는다는 생각이 들었다.

시내관광이라 해서 보고나면 시간 낭비라는 생각이 들며, 입장료가 아까울 정도였다. 관광이란 안보면 궁금하고 보면 별 거 없다는 철칙은 이곳 케냐에서도 변함없었다. 그래도 박물관을 가보면 조금 나았다. 옛날 사람들 부부간에 싸워 깨진 그릇 같은 것, 밥 먹다가 목에 걸린 고기가시 빼 내 놓은 것, 영감, 할머니 싸우다가 젖꼭지 떨어진 것을 주어모아 놓은 것 등 이런저런 구질구질한 것들이 많아 그래도 보고나면 다리는 조금 아파도 입장료 아까운 줄 모르고 나왔다.

아루사 가는 길

다음날 30일 7시 30분에 아루사로 가기위해 이 욕쟁이 스님은 또 배낭을 짊어지고 나섰다. 호텔 로비로 내려와 체크아웃한 다음 기다리니 버스가 와서 타고 8시 30분에 출발했다. 훌륭하고 화려한 도시는 못 되어도 아프리카 케냐 수도라는 면목인가. 그래도 고풍이 흘렀다. 케냐 국민의 정신적 성지라 했다. 그 나름대로 문명의 띠를 두르고 살았다. 나는 그 나라 자연환경, 풍토, 사람들의 생활상을 보는 것을 관광의 제일로 치기 때문에, 차가 출발하면 눈이 빠지게 창밖을 보고 갔다. 두 시간쯤 가는데 바리게이트가 쳐져 있어 살펴보니 국경도시 나망가에 왔다. 버스를 지정된 주차장에 세워두고, 승객들은 모두 내려 사무실로 들어가 줄을 섰다. 나도 남들 따라 줄을 서서 보니, 여권을 꺼내들고 서 있기에, 나 역시 증명을 꺼내 다른 사람과 함께 줄어드는 줄을 따라 들어갔다. 무엇이 잘못되어, 비자 받는데 지장이나 있을까봐 조금 걱정을 하고 갔는데, 아주 수월하게 처리되었다.

관료 앞에 입국카드와 여권을 내밀었더니, 증명서를 보고 '오, 코리아' 하며 탄성을 하기에 나는 답례라도 하듯이 미소를 지어보였다. 여러 나라 사람들이 많은데도 하필이면 나의 여권을 보고 반갑게 외쳤을까 하는 마음에 곰곰이 생각해보았다. 아마 우리나라가 이번 월드컵 축구로 인해 지구촌 구석구석까지 알려져 이곳에서도 알고 있는 모양이었다. 세계적으로 볼 때 한국이 어디에 붙어있는 줄도 모르고 사는 사람들이 많다. 그런데 스포츠와 매스컴의 위력은 세상 사람들에게 알리는 일은 대단한 위력을 발휘한다고 느껴졌다. 우승, 준우승 제쳐두고 조그만 나라에 열악한 축구라는 말을 들어오던 곳에서 4강이라는 고지에 올라서니, 세계 사람들 눈에는 좋은 이미지로 작용하지 않았나싶어진다. 못살고 가난한 나라, 힘없이 사는 국민이라며 업신여김을 당하기보다, 잘살고 힘 있는 건실한 나라 사람들이라고 인정해 줄 때, 각자 가슴에 용기와 힘이 생길 것이다. '아, 코리아, 언제나 변치 말고 길이 길이 발전 하소서' 라는 말이 내 입에서 축원 되어 나왔다. 그렇게 입국 수속을 마친 후 탄자니아 국경을 넘어갔다.

가면서 버스 차창으로 유심히 바라보았으나 국가만 다르지 환경은 오나가나 똑같았다. 내가 이곳에 오기 전 생각하기로, 아프리카라 하면 울창한 원시 밀림이 우거져 있는 대단한 곳이라 여겼지만, 막상 차를 타고 살펴본 환경은 조금 실망스러웠다. 나무 같은 것이 별로 없고, 높은 산도 없으며, 사막은 아닌데, 아주 척박한 땅으로, 모든 식물이 잘 자랄 수 없는 버려진 땅같이 보였다. 물론 내가 생각했던 덥고 울창한 원시림이 있는 곳도 있겠지만 케냐로부터 탄자니아로 와도 그것이 그것이고, 별로 다를 바가 없었다.

국경이라 해도 철조망 하나 없는 평범한 도로를 따라오다 보니 한 50m 정도 되는 나무다리가 놓여 있는데, 다리 반을 갈라서 한쪽은 푸른색, 다른 한 쪽은 밤색으로 칠을 해 놓고 이것을 중심으로 국경은 나누어져 있었다. 다리 양 쪽 끝에는 모양과 휘장이 다른 복장을 한 군인들이 총을 들고 경비근무를 했었다. 만약 밀입국을 하려는 심산이라면, 이곳으로 오지 말고 저 위쪽으로 가서 노래를 부르며 춤을 추고 건너도 될 것 같은 생각이 들었다. 창밖으로 탄자니아 마을들이 스쳐갔다. 세계적으로 흐르는 물질문명은 이곳 탄자니아에도 예외는 아니었다. 가옥구조가 본래 살고 있던 양식인 원통형에서 사각형으로 변해가고 있었으며, 초가에서 도단 집으로, 또한 서서히 시멘트집으로 변화돼가는 것이 선명하게 보였다.

아루사

그날 오후 3시경 아루사 버스 터미널에 도착했다. 현지인들이 달려들어 호텔, 야외캠프, 민박, 사파리 손님을 유치하기 위해 경쟁을 하고 있었다. 나에게도 다가와 싼 숙박과 관광을 할 수 있다고 권하는 사람들이 많았다. 그 사람들 중에 마음에 드는 한 사람을 골라 대충 가격을 알아보고, 따라가서 방을 정했다. 고롱고로로 사파리를 신청한 다음, 아루사 시내를 둘러보고자, 걸어서 이 거리 저 거리로 다녀보았다. 이 곳 돈이 없어 환전소를 찾았으나 시간이 늦어 문을 다 닫아버렸다. 사설환전소가 있기에 들어가 '머니 체인지(환전)?' 하고 물었더니, '오케이' 라고 해서 쓰다 남은 케냐 실링을 교환해 달라고 내 주었다. 그 때 케냐 실링하고 이곳 아루사 화폐 환율은 18 대 1 정도였는데, 화폐가치로 케냐 돈이 더 높았다. 외국인이라 잘 모른다고 케냐 돈 3만 실링을 주었는데 아루사 돈으로 역시 3만원을 맞교환해 주는 것이었다. 처음에 모르고 그냥 받아오면서 생각해보니 이것이 아니다 싶어, 다시 돌아가 따질 것도 없이 나는 안한다고 내 돈 도로 달라 해서 본래 준돈을 찾아가지고 나왔다. 조금더 돌아다니다가 오는 길에 관광 계약한 사무실에 들러 그 돈을 환전해 달라고 하니, 거기에서는 정식으로 계산해서 교환해주었다. 숙소로 돌아오니 그날따라 된장국이 먹고 싶어, 배낭에 든 취사기구를 꺼내어 방에다 식당을 차려놓고, 밥과 된장국에다 양배추를 고추장에 찍어 먹으니, 천하에 이것보다 더 맛있는 요리는 없을 거라는 만족감이 들었다.

다음날 7시에 1박 2일 걸리는 고롱고로로 사파리를 하기 위해, 약속된 사무실 앞을 나가니, 직원이 굿모닝 하면서 맞았다. 한 20분 정도 후, 짚차 한 대에 두 사람이 타고 왔다. 직원은 운전사에게 뭐라 자기네끼리 이야기 한 다음, 나 더러 그 차를 타라고 했다. 조금 미심쩍은 감정이 들었으나 하라는 대로 했다. 내가 생각할 때 관광객을 많이 모아 큰 차를 타고 가는 줄 알았는데, 나 혼자 태우고 차가 간다하기에 그리 내키지 않았다. 나는 짧은 영어로 '피플 해브 노(다른 사람은 없어요)?' 하며 물었다. 나의 의향을 알아차리고 웃으며 괜찮다 하면서, 운전사를 소개한 다음 옆에 있는 청년을 소개했다. 이 사람은 요리사라하며 잘 갔다 오라했다. 내키지 않는 기분이었지만 '오케이' 하면서 차를 탔다. 가다가 시장에 들러 이틀 동안 먹을거리를 사 가지고 차에 실었다. 나중에야 삼수갑산을 갈망정 기분을 내자 싶어 노래 한 곡조를 흥얼거렸다. 나의 살던 고향은 꽃피는 산골 복숭아꽃 살구꽃 아기 진달래~. 구름한 점 없는 새파란 하늘 아래 이곳 원주민들의 마을과 논밭들은 그런 데로 볼만했다.

20km 쯤 가니 큰 마을이 나타났다. 운전사가 적당한 곳에 차를 세워놓고, 자기 고향마을이라 하면서, 부모형제가 있어 잠깐 들어가 부모님께 인사만 하고 오겠다는 것이다. 나는 이 말을 듣고 다녀오라 하며 흔쾌히 허락했었다. 미국 돈 10달러를 주었다. 집에 들어갈 때 부모님께서 즐기시는 음식을 사가지고 가라면서 보내놓은 후 혼자 생각을 했다.

고향을 그리고 부모형제를 만난다는 감정과 인사하는 예절은 하얗든 검든 피부색깔로 논 할 것이 아니라, 사람이면 느끼는 공통된 점이라는 생각이 들었다. 검은 닭과 노란 닭, 검은색 개와 흰 개, 검은 콩과 흰 콩, 검은색 깨와 흰 깨, 껍질의 색이 다르지만 내용은 조금도 다를 바가 없다. 우리 사회에서 오골계가 약이 되고 검은콩, 검은깨가 몸에 좋다고 한다. 사람 잡아먹는 동물이 있다면 오히려 흑인들을 더 선호하지 않겠나 하는 괴팍한 생각을 하고 있는데, 흑인 운전사는 하얀 이빨을 드러내며, 손에는 누렇게 잘 익은 바나나 한 송이를 들고 와서, 나에게 건네주었다. 그것을 받아 뒷좌석에 앉아있는 요리사 청년에게 두 개 주고, 두 개는 운전사에게 주면서 먹으라 한 다음, 나머지는 나 혼자 맛있게 다 먹어치웠다. 길은 비포장도로라 차는 연신 뛰어 궁둥이를 붙여 놓고 갈 때가 없었다.

3시간 넘게 가니 큰 정문이 나타났다. 운전사는 차를 지정된 주차장에 세워두고, 사무실로 들어가 한참만에 손에 종이 한 장을 들고 와, '오케이' 하면서 시동을 걸었다. 그러고 나서 1시간 가까이 더 가니, 지명을 알리는 안내판이 서 있으며, 꽤 넓은 분지가 나타났다. 분지 복판에는 큰 나무 한 그루가 서 있고, 저쪽 산 밑으로 긴 슬레트집 한 채가 있는데, 거기는 각 여행객들과 같이 온 요리사들이 숯으로 불을 피워 요리하는 합동 부엌이었다. 주변에는 세면장과 변소가 제법 잘 갖추어져 있고, 잠자리는 거기에서 빌리든가 가지고 온 천막을 설치해 잤다. 저녁을 주기에 먹고 있으니, 운전사와 요리사는 적당한 곳에 일인용 텐트를 열심히 쳤다. 식사 후 가까이 가 구경을 하면서, 왜 한가운데 텐트를 치냐고 물으니, 맹수가 습격을 해와도 가운데가 제일 안전하다면서 나더러 들어 가보라 했다. 텐트 문을 들고 살펴보니 제법 잘 만하게 되어 있었다. 그날 저녁 그 넓은 지역에는 발 들여 놓을 틈 없이 텐트가 빼곡하게 많았다.

나는 상황파악이나 한다고 텐트에서 나와 이리저리 돌아다녔다. 저쪽 끝자락에는 모닥불을 피워놓고 많은 남녀가 모여 있는 것이 보이기에 그 곳을 가 보았다. 나를 위해 불을 피우는 것이 아니라 자기네들을 위해 피우는 불이라 별로 미안할 것 없이 빈곳에 들어가 같이 불을 쬐었다. 말은 안 통했지만 내 짐작으로 그들은 내가 한국에서 단체여행 신청했을 때, 나이 많다고 퇴짜 놓은 그 다국적 패거리였다. 보아하니 여자도 반 이상 되었다. 옆에 있는 놈에게 국적을 물으니 캐나다라고 했다. 또 한 놈에게 물으니 이태리라고 했다. 다국적 관광이라 해도 별수 없다는 생각이 들었다.

이동할 때 트럭을 개조한 차를 타고 와서, 인솔자가 천막을 쳐주면 자고, 별로 위생적이지는 못하지만 해주는 음식을 먹으며 다니는데, 나이 많다고 그리 괄시할 이유가 무엇이냐 하며, 불 앞에 앉아있는 놈들을 하나하나 훑어 봤다. 정신적으로나 육체적으로 봐도 내가 더 우세하다 싶은 생각이 들었다. 속 된 말로 일대일로 붙어 싸움을 해도 다 이기겠는데, '더러운 새끼들' 하면서 순간적으로 열이 받쳐, 곧바로 일어서 내 텐트로 와 누워 자버렸다.

다음날 아침 6시에 운전사가 나를 깨웠다. 옷을 챙겨 입고 나가보니 차를 타라고 했다. '훼어 투(어디로 가노)' 라고 물으니, 사파리 간다고 했다. 그곳 역시 맹수들이 6시에서 7시 사이 아침식사를 하는데 직접 사냥을 해 먹는 것을 보러 간다는 것이었다. 차는 출발해서 코스대로 이리저리 돌아다니는데 우리 차뿐만 아니라 각형각색 차들이 넓은 초원을 헤매고 다녔다. 그 날은 직접 맹수들이 잡아먹는 것은 못 보고, 호수 가에 차를 세워, 수만 마리나 되는 플라밍고를 구경했다. 다리는 붉은색인데 황새모양 길고 부리는 독수리 같았다. 날렵하지 못했지만 길면서 어둔한 모양을 한 플라밍고 떼들이 호수에 빽빽하게 서 있는 것은 이곳 아프리카가 아니면 볼 수 없는 장관이다.

이곳을 본 내 개인적인 평가는, 여기 고롱고로도 유명한 동물공원으로 이름난 곳이지만, 케냐 마사이마라 국립공원에 비하면 3분의 1 정도도 안 된다고 여겨졌다. 돌아다니면서 구경은 해도 돈이 아깝다는 기분이 들었다. 9시까지 구경하고 돌아와 아침식사를 한 다음, 또 다시 12시가 넘도록 초원을 돌아다니면서 관광을 했었다. 다니다보니 웅덩이에는 하마 집단서식처도 있었는데, 자연생태 현장이라기보다 인위적인 손때가 묻은 느낌이 들었다. 어쨌든 호수에 플라밍고 보는 것이 이 곳 고롱고로의 하이라이트구나 하고, 돌아와 점심을 먹은 후, 아루사 시내를 향하여 돌아갔다.

앞에서도 말했듯이 사람마다 보고 느끼는 면이 각각 다르겠지만, 욕쟁이 스님이 경험한 결과로는, 관광은 조금 못한 곳에서 시작해 점점 좋은 곳을 보는 것이 백 번 맞는다고 봐진다. 좋은 곳을 먼저 보고나서, 규모가 작고 부족한 것을 보게 되면, 시시해 본전 생각이 나서 마음이 그리 편치 못하다. 내 자신이 본 후 대단하다고 느낀 몇 곳, 즉 소련 상트페테르부르크에 있는 주립미술관과 박물관, 케냐에 있는 국립공원 마사이마라, 스웨덴의 수도 스톡홀름, 네덜란드의 암스테르담 왕궁, 터키 이스탄불에 있는 해변 왕궁, 싱가포르의 조류공원 같은 곳은, 다른데 다 보고 맨 마지막에 봐야 할 것 같다. 앞에 나열한 곳을 먼저 보고 나면, 다른 동물원이나 명승지를 봐도 시시하기 그지없고, 본전 생각이 문득문득 나기 십상이기 때문이다.

오후 5시경에 아루사로 와서 가장 싼 숙소, 우리나라 돈 1,500원 정도 하는 데에서 하루 저녁을 자고, 그 다음 날 다른 곳으로 옮겨갈 준비를 했다.

탄자니아 다에러살람

다에러살람을 가기 위해 카운터에 앉아있는 새카만 미녀에게 물었더니, 여기서 버스표를 살 수 있으니 사라고 했다. 그래서 미화 20달러를 들여 표를 샀다. 8월 3일 아루사에서 새벽 6시 30분에 출발하는데, 창밖으로 보인 아루사 시내는 조그마한 도시였으나 아름다웠다. 그러나 정겨운 풍경은 전혀 보이지 않았으며, 그저 아프리카 냄새가 진하게 풍겨오는 전형적인 도시였다. 이 도시를 뒤로 하며 버스는 자꾸자꾸 동쪽으로 향해 가고 있었다. 탄자니아라 해도 나라만 바뀌었지 몇 백리를 가도 환경은 변함없었다.

오후 4시 30분에 탄자니아 수도인 다에러살람에 도착하여 가방을 챙겨든 채 한참 연구했다. 내가 연구했다고 하면 혹시 핵폭탄을 연구 한 것은 아니냐는 생각을 할지 모르지만, 어떻게 하면 깨끗하고 저렴한 숙소를 찾아가나 하는 연구이지 다른 것은 아니었다. 한참 서 있다가 '내가 왜 이러고 있지. 늘 쓰던 노하우가 있지 않나' 하는 생각이 들어 택시를 불러 탔다. 이렇게 되면, 돈을 아껴 쓰고 다닌다더니, 늘 택시만 불러 타면서 무슨 돈을 아껴 쓰느냐고 반문이 생길지도 모른다. 그렇다. 나도 처음에 돈을 아낀다는 차원에 가이드북을 보고 대중교통을 이용하여 걸어 찾아가기도 많이 했다. 관광시즌 때에는 소개된 싼 숙소를 찾아가면, 가는 곳마다 '풀, 풀(만원)' 이라고 했다. 이렇게 되면 낯선 외국 땅에 어디가 어딘지도 잘 모르고, 어둠살이 짙어오는 좁은 골목길에서 '부처님 살려구다사이라' 는 말을 18번 이상 부른 적이 한두 번 아니었다. 그러한 고충을 겪으면서 좋은 아이디어를 얻게 된 것이다.

배낭을 짊어지고 익숙하지 못한 곳에 저렴한 숙소를 찾아 헤맨다는 것은 될 말이 아니다. 무조건 택시를 타고, 요금은 바가지를 좀 쓰더라도, 어쨌거나 인상 좋게 웃으면서, 내가 적은 돈으로 여행을 하는데, 깨끗하고 가장 저렴한 숙소로 데려다 달라며 사정조로 말을 한다. 운전사는 자기가 달라는 요금을 다 주니, 그 때부터 내편이 되어 적극적으로 돕는 차원에, 자기가 아는 범위 내 친절하고 저렴한 숙소로 데려다 준다. 상황에 따라 책임의식도 느끼고, 베푼다는 생각이 일어나, 주인에게 나를 유리한 쪽으로 부탁도 해준다. 이러한 이치를 발견한 다음부터는 처음 옮겨가는 곳에서는 무조건 택시를 탄다. 요금을 달라는 대로 주고, 그 운전사가 도와 줄 수 있도록 연기는 좀 해야 한다.

다시 말하면, 무거운 배낭을 짊어진 채 대중교통을 타고 낯선 거리를 찾아다닌다는 것은 좀 어리석다고 봐진다. 그렇게 고생고생해서 찾아가보면, 많이 알려진 곳이라 사람들은 이미 꽉 차 있으며, 그리 청결하지도 못하다. 그나마 방만 있으면 다행인데 '풀' 이라고 해서 발걸음을 돌려야 할 때, 그 심정은 겪어보지 않고 모른다. 이차, 삼차 찾아가서 '풀' 이라는 말에 발걸음을 돌려야 할 때, 기가죽고 아득한 감정마저 든다. 그럴 때에는 나 같은 사람은 하늘 쳐다보면서 '부처님요, 오늘 저녁만 좀 봐 주소' 라고 중얼거린다. 이런 일 저런 일 견주어 볼 때, 택시타고 가는 것이 몇 배 났다는 결론이 난다.

그날도 무조건 택시를 타고 앉으니, '훼어투(어디로 모실까요)?' 하며 행선지를 물었다. 짧은 영어로 손짓발짓 섞어서 '나는 돈이 적게 드는 여행을 하기 때문에 고급 호텔은 못가고 깨끗하면서 저렴한 호텔을 찾아가는데 알아서 도와 달라' 하고 부탁을 했다. 고개를 끄덕하더니 길가에 차를 세워 콘솔을 열었다. 인쇄된 16절지 종이 뭉치를 꺼내 보이면서 새까만 손가락으로 흰 종이 위로 짚으면서 설명을 했다. 한 곳을 짚으며 이 호텔은 새로 지어 깨끗하고 저렴하다면서 나에게 권했다. 방 한 칸에 8달러라기에 '오케이' 하면서 가자고 했다. 호텔 이름은 크라운호텔이었다. 한 20분 정도 가더니 차를 세웠다. 운전사가 먼저 내려 카운터에 가 물어봤다. 돌아와 나에게 '오케이' 라 하면서 내리라고 손짓을 했다. 내려 사방을 훑어

보는데, 운전사는 내 가방을 들고 이층까지 올라와 방에다 넣어주면서, '룸 굿(방이 좋네요)' 하며 웃었다. 너무 친절한데다가 고마운 생각이 들어, 약속했던 요금에다가 별도로 몇 푼을 더 주었더니, 정한 돈 외에는 한사코 거절하며 안 받았다. 미개한 곳에 가난하게 사는 아프리카 사람들이라고 무조건 무시하며, 양심과 도덕도 없이 사는 것으로 업신여긴 나는 하늘이 노랗도록 깨달아지는 바가 있었다. 가난하고 괴롭게 살 때 인간은 참된 정을 느끼며 산다는 말을 이곳 탄자니아에 와서 다시 실감해보는구나 하며 숨을 몰아쉬었다.

문명의 뒤안길에 처져 못살고, 가난한데다가, 검은 유색인들이라, 무시여기는 세계 사람들아! 도덕과 정의와 양심이 바로 여기 검은 나라에 살아있다는 말을 하고 싶었다. 그래서 내가 아프리카 속언을 하나 만들었다. '손은 검어도 때는 없어요.'

계획했던 대로 먼저 잔디바라 섬부터 가기위해, 그 택시 운전사에게 다음날 아침 8시 정각에 오라는 약속을 해서 보냈다. 커피 한 잔과 누룽지를 끓여먹은 후 조금 앉았다가, 누워 잔다고 침대에 누웠으나, 쉽사리 잠이 오지 않았다. 조금 전 그 흑인의 친절과 고마움에 대한 생각이 좀처럼 머릿속에서 가시지 않았다. 우리나라 고시조에 '까마귀 검다하고 백로야 웃지 마라. 겉이 검은들 속조차 검을 소냐. 겉 희고 속 검은 이는 너 뿐인가 하노라' 라는 시 구절이 있다. 아프리카의 진정한 사정도 모르고, 겪어보지도 않은 채 불량자와 양심도 없는 사람들만 있다고 생각하는 것은 '남의 아이 먹어보지도 않고 식충이라' 하는 말과 같다. 또 범도 보기 전에 물똥부터 사는 격이다. 우리네 사람들보다 재산, 양심, 도덕, 예절을 더 많이 갖추고 사는 사람들이라 여겨졌다.

요하네스버그에서 케냐로 가는 비행기 승객들을 살펴보면 거의 흑인들이었다. 백인들은 가뭄에 콩 나듯 섞여있었다. 아프리카 사람들은 끼니도 못 잇고, 기아에 허덕인다는 말이 믿어지지 않았다. 먹고 살 돈이 없는데, 그 비싼 요금을 내고, 비행기로 다닐 수 있을까. 물론 부분적인면에 곤란한 곳도 있겠지만, 전체가 다 그런 것은 아닌 것이 분명했다. 결론적으로 내가 본 아프리카 사람들은 손은 검어도 때는 없다고 한마디로 평가할 수 있다.

눈이 떠져 시계를 보니 아침 6시라, 얼른 일어나 새벽 불경기도를 하고, 서둘러 호텔 프론트로 나갔다. 약속시간이 다 되어가니, 택시는 어김없이 문 앞에 와 섰다. 차에서 내린 운전사는 나를 보더니 흰 이빨을 드러내면서 손을 들고 인사를 했다. 나도 같이 답례를 한 후 들어오는 운전사를 보니 윤기가 흐르고 너무나 검게 보였다. 어제는 처음 오는 길이라 호텔방 구한다고 정신이 팔려 그저 검은 사람으로만 여겼는데, 아침에 보니 검은 정도를 지나 빛을 발하면서 검었다. 그래서 내가 차를 타면서 '유 페이스 베리 뷰티플(당신 얼굴이 아주 아름답다)' 하니, 그 운전사가 기분 좋게 웃으면서 자랑조로 이야기를 했다. 오늘 자기 마누라 생일날인데, 아침에 일찍 일어나 깨끗이 씻고 화장도 조금 했다는 것이다. 그 전에 들은 이야기

다에러살람에서 택시 운전사와 함께

지만 흑인들은 얼굴에 바르는 크림 같은 것이 검은 색깔이라고 들었다.

우리들은 고생하고 돈 못 벌면 얼굴색이 검어진다. 그래서 돈도 못 벌고 고생만 죽도록 해 얼굴은 껌둥이가 다 되었다고 한다. 반대로 흑인들은 돈 못 벌고 고생을 많이 하면 얼굴이 하얗게 된다는 것이다. 그래서 객지에 가서 돈 못 벌고 고생만 죽도록 해 얼굴이 다 하얗게 되었다고 한탄을 한다는 것이다. 이 사람들은 잘 먹고 부유하면 얼굴빛이 검다는 한계가 넘을 정도로 검다는 것이다. 오히려 잘 못 얻어먹고 돈 없이 고생하게 되면, 이 사람들 얼굴은 허여무리한 색이 섞여있고 까칠까칠하게 보인다는 것이다. 세계 어느 나라 사람일지라도 자기를 칭찬하면 상대방에게 좋은 감정을 나타내는 것은 인간의 본능이다. 자기 얼굴이 아름답다는 말 한마디에 그렇게 좋아

할 수 없고, 나를 대하는 태도야말로 성인군자를 대하듯 정중했다.

그 곳에서 10분정도가니 선착장에 닿았다. 차를 주차장에 세워두고 매표소까지 따라와 선표 사는 것을 도와주었다. 내가 돌아와서도 필요하면 자기를 부르라고 명함 한 장을 건네주면서 두 번 세 번 돌아보며 목례 인사를 하고 갔다. 나는 손을 흔들면서 '생큐, 생큐' 를 연발했다. 그리고 얼마 지나니 출항시간이 다 되어 가는지 몇 사람들이 줄을 서기 시작했다. 나도 얼른 가방을 챙겨들고 후미에 서 기다렸다. 이 배는 10시 30분발이었다. 한 사람, 두 사람 배에 오르니 금세 빽빽해졌다. 정확히 30분이 되니 기적을 울리며 출항했다. 여기에서 잔디바라 섬까지는 시간상 20분밖에 안 걸렸다. 이 섬은 옛날 흑인들을 잡아다 가둬, 팔고 사는 노예시장으로, 아픈 역사와 더불어 탄자니아에서 명승지로 유명했다.

20분 후에 배는 선착장에 닿았다. 많은 사람들이 차례대로 내려 입구 쪽으로 나가기에 나도 남들 따라 나가다보니, 두 패로 갈라졌다. 이쪽으로는 사람들이 적고, 저쪽으로 많은 사람들이 가기에, 나도 많은 쪽으로 가자싶어 그 쪽으로 가는데, 정복 입은 관리가 나를 세웠다. 왜 그러냐고 물으니 당신은 저쪽으로 가야한다는 것이었다. 다른 사람들은 가는데 왜 나는 못가느냐고 반문하니, '로칼 피플(지방 사람들)' 이라기에 알아차리고, 가리키는 데로 가보니, 배낭을 짊어진 외국 여행객들이 많이 있었다. 같은 탄자니아인데도 이 섬으로 들어오면 외국에 온 것처럼 입국신고서를 쓰고 여권과 함께 내미니 허가 도장을 찍어주었다. 옛날 노예 매매하던 시절 엄격하게 검문 검색하는 잔재가 남아 재현되는 기분이 들었다.

수속을 마치고 나오니, 여러 사람이 와서 호텔 갈 거냐고 물었다. 그 중 한 사람에게 제일 싼 숙소를 소개해 달라 하니 그러겠다하면서 나를 잠보호텔이라는 곳에 데려다 주었다. 방은 반 지하 같은데 어둡고 고약한 냄새가 나 조금 역겨운 생각이 들었으나, 싼 맛에 그냥 자기로 굳혔다. 다음날 투어관광을 하기위해 신청하면서 그곳이 좋으냐 물으니, 그놈은 나를 보고 엄지를 세우면서 '베리 굿(아주 좋다)' 이라 해서, 기대를 잔뜩 가지고 출발했다. 역시 아프리카 섬이라 넘실대는 푸른 바다, 늘어선 야자수, 수많은 열대식물들이 어우러져 있는 것을 바라보며, 일차 관광지에 도착했다. 주위를 둘러보니 배가 닿았던 선착장도 있고, 형무소 모양 높은 담장이 처져있는데다가 그 주위에 두꺼운 담 벽으로 된 건물 몇 채가 있었다. 옛날 것이라 그런지는 모르지만 조금 원시적이기는 하지만 온전하고 단단하게 세워져 있었다. 내부에 들어가 보니 햇빛도 잘 들어오지 않아 컴컴한데, 인간이 거주했다는 것은 확실했다. 침실, 변소, 관리실이 다 갖추어져 있고, 그때 그 시절 그곳에서 생활한 사람들의 비통한 애환이 지금도 베어 나오는 기분이 들었다.

둘째 코스는 약과 향료 농장이었다. 향료 재료를 구경시킨다고 농장 이곳저곳 몰고 다니기를 2시간. 마지막에는 향료 파는 가게에다 밀어 넣은 후, 오전 관광은 끝났다고 했다. 12시가 넘어서야 다시 가는데 일부 사람들은 반나절 투어를 마친 후 시내로 가고, 일부 사람들은 하루 투어를 한다면서 해수욕장으로 가기위해 다시 투어차를 탔다. 나는 조금 망설이다가 워낙 바닷가를 좋아하는 취향 때문에 별다른 생각 없이 오후 투어 차에 올랐다. 20분정도 가니 해수욕장이라고 내리라 했다. 부대시설 같은 것은 하나도 없고, 300평 넓이의 사장 주위에는 사람 한 길 정도 되는 나무들만 드문드문 서있어, 옷을 벗고 갈아입을 사정도 못되었다. 조금 실망스러운 생각을 하고 있는데, 주최 측에서 점심을 준비 하기에 무엇을 주나싶어 그리로 눈이 쏠렸다. 보아하니 제법 먹을 만한 음식을 내놓기에 다행으로 여겨졌다.

나는 본래 채식주의자기 때문에 담당자에게 부탁을 했다. 알겠다면서 배지터리언(채식주의자)이라 하며, 별도로 맞추어 주기에 맛있게 먹었다. 그렇게 좋아하는 해수욕도 못하고, 그냥 그늘에 앉아있으니 무엇이 많이 잘못된 기분이 들었다. 나는 돌아갔으면 싶으나 주최자들은 다만 서너 시간이라도 보내야 오후 투어 비용을 번다는 계산에서 그냥 시간을 보내고 있었다. 누워 잠이나 자자 싶어 누웠으나 잠도 안 왔다. 그러고 2시간 30분쯤 있다가 인솔자에게 시내로 돌아가자고 했다. 그들도 그 사정을 알아차렸는지 웃으면서, '오케이' 하며 일어섰다.

우리 일행은 버스를 타고 시내를 돌아오는 중에 시장이 보이기에 내려 시장구경을 했다. 그날 본 관광 중 가장 하이라이트였다. 구석구석 구경을 하면서 목이 마르면 오렌지 즙도 사 마시고, 그 나라 토속음식 같은 것을 맛 봐가면서, 즐비하게 늘어 앉아 팔고 있는 서민들의 진솔한 모습, 가장과 꾸밈없는 그곳 잔디바라 섬사람들의 생활상을 실컷 보고 하루해를 보내었다.

5시쯤 되어 선착장이 있는 부근에 와서 방을 알아보니, 값도 싸고 너무 깨끗한데다가 전망도 아주 좋아, 어제 자던 집에서 체크아웃하고 이 집으로 옮겨왔다. 내가 예약한 방은 이층이며 방도 밝고 고풍이 흐르는 집이라 내 마음에 흡족했다. 사실 어제도 이 집 앞을 지나갔다. 너무 성질 급하게 설치지 말고 차근차근 살폈더라면 이런 좋은 집에 들었을 것인데 하면서 저녁식사 후 침대에 기대 있다가 잠이 들었다. 결과적으로 노예를 팔고 사고했다는 이 섬을 인도양에 위치한 낭만의 섬이라 잔뜩 큰 기대를 하고 갔더니, 실망과 함께 본전 생각이 문득 문득 났다. 이틀을 머물다가 다시 쾌속선을 타고 다에러살람으로 몸을 돌렸다.

8월 5일 7시 30분발 배를 타니 10시경에 도착했다. 배에서 내린 후 적당한 자리를 잡고 앉아 30분가량 쉬면서 다음 여행 스케줄을 생각해보았다. '여기에서 짐바브웨로 갈 수 있는가 본데, 예정대로라면 요하네스버그로 가야하지만, 일단 여행사로 가 물어보고, 그 전날 잤던 크라운 호텔로 가야지' 하면서 일어섰다. 먼저 여행사부터 찾는다고 서투른 영어로 몇 사람들에게 물으니, 한 사무실을 가르쳐주기에 찾아가보았으나 그 곳은 항공여행사가 아니라 그 지방 투어안내를 하는 곳이었다.

그래서 항공회사를 찾아가기 위해 나오는데 한 흑인 청년이 나타나 반가운 표정을 지으면서 나를 안내하겠다고 했다. 말을 해보니 서투른 영어지만 잘 통했고, 드문드문 한국말을 한마디씩 섞어 쓰면서 유머스럽게 말을 잘했다. 그래서 나는 의아한 감정이 들어 어찌 한국말을 잘하느냐고 물었더니 자기가 그 전에 한국 어선인 대구리 배를 7년 넘게 탔다는 것이다. 그 때 선장이 지어준 민주라는 한국 이름도 가지고 있다며 자랑을 했다. 그 뒤부터 그 청년과 나는 한 걸음 더 친해져 민주라는 이름을 부르면서 같이 다녔다.

또 한 곳을 물어 들어가니, 요사이는 그런 것을 취급하지 않는다는 것이다. 다시 그 젊은 흑인이 나와 함께 찾아간 곳이 내가 가지고 있는 티켓 여행사인 남아프리카 여행사였다. 그래서 여러 가지를 물어보고 결론지은 것이, 탄자니아에서 짐바브웨로 바로 가는 항공편은 없고, 요하네스버그로 가야한다기에, 그러면 내가 가지고 있던 티켓 날짜보다 앞당겨 갈수 있느냐 했더니, '오케이' 라 했다. 그래서 3일정도 앞당겨 가기로 티켓을 정리하고, 며칠 전에 묵었던 호텔로 다시 찾아갔다. 카운터에서 수속을 마친 다음 방에 들어서니 그날 하루는 푹 쉬고 싶은 생각이 들었다. 안내한 청년에게 탄자니아 돈 2,000 실링을 주면서 내일 아침 9시에 오라했다. 이곳을 떠나

갈 날짜가 3일이나 여유가 있기 때문에 탄자니아 수도 다에러살람이나 구경하자는 생각에서였다.

다음날 8월 6일 아침 9시에 민주라는 그 청년이 왔다. 주섬주섬 챙겨 관광길에 올랐다. 가면서 민주에게 좋다 싶은 곳으로 알아 안내하라 했다. 나는 그 청년이 버스 타자면 타고, 택시로 가자면 택시를 탔다. 농담도 하고 자기가 한국 어선을 탔을 때 지냈던 일들을 이야기하면서 재미있게 다녔다. 그 청년은 본인이 안내한 곳에서 내가 감탄하기를 바랐지만, 전혀 그런 기색이 없자 '할아버지, 어디로 가면 할아버지가 가장 좋아합니까' 하며 물었다. '뭐, 다 좋다' 하고 대답해주었다. 오르막 같은 곳을 갈 때면 '천천히' 하는 말과 뒤에서 밀어주기도 하고, 손을 잡아 끌어주기도 했다. 자기 아버지는 금년에 60세이고, 본인은 33세이며, 마누라와 아이 두 명을 두고 산다 했다. 이곳저곳을 정성스럽게 안내하기에 나 역시 정감이 생겨 하루 종일 구경을 잘했다. 오후 6시가 다 되어 호텔로 돌아와 그에게 약속한 일당을 주고 10달러를 더 주어 보냈다. 가면서 내일은 어떻게 할 것이냐고 묻기에 내일은 나 혼자 가까운 곳을 돌아볼 예정이라 하며, 모레는 10시에 공항으로 갈 것인데 그 때 시간이 있으면 오라하고 그 청년을 보냈다.

다음날 8월 7일, 시내관광을 또 나가 이곳저곳 돌아다니다 보니 저 건너섬에 가봤으면 하는 생각이 들어 페리 선착장으로 갔다. 배는 20분 간격으로 있고, 요금은 탄자니아 돈 100실링을 달라했다. 표를 사 들고 선상으로 올라가 다에러살람 시내를 보는 것도 일품이구나 하면서 건너갔다. 선착장에 내리니 미니버스 몇 대가 있기에 물어볼 것도 없이 무조건 탔다. 맑고 청정한 푸른 바다가 끝없이 펼쳐진 인도양 연안 섬, 때 없는 백색의 사장 위에 야자수가 장식되어 있는 그 밑으로 버스는 달리고 또 달렸다. 그 풍광에 취해 넋을 잃고 있는 나에게 운전사가 어디까지 가느냐며 말을 걸어왔다. 나는 웃고만 있었다. 그러니 여기가 최상의 해변이라고 소개했다. 그래서 버스투어 관광을 한다며 흉내를 냈더니, 알아차렸는지 웃었다.

종착지에서 일단 내려 음료수 한 잔을 마시고 주위 민가들을 구경했다. 한 시간 넘게 돌아다니다가 다시 나가는 버스를 타고 가면서 최상의 해변이라는 곳에 내려 달라 해서 걸어갔다. 바닷물은 맑고 사장은 깨끗했다. 드문드문 원주민들의 통나무배가 있고, 새까만 주민들이 야자수 그늘 아래 앉아 소곤거리면서, 입에 하얀 이빨을 드러내기도 했다.

그날따라 조금 쌀쌀한 기운이 들어 해수욕할 마음은 없어 배낭에 넣고 다니는 짧은 바지를 꺼내어 갈아입고 그냥 물을 철벅이면서 한없이 걸어갔다. 한 3km나 걸어갔을까. 가다보니 약 1m가 넘어 보이는 큰 거북이 한 마리가 죽어 썩어가고 있었다. 처음에는 이것도 나와 인연이다 싶어 거북이 영혼을 천도해 줘야지 하는 생각이 들어 천수경을 염하기 시작했다. 신묘장구대다라니를 반문할 무렵, 입은 염불하고, 정신은 다른 공상으로 돌아갔다.

거북이 갑을 한국으로 가지고 가면 아프리카에 왔다간 좋은 기념품이 되겠다는 생각을 했었다. 다른 스님들이나 거룩하고 훌륭한 모든 사람들은 염불하는 도중 절대로 다른 생각은 일체하지 않는다고 하는데, 나 같은 땡땡이 중놈은 입으로 염불하면서, 거북이 갑 가지고 갔으면 하는 생각이 강하게 들었다. 무상계까지 하려던 생각을 바꾸어 천수경으로 끝내고, 저쪽에 원주민들이 있는 곳에 찾아가, 손짓발짓 벙어리 놀음을 한참 하니, 그때야 알아듣고 나를 따라 왔다. 거북이 죽어 있는데 와서 마지막 손짓발짓으로 설명을 끝냈다. 충분히 이해한 주민들은 가까운 집에 가서 칼, 망치, 도끼를 들고 나와, 가슴 갑을 쪼아내고 썩은 거북이 몸을 잘라냈다. 냄새는 머리가 아플 정도로 고약하고 뼈 같은 것이 너무 강해 도끼로 찍어도 잘 안 떨어졌다.

바다에 사는 조개나 고동 같은 것은 속 내용물만 들어내면 껍질은 그대로 남는다고 생각을 했는데, 이 거북이 구조는 조개껍질하고 완전히 달랐다. 거북이 척추 뼈가 갑에 붙어 형성돼 있었다. 이 척추 뼈가 얼마나 강한지 칼로 쳐도 안 떨어지고, 도끼로 나무 찍듯 찍어도 끄떡 안했다. 냄새를 한참 맡고 나니 그 푸른 바다 색깔이 붉게 보이고, 하늘을 쳐다보니 대낮인데 금성 같은 별이 왔다 갔다 하는 것이 보여, 그 자리에서 당장 포기, 즉 안하겠다고 앞발을 들어버렸다. 내가 시키는 대로 그 더러운 냄새를 맡으면서 일한 그 사람들에게 일인당 미화 3달러씩 주고 미안하다는 말 한마디 던진 다음, 그 사장을 또 걸어갔다.

2km 정도 가니 해변에 나무들도 잘 정돈되어 심어져있고, 토속적인 오두막이 여러 채 있었으며, 수도와 변소시설도 잘 되어 있는 곳이 나타나 그 안으로 들어갔다. 운동장 같은 것이 있어 살펴보니 배구 네트를 걸어놓고 남녀 가릴 것 없이 갈라 경기를 하고 있었다. 나도 그 옆에 앉아 구경을 하면서 가만히 보니, 아루사 고롱고로에서 만났던 다국적 관광패들이었다.

그 벤치에 앉아서 운동경기나 구경할 일이지만, 내 마음씨가 본래 넓지 못하고 자비심이 부족한 관계로, 원수는 외나무 다리에서 만난다더니 여기에 또 만나네 하는 생각이 우선 들었다. '나를 나이 많다고 괄시하며 안 받아줬지. 저기 있는 여자들보다 어떤 면에서도 내가 강할 것이며. 저기 남자 놈들하고 이 자리에서 붙어 싸워도 내가 이길 것 같네. 저기 후리후리한 키 큰 저 놈은 땡하고 1라운드가 시작되자마자 한 주먹에 보낼 것 같고, 저기 뚱뚱한 헤비급 저놈은 한 2라운드는 지나야 케이오 시키겠네' 하고 구시렁거리며, 다국적 회사에 대한 원망스러운 감정을 표출하기 시작했다. 당장이라도 들어가서 몇 놈 메다꽂았으면 하는 생각이 일어났다.

그러면서 한편으로는 '내가 이상하다. 왜 건전치 못한 생각을 자꾸 하노' 하며 미안한 감정이 들어, 훌훌 털고 일어나 황성옛터 노래를 흥얼거리며 또 바닷가로 걸어갔다. 거기에서 1km 정도 더 가니, 섬에 들어올 때 그 선착장이 나와, 긴 바지로 갈아입은 다음, 나룻배를 타고 호텔로 돌아왔다. 다음 날 요하네스버그로 갈 준비를 해놓고 누워 잤다.

8월 8일 3시 30분 요하네스버그로 가는 비행기를 타기 위해 1시나 되어 호텔 문을 나서는데, 흑인 민주가 웃는 얼굴로 나의 배낭을 받아들었다. 사람이 정직하고 착해서 정감이 생겨 '하우아유(잘 있었나)' 하며 가방을 넘겨주었다. 나는 그에게 대중버스를 타고 공항으로 가자했다. 그 이유는 택시 타는 비용을 한 푼이라도 아껴 민주를 더 주고 싶어서였다. 이놈은 내가 시키는 대로 잘도 했다. 조금 걸어가니 공항으로 가는 버스가 온다면서 '할아버지 뒤로 물러서시오' 하며 옷자락을 잡아당겼다. 나는 알았다하면서 한 발자국 물러 있으니, 자기는 차 안으로 재빨리 올라타 먼저 자리부터 잡아 놓고, 내가 올라오기를 기다렸다. 고맙다하면서 좌석에 앉았다. 영화 스크린처럼 지나가는 다에러살람 시내구경을 만끽하면서 공항으로 갔다. 약 40분 정도 가니 도착했다. 이제는 되었으니 민주 더러 돌아가라면서 미화 15달러를 주며 '생큐' 하고 보냈다. 공항 구내를 이곳저곳을 구경하다가 시간이 다 되어 간다 싶어 리컨펌을 한 후 들어가 3시 30분발 비행기로 올랐다.

남아공 푸리토리아

가는 도중 옆자리에 앉아있는 흑인청년과 인사를 나누었다. 나는 코리아에서 왔는데 당신은 어디 사느냐고 물으니 남아공 푸리토리아에 산다고 했다. 그 말을 듣고 귀가 번쩍 뜨였다. 왜냐하면, 앞에서도 말했지만, 요하네스버그는 범죄자들이 많아 안심하고 다닐 수가 없어, 아프리카로 관광을 오게 되면, 요하네스버그 국제공항 가까운 시내에서 자고 가는 것이 아니라, 오자마자 치안이 안전한 요하네스버그에서 45km나 떨어진 푸리토리아에 와 자고, 다음 여행코스대로 떠난다는 내용을 여행안내 책자에서도 보았고, 직접 이야기도 들어본 적이 있기 때문이다.

그 청년에게 이 비행기를 타고 가서 내리면, 오늘 저녁에 곧바로 푸리토리아로 가느냐고 물으니 간다는 것이다. 그러면 무슨 차로 이용해서 가느냐고 또 물었다. 공항에 도착하면 친구가 차를 가지고 마중을 나온다는 것이었다. 그 말을 듣는 순간 저 자세로 나도 당신 따라 그 차로 갈 수 있느냐며 공손이 물었다. 그런데 생각 외로 '오케이' 라고 선선하게 답했다. 나는 그 순간 반가우면서도, 한편으로는 미심쩍은 마음이 들었다. 악평이 무수한 이곳 아프리카에서 대낮도 아닌 밤에 남의 차로 얹혀 간다는 것은 상당한 모험이며 위험한 일이라고 생각이 들어 그리 마음이 편치 않았다. 그래도 모든 것은 운명이라며 마음을 고쳐먹었으나 그래도 불안한 감정은 삭지 않았다.

그 전에는 조금만 불편하면 '부처님요, 이번만 좀 봐 주소' 라고 했는데 그런 말도 너무 많이 하니 미안한 감정이 들어 요번에는 '하나님요, 오늘 저녁만 좀 봐 주소' 라고 간절히 빌었다. 비행기는 요하네스버그 국제공항에 다 왔는가 고도를 낮추어 귀가 멍멍해왔다. 얼마 안 있어 무사히 활주로에 착륙했다. 비행기에 내려 입국심사를 마치고 짐 찾는 곳으로가 내 가방을 찾아 집어 드는데, 비행기에서 같이 온 그 청년이 웃으면서 가까이와 짐을 찾았냐고 물었다. 나는 '예스' 라 하니 따라오라고 했다. 뒤따라 얼마 안가니 넓은 주차장이 나오고, 앞에는 아주 고급승용차 옆에 서 있던 운전사가 나와 맞아주었다. 나는 조금 놀랐다. 차에 대해 무식 일번지이지만, 느낌상 세계 대통령급 사람들이 타고 다니는 종류의 차 같아서 발가락부터 떨려오기 시작했다. 그러나 억지로 태연한 척 하면서 뒷좌석에 앉아가도 마음은 편치 않았다.

공항에서 푸리토리아까지는 1시간 정도 걸렸는데, 오면서 이런 생각 저런 생각을 했다. 우리나라 사람들은 대체로 아프리카라면 굶주림과 악성 질병에 시달리며 산다고 생각한다. 그러나 내가 와서 본 결과 정반대라고 느껴졌다. 미국 같은 선진국에서도 노숙자가 있고, 이유야 어찌되었든 가난해서 살기 힘들다는 사람들이 수만 명이 넘는다. 다른 나라를 멀리 볼 것이 아니라 먹고살만하다는 우리나라를 한번 살펴보자.

국민평균소득이 만 달러로, 세계에서도 잘 산다고 소문은 제법 나 있지만, 속사정은 그리 충실치 않다는 것이다. 우리 사회 형편을 돌아볼 때 물론 부족함 없이 잘 사는 사람도 있겠지만, 돈벌이가 시원찮아, 일가친척이나 이웃에 부끄러워 말도 못한 채, 실컷 못 먹는 사람도 적잖이 있다고 들었다. 그 나라가 발전하여 전에 못 갖던 텔레비전, 냉장고 같은 것은 시대 따라 대체로 가지고 산다지만, 빈부귀천을 해결하는 나라

들은 지구상에 없다.

과거 6.25 사변, 한층 더 거슬러 올라가 일제 말엽, 악흉년이 들어 사람들이 영양실조에 걸려 얼굴이 누렇고 퉁퉁 부어 굶어죽는 사람도 많았다. 그래도 살겠다고 산에 올라가 소나무 껍질을 벗겨, 곡식가루를 20분의 1 정도 넣고 떡을 해먹고, 칡뿌리 가루로 끼니를 때우던 비참한 때, 유식한 문자로 정리하자면, 초근목피로 살았던 시절, 그래도 죽 한 그릇 안 먹고 하얀 쌀밥에 소고기가 입에 거슬린다고 하며 산 사람도 있었다. 그 나라 정책과 시대적인 운명에 전체적으로 잘 살고 못사는 차이는 있겠지만, 개개인의 빈부귀천을 해결 못하는 것은 인간사의 사리라고 보자. 그러니 물론 지역적으로 기아와 질병에 시달리는 곳도 많이 있겠지만, 이 아프리카도 돈 있고 잘 사는 사람들이 한국보다 더 많을 수 있다.

그날 고급 승용차 뒷좌석에 앉아가면 생각해 본 것이다. 내가 현지에 와서 본 후 느낀 것을 말하자면 배가 고파 굶어죽고 질병에 시달리는 아프리카가 아니었다. 케냐부터 남아공으로 내려오면서 몇몇 나라들을 살펴봤지만 금과 은은 못 씹어 먹을망정 식빵은 이빨이 아프도록 먹는 것 같아 보였다.

어느 덧 차는 밝은 가로등 거리로 접어들었다. 그 흑인 청년은 나를 돌아보면서 어느 호텔로 갈 거냐고 묻기에 나는 이곳이 처음이니 알아서 적당한 곳에 내려달라고 부탁을 했다. 그는 '오케이' 하면서 고개를 돌렸다. 20분 정도 더 가서 약간 골목 진 곳에 차를 세운 다음, 안으로 들어가 물어보고 나오더니, 트렁크에 가방을 꺼내면서 나더러 내리라고 했다. 들어가 방이 있냐고 물으니 방이 있다했다. 그 흑인 청년은 나를 위해 부탁하는 말로 프런트 관리에게 이야기를 많이 하고, 자기 명함 한 장을 꺼내 주면서, 얼마 머지 않는 이쪽에 기차역이 있고, 저쪽으로 가면 버스 정차장이 있다하며, 상세히 지역설명까지 해주었다. 무슨 일이 있거든 명함에 기재된 곳으로 즉시 전화하라고 일러주면서, 90도로 허리를 굽혀 절을 하고 돌아갔다.

그래서 차비조로 몇 푼 내 놓을까 하고 가방에 지갑을 꺼내니, 급히 달려들어 내손을 막으면서, '노노' 하며 거절했다. 내가 듣고 생각 한 것이 부끄럽기 짝이 없었다. 돈이면 못 할 짓이 없고, 범죄 온상이라는 이곳에, 한국에서도 보기 힘든 거룩한 마음씨를 대할 때, 황량한 사막에서 아름다운 꽃 한 송이를 본 느낌이었다. 나는 하도 고마워 '생큐' 소리만 일곱 번 연거푸 했다.

카운터에서 수속을 하는데, 현지 돈이 없어 어쩌면 좋겠느냐 하니, 그러면 안 된다는 것이었다. 달러로 계산하면 안 되겠느냐고 하니, 역시 안 된다는 것이었다. 그러면 업무시간이 넘어 환전 할 수도 없으니, 내일 낮에 환전해 지불하겠다면서, 우선 방에 들어가 누워 자야 되겠다고 했다. 전화로 누구를 부르니, 주인 여자가 나와 직원에게 자세한 이야기를 듣고, '오케이' 하면서 전자계산기를 눌러 미화 40달러를 달라했다.

나는 그 순간 너무 비싸다 싶어 가슴이 조여 왔다. 나의 여행경비 지불명세서에는 40달러는 본래 기재된 곳이 없다. 최고 20달러 이하로 잔다고 했는데, 40달러를 달라고 하니 하늘이 내려앉는 기분이었다. 그러나 밤은 늦고, 다른 곳에 알아볼 수도 없는 형편에, 눈물을 감춘 뒤 달라는 대로 주고 키를 받아 방으로 갔다. 들어가 보니 아주 깨끗한 고급 호텔이었다. 창문을 비집고 밖을 내다보니, 새파란 풀장에 정원수 같은 것이 잘 꾸며져 있었다. 시계를 보니 밤 12시가 넘었다. 그렇지만 40달러나 준 거금 때문에 본전 뺀다고 목욕을 했다.

다음날 8월 9일, 일찍 아침을 해먹고 다음 행선지 빅토리아 폭포로 가기위해 버스정류장으로 찾아갔다. 그 곳으로 가는 버스회사 3개가 있는데, 간 곳마다 '풀' 이라 했다. 그래서 기차역으로 가 또 물어보니 거기도 역시 '풀' 이라기에 조금 난감해 오는 감정을 누르고, 역 마당 의자에 앉아 생각을 좀 해보았다. 그러나 별 뾰족한 수는 없고, 생각다 못해, 첫 번째 찾아간 버스회사로 다시 들어간 다음, 버스는 있느냐하니, 내일 밤 10시에 출발하는 버스가 있다기에 그 표를 사가지고 호텔로 돌아왔다. 오다가 생각을 하니, 여기에는 하루저녁을 더 묵어야 할 형편이라, 나온 김에 먼저 저렴한 호텔부터 구해놓고 들어가야겠다 싶었다.

길옆에 벤치가 있어 그 곳에 앉아 가이드북을 이리저리 훑어봤다. 보는 중 한곳에 눈이 멈추어져 읽어보니 18달러라고 쓰여 있었다. 여기로 가야지하며 일어나 물어물어 찾아갔다. 별로 먼 곳도 아니었다. 그 주위에는 상가도 많고, 시장도 있어 참 좋은 곳이라 여겨졌다. 호텔로 들어서 카운터 아가씨에게 방이 있느냐고 물으니 있다 했다. 하루 저녁 숙박료는 얼마냐니까 미화 25달러라고 해서 내가 눈을 크게 뜬 채 가이드북에 나온 요금을 짚어 보이니 그때야 '오케이' 라 했다. 미화 18달러로 수속을 마친 다음, 키를 받아 방을 가보니, 넓고 깨끗한 것이 너무 좋아, 얼른 나가 택시를 잡아타고, 어제 저녁 잤던 호텔로 갔다.

짐을 챙겨 프런트로 나와 체크아웃을 하는 중에, 웨이터가 어제저녁 나를 안내했던 사람의 명함을 보고 깜짝 놀랐다. 눈을 크게 뜨고 나를 똑바로 보면서, 이 명함에 기재된 사람과 어떻게 알며, 어떤 사이냐고 물었다. 그래서 나는 왜 그렇게 묻느냐며 반문했다. 그러니 그 사람은 요하네스버그와 푸리토리아에서 대단히 알아주는 사람이라면서 엄지를 세우고 '베리 하이(아주 높은 사람이다)' 라 했다. 그러고는 나를 자꾸 훑어보면서, 멀리가지 않고 시내 정도면 자기 차로 태워 모셔드리겠다며 호텔 승용차를 내 놓으려고 했다. 그러나 말도 잘 안 통하는 데다, 40달러도 비싸 못자고 싼 18달러짜리 호텔로 옮겨가는 처지에 순간 부끄러운 느낌이 들어, 그 웨이터의 호의를 '노' 하고 거절해버렸다.

내 쪽에서 도리어 그 사람이 무엇 하는 사람인가 간곡히 묻고 싶었지만, 말이 안 통해 묻지 못했다. 그 거룩한 사람 안다고 나를 돋게 보는 그 사람의 감정에 어긋남을 줄까봐 아무 말도 못한 채, '굳바이' 하며 나와 버렸다. 그러자 그 웨이터는 내 손에 든 가방을 받아들고 따라 나와, 택시가 올 때까지 기다리다가, 내가 차를 잡아타니, 가방을 트렁크에 넣어주고, 허리를 90도로 굽혀, '굳바이' 라 하며 정중하게 인사를 했다. 나도 손을 흔들어주었다. 택시운전사가 '훼어투' 라며 행선지를 물었다. 쪽지에 적은 호텔 이름을 보이니 알았다며 고개를 끄덕였다.

내 방을 찾아가 짐을 넣어두고 푸리토리아 시내구경이나 하자싶은 마음에 거리로 다시 나왔다. 조금 걸어가니 택시가 오기에 잡아타고 국립동물원으로 가자고 했다. 그날따라 경축일인지 많은 사람들이 몰려와 발 딛을 틈이 없을 정도로 빽빽했다. 나도 사람들 흐름 따라 표를 사 가지고 들어가 보니, 모든 시설들이 아주 훌륭하게 꾸며져 있고, 아프리카답게 각 동물들이 넓은 우리에 잘 배치되어 있었다. 동물원 외곽으로 모노레일을 설치해 놓았기에 편안하고 안전하게 구경을 할 수 있게 되어 있었다. 크게 높지는 않지만 산 위 정상까지 올라가서 걸어 내려 올 수도 있는 코스도 있고, 어떠한 면으로 보나 동물원으로서는 손색없이 잘 꾸며져 있었다. 앞서 크고 좋은 것을 너무 많이 본 탓인지 크게 감탄사는 나오지 않았다. 그 동물원을 모두 돌아보고 나니 4시간이 걸렸다. 거기를 나와, 다시 국립박물관을 찾아가, 남아공의 기원부터 현재까지 역사, 문화, 자연과학을 소개한 거대한 유물들을 구경했다. 시계를 보니 5시라 호텔로 돌아왔다.

다음날 8월 10일 시내로 나가 환전을 한 다음, 지나가는 소형버스를 물을 것도 없이 무조건 타고 갔다. 가는 도중 운전사가 어디까지 가느냐고 묻기에 나는 웃으면서 드라이브라 하니 운전사도 알아차리고 따라 웃었다. 그래서 간 곳이 댄 붐 마멜(DENE BOOM MAMEL)이라하는 큰 재래시장이었다. 우연의 일치라더니, 이게 웬 떡이냐 싶었다. 내가 본래 가지고 있는 관광지론이 어디로 가나 그 나라 지역 재래시장을 빼놓지 않고 구경하는 것이다. 그날은 별로 생각지도 않았는데, 내가 좋아하는 토속 민들이 숨 쉬는 재래시장으로 오게 되었다. 기뻐 날뛰며 차에서 내렸다.

조금 걸어 들어가니, 이 지역 사람들이 팔러 나온 많은 상품, 길거리에 늘어앉아 웃고 떠드는 소리, 아무런 제제나 간섭도 없는 것처럼 자유로운 장이 벌어져 있었다. 조금 더 들어가니 이 지역에서 생산된 수많은 과일들이 있었다. 우선 저 과일들을 맛보자는 생각을 하니 입에서 군침이 돌았다. 적당하다 싶은 과일가게로 가 이것저것 한 개씩을 맛보는데, 3개도 못 먹고 배가 불러 앉아 쉬었다. 조금 있다가 일어나 이 골목 저 골목을 돌아다니면서 구경을 했다.

이곳이 푸리토리아라는 대도시 근교에 자리 잡고 있어 푸리토리아 주민들의 농산물 도매시장 역할을 하는 것 같았다. 과일이며 뿌리나 잎채소가 모든 면에 싱싱하며 질이 좋고 값이 싸 마음에 들었다. 그곳에서 생산된 사과 4개를 사가지고 피크닉 가방에 넣은 다음, 이리저리 둘러보다가 오후 2시가 넘어서야 시내로 들어오는 버스를 탔다. 호텔로 들어가자니 너무 이르다 싶어, 다른 곳을 한군데 더 구경하자는 욕심에서, 또 행선지도 모른 채 미니버스를 타고 갔다.

코스는 다른 곳이지만 요금은 이 나라 돈 17원을 달라해 주고, 차창 밖을 열심히 보며 서민들의 생활상을 구경했다. 집들도 깨끗하고 길거리 할 것 없이 선진국 못지않게 청결했다. 우리나라에서 혼자 생각한 아프리카가 아니었다. 앞장에서도 말했지만, 미개하고 원시적이며 말라리아와 황열병에 걸려 굶주리며, 마약과 질병이 창궐하는 나라로만 생각했던 것이 그저 놀랄 뿐이었다. 도로며 농가 주택, 정원을 해놓고 사는 것이 우리나라 농촌에 비해 조금도 모자람이 없어보였다.

내가 본 남아공은 미국과 같은 선진국을 모델로 형성되어 잘 산다고 여겨졌다. 나의 여행패턴은 관광지를 먼저 찾아가는 것이 아니라, 처음 그 도시에 들어서면 돈 적게 드는 시내버스를 타고 주변 상황파악 한다는 명목으로 이리저리 돌아다닌 다음, 정한 관광명소를 찾는 것이 핵심적인 여행방식이다.

이렇게 돌아다니다가 지치는 기분이 들어 시계를 보니 오후 4시가 넘어섰다. 이제는 조금 쉬어가자 싶은 생각이 들어 살펴보니, 저쪽에 나무도 있고 조용해 보이는 곳이 있었다. 그리로 가는데, 길가에 현지인 여자 앞에 김이 무럭무럭 나는 광주리를 놓고 있기에 가까이에서 보니, 옥수수를 팔고 있다. 우리나라 속담에 참새가 방앗간을 그냥 못 지나간다는 말이 있듯이 나는 옥수수를 너무 좋아하기 때문에 그냥 지나칠 수가 없어 두 자루를 비닐봉지에 사들고 한쪽에 앉아 먹고 있었다. 그 강냉이는 찰 강냉이였는데 삶기도 적당히 잘 삶아서 입안에 착착 감겨 넘어갔다.

이 맛 좋은 옥수수를 꼭꼭 씹으면서 이 나라를 다시 한 번 떠 올려 생각해보았다. 아프리카라는 이 곳, 치안이 불안하고, 안전치 못하다는 말이 맞을 건가. 하루 종일 이 골목, 저 골목 할 것 없이 팔방으로 누비고 다녀도 아무 일 없었다. 들은 말대로라면, 나를 건드리는 한 놈쯤은 있을 법도 한데, 아무 일 없는 것이 이상하게 여겨졌다. 혼자 생각하기로 내가 머리를 빡빡 깎고 승복 차림으로 다니니 너무 흔치 않은 복장을 보고 겁이 나서 접근을 못하는가. 하기야 수백만이 있어도 나 같은 차림을 하고 있는 사람은 없었다. 사람들마다 나에게 먼저 말을 걸어 올 때면, 가라대, 쿵후, 태권도 하면서 주먹을 내밀어보이며, 아주 뛰어난 무술가로 여겨 말하기는 했다. 나의 차림으로 인해 불량자가 접근하지 못했다면, 한국 배낭여행객들은 머리를 삭발한 다음 승복을 입고, 아프리카 여행을 했으면 하는 마음 간절했다. 강도 만나는 것도 인과라고 결론짓자 먹던 강냉이마저 다 떨어졌다. 시계를 보니 5시가 지나기에 얼른 일어서 손을 털고 버스 타는 정류소로 갔다. 얼마 안 있어 차가 와 호텔로 돌아왔다.

짐바브웨 빅토리아 폭포 가는 길

가방을 점검한 뒤 로비 한 쪽 자리에 앉아 있었다. 출발시간이 10시라, 일찍 가서 안전치 못한 대합실에 기다리느니, 장소 좋은 호텔 로비에서 시간을 맞추어 간다고 있었다. 이 시간에 저녁기도나 하자는 생각에서, 소파에 앉아 두 손을 모은 채 지긋하게 눈을 감고, 예불문 천수경 부처님 명호를 하고 눈을 떠보니, 흑인 세 사람들이 나를 보고 서 있는 것이 아닌가. 왜 그러느냐는 표정을 지으니, 방에 들어가지 않고 왜 여기에 앉아 있느냐는 것이다. 그래서 서투른 영어로 '오늘 저녁 10시에 불라와요로 간다. 9시쯤에 택시를 불러 달라' 하니 그때야 알아차리고 그들은 하얀 이빨을 드러내며 웃었다.

2시간 넘게 로비에 앉아 있으니, 너무 지겹단 생각이 들어, 8시가 되기에 택시를 불러 달라고 했다. 이내 차가 와 타고 버스 정류장으로 나가니, 너무 조용한 가운데 실내는 창고 같았다. 전등마저 희미한데 승객으로 보이는 사람들은 고작 3명밖에 없었다. 주위를 살펴보니 을씨년스런 느낌이 들어 거기서 얼마 멀지 않은 역전 벤치에 나가 앉아 있었다.

이런 생각 저런 생각을 하면서 기다리는데 10시 20분이 되어 버스가 한 대 왔다. 물어보니 내가 타야할 버스였다. 그래서 얼른 올라 이층버스인지라 맨 앞자리를 잡았다. 그래야 가면서 아프리카 나라 경치를 잘 볼 수 있다는 욕심에서였다. 밤 11시가 되니, 버스는 출발했다. 시가지를 지날 때 가로등이 있어 그런대로 시내 구경을 하면서 갔는데, 교외로 들어서니 칠흙 같은 밤이라 앞길 밖에 안 보였다. 그리고 자야 할 시간이다 보니 졸음이 와서 더 볼 수가 없었다. 그래서 의자를 뒤로 한 채 누워 자 버렸다.

얼마 쯤 시간이 지났을까 덜커덕하는 움직임에 잠이 깨어 눈을 뜨니, 버스는 열심히 어둠을 해치며 달리고 있었다. 시계는 새벽 4시라 얼른 일어나 예불과 기도를 마쳤다. 5시가 넘어서야 동이 트면서 산야가 힐끗힐끗 보이기 시작한다. 6시 10분 정도 되니 국경에 도착하여 차를 세운 다음, 모든 승객은 각자 가방을 들고 내리라 했다. 남들 따라 내려 보니 각처에서 온 사람들은 자기네 지역 별로 줄을 지어 보따리를 옆에 놓고 앉아 있는 것이 마치 큰 전쟁으로 인해 피난 가는 느낌이 들었다. 3열 종대로 300m 넘게 앉아있는데 세관원은 정복차림에 눈을 이리저리 돌리며 지나가다가 자기 마음에 내키면 이 짐 한 번 열어보라며 간단한 검사를 하고 지나갔다. 까만 직원들은 책상 4개를 늘어놓고 입국 비자 스탬프 찍어주느라 땀을 흘리면서 닥닥 열심히 찍어 제쳤다. 그날 아침 이 국경을 넘는 사람들은 내가 보기에 1000명이 넘을 것 같았다. 버스나 트럭 할 것 없이 그 넓은 광장에 꽉 차 서로 먼저 빠져나가려고 교통전쟁이 벌어졌다.

8시가 다 되어가니 그 많던 비자 받는 행렬이 거의 끝나, 내가 타고 있던 버스는 인원파악을 했다. 맞다는 신호를 보내니 시동을 걸어 출발했다. 국경을 넘어 2시간 30분 넘게 가서 버스는 시내 한복판에 섰다. 모든 승객들이 자기 짐을 챙겨들고 내리기에, 다 온 것 같아, 나도 남들 따라 내렸다. 배낭을 찾기 위해 현지 사람들 틈에 끼여 기다리는데 '헬로' 하는 소리에 옆을 보니, 올 때 옆자리에 앉아온 이곳 아가씨였다. 왜 그러냐 하며 물으니 빅토리아 폭포 가는데 도와주겠다고 따라오라는 것이었다. 일단 택시를 잡아 자기 집까지 가기로 하고 역으로 가 열차시간을 알아보자는 것이었다. 도중 내가 현지 돈이 없다고 하니 택시운전사가 환전하는데 데려다 준다기에 믿고 있었다. 얼마 안가서 도로변에 차를 세우고 나더러 얼마 환전 할 것이냐기에 일단 50달러만 하겠다하니 자기한테 돈을 주면 환전해 갖다 주겠다고 하기에 그렇게 하라며 돈을 주고 우리 일행은 차에 앉아 있었다. 운전사는 돈을 쥐고 들어가 금방 바꾸어 나왔다. 환율을 잘 몰라서 주는 대로 받아와 나중에 알고 보니 제법 많이 속았다. 정확히는 모르지만 반 정도 속은 셈이었다. 내가 여행 다닌 후 처음 속아봤다.

다시 역으로 가 열차시간을 알아보니 6시 10분발이라 한다. 지금 시간은 정오 12시라 열차를 타자면 6시간을 기다려야 될 것 같았다. 그 흑인 아가씨는 걱정 말고 자기 집으로 갔다가 시간이 다 되면 나오자 했다. 그 택시로 10분쯤 가니 그들의 집에 도착했는데, 너무 동네가 조용하고 깨끗했으며 집들도 큼직큼직해 부유한 느낌이 들었다. 아프리카 여러 나라를 다녀도 현지인의 가정은 못 보았는데 이제는 보게 되는구나하고 옳은 구경을 한다 싶어 매우 기분이 좋았다.

빅토리아 폭포가는데 도움을 준 아가씨와 함께

아프리카 짐바브웨야말로 가난하고 못 산다는 생각만 했더니 그 집에 들어가 본 후 깜짝 놀랐다. 현관과 거실이 어느 선진국 중류층 집안과 다름없이 잘 꾸며져 있었다. 탁자, 소파, 싱크대가 다 갖추어 있었다. 그래서 너희들의 방 구조를 좀 보여줄 수 있느냐니까, '오케이' 하면서 자기 방문을 열어 보였다. 방마다 고급 침대, 창문 가리개 할 것 없이 우리나라 중류층들의 방보다 더 좋게 꾸며져 있었다. 그래서 '생큐' 하고 거실 소파에 앉으니, 그 나라 과자와 환타 한 캔을 내주고, '드링크는 무엇을 드릴까요?' 라며 묻기에 커피 한 잔 달라하니 따끈한 물과 커피, 설탕, 프림을 내 놓았다. 그래서 내 입맛에 맞춰 한잔 먹고 주변 공원을 산책하다가 시간이 다 되어 가기에, 아가씨에게 시계를 보이니 '오케이 렛츠 고(예, 갑시다)' 라고 했다. 5시까지 오기로 약속한 택시가 와서 자기 동생과 함께 타고 기차역으로 갔다.

역에 도착하니 마당에는 제법 길게 줄을 서 있었다. 저 사람들은 어디 가는 사람들이냐고 물으니 역시 빅토리아 폭포로 가는 사람들이라 했다. 더 빨리 올 것을 그랬나하면서 줄을 서니, 내 대신 자기 동생을 세워놓고, 나를 데려다가 의자에 앉히면서 '노 프로블름(걱정 마세요)' 이라 했다. 한 20분쯤 지났는데도 줄은 좀처럼 줄어들지 않았다.

그래서 매표구 앞을 가보니 줄 서 있는 사람보다 새치기를 하는 사람이 더 많았다. 새치기라면 나도 일가견하는 사람인데 외국에 와서 체면 차린다고 있으니 너무 하는 것 같아 보였다. 야, 이러다가는 차도 못 타겠다 싶은 생각이 들어 염치불구하고 새치기하기로 작정했다. 자세히 보니 그 곳 사람들이 새치기 방법을 2단으로 하기에 나도 2단적인 수법을 따라했다.

앞사람이 표를 받으려는 순간 내가 재빨리 들어가 그 놈의 등을 슬쩍 건드리며 '하와유' 하면서 고개를 끄떡하니, 표 받는 사람은 영문도 모르고 얼른 옆으로 비켜서 주었다. 그럴 때 돈을 내밀면서 빅토리아 폭포라고 했다. 무슨 크라스냐고 묻기에 퍼스트 크라스라 하니 '노' 라 한다. 그 다음 세컨드밖에 없다기에 '오케이' 라 했다. 그리니 컴퓨터를 치고는 돈을 세어본 다음, 많다고 표와 함께 도로 내어주었다. 그것을 얼른 받아들고 나오니, 줄을 서 있던 동생과 아가씨는 웃으며 엄지 손가락을 세우면서 '베리굳(잘했어요)' 이라 했다.

내 차림새가 하도 드문 차림이라 그런지 아무도 입대는 사람은 없었다. 1등실은 없어 2등실을 샀다면서 표를 보여주고 한적한 의자를 찾아가 앉았다. 그 아이들이 너무 고마워 가족 사항을 물었더니 가족이 10명이라 했다. 아버지, 엄마, 형제가 8명이나 되고, 아버지의 직업은 비즈니스맨이며, 엄마는 오빠와 동생 한명을 데리고 영국에 있다했다. 그래서 엄마가 보고 싶지 않느냐 하니, 할리데이(휴가철)에는 이곳에 와서 1개월씩 있다가 간다고 했다. 그 아가씨는 이곳 전문대학을 나와 취직시험을 봐 놓고 기다리는 중이라 했다.

이야기를 하다 보니 승차시간이 다 되어가기에 '굳바이' 하며 일어서는데, 남자 동생이 내 배낭을 짊어졌다. 괜찮다 나 혼자 찾아갈 수 있다 해도 그 아가씨는 그렇지 않다며 기어코 내 손가방을 들고 플랫폼으로 따라와 내가 타야할 열차와 칸실까지 찾아 짐을 넣어주고 '굳바이' 라 했다. 나는 하도 고마워서 그 남동생에게 현지 돈 500원을 주고, 아가씨에게 1,000원을 주면서, 택시라도 타고 가라며 손에 쥐어주었다. 그러나 끝까지 거절했다. 나는 겨우겨우 성의 표시라며 사정해서 주고, 두 손을 합장하며 만수무강하고 행복하라는 축원으로 보내었다. 그 애들을 보낸 다음, 빵으로 간단한 저녁식사를 때운 후, 예불을 드리고 잠자리에 들었다.

얼마나 되었던가. 차가 흔들거리는 소리에 눈이 떠져 일어나 보니 4시 30분이라, 아침 예불기도를 하고 또 빵을 꺼내어 들여다보았으나 먹고 싶은 생각이 없어 도로 집어넣은 다음, 동이 터 부연 바깥을 유심이 보고 앉아 있었다. 얼마 있다 보니 시계가 6시를 넘어섰다. 7시 30분에 도착한다는 기차이기에 일찍 내릴 준비를 해 놓고 있었다.

그러나 어느 산골 역에 기차가 멈추어 서더니 아예 갈 생각을 하지 않았다. 다 왔는가 싶어 창문으로 내다보아도 다 온 것 같지 않으며, 사람들도 내리지 않았다. 문을 열고 통로를 살펴도 열차에 많은 사람들이 앉아 있었다. 지나가는 현지인에게 물어보았다. 빅토리아 폭포 역에 다 왔느냐고 물으니, 그 사람은 빙그레 웃으면서 더 가야 한다는 것이었다. 시계를 보니 9시였다. 참 기절할 지경이었다. 열이 받쳐 두리번거리다가 식당차에 가서 커피 한 잔을 시켜 마셨다. 커피를 먹고 나니 마음이 조금 풀려 정신이 돌아왔다. 밖을 보니 역직원이 홈에 서 있었다. 이 차는 언제 가느냐고 물으니 곧 간다는 말만 했다. 안달이나 왔다 갔다 하는데 어디에선가 삑 소리가 났다. 그때서야 열차바퀴가 근근이 움직이면서 출발했다. 빅토리아 폭포 역이 마지막 종착이라는 말에 마음을 푹 놓고 앉아 있었다.

여섯 정거장을 갔는지 다섯 정거장을 갔는지는 몰라도, 기적소리가 크게 나고 얼마 안 있어, 차창 밖으로 건물들이 제법 화려하게 보이며 지나갔다. 느낌상 다와 가는구나하고 앉아있는데 열차는 홈에 얌전하게 댔다. 가방을 짊어지고 내려가니, 나처럼 배낭을 멘 여행객들도 제법 많이 섞여 내렸다. 남들 흐름에 따라 개찰구로 빠져나오니, 검은 청년 한사람이 다가와, 공손하고 낮은 목소리로 호텔 갈려느냐고 물어봤다.

그래서 나는 돈 없는 여행객이다 보니 가장 싼 숙소를 데려다 달라했다. 그러니 '오케이' 하면서 여기에서 그곳까지는 1km 거리이며, 아주 깨끗하고, 가든캐빈인데 취사시설도 잘 갖추어져 있으며, 온수도 나오고, 조그마한 풀장도 있다고 했다. 그러면 하루에 숙박비가 얼마냐 하니, 미화 7달러라 했다. 그 말을 들은 나는 모든 조건이 나에게 딱 소리 나는 집이다 싶어, '오케이' 라 하며, 그 사람의 차를 타고 갔다. 가서 본 즉, 앞서 한 말이 하나도 안 틀렸다. 너무 조용하고 좋아, 오늘은 운수가 좋은 날이다 하며 수속을 마친 다음 방에 들어가니, 매우 청결해 좋았다.

배낭을 내려놓은 후, 배가 고파 시계를 보니 10시 30분이었다. 아침 겸 점심으로 부랴부랴 가방에 든 국수를 꺼내어 주방으로 가 요리해서 맛있게 먹고 앉아 쉬었다. 그러는 순간 내가 미쳤나 왜 이러고 앉아있지 하는 생각이 들었다. 세계 삼대 폭포중 하나인 이 유명한 곳에 와서 그 폭포를 보러가지 않고 앉아있어 될 일이 아니라며, 얼른 일어나 옷을 챙겨 입고 피크닉 가방을 손에 든 채 쏜살같이 밖으로 뛰어나갔다. 도로에 나와 지나가는 승용차를 세우고, 빅토리아 폭포 정문까지 데려다 달라하니 '오케이' 했다. 이곳은 택시가 따로 없고 모든 승용차들이 택시영업을 하는 판이었다.

빅토리아 폭포

입구에서 입장료를 사가지고 들어가려는데 장사치들이 우산을 내밀며 사라고 권했다. 나는 이 청청한 하늘에 우산이 뭐 때문에 필요하냐며 거절하고 그냥 들어갔다. 50m정도 가니, 드디어 그 많은 기대를 하고 갔던 거대한 빅토리아 폭포가 나타났다. 그 광경을 보는 순간 첫마디에 '아이고!' 소리가 나왔다. 폭포가 떨어지면서 바람에 잔물 방울이 위로 올라가 다시 내려오니, 하늘에는 햇빛이 나 청청한데도, 비가 오는 것이었다. 이래서 우산을 사가라고 권했구나 하며 조금 더 들어가니 위에서 밑으로 전망대가 있는 관광 로가 형성되어 있고, 주위로는 원시림과 정글 같이 해놓은 것이 천작으로 된 것이 아니고, 모두 인작으로 꾸며놓은 것은 틀림없으나, 그런대로 아프리카라는 명분에 맞추어 잘 조화시켜 놓았다. 밑으로 내려오니 잠비아 국경에서 그 길이 끝났다.

조용한 곳에 앉아 쉬면서 내가 생각했던 빅토리아 폭포와 현지에 와서 보고 있는 빅토리아 폭포를 비교해 보았다. 오기 전에 생각했던 빅토리아 폭포는 특유의 아프리카 원시림 속에 아주 환경이 빼어난 줄 알았다. 그러나 와서 본 결과 나무도 별로 없는 척박하고 황량한 땅에 겨우 생명을 부지해 보이는 나무 몇 그루가 드문드문 있고, 폭포가 아니면 개미도 못 살 땅 같이 보였다.

세계에서 유명한 3대 폭포라는 곳이기에 사람들이 몰려 조그마한 도시가 형성되어 있고, 많은 관광객이 찾아와 장을 이루고 있었다. 사람들마다 보는 면이 달라 나이아가라 폭포가 좋으니, 빅토리아 폭포가 더 아름다우니 하면서 각자가 평을 하는데, 나도 한번 평을 해 보자면, 아름다운 경치는 제쳐놓고 나이가라는 우선 풍요로워 보이고, 빅토리아 폭포는 가난하게 보였다. 나의 촌평을 말하자면, 나이가라 폭포는 와와 폭포이고, 빅토리아 폭포는 아이구 폭포구나 하면서 혼자 웃음 지었다.

2시간 넘게 구경을 하고 물 한 모금 마신 다음 석양에 배를 타고 강을 왔다 갔다 한다는 투어를 하기 위해 정문 밖을 나왔다. '투어, 투어' 하면서 모리꾼들이 몰려와 붙었다. 그 중 한 사람과 흥정을 하니 20달러를 주면 배 위에서 음료와 저녁식사를 준다기에 그 사람을 따라갔다. 차를 타고 10분 넘게 가니 빅토리아 폭포의 상류인데, 밑에는 인정사정없이 폭포가 되어 떨어지지만, 상류에는 아주 조용하고 평화로운 강이었다. 드문드문 섬들이 있고, 습기의 탓인가 무성한 나무들, 물, 나무 풍치가 아름답게 보였다. 기다리고 있다가 4시 30분에 배를 타고 출발했다. 소개된 말로는, 강 위에 일몰 경치는 보기 드문 아름다운 풍경이라기에, 대단한 호기심으로 들떠 갑판위에 앉아 전망했다.

내 생각으로는, 그 유람선이 구석구석 한 바퀴 돌아 보여주는 줄 알았는데, 그렇지가 않았다. 강 복판에 그냥 서 있을 따름이고, 앞에 보이는 조그만 섬에 악어 몇 마리가 나타나니,

사람들은 신비한 눈으로 바라보며, 카메라를 들이대고 셔터를 눌러댔다. 또 저 건너편 큰 섬에 검은 코끼리 한 마리가 나타나니, '와' 하는 소리와 함께 모두들 그 쪽을 바라보면서 사진을 찍었다. 그래도 나는 별 다른 관심이 없었다. 해질 무렵 아름다운 일몰 경치나 보자 싶어 기다리고 앉아있었다.

그러나 내가 감각이 없어 그런 것은 아니었다. 이곳 오기 전 케냐 마사이마라에서 거대한 동물들을 눈이 쓰라리도록 많이 보고 온 탓에 그런 정도는 안중에 들어오지 않았다. 그런 후 조금 있으니, 종업원이 넓적한 쟁반을 들고 승객 앞으로 와서, 담겨져 있는 먹을거리를 마음껏 집으라는 것이었다. 이 요리들은 꼬지형식으로 되어 있어 스푼이나 칼 같은 것이 없어도 그냥 들고 먹을 수가 있었다. 한 가지가 지나가니, 또 한 가지가 나오고, 그렇게 몇 차례 지난 다음, 마지막에는 음료와 술 종류가 나왔다. 다른 사람들은 맛있게 먹어도 나는 하나밖에 못 먹었다.

시간이 흘러 일몰 때가 되어 잔뜩 기대에 들 뜬 마음으로 석양을 바라보았으나 실망스런 감정이 들었다. 어디에서 보나, 같은 일몰 경치일 뿐 별로 다를 바가 없었다. 배는 관광을 마쳤다고 선착장에 대는데, 결론적으로 요금이 아깝다는 생각을 하면서 하선했다. 시간은 오후 6시경이었다. 주차장으로 가니 여러 대의 미니버스가 주차되어 있어 골라 타고 있으니 각자 호텔 문 앞까지 데려다 주었다. 숙소에 와서 다시 누룽지를 끓여먹고 누워 잤다.

플라밍고 조각상

다음날 8월 13일은 빅토리아에 사는 사람들의 생활모습을 구경한다고 시내 이곳저곳을 돌아다니다가 많은 사람들이 저쪽으로 가기에 나도 따라가 보았다. 그곳은 국경을 넘는 통관 구역이었다. 빅토리아 폭포가 짐바브웨에 있다면, 같은 폭포인데 잠비아에서 보는 면이 있어, 그곳을 보러 많은 관광객이 비자를 내 국경을 넘어 구경하러 간다는 것이었다. 나는 그러한 것을 포기하고 시내를 와 상점을 다시 구경했다. 상품도 사람과 인연이 있다더니, 그 많은 물건 가운데 유달리 눈에 당기는 것이 있었다. 다른 것이 아니라 다리가 길게 뻗은 플라밍고 철 조각품이었다.

여기가 가까운 일본쯤만 되어도 사가지고 갔으며하는 마음이 간절했다. 그러나 이 머나먼 아프리카에서 지금 당장 귀국하는 것 같으면 몰라도 앞으로 요하네스버그로 거쳐, 다시 비행기를 타고 아프리카 최남단 케이프타운의 희망봉으로 가서 관광한 다음, 동쪽으로 돌아오면서 너덧 군데 정도 내려 구경을 하고, 마지막에는 더반에서 일정을 마칠 계획이었다. 그리고 다시 요하네스버그를 거쳐 한국행을 할 거라고 작정 하는데, 여기에서 저 큰 플라밍고 조각 두 마리를 사갈 엄두가 나지 않았다. 그래서 독한 마음을 굳혀먹고 돌아 나왔다.

10m 정도 오니 플라밍고 생각이 또 났다. 어떠한 고생이 생기더라도 가지고가면 안되겠나 하며, 다시 발걸음을 돌려 그

상점으로 가서 한참 있다가, 아무리 생각을 해봐도 가지고 다닐 일이 꿈만 같았다. 인제는 완전히 포기하고 오는데, 얼마 안가서 또 플라밍고 생각이 나기 시작했다. 저 놈의 긴 발을 잘라 넣으면 포장한 부피가 삼분의 일정도 될 것이고 무게는 별로 무겁지 않으니, 여기에서 비행기로 요하네스버그 국제공항으로 가 한국으로 부치면 되겠다 싶었다.

다시 그 가게를 찾아가 주인하고 홍정해 물건을 산 다음, 플라밍고 다리를 잘라 포장해 줄 수 있느냐 하니까, '오케이' 라 했다. 기다리고 있으니 어디엔가 전화를 했다. 한참만에야 쇠톱을 가진 사람이 와서 다리를 잘라 넣고 포장을 해주었다. 돈을 지불한 다음, 숙소로 돌아오면서 생각을 해도, 이런 일은 머리 털 난 후 처음 겪는 일이었다. 사면 사고, 조건이 안 맞아 못 사면 못 사지, 물건 하나 사는데 이처럼 살까말까 망설이는 심적 갈등은 처음 겪어 보는 일이었다. 젊었을 때 쓰던 패기, 결단력, 과단성이 쇠약한 70노인의 노파심으로 변하였나 하는 씁쓸한 감정이 연신 치받아 올랐다. 내일은 요하네스버그로 이동하는 날이었다. 저녁을 먹고 샤워를 한 후 일찌감치 누워 잤다.

남아공 케이프타운 가는 길

8월 14일 일찍 출발 준비를 하여 주인에게 계산을 해 주고 나오니, 약속했던 택시가 와 있었다. 어제 저녁 때 요금을 흥정해 놓은 상태라 별로 신경이 할 것 없이 공항으로 나갔다. 도착 후 약속대로 10달러를 준 다음, 짐을 챙겨들고 청사 안으로 들어가니 시간은 넉넉하였다. 카트에 짐을 싣고 이리저리 돌아다녔다. 9시가 되어 가기에 리컨펌을 하고 게이트를 찾아갔다. 10시가 되니 비행기는 정시에 출발했다.

빅토리아공항에서 요하네스버그까지는 2시간정도 걸리는데, 기내에서 점심식사가 나왔다. 별로 먹을 것이 없어 빵에 치즈를 넣어 먹은 것이 배속에서 꼬물꼬물 소리를 내면서 이상한 동작을 했다. 결과적으로 말하면 배탈이 난 셈이었다. 야, 이것 큰일났다싶어 얼른 가방에 정로환 6개를 꺼내 먹고 눈을 지긋하게 감고 기대어 있었다. 약 30분 정도 있으니 배속이 편안하면서 아무렇지도 않았다. 그래서 정로환 '베리 굳' 하며 눈을 뜨니 귀가 멍멍해졌다.

이제 요하네스버그에 다 왔는가보다 하면서 창문을 보니, 저 멀리 희끗희끗 시내가 보였다. 얼마 안 있어 요란한 소리와 함께 덜덜 떨면서 비행기가 활주로에 무사히 내려앉았다. 내려 짐을 찾는 곳에서 대기하고 있으니 내 짐이 나왔다. 재빠르게 집어 들고 갈아탈 비행기 타는 곳을 찾아가려는데, 명찰을 가슴에 단 흑인 청년이 나를 도와준다면서, 카트를 받아 밀며 어디로 가느냐고 묻기에, 케이프타운으로 간다했다. 자기를 따라오라 하기에 그 사람을 따라 한참 가니, 비행기 티켓 파는 오피스 앞에 세워두고, 사무원 아가씨와 이야기를 주고받더니, 나를 돌아보며 여기에서 표를 사야한다는 것이다. 현지 돈이 부족한데 미국 달러로 주면 안 되느냐고 하니, 안 된다는 것이다. 그러면 나가서 환전해 오라고 했다. 비행기 시간은 얼마나 있느냐니까 앞으로 40분밖에 없다 한다. 시간은 급박하고 어찌할 바를 몰라 두리번거리는데, 그 흑인 청년이 나를 보더니 비자카드가 있냐며 물었다. 그때 나는 항시 비자카드를 가지고 있던 터라 '예스' 라 했다. 환전해오면 시간이 급해 비행기를 놓칠 수 있으니, 카드로 표를 사라고 권했다. 그래 얼른 카드를 꺼내 직원 앞에 내미니, 웃으면서 '오케이' 라 했다. 돈이 얼마든 간에 사인을 해주고 표를 받으니, 그 청년은 나에게 빨리 따라오라는 제스쳐를 취한 뒤 막 달려갔다. 나도 부지런히 따라갔다. 청사 내이지만 제법 멀리 가서 탑승 수속대에 닿았다. 시간이 없으니 빨리 리컨펌을 하고 들어가라는 독촉의 말을 했다. 너무 고마워서 이렇게 수고를 끼쳐 어떻게 하느냐니까, 자기는 이 공항에서 노약자를 돕는 일을 맡아 한다며, 당연히 내가 할 일을 했을 뿐이니 고마워하지 말라며, 시간이 없으니 어서 들어가라고 권했다.

나는 직분보다 이 청년이 너무 고마워 미화 10달러를 손에 쥐어주면서, 모든 조건을 떠나서 너는 나의 자식 같아 내가 사랑하는 마음으로 주는 것이니 아무 말 하지 말고 받아서, 오늘 저녁 퇴근길에 차나 한 잔 하라고 했다. 그 청년도 그렇게 사양하던 기세를 누그러뜨리고 감사한 마음으로 받았다. 요하네스버그 공항에서 플라밍고 짐을 한국으로 부친다는 게획을 세웠으나, 여기오니 시간이 너무 급해 뜻을 이루지 못하였다. 다시 비행기에 실은 채 케이프타운으로 가니 속이 조금 불편한 감정이 들었으나, 다행히도 오는 즉시 케이프타운 비행기를 타게 된 것만 해도 운이 좋다는 생각으로 마음을 고쳐 먹었다. 그 청년과 악수를 한 다음, 급히 보안검사를 마친 뒤 비행기에 보딩업을 했다.

케이프타운

15시에 출발하는 비행기라 케이프타운에 도착하니 17시가 되어 시간상 2시간 정도 걸린 셈이었다. 처음 찾아온 곳이라 조금 헤매는 마음이었는데, 옆자리에 같이 타고 온 페루 노인이 나를 보더니, 눈짓을 하면서 같이 나가자는 제스쳐를 취했다. 공항으로 나와 시내로 가는 리무진 버스가 있냐고 물었더니, 그 사람은 친절한 음성으로 리무진 버스는 없으나 소형버스가 많이 있다면서 나를 시내로 가는 소형버스 주차장으로 안내해주었다.

버스를 타고 오면서 익숙하지 못한 영어로, 교통이 편리하고 가장 저렴한 호텔 앞에 내려달라고 부탁했다. 그 운전사도 그러겠다며 고개를 끄덕였다. 공항에서 시내까지는 50km, 시간상 40분 정도 걸렸다. 나는 시종일관 촌닭처럼 불안에 섞인 감정으로 차창 밖으로 지나가는 시가지만 보고앉아 있었다.

어딘가 모르는 길옆에 차를 세우자 몇 명의 사람들이 내리고, 운전사가 나를 보더니 '아웃(내리세요)' 이라 하면서 손짓을 했다. 나도 얼른 가방을 챙겨들고 '생큐' 하며 차에서 내렸다.

버스 간 뒤, 나는 그 주위를 유심히 살펴보았다. 조그만 호텔 간판들이 제법 많이 있었다. 드문드문 게스트하우스라는 간판도 심심찮게 보였다. 여기가 바로 여행자들의 싸구려 숙소 밀집지역이구나 하고 감이 잡혔다. 그래서 한참 그 지역을 살펴보다가, 마음에 드는 집을 골라 찾아들어가, '두 유 해브 룸(방 있어요)?' 이라고 물으니, 카운터 아가씨는 오른손을 저으며 '풀(만원)' 이라고 했다. 할 수 없이 도로 나와, 건너편에 있는 집을 찾아가서 방이 있느냐고 물으니, 있다고 했다. 하루 저녁 방 값이 얼마냐 하니, 5달러부터 15달러까지 있다며, 어느 방을 필요로 하느냐하며 반문했다. 그래서 나는 7달러 정도 방에 묵고 싶다하니, 나를 방에 안내해 보였다. 들어가 본 즉, 조금 컴컴한데다가 불결하기 짝이 없었으나, 싼 맛에 자기로 결정했다. 이런 곳의 장점은 여행정보 같은 것을 친절하게 잘 가르쳐주고 관광안내도 잘 해주는 점이다.

15일은 케이프타운 일주투어를 신청해놓고, 약속시간 보다 조금 일찍 내려가 호텔 프론트에 있는데, 9시가 다 되니 중형 버스가 왔다. 가이드가 그 차를 타라 해서 들어가 보니, 국적을 알 수 없는 많은 외국 사람들이 타고 있었다. 옆으로 빈자리가 있기에 앉아 아프리카 대륙 최남단이라는 호기심에 차창 밖을 열심히 내다보며 가는데, 청결하고 산뜻한 감정이 들었다. 별로 크지 않은 돌섬인데 섬이 보일 듯 말듯 할 정도로 수천 마리 물개들이 소리를 지르며 누워있었다. 아프리카가 아니면 볼 수 없는 특이한 광경이었다. 그 섬을 한 바퀴 도는 것으로 그만이었다.

다음은 펭귄 섬으로 가는데 영화나 책 속에서만 보던 펭귄 떼들이 마치 소풍 온 학생들이 모여 있는 것처럼 보였다. 조용하고 깨끗한 해변을 거닐면서 살아있는 즐거움을 느꼈다. 다음 코스로 케이프 포인트에 올라가 대서양과 인도양이 서로 만나는 대양을 바라보면서 큰 숨을 한번 몰아쉬었다. 구석구석 아름다운 절경을 훑어보고, 다시 희망봉으로 와서 둘러보니 별로 볼 것 없는 그저 평범한 바닷가였다. 희망봉이라 하면 이름은 크게 나 있는데 실제로 가보니 기대감이 어그러져도 한참 어그러졌다.

옛날 아프리카 대륙을 발견할 당시 이곳에 처음 배를 대고 첫발을 디딘 곳이라 해서 이름만 유명할 뿐 조그마한 모래사장이 있는 평범한 바닷가였다. 팻말이 붙어있는 이 사장에 서서, 푸른 바다 위에 눈을 던져놓고, 깊은 생각에 잠겼다.

이 땅은 지구가 생기면서 있었던 땅인데, 인간이, 아니 누가 발견했단 말인가. 발견했다 하는 말들은 일찍이 해양술이 발달한 나라 사람들이 먼저 왔다고 자기네끼리만 통하는 말인가. 처음부터 이 땅에 살았던 원주민들에게는 발견이라는 말을 붙일 수는 없는 건가. 자기네 나라 사람들끼리 통하는 발견이지, 지구와 인간을 놓고 볼 때, 그 말이 옳다 할 수가 없다.

아프리카 최남단 희망봉에서

발견이란 말을 쓰는 나라 사람들이 10년 전에 발견했다면 이 지역 원주민들은 몇 만 년 전에 발견한 것이 아니냐는 반박적인 생각을 해보았다.

어디에서 '헬로' 하는 소리가 나 돌아보았다. 가이드가 나를 부르면서 손을 입에다 대고 점심 먹으러 가자고 했다. 이 투어 신청 약관에는 점심 포함이라 어느 식당으로 데리고 가는 줄 알았는데 그런 것이 아니었다. 운전사 겸 가이드는 차에 빵과 음료를 싣고 와서 희망봉 옆 공터 주차장에 차를 세워두고 손님들께 먹을 것을 나누어 주면서 점심식사를 하게 했다. 우리 일행들은 주는 대로 받아먹고 있는데, 운전사는 저쪽을 보더니 급한 동작으로 음식이 들어있는 차문을 닫아버렸다. 조금 있으니 사람만한 큰 원숭이가 나타났다. 그 때 다소의 사람들은 빵을 먹고 있었다. 이 원숭이는 사람을 보고 겁을 내거

인도양과 대서양이 만나는 아프리카 포인트에서

나 의심하지 않고 무조건 빵을 떨쳐 먹었다. 안 빼앗기려하면, 하얀 이빨을 드러내 겁을 주었다. 이 사람, 저 사람 할 것 없이, 먹을 것만 가지고 있으면, 무조건 빼앗아 먹었다. 그 많은 사람들은 겁에 질려 꼼짝 못하고, 있는 대로 다 빼앗기는 판이었다.

그 때 나도 빵을 먹고 있는 중이었는데, 내게로 와서도 빼앗으려했다. 주지 않으려하니, 하얀 이빨을 드러내면서 달려들 자세를 취했다. 이 자식 예절도 모르는 동물이라지만, 타인에 대한 두려움을 조금도 못 느끼는 것에 미운감정이 들어, 요놈을 단단히 혼 줄을 내주자 싶었다. 너도 동물 나도 동물, 다같은 동물로서 일대일로 한번 싸워보자 하며, 원숭이 키 높이 정도 자세를 낮추고, 험상 궂은 얼굴을 지으면서 왼팔을 원숭이 얼굴 앞을 휘두르니, 이놈이 얼른 나의 소매 자락을 물고 늘어졌다. 찬스다 싶어 잽싸게 오른손 주먹으로 원숭이 코를 힘차게 한방 가격했다. 라이트 한방을 맞은 원숭이는 한참 멍하니 서 있다가 캑캑 기침을 두 번 하더니, 조금 전에 빼앗아 먹은 빵을 토했다. 그러더니 이내 사태를 파악했는지, 술 먹고 취한 놈처럼 비틀거리면서, 저 건너편 숲속으로 도망가 버렸다. 원숭이가 이 세상 나고 처음 당해보는 사람의 따끔한 맛에 항복을 하고 건너편 숲속으로 사라지는 광경을 본 우리 일행들은 박수를 쳤다. 그리고 다시 점심을 먹은 후 몇 군데를 돌아본 다음 일정을 마치고 호텔로 와 누워 잤다.

다음날 8월 16일, 시내 관광을 하는 투어를 신청해 놓고 있었다. 호텔 프론트에서 기다리는데, 9시에 투어차가 왔다. 그 버스는 중요하다 싶은 곳을 찾아 케이프타운 구석구석을 돌고난 다음, 체어마운틴 산으로 올라갔다. 그곳에서 시내를 내려다보는 것으로 반나절 관광은 끝났다. 그 다음 코스인 로민 아일랜드 섬으로 가기위해 선착장 가까운 곳에 내렸다. 매표소로 가 표를 사 들고 보니 오후 3시 표였다. 현재 시간은 12시라 더 빨리 가는 배가 있느냐고 서투른 영어에 손짓발짓을 동원해서 말을 하니, 내 말을 알아듣고 '투데이 해브 노 올 풀(오늘 표는 없어요. 매진입니다)' 이라 했다. 그래서 알겠다고 고개를 끄덕이며 물러났다.

점심때가 넘어서니 배가 고파와, 선창가에 앉아 빵을 하나 먹으면서 이리저리 주위를 살펴봤다. 얼굴색이 흰 사람들이 너무 많았다. 더러는 쟁반에 담긴 무엇을 열심히 먹는 사람도

체어마운틴 산에서

있고, 술, 음료를 마시는 것이 무슨 대회라도 하듯 떼를 지어 앉아 마시고 있었다. 그래서 유심히 살펴본 결과, 그 일대가 음식점 내지 여러 물품을 파는 대형 백화점 같아 보였다. 본래 백화점하고 나는 사돈네 팔촌간이지만, 3시간 넘게 장시간을 보내기 위해 할 수 없이 구경이나 하자는 마음에서, 그 안으로 들어가 보았다. 이 골목 저 골목 돌아봐도, 눈에 들어오는 것은 하나도 없고, 그저 다리만 아플 뿐이었다. 견디다 못해 입구로 나와 시간을 보니, 그럭저럭 출발시간이 다 되어갔다.

정각 3시에 출발해서 목적지까지는 30분정도 걸렸다. 배에 내려 조금 걸어가니 대형버스 3대가 대기하고 있었다. 완장을 팔에 두른 안내자 한 사람이 앞에 있는 버스를 가리키면서 '잉글리쉬' 라고 했다. 알고 보니 영어로 말하는 가이드가 타고 안내한다 했다. 다른 차 두 대에는 세계 각국에서 온 사람들에게 어느 나라 말로 가이드 할 것인가. 이래도 못 알아듣고 저래도 못 알아들을 바에야 잉글리쉬니 개똥이니 하며 고를 것이 아니라 편리한 것을 타자싶어 그 차를 타니, 그 안내자는 나를 보더니 '잉글리쉬' 하며 물었다. '오케이' 하고 올라가 전망 좋은 앞자리를 잡아 앉았다. 손님이 차니 출발했다.

안내자는 마이크를 들고 인사말과 자기소개를 하는 것 같은데, 다른 말은 한마디도 못 알아듣겠고, 마이네임 이라는 말밖에 못 알아들었다. 그러나 차는 들썩 들썩 잘도 갔다. 30분 정도 갔을까 철조망이 겹겹이 쳐져 있는 것이 보였다. 여기가 옛날 형무소구나라는 직감이 왔다. 조금 깊이 파진 데가 있기에 이곳은 사형장이구나 하며 보고 있는데, 가이드가 안내 도중 손을 목에 갖다 대고 긋는 흉내를 내면서 이야기를 했다.

나는 너희들 말을 할 줄은 모르지만 직감적으로 다 알아들을 수 있다는 자신감이 생겼다. 여러 사람들은 철조망을 통과해서 안으로 들어갔다. 나도 따라 들어가면서 안내자의 눈치를 보고, 남아공화국 현직 대통령이 옥살이 할 때 쓰던 방과 유품을 구경하러 가는구나 하고 생각을 했는데, 딱 맞아 떨어졌다. 대충 구경을 한 다음, 더이상 이곳에 머물러야 할 이유가 없다싶어, 돌아 나오는 버스를 타고 선착장으로 왔다. 오자마자 곧 배가 출발하려 하기에, 막 뛰어와서 그 배를 타고, 케이프타운으로 돌아왔다.

이놈의 시내는 대중교통은 눈을 닦고 봐도 없었다. 택시 내지 투어를 해야 차를 탈수 있으니, 돈 없는 배낭족인 내가 2달러짜리 밥만 먹어도 비싼 값에 먹었다 싶어 밤새도록 배가 끓는 판인데, 거금 3달러를 들여 택시를 타고 호텔 앞에 내리니 다리가 떨렸다. 어디 수퍼마켓이나 있으면 저녁 해 먹을 국수를 조금 사서 들어갈 냥으로 두리번거리는데, 아주 왜소하게 생긴 동양 아가씨가 와서 '안녕하십니까?' 하며 말을 걸어왔다. 나는 반갑고 놀라운 심정에 '예, 안녕하십니까?' 라는 말로 답례를 했다. 어디에서 왔느냐고 물으니 서울에서 왔다한다. 보아하니 학생 같은데 몇 명이나 왔느냐고 되물었다. 혼자 왔다는 것이다. 나는 그 말에 또 한 번 놀랐다. 남자들도 혼자 아프리카 여행 한다는 것은 대단한 위험 부담을 안고 다니는데, 내가 보기에 18세 정도 되어 보이는 연약한 여자아이가 어떻게 위험한 아프리카를 혼자 다닐 수 있을까 하는 생각에서 놀라지 않을 수 없었다. 그래서 이 아가씨는 뱃속에 다른 내장은 하나도 없고 간 밖에 없는 아이구나 하고 나 혼자 생각을 해 보았다.

그 아가씨 쪽에서 나도 혼자 다니지만 할아버지는 어떻게 힘이 들어 혼자 다니시느냐며 물었다. 나야말로 나이도 많고 수많은 세월을 살아왔기에 경륜과 경험이 많지 않느냐 하니, 아프리카 어디로 가셨다가 여기로 오셨습니까 하며 또 물었다. 내가 갔던 곳을 말하면서 빅토리아 폭포를 갔다가 이곳을 왔다고 했다. 자기도 빅토리아 폭포에서 일주일간 있었다고 했다. 그러면 하루저녁에 얼마씩 주고 잤느냐하니 하루에 1달러씩 주었다 했다. 나는 또 한 번 놀랐다. 나도 돈 적게 들이는 여행을 한다고 빅토리아 폭포에 가서도 최고 싼 방을 구했지만 6달러나 주며 지냈는데, 그 아가씨는 하루에 1달러를 주고 머물렀다하니, 기는 놈 위에 나는 놈 있다더니, 여자고 체구는 작았지만, 배낭여행 하는 데는 나보다 몇 단 높은 고수임에 틀림없었다.

여자아이라 걱정한 것이 아침안개 사라지듯 한꺼번에 사라지고 말았다. 지금 호텔로 들어가시느냐 하기에 저녁 해먹기 위해 슈퍼를 찾는 중이라 하니, 바로 위에 슈퍼가 있다고 가르쳐주었다. 그래서 나는 그 여학생과 무사히 여행을 잘 마치고 돌아가라는 인사를 나눈 다음, 가르쳐준 슈퍼에서 몇 가지 먹을거리를 사들고 호텔로 들어갔다.

8월 17일, 세계에서 제일 크고 유명하다는 식물원이 있다기에 입맛이 당겼다. 그러나 그곳을 가려고 프론트 직원에게 물으니, 투어버스가 있기는 한데 10시나 되어야 여기서 출발한다고 말했다. 그 이유는 식물원이 10시가 되어야 문을 연다는 것이었다. 시계를 보니 아직 7시도 채 안 되었다. 3시간 넘게 도둑놈 굴 안 같은 데서 기다릴 수도 없는 형편이라, 투어버스니 뭐니 다 그만두고, 무조건 시내를 나와 이리저리 돌아다니며 골목 구경을 했다. 한참 돌아다니다가, 다리가 아파 한적한 곳에 쉬면서, 시계를 보니 9시가 넘어섰다. 그 유명하다는 식물원으로 가 봐야지 하며, 얼른 일어서 건너편에 세워둔 택시를 불러 타고 쏜살같이 달려갔다.

식물원은 케이프타운 남쪽 테이블 산 너머에 위치하고 있었다. 택시요금 10달러에다가 입장료 1달러 50센트를 주고 들어갔다. 그 식물원 넓이를 자세히 알 수 없으나, 대단히 넓게 자리 잡은 식물원임에는 틀림없었다. 수 만종의 식물들이 있으니, 하나하나 다 세어 볼 수 없는 형편이고, 이리저리 돌아볼 뿐이었다. 혼자 생각에 식물원이라기보다 공원이라 하면 더 적합한 표현 같았다. 안내책자에 떠드는 말은 세계에서 제일 유명한 식물원이라고 해도, 내가 본 면에는 그리 감탄할만한 식물원은 못되었다.

구경을 마치고 정문 앞에 나오니 상점들이 많이 있었다. 혹시 기념될 만한 것이 있나싶어 둘러보았으나 별로 마음에 드는 것이 없고, 한군데 여름모자가 있기에 하나 사서 덮어쓰고 주차장으로 나와 케이프타운으로 가는 택시를 탔다. 오는 길에 사우스아프리카 박물관에 내려달라고 했다. 입장료를 50센트 들여 안으로 가니 제법 규모가 크고 잘 정돈되어 있었다. 아무것도 모르지만, 뭐니뭐니 해도 박물관에 와 봐야 그래도 무엇을 본 느낌이 든다. 그러나 하도 수준급 박물관을 많이 본 탓인지 별로 감탄할만한 것은 없고, 그저 그렇구나 하면서 문을 나와 도깨비 시장으로 갔다. 오늘은 토요일이라 그런지 오후 4시 정도 밖에 안 되었는데도 상점을 거두기 시작했다. 한참 돌아보다가 5시가 되기에 호텔로 왔다.

더반 가는 길

내가 정해놓은 여행코스는 케이프타운에서 아프리카 동쪽 해안선을 타고 올라갈 작정인데, 첫째, 스텔러보스 와인랜드에 하루 머물면서 구경을 하고, 둘째, 쉴렌담을 경유 모질베이 무수후로 가서, 셋째, 풀내던버그베이를 거쳐 제프리 선밴 포트엘리자베스에 간 다음, 마지막으로 더반에 간다는 계획을 세워 놓고 있었다. 다음 날은 그 머나먼 장정을 가기 위해 아침 일찍 일어나 만반의 준비를 해 놓고 그 방면으로 가는 버스를 예약했다.

우리가 아프리카 여행을 해보지도 않고 겁을 내는데, 속담을 빌려 말하자면, 범 보지도 않고 물똥부터 산다는 말과 같다. 실제로 가보면, 세계 어느 나라보다 배낭여행자가 다니기에는 아주 좋게 되어 있다. 특히 남아공은 세계 어느 선진국에 비해 조금도 손색없는 곳이다. 그런데도 많은 사람들이 편견탓으로, 아프리카라면 미개하고 모든 문명이 뒤떨어져 교통과 편의 시설이 아주 형편없을 거라고 생각한다. 그러나 내가 경험한 바에 의하면 그렇지가 않았다. 뉴질랜드나 호주보다 더 발달되어 있고, 배낭여행자들이 다니기에는 이곳보다 더 편리한 데는 없을 것이다. 이곳은 일찍부터 세계 배낭여행객들이 얼마나 많이 다녔는지 길이나 반들반들하다는 표현을 하고 싶다.

내가 만약 와인랜드에서 구경을 마치고 내일 간다고 하면,

호텔 앞까지 버스가 온다. 다음 목적지에 내려 마음대로 놀다가 또 다른 곳으로 간다 하면, 그 날로 호텔 앞에 버스가 온다. 이렇게 해서 포트엘리자베스까지 하루에 몇 번 버스가 뛴다. 이곳에서도 많은 버스가 더반으로 가는데, 나는 이스트런던에 내려 구경을 좀 하고 코피베이로 갔다가 모캄버티 동물보호구역(MKAMBATI GAMERESERVE)으로 가려다가, 앞서 케냐 마사이마라 국립공원을 구경한 탓에 그곳이 시시하게 느껴져, 그냥 더반으로 가버렸다.

8월 18일 아침 8시경에 호텔 앞에서 와인랜드로 가는 버스를 기다리고 있는데, 호텔카운터에 근무하는 아가씨가 웃는 얼굴로 손에 핸드백을 들고 내가 있는 곳으로 왔다. '훼어투' 하고 물으니, 자기도 휴가라 나와 같은 차로 포트엘리자베스에 있는 자기 집에 간다고 했다. 그래서 함께 버스를 기다리는데 얼마 안 있어 차가 왔다. 차에 오르니 그 아가씨가 나에게 운전석 뒤에 있는 아주 전망이 좋은 자리를 권하고, 모든 면에 친절하게 대해 주었다. 지나가는 시내를 바라보며 2시간 좀 넘게 가니, 나더러 내릴 준비를 하라했다. 당신이 정한 목적지 와인랜드에 다 왔다는 것이었다. 그 아가씨는 양쪽엄지를 세우면서 '베리 굳'이라 했다. 내려서 살펴보니, 보잘 것 없는 시골 장터 같고, 드문드문 공장이 있는데, 이것들이 와인공장이라 했다.

숙소 간판은 게스트하우스라 쓰여 있고, 세계 여행객들이 얼마나 많이 지나갔는지 인간의 때가 제법 두텁게 끼어있었다. 하루 숙박비는 얼마냐니까 현지 돈 170렌드라 하기에 방 값은 매우 싸다 싶었다. 방 키를 받은 후 프론트 안내원에게 투어에 대해 물어보았다. 매일 아침 9시에 공장 견학 겸 관광차가 출발하는데, 오늘은 이미 지나갔고, 내일은 일요일이라 공장이 쉬는 날이기 때문에 못하고, 월요일부터 한다는 것이었다. 이 말을 들은 나는 한참 생각을 해봤다. 술도 한 잔 못 먹는 주제에 이틀이라는 많은 시간을 보내면서 기다릴 이유가 없었다.

다음날 아침에 간다는 신청을 한 다음, 이 지역에는 무엇이 있나 하고 걸어서 동네를 한 바퀴 돌아봤다. 인간이 머무르는 곳에는 다 마찬가지라 어디로 가나 슈퍼마켓만은 대형으로 차려져 있었다. 시장 끼가 들어 마켓 안으로 가서, 빵 몇 개와 콜라 한 병을 사들고 나와, 한적한 길가에 앉아 요기를 했다. 워낙 작은 동네라 20분정도 걸으니 갈 곳이 없어 적당한 그늘에 앉아 쉬고 있었다. 이곳은 아프리카 최대 포도주 공장단지라 술 공장이 27개나 있다고 했다. 술과 나는 촌수가 좀 먼 관계로 별로 미련 둘 것 없이, 그 지역만 구경하고 그날로 정리를 다 했다.

다음날 8월 19일 아침 8시에 버스를 타고 출발했다. 계획상으로는 모슬베이에서 하루저녁 자고 가려했는데, 별로 볼 것도 없는 그저 조용한 해변도시라 지나가면서 구경을 했다. 중간에서 내리지 않고, 포트엘리자베스로 그냥 갔다. 내가 관광하는 주목적은 그 나라 산천전경과 그 곳 사람들의 생활상을 보는 것을 제일로 삼는 터라, 굳이 내려서 안 봐도 차창 밖을 내다보는 것으로 만족한 감정이 들었다. 동쪽은 대체적으로 산도 많고 경치가 아름다웠다. 땅 걱정 없이 사는 아프리카라 그런지 몰라도 이 곳 동네들은 넓은 지역에 드문드문 살고 있었다. 조금 많이 어울러져 산다는 마을 집들도 집과 집 사이가 보통 100m 정도 떨어져 있었다.

미개하고 원시적인 곳이라 생각했던 나는 많은 착각을 일으켰다고 반성심이 생겼다. 환경은 멕시코, 아메리카와 비슷한데, 시가지도 너무 깨끗해 선진국 어느 도시에 온 기분이다. 다만 다르다면, 아이들이나 어른 할 것 없이 전부 검다는 차이밖에 없었다. 얼마를 더 지나오니, 조그마한 도로변 마을인데, 우리나라 촌 장날같다. 원주민들이 광주리에 여러 가지 물품을 이고 나와, 길거리에 늘어 앉아 팔고 있는 모습들이 보였다. 우리네 사람들도 몇 년 전에는 흰 옷을 즐겨 입고 살았다. 바지, 저고리, 흰 두루마기로 예의를 갖추어 입고 살아온 시대가 있었었는데, 이 곳 원주민들의 정식 외출복이 전부 흰 옷이었다. 그 날은 장날이라 모처럼 차려입었는지 몸은 숯덩이처럼 검은데 옷은 백의의 천사처럼 입고 다녔다.

그 광경을 본 나는 과거 우리나라 사람들의 장날 한 장면을 떠올려 연상하는데, 버스는 우악스럽게 흔들거리면서 크락션 소리를 크게 질러 제쳤다. 포트엘리자베스에 다 와가니까 승객들은 자기가 예약한 호텔을 차장에게 전했다. 그러면 그 차장이 운전사에게 말해 각자 원하는 호텔 앞에 세워 내려주었다. 나는 본래 예약하고 촌수가 먼 사람이라 예약은 하지 않았고, 어디가 어딘지 모르는 형편이라 눈만 크게 뜨고 앉아있었다. '반풍수 집안 망친다'는 속담이 떠올라 모르면 입 닫고 가만히 앉아있는 것이 상책이다 싶어 앉아만 있었다. 차장이 가까이와 나를 보고 어디에 내릴 것이냐고 묻는 것 같아, 나는 할 말이 없어 그냥 '라스트(끝까지 갑시다)'라고만 했다.

그럭저럭 오다보니 그 많은 사람들이 다 내리고 외국 젊은이 네 사람밖에 안 남았다. 조금 오다가 길옆에 차를 세우니 모두 내렸다. 그래서 차장에게 '올 아웃(다 내립니까)'이냐고 물으니, 그렇다하며 고개를 끄덕였다. 이제는 할 수 없이 가방을 챙겨 내려야했다. 다른 사람들이 앞에 큰 문을 밀치며 들어가기에 나도 따라 들어갔다. 들어서보니 배낭여행자들이 즐겨 이용하는 게스트하우스였다. 나는 속으로 잘되었다 하면서 방을 달라하니, '오케이'하면서 여권을 보여 달라해 주었다. 수속을 마친 다음 방에 들어 가보니 그런대로 잘만했다. 그곳에서 하루를 지내고 다음날 더반으로 가기 위해 버스표를 사두었다.

다음날 8월 20일 7시에 더반으로 가는 차가 출발했다. 영화 스크린처럼 스쳐가는 아프리카 자연 경치를 놓칠까봐 차창에 바짝 붙어 앉아 열심히 보면서 갔다. 높다하는 산들도 별로 없고 울창한 나무숲은 몇 백리를 가도 없었다. 그저 나지막한 민둥산에 잔풀만 자라고 있었다. 외국 사람들이 6, 7월에 우리나라에 와서 벼농사 짓는 들판을 바라보며 넓은 곳에 잔디를 너무 잘 가꾸어 놓았다 하듯이, 내가 지금 보고 지나가는 저 들판에 난 풀이 짐승들 먹이인 목초인지 무슨 곡식인지는 모르지만, 분명히 잡초만은 아닌 것 같아 보였다. 조금 궁금증이 났으나 말이 잘 안 통해 물어 볼 수도 없어, 여전히 궁금해 하면서 그냥 지나갔다. 어느 나라를 막론하고 사람 사는 데는 마찬가지라 이 나라도 예외는 아니었다. 버스가 가는 곳에는 온갖 먹을거리 장사들이 늘어져 있었고, 서로 자기 물건 사라고 권하는 말과 행동은 한 치의 차이도 없었다.

더반과 상추 무단

이 버스는 온 종일 가서 저녁 9시에 더반에 도착하더니 어느 게스트하우스 앞에 종착했다. 내려서 배낭을 지고 살피니 바로 앞에 숙소가 있었다. 들어가 방을 물으니 있다했다. 수속을 마친 다음, 나를 데리고 방으로 안내해주기에, 실내로 들어가 살펴보았다. 불결하기 짝이 없고 창문도 컴컴했다. 하도 많은 세계 배낭여행자들이 지나간 집이라 너무 때가 많이 끼여 있었다. 그러나 늦은 시간이고 방값이 싸다보니 별 수 없이 '오케이' 하며 배낭을 내려놓았다. 방값은 170레드였다. 변소와 샤워장이 모두 공용이라 아예 샤워할 엄두도 못 내고 침대에 대충 누워 잠을 청했다. 저녁 7시만 넘으면 잠이 퍼붓는 것이 나의 습성이지만 그날은 11시가 되어도 잠을 잘 수가 없었다. 밖에서 쿵작거리는 악기소리, 노래 소리가 새벽 3시가 되어도 끝날 줄 몰랐다. 그날은 밤새도록 한숨도 못자고 이를 뽀드득 갈며 일어났다. 누구를 탓하고 나무랄 수도 없었다. 참으로 나에게 안 맞는 집에 왔구나 하며 새벽기도를 한 다음, 주방에 내려가 커피 한 컵 타 마시며 마음을 풀었다.

그럭저럭 시간을 보내다보니 날이 밝아와 프런트에 갔다. 카운터에는 아가씨가 앉아있었다. 이곳 관광지도가 있느냐니까 있다고 했다. 그것을 하나 달라 해서 설명을 들었다. 그 아가씨는 진지한 얼굴을 지으면서 빨간색 연필을 집어 들고 상세히 설명했다. 이 지역은 혼자 보행하면 안 되는 곳, 이 지역은 안전한 곳, 이 지역은 범죄자들이 들끓고 치안이 불안한 곳, 이 지역은 치안이 잘되어 있는 곳 하면서 위험한 지역은 빨간 색연필, 안전한 지역은 푸른 색연필로 그리면서 상세히 설명해주었다. 나는 '생큐' 하고 물러나와, 벤치에 앉아서 관광지도를 펴놓고, 오늘 돌아볼 코스를 열심히 점을 찍고 있었다. 다시 카운터로가 단체투어는 없느냐니까 요사이 비수기라 며칠씩 모아가지고 가기 때문에 오늘은 없다했다. 본래 내 사주팔자야말로 혼자 다니는 팔자기에 형편상 팔자대로 돌아가는구나 하면서 호텔 네임카드 한 장을 집어 호주머니에 넣은 다음 밖으로 나왔다.

시내버스 타는 곳을 묻고 있는데 옆에 서 있던 한사람이 가까이 와 어디로 갈 거냐고 물어오기에 '비치고우(해변으로 간다)' 라고 하니 자기차를 타라고 했다. 가격은 이 나라 돈 20렌드, 미화로 2달러 정도라 그러자며 차를 타고 갔다. 3분 정도 지나니 바다가 나왔다. 나를 제일 좋은 센터에 내려달라고 했다. 주위 모든 환경은 산뜻했다. 아득히 보이는 수평선, 푸른 물결이 넘실대는 인도양 연안 청정사장! 아, 낭만의 장소가 바로 이곳 더반 해변이구나 하며 감탄이 나왔다. 물결은 잔잔하고, 넓은 사장의 모래알들은 굵은 왕 모래도 아니고, 아주 미세한 타박 모래도 아니며, 융통성 있는 중간 모래였다. 이곳의 레저시설은 인간이 가장 편리하고 안전하게 사용할 수 있어 지구상 어디서도 찾아볼 수 없는 특이한 곳이었다.

우리나라를 비롯해 세계 여러 곳을 돌아봤지만, 배려와 양보라고는 1mm도 없는 욕심에 의한 시설들이 헤아릴 수 없을 정도로 빼곡히 차 있었다. 밥술이나 먹고 산다는 나라들이며, 세계적으로 이름난 고적 명승지에 가보면, 돈 아니면 아예 말도 하지 말라는 식이고, 돈만 준다면 무슨 일이라도 하겠다는 식이었다. 이러한 돈독으로 병들어 만신창이가 된 이 지구촌이지만, 그래도 이곳 더반에 와서 보니, 신선하고 성한 부분이 있구나 하며 환희의 감정이 들었다.

어느 나라 어디에서고, 돈만 벌어들인다면 대의적이든 소의적이든 제쳐놓고, 토끼처럼 빨간 눈을 크게 뜨고 욕심의 거미줄을 쳐댄다. 지구가 멸망하든, 쪼가리가 나든, 내 알바 아니고, 우선 돈부터 벌어보자는 것이 사람의 심리이다. 이런 인간이 모여 살기에 남에게 피해주는 것은 아랑곳하지 않고 자기의 욕심만 채우면 된다고 생각한다.

한 예로 몇 년 전에 멕시코 칸쿤에 가보니 자연환경이 그리 아름다울 수가 없었다. 그 아름다운 곳에 호텔 짓는 시합이라도 한 것처럼 거대하고 웅장한 집들로 섬을 덮어버렸다. 각 호텔 앞마다 자기네 관리구역이라고 이중삼중으로 철책을 쳐놓고 외인출입은 전혀 못하게 해 놓았다. 자연의 산물인 이 사장은 어느 누가 팔고 살 수도 없는 일, 더욱 개인이나 단체가 독점할 수 없는 것인데, 철의 장막으로 평화로운 자연의 멋을 상실하고 말았다. 안타까운 일이었다. 자연이라는 것은 어느 누구의 것도 아니고, 이 지구상에 사는 생물들 공동의 것으로 누구라도 다닐 수 있고 즐길 수 있어야 하는데, 야만적이고 눈 빨간 인간의 욕심으로 터무니없는 짓거리가 행해진 곳이 세계 도처에 한두 군데가 아니겠지만, 이곳 더반은 그렇지가 않았다.

바닷가 산책로를 걸어가 보면 군데군데 샤워장이 있다. 바다에서 해수욕이나 서핑을 즐기고 나온 사람들이 부담없이 샤워를 자유롭게 할 수 있다. 그리고 100m 정도 간격으로 변소가 있다. 변소에 들어가 보면 제법 2류급 호텔에 들어온 기분이다. 변소이니 호텔처럼 화려한 치장과 조명은 없지만, 아주 청결하다 못해 신선한 감정이 들었다. 구조면을 살펴보면 한 쪽은 변소, 다른 한 쪽은 옷 보관소 겸 탈의장, 그 안에는 샤워 시설에 휴지, 비누, 수건이 갖추어져 있다. 심지어 옷을 갈아입고 젖은 옷을 비닐에 넣어가라고 봉지까지 준비되어 있다. 이쯤 되면 허울 좋은 선진국, 잘 사는 나라 사람들은 눈알은 반들거리며, 요금을 내어 놓으라고 손을 벌릴 것이다. 그렇지만 이 나라 더반에는 영어로 말하자면 프리이다. 다시 한국말로 표현하면 공짜, 더 유식한 말로는 무료 이용이다. 이곳은 여기만 그런 것이 아니고, 시내를 가 봐도 100m 거리 정도에 WC 라는 간판이 한국에 마켓간판처럼 300m 밖에서도 알아볼 수 있는 크기로 붙어있다. 빈부귀천의 차별 없이, 생리현상으로 고통 받는 사람들 모두에게 무척 편리하게 되어 있다.

다시 말하자면 변소 문제는 선진국, 후진국 논할 것 없이 전 세계적으로 모범적인 곳이 아프리카 더반이다. 나같이 오줌 자주 마려운 놈은 살판난 셈이다. 변소마다 들어가 보면 너무 깨끗하고 신선한 느낌이 들었다. 거리를 걸어 다니며 혼자 생각을 해보았다. 먹는 것도 중요하지만 싸는 것도 중요하지. 먹는 것은 펼쳐 놓고 먹는데 싸는 것은 감추고 슬쩍 해야 하나. 들어가는 음식과 그 구멍은 어떠한 것이며, 나가는 음식과 그 구멍은 어떠한 것인가, 음식도 다른 음식이 아니고, 구멍도 다른 삼자의 구멍이 아닌데, 여전한 자기 몸에 다만 60cm 정도 간격으로 위치해 있고, 밑에 있다는 차이인가. 하기야 1cm 거리로 가까이 붙어있는 두 개의 구멍을 놓고도 많은 생각차이를 내고 있기는 하지만, 호수의 경우에는 들어가는 물보다 나오는 물을 더 좋게 생각한다. 핫도그니 어묵 같은 것을 만드는 과정을 살펴봐도 들어가는 생선 부스러기보다 걸쳐 나온 오뎅을 더 좋아한다.

우리 몸 이지만 참 묘한 생각이 드네. 내가 서울에 볼일이 있어 가끔 가보면, 거리에 간판들은 나뭇잎처럼 무수히 붙어 있어도, 변소 간판은 하나 눈에 띄지 않는다. 서울뿐만 아니고 우리나라 전 지역을 돌아봐도, 식당 간판은 눈이 아프도록 보여도, 변소 간판은 눈을 씻고 찾아보려 해도 볼 수 없다. 여기서는 마음 놓고 소변을 봐도 된다는 곳도 없다. 만약 오줌, 똥이 급하면 어떻게 하나하는 걱정이 생긴다. 도시에 사는 사람들은 옷에 똥 안 싸 부치고 잘도 산다. 그들은 거기에 맞추어 사는 노하우가 있기에 여기 더반처럼 시내 변소 간판이 없어도 잘 사나보다. 그렇지만 나 같은 촌놈은 도회지에 가면 영락없이 옷에 똥 싸 부치겠다는 생각이 든다.

이것은 내 생각이다. 다른 나라 사람들에게는 권하지 않겠지만, 우리나라 대통령으로부터 아래로 면장까지 공직자들은 필이 더반으로 견학을 갔다 오라고 권하고 싶다. 위에 군소리를 요약정리하자면, 입 놀린 것에는 돈을 받고, 똥구멍 놀린 것에는 프리이다. 모든 생물들은 먹고, 먹으면 배설한다는 원칙을 잘 이해해, 인간의 생리를 존중하고, 편리를 최대한 적용해 놓은 곳이 바로 더반이라고, 그 거룩한 처사에 대해 칭찬과 더불어 많은 찬사를 보낸다. 해변 산책로에 가보면 공익업무차량을 제외하고는 차량통행금지구역이며, 각형각색으로 아름답게 잘 꾸며진 대형 수영장이 다섯 군데나 있다. 우리나라 같으면 눈에 독을 올리면서 돈이라고 외쳐 되겠지만 여기도 무료입장이다. 이 나라 더반은 대중에게 베푼다는 진짜 복지사회 구현을 실천하는 곳이다.

이리저리 다니다보니 즐비하게 늘어선 호텔 동네 가운데 게시판 하나가 눈에 들어왔다. 자세히 읽어보니 하루에 아침 식사 포함해서 미화 30달러라 쓰여 있었다. 돈은 조금 비싸다는 감정이 드나, 나는 한 달 넘게 낯선 아프리카 땅을 여행하느라 육체적으로 정신적으로 많이 지쳐있었다. 항상 생각하기로 어디 조용하고 전망 좋은 곳에 찾아가 일주일쯤 쉬다가 귀국했으면 하는 생각을 늘 하고 있던 차에, 이 곳 더반 비치가 너무 좋다싶어 그 호텔로 들어가 물어보았다. 요사이는 비수기라 방이 많이 남아있었다. 그 중 전망이 가장 좋은 방을 하나 달라 해 놓고 기다리는데, 주인이 나를 안내하여 2층으로 올라가 바다 쪽 방을 열어 보였다. 들어가 보니 인도양 푸른 물결이 창문으로 곧 쏟아져 들어올 것만 같은 전망 좋은 방이었다. 너무 기분이 좋아 이내 수속을 해 놓고, 즉시 택시를 불러, 어제 저녁 잤던 그 게이트하우스로 가서 체크아웃을 한 다음, 해변 호텔로 왔다. 방에 들어와서 창문에 커튼부터 걷어 젖히고 안락의자에 앉아 해변을 바라보니 너무 평화롭고 즐거웠다. 커피 한 잔을 마시며 아프리카 여러 곳을 여행한 일들을 더듬어보면서 꼼짝달싹 않고 쉬었다.

다음날은 더반에서 유명하다는 공원, 박물관, 재래시장을 구경할 작정으로 아침을 먹은 후 거리로 나섰다. 우선 공원부터 갈 거라고 물어물어 버스정류장을 찾아갔다. 그래도 이곳에는 가뭄에 콩 나듯 백인이 더러 섞여있었다. 옆에 서 있는 백인에게 관광지도를 보이면서 이 곳 가는데 몇 번 버스를 타야하느냐며 물었다. 그러니 웃으면서 23번 버스를 타라고 가르쳐주었다. 가르쳐준 버스로 공원 입구에 내려 들어가 보니, 그래도 역시 인정 깊은 도시의 면모를 드러낸 공원이라, 짜임새며 모든 면에 그런대로 보기 좋게 잘 꾸며져 있었다.

이리저리 돌아보고 나와 박물관과 재래시장으로 갔다. 예부터 더반은 아프리카 동남쪽에 위치한 수도라 칭할 정도로, 이 지역의 문화, 경제, 통상 중심도시였던지라 화려한 아파트나 빌딩은 별로 없어도, 재래시장 안을 돌아보면 어느 큰 도시 못지않게 규모면으로나 시설 면에서 대단했다. 이 골목 저 골목으로 6시간 정도 돌아보니, 다리가 아파오는 감정이 들어 그만 돌아오다가 큰 극장이 나타나기에, 영화 제목도 모르지만 그냥 한 번 봤으면 하는 생각이 들었다. 그 지역 검은 주민들과 같이 숨을 쉬며, 영화 한 편을 구경하고 호텔로 왔다.

그 다음날은 더반 항구를 구경하기 위해 부두로 갔다. 나는 본래 어느 곳을 가나 항구 구경을 대단한 흥미로 삼는 사람이라 유독 관심 들여 항구의 구조며 지세를 살핀다. 오늘날 유명하다는 항구도 여러 개 보아왔다. 보통 세계 3대 미항이라면 뉴욕 항, 시드니 항, 나폴리 항을 손꼽는다. 항구마다 특색이 있고 보는 사람에 따라 평가가 다르겠지만, 내 생각에 그렇게 말한 사람들은 우물 안의 개구리, 즉 다른 여러 곳을 못 가본 사람들의 생각이라 평가하고 싶다. 가는 곳마다 항구에 가보면 아름답지 않는 항구가 없었다. 그러나 이 곳 더반 항구야말로 그렇지 않았다. 아름답다는 곳은 한군데도 없고, 부두 근처 어디에서 봐도 수평선이 있는 넓은 바다는 전혀 보이지 않았다. 내륙 깊숙이 자리 잡은 호수와 같은 이 항구에 어떻게 저 큰 배가 들어왔을까 하는 의문이 생길 정도였다. 해변에서 아무리 찾아봐도 항구는 전혀 보이지 않는 곳이다.

모든 일에 장단점이 있는 법. 여기 더반 항구는 세계에서 제일 아름답지 못한 항구이지만, 그 대신에 세계에서 가장 안전하고, 편리한 항구인 것은 틀림없었다. 제 아무리 큰 태풍이 초특급 제곱의 위력으로 온다 해도 방안에 앉아 있는 것처럼 안전한 항구였다. 자체에서 일어나는 여울 파도도 없었다. 이곳 배들은 가느다란 바느질 실로 배를 묶어놓아도 괜찮을 것 같았다.

이 항구를 보고 한 생각이 떠올랐다. 인물은 잘났으나 복이 없어 고생 창고가 되어 허위적 거리고 사는 사람도 있는가하면, 인물은 못나도 복이 있어 깔끔하게 잘 사는 사람이 있다. 모든 진리란 자연과 인간이 공통으로 전개되어 돌아가는구나 고 싶어진다. 한쪽이 나빠도 다른 한쪽은 좋은 면이 있다. 나쁘다고 그쪽으로만 치우칠 일이 아니고, 좋다는 쪽으로만 치우쳐도 안 될 일이다. 외적으로 쉽게 판단하는 우리 사람들은 한 번 더 생각해야 되겠다는 마음이 들었다. 그러면 과연 나야말로 참 중이냐, 돌 중이냐. 참 중은 착해서 좋고. 돌 중은 돌아다녀서 좋다. 돌아다니기 때문에 이런 곡직을 볼 수 있어 더욱 좋구나 하며, 그날은 기분도 그럴듯해 간이 떨리는 거금을 드려 콜라 한 캔을 사들고, 배들을 묶은 말 위에 앉아 뒷산 한

번 보고 한 모금, 항구의 배들을 한 번 보고 한 모금, 물 한 번 보고 한 모금, 지나가는 사람들보면서 한 모금, 제법 장단 맞추어가면서 여유 있게 다 마시고, 일어서 호텔로 왔다.

다음날은 더반 항구 진입하는 해협을 본 후, 돌아오면서 사우스비치나 구경하고 온다는 계획을 세운 후 방문을 나섰다. 그렇게 멀지 않는 곳이라 운동도 할 겸 걸어서 갔다가 어제 못다 구경한 남쪽 항구로 해서 사우스비치를 돌아오는데, 변소에 가고 싶어 조금 한적한 곳이지만 갔다가 나왔다. 나오자마자 웬 건장한 흑인 청년 두 놈이 이상한 인상을 지으면서 내 앞으로 가까이 다가오기에, 이 자식들 왜 하는 순간 한 놈이 메고 있던 내 가방을 두 손으로 콱 잡아당겼다. 나도 반사적으로 두 손으로 가방 줄을 움켜쥐고 있었다. 그전에 들은 이야기로, 강도가 심하니 한적한 곳에 가지 말고, 조심하라는 말들을 심심찮게 들어왔다. 그런 이야기를 들을 때마다, 만약 나에게 그런 강도가 덤벼들면, 그놈을 보기 좋게 맛을 보여 혼을 내 줄거라며, 자신에 차서 시퍼런 장담을 하고 다녔다. 그래도 설마 하는 생각으로 다녔는데, 막상 내가 당하니 무슨 대책도 없고 막막할 따름이었다.

이렇게 하면 좋고, 저렇게 하면 나쁘다, 그럴 때는 이렇게 하라는 작전 같은 것은 배불러 소화시키는 소리일 뿐, 이런 처지에서는 아무것도 소용없는 일이었다. 고생도 가볍게 한 놈이 고생 자랑하고, 심하게 한 사람은 고생 자랑 안한다. 덜 답답한 놈이 눈물을 흘리지 지독하게 답답한 놈은 눈물도 안 나온다는 말들이 우리네 사회에서 많이 흐르고 있다. 인간사회에서 급하다는 표현들이 많기도 하지만, 지금 내가 겪고 있는 이 일보다 더 급한 일은 일찍이 겪어 본적이 없었다. 하도 급하고 마음의 여유가 없으니 '하나님요, 부처님요, 살려구다사이.' 라는 말도 안 나왔다. 이런 말이라도 할 수 있다면 제법 여유 있는 사람이 분명하다. 그저 생명이라는 애착심 때문에 살아보겠다고, 그들의 행동에 반사적으로 움직일 뿐이었다.

그래서 어찌할 바를 몰라 가방 줄만 잡고 있는데, 옆에 있던 놈이 합세하여 허리에 차고 있던 단도를 빼어들었다. 이쯤 되면 가방만 내어주면 끝나겠지만, 죽어도 이 가방은 줄 수 없었다. 이 속에는 여권과 비행기 표, 2, 3일후면 요하네스버그로 옮겨갈 버스 티켓, 앞으로 쓸 여행경비가 몽땅 들어 있었다. 이것들을 생각할 때, 나의 목숨을 끊어놓고 가져갔으면 갔지, 내가 살아있는 한 줄 수 없다는 마음으로, 더 강한 힘을 내어 가방 잡은 놈과 대치를 하고 있었다. 그러는 중 한손으로는 가방을 잡고, 다른 한손으로는 공격을 할까 하는 생각도 해보았지만, 여의치 않았다. 그 쪽은 두 놈이라 가방을 빼앗길까봐 그냥 두 손으로 잡고만 있었다. 칼을 빼든 놈이 나를 찌르는가 여겼더니 목에 걸고 있는 가방 줄을 삭둑 잘라버렸다. 그래도 가방에 붙어있는 줄만이라도 붙잡고 늘어져있는데, 그래도 안 되니 이번에는 나의 가슴에 칼을 대고 찌르려 했다.

순간 아찔한 생각이 들었으나 피할 길이 없었다. 옆으로 비켜서도 찔릴 것이고, 뒤로 돌아도 찔릴 것 같아, 다만 한번만

이라도 피해보자는 생각에 칼이 들어오는 순간 앉아버렸다. 앉으면서 나도 모르게 반사적인 공격을 했다. 오른손 팔꿈치로 상대 아랫배를 힘차게 찔렀는데, 제대로 안 맞고 밑에 있는 불알이 팔꿈치에 닿는 감각을 느꼈다. 앞에 칼 빼든 놈의 발목이 보이기에 그 발목을 힘껏 걷어차 버렸다. 그러니 칼을 든 놈의 상체가 나를 덮쳐 오기에 나는 그 칼에 안 찔리려고, 그의 턱을 힘차게 치면서 옆으로 몸을 굽혀 돌렸다. 눈 깜짝한 순간이었다. 웬일인가 두 놈이 이쪽저쪽 나뒹굴었다. 나는 얼른 일어나 상황이 불리하면 뛰어 도망갈까 하는데, 아니, 이것이 웬일인가. 두 놈은 일어서지도 못하고 엎드려 기면서 저쪽으로 도망을 가고 있었다.

그 근방에도 사람이 없었던 것이 아니라 다들 숨어서 구경만 하고 있었다. 옛날이나 지금이나 동서를 막론하고 약한 자가 강한 폭력배들에게 시달림을 받는 장면을 보고도 자기 자신이 다칠까봐 구해주거나 바른말 한마디 거들어 주는 일 없이 그냥 못 본체 지나쳐 버리기 일쑤다. 그래서 야속한 세상이라고 표현의 말을 쓰는 건가. 인간사회에서 정의, 도덕, 인의라는 말은 허울 좋은 가장이고, 할 일 없는 사람들이 모여앉아 심심풀이 농담의 말들인가. 근처에 있던 사람들이 고함만 한번 크게 질러줘도 그렇게 칼을 들고 설치지 못 했을 거라는 생각이 들었다. 나는 생사의 기로에서 혼신을 기울여 그 위험한 장면을 모면했는데, 숨어서보는 놈들은 멋진 게임이나 영화 같은 데 나올법한 그 스릴만점의 장면을 아주 통쾌한 감정을 느끼면서 재미있게 봤을 것이다.

사람 되어 사는 내 자신이 조금 원망스러운 감정이 들었다. 온몸에 땀이 흠뻑 젖어있고 가쁜 숨을 몰아쉬면서 호흡을 고르는데, 그때야 사람들이 구석구석 튀어나오면서, 내가 있는 근방으로 몰려와 엄지손가락을 세우고, '굳 굳 베리 나이스(정말 잘했어요)' 라는 사람도 있고, '그레이트 마스터(굉장한 고수이군요)' 라면서 악수를 청하는 사람도 있었다. 그 사람들은 나를 보니 머리는 빡빡 깎았지 승복을 입고 있으니, 영화에서 본 무술대장 같이 보였을 것이다. 또 어떤 사람들은 중국 정주 소림사 무술전문대학교 총장으로 봤을지도 모르겠다. 아득한 가운데 수평선이 눈에 들어왔다.

우주공간을 비집고 한 물건이 일어났다면
흘러간 어정 세월 깊고 낮음을 탓하지 말게
인연 따라 일어난 이 둥지
인연에 의해 갈 뿐

시인가 게송인가 나도 모르게 입에서 이런 말이 흘러나왔다. 한바탕 크게 치루고 호텔로 온 나는 먼저 창문을 열어젖히고 조금 전에 일어났던 일들을 다시 떠올려 곰곰이 생각했다. 고개를 돌리다보니 끈 잘린 가방이 눈에 들어오기에 벌떡 일어나 가방을 살펴보았다. 속에 들어있던 내용물은 그대로 다 있어 다행이라는 한숨이 나왔다. 내 옷을 살펴보니 다른 곳은 아무 이상이 없었으나, 허리 밑 바지에 5cm 가량 칼에 의해 찢어져 있었다. 몸에는 아무런 이상이 없었다. 본래 태권도, 유도할 것 없이 모든 운동에 단이라고는 상추 반 단도 없는 내가, 칼 든 강도 두 놈을 물리쳤다고 하면, 아무도 믿을 사람은 없을 것이다. 내가 조금 전에 직접 겪고 온 일이지만, 나 자신도 어떻게 그렇게 되었을까 하는 생각이 자꾸 들어 꿈만 같았다. 나는 본래 어려운 일에 부딪히면 '부처님요, 하나님요, 요번만 좀 봐주소.' 라며 잘 비는데, 이번에는 너무 급하니 부처님, 하나님 찾을 여유가 없었다. 사람들의 말에 의하면 너무 답답하면 눈물도 안 나온다는 말과 상통하는 이치이다. 아마 요번에도 누군가가 봐 준 것이 틀림없다 하면서 저녁을 해 먹고 누워 잤다.

다음날 8월 23일에는 175렌드를 주고 반나절 투어에 들어가 구경을 마쳤다. 그날 오후에는 여권, 비행기 티켓, 돈을 전대 속에 깊이 넣은 다음 허리에 단단히 묶고, 어제 강도 만난 곳을 다시 찾아가 돌아다녔다. '오늘 어떤 놈이 나타나기만 해라. 아프리카 졸업식을 멋지게 할 것이다' 하며 주먹을 불끈 쥐니 손에 살기가 돌았다. 이럴 때는 상대를 약간 건드리기만 해도 중상 아니면 사망 할 것만 같았다. 그러면서 구석구석 돌아봐도 도둑놈들의 그림자도 안 보였다. 그래서 한 단계 더 높여 지도상 범죄자가 많다는 동네 붉은 색연필로 쳐 놓은 곳으로 들어갔다. 마음을 그렇게 먹어 그런지 음산한 기분이 들었으나 정신을 바짝 차리고, 칼을 들었던 총을 들었던 간에 내가 먼저 선제공격으로 제압한다는 원칙아래, 이 골목 저 골목을 돌아다녀도 쥐새끼 한 마리 나타나지 않았다. 소문 난대로 이름난 곳이라 그런지 사람 통행이 거의 없고, 동네는 형성되어 있어도 사람 사는 것 같은 느낌은 들지 않았다. 창문과 현관 유리들이 깨져 있는 것을 볼 때, 영화에 나오는 유령의 집 한 장면을 연상케 했다. 2시간 넘게 걸어 다녀도 걸어가는 사람은 두 명밖에 못 봤다. 그래서 어느 골목길로 들어서 계속 가니 어제 갔던 더반 항구가 나오기에, 그날은 그렇게 해서 하루를 보내고 숙소로 돌아왔다.

그 다음날 8월 24일은 아침식사를 하고 더반 시가지 상황파악이나 하자싶어 시내버스를 타고 멀든 가깝든 종점까지 가 볼 생각으로 지나가는 아무 버스나 타고 가는데, 알아듣지도 못할 아프리카 음악소리를 너무 시끄럽게 틀어놔서 귀가 아파 참다못해 중간쯤 가다가 내려버렸다. 다시 시내로 들어와 더반에서 제일 큰 재래시장으로 들어가 보니 어마어마한 시장이었다. 우리나라로부터 세계 몇 나라들의 시장을 봤지만, 공산품을 제외한 시장으로서 이곳 보다 더 큰 시장은 내 눈 생기고 처음 보는 셈이었다. 각형각색의 상인들이 자기 물건을 사라고 외치는 소리와 시장에 온 사람들의 말소리에 나 같은 사람은 혼이 빠져 나갈 것 같았다. 여기 온 사람들이 밀려가는 흐름에 따라 온갖 물품과 수만 가지 과일 채소를 구경하며 가다보니 조금 널찍한 곳으로 밀려나왔다. 그제야 정신이 들어 숨을 몇 번 몰아쉬었다. 그런 후 옆을 보니 과일가게가 있어,

노랗게 잘 익은 파인애플 두 개와 오이 두 개를 샀다. 몇 백 달러를 주고도 구경하기 힘든 곳을 구경을 한다며 그 큰 시장을 돌아보았다. 호텔 가까운 해변으로 와서 적당한 자리를 골라 앉아, 파인애플을 까먹고 콜라 한 캔을 마시면서 시간을 보내었다. 얼마나 있다가 시계를 보니 어느 덧 5시가 넘어가기에 숙소로 돌아왔다. 다음날 요하네스버그로 이동할 준비부터 해놓고, 저녁기도를 한 다음 잠자리에 들었다.

다음날 8월 25일 5시에 일어나 아침식사를 하고, 어정거리다가 8시가 되어가기에 조금 여유를 갖는다고 일찍 나갔다. 버스정류장으로 찾아가보니 대형버스들이 더러 있었다. 이리저리 살펴서 내가 타고 가야할 버스를 발견했다. 이스트레이라는 이층버스인데, 아래층은 테이블이 놓여있고, 위층은 승객들의 좌석이 있는 것을 보니 대단히 고급스러워 보였다. 다른 사람들보다 먼저 들어가 전망이 좋은 맨 앞자리를 잡아 앉았다. 서비스 면에는 빵점이었다. 남미, 멕시코 같은 곳에서 장거리 버스를 타보면, 승차할 때 음료, 도시락 같은 것을 개개인마다 지급시켜 태우는데, 이곳 더반 장거리 버스는 고작 차 한 잔뿐이고, 모든 면에 있어서 각자가 해결하라는 것이었다. 꼭 먹어 좋다기보다 승객을 배려한다는 서비스차원에서 남미보다 못하다는 표현이다. 더 바랄 것도 없고, 아프리카 온 본전이나 빼자 싶어, 차창밖에 지나가는 자연경치를 눈이 아프도록 열심히 보고 갔다. 옹기종기 모여 사는 원주민들의 집이며, 끝이 보이지 않는 초원, 높고 낮은 산들이 영화 스크린 지나가듯 잘도 지나갔다. 버스를 탄지 7시간 30분 걸려 요하네스버그에 도착했다. 가이드북이나 들은 말들을 생각하니 잔뜩 긴장감이 들었다. 그러나 남의 집 아이 먹여보지도 않고 식충이라 하며, 범 보지도 안하고 물똥부터 산다는 옛 속담이 떠올랐다. 그래 이곳도 사람 사는 동네가 아니냐. 인간의 기본 양심은 있지 않을까.

우리나라에서도 60년, 70년대에 외국 사람들 눈에는 여기처럼 보였을 것이다. 그러나 우리는 한국 땅에서 살았다. 범죄의 땅이 아니라 지금보다 더 강한 도덕과 예절을 행하며 살아왔다. 지금도 살고 있는 우리나라가 아니던가. 미꾸라지 한 마리가 한강물을 흐린다는 말이 있듯이, 요하네스버그에 대한 범죄온상이라는 평가도 극소수 사람들의 잘못된 행각에서 비롯된 것이고, 그 주둥아리로 만년이 지나도록 물도 한 모금 못 마실 놈이 읊어놓는 풍월이겠지 하면서, 편안한 마음으로 버스에서 내렸다.

주위를 살펴보니 낯익은 곳 같은 느낌이 들어 우리나라 어느 고속버스 터미널에 내린 것 같았다. 마주치는 사람에게 길을 물으니, 너무 다정하고 평화로운 얼굴로 대화에 응해주며, 친절하게 가르쳐주었다. 그 중 한 사람은 그곳까지는 멀어서 걸어서는 무리이니 택시를 타라고 권하기도 했다. 나는 두리번거리다가 길 건너편에 주차된 택시 운전사에게 얼마만 주면 가겠느냐고 물어보니, 가까이 와서 땅에다 1달러라고 썼다. 나는 '오케이' 하면서 그 택시를 타고, 내가 찾는 호텔로 갔다. 위압감이나 의심스러운 분위기는 전혀 없고, 웃음어린 얼굴로 부드럽게 대하는 그들을 볼 때, 꼭 우리나라 어느 지역쯤으로 여겨졌다. 찾아간 이 호텔 역시 게스트하우스라 조금 싼 허름한 집인데다가, 비수기라 그런지, 전성기가 지나서 그런지, 집안 돌아가는 형편이 생기가 없어보였다. 방 요금은 현지 돈 450루불로 결정하고 수속을 마쳤다.

그날 오후 6시에 카운터로 가 내일 투어신청을 해달라고 부탁을 하니 '오케이' 하면서, 나더러 '저스트 모먼(잠깐만 기다리세요)' 이라 한마디 말을 던진 다음, 어디로 전화를 한참 했다. 수화기를 내려놓고 말을 하는데, 요금은 미화 120달러며, 구경 할 곳은 시내와 아프리카 민속촌이라 했다. 그렇게 하기로 결정을 한 다음, 출발시간을 물으니, 오후 1시 30분에 가서 밤 10시에 돌아온다고 했다. 그렇게 약속을 한 후에 방으로 돌아와 저녁을 해 먹고 누워 잤다.

8월 26일은 조금 늦게 일어나, 항상 하는 예불을 한 다음, 아침식사를 마치고, 시계를 보니 8시도 채 안되었다. 한나절 넘게 기다린다는 생각을 하니 지루한 감정이 들어 일단 밖으로 나와서 서성대다가 이러고 있을 일이 아니라 은행으로 가 환전이나 해두자 싶어 물어 찾아갔다. 100달러를 환전해 집어넣고 나와도, 시간이 장장해서 이 골목 저 골목으로 돌아다녔다. 얼마 지났는지 시계를 보니 약속시간이 다 되어가기에 호텔로 왔다. 1시 30분이 되어도 차는 오지 않았다. 주인에게 왜 시간이 다 되었는데 오지 않느냐고 물으니, 아프리카에서는 5

분, 10분 여유를 두어야 한다면서 곧 온다고 했다. 그래서 기다리는데 2시가 넘어가니 차가 왔다. 조금 열이 올랐으나 참고 있었다.

나를 태우러 온 가이드 겸 운전사에게 '하우 메니 피플(몇 명이나 가느냐)' 이라고 물으니, 자기와 나랑 단둘이 간다는 것이었다. 그 말을 들은 나는 조금 찝찝한 감정이 들었다. 그러면 요금은 얼마냐 하니 현지 돈 1,550루블을 달라기에 의심스러운 생각이 들어, 호주머니에 들어있는 영수증을 꺼내 보니 현지 돈 1,200이라 쓰여 있었다. 이놈은 계약서보다 더 달라 했다. 그래서 나는 열이 바짝 올라 '이 자식 시간도 안 지키고, 계약보다 돈도 더 달라하지. 너와는 관광 못 한다' 하면서 가라고 했다. 똥 낀 놈이 성낸다더니 이 자식이 도리어 나에게 인상을 쓰면서 자기가 잘못한 것이 없다고 했다. 그래서 영수증에 기재된 가격을 보이며 '이런데 너는 왜 더 받으려고 하느냐. 시간도 1시 30분인데 2시가 넘어 왔지 않느냐. 왜 잘못이 없다 말이냐. 이놈의 새끼, 이곳에 산다고 텃세만 해봐라. 간을 꺼내어 스테이크를 만들어 먹어 치울 것이다' 하면서 노려보니, 서슬이 시퍼런 내 인상에 질려, '오케이' 하면서 차는 돌아가 버렸다.

나는 화가 머리끝까지 나서 그 길로 걸어 1km 정도 가다가 어느 호텔 정문 앞에 서 있는 경비원에게 택시 한 대를 불러달라고 부탁을 했다. 그러니 그는 고개를 끄덕하면서 핸드폰으로 연락을 해주어, 즉시 택시가 왔다. 고맙다고 인사를 한 다음, 가까이 온 택시 운전사와 시내투어 요금을 흥정했다. 현지 돈 300을 달라기에 주기로 하고, 시내관광을 했다. 돌아다니다가 이런저런 대화를 나누어보니 인간성이 매우 부드럽고 너무 친절한 양심 가였다. 나는 영어가 짧다고 하니 천천히 또박또박 내가 알아듣도록 설명을 했다. 칼돈파노라마 전망대를 찾아가 올라보니 전망이 매우 좋았다. 이리저리 찾아다니며 구경을 한다고 시간가는 줄 몰랐다. 어느 시계방 앞을 지나다보니 5시가 넘어가기에 이제는 그만하고 호텔로 가자했다. 차에 내리면서, 운전사에게 내일은 골든레퍼시티와 소외토로 간다고, 아침 8시에 이곳에 도착하라 했다. 약속한 다음 택시를 보내고, 호텔로 들어와 라면으로 저녁식사를 때운 후, 누워 잤다.

8월 27일 아침 5시에 일어나 항상 하는 기도를 마치고, 오늘 투어 갈 준비물을 대충 챙겨 밖으로 나가 차오기만 기다렸다. 8시가 다 되어가니 약속했던 시간을 조금도 어김없이 차는 도착했다. 서로 인사를 나눈 후 그 차로 흑인들만이 산다는 동네(차를 타고 지나갈 수는 있어도 백인은 땅에 내릴 수 없다는 곳)와 현재 대통령인 만델라가 살았던 생가와 수백 명이 사살당한 교회 그리고 아프리카인들의 혁명역사관을 둘러본 후, 골든래퍼시티로 갔다. 그곳은 요하네스버그 경제를 일으킨 그 금을 캐낸 빈자리에 레저시설을 차려놓고 관광객을 위한 유흥명소를 꾸며놓았다. 비수기라 그런지 전성기가 지나서인지는 몰라도, 불 꺼진 항구처럼 쓸쓸한 감정이 들었으며, 패잔병 고향 돌아가는 기분이 들었으나, 어차피 이곳에 왔으니 한번 들어가 보자는 생각에서 매표소로 갔다. 주위에는 유럽 쪽 배낭여행객인 젊은이 몇 명과 현지인 다소 뿐이라 조금 한산했다. 나는 현지 돈 100원을 주고 표를 구입해 안으로 들어갔다.

내부에는 대단히 넓게 자리 잡은 곳이라, 코스를 잘 몰라 다른 사람들 가는대로 따라만 갔다. 안에는 공원화가 되어있는데, 외곽으로는 모노레일을 설치해놓아 그것을 이용해서 가면서 본인이 내리고 싶은 곳에 내려 구경을 한 다음, 또 다른 데로 옮겨가게 되어있었다. 조금 돌아보니 많은 정성을 기울여 시설을 해놓았다는 것을 알 수 있었다. 그러나 이곳 구경의 하이라이트는 금광 안에 들어가 보는 것이 핵심이었다. 그래서 금광입구를 찾으려고 했으나 수월하진 않았다. 할 수 없이 지나가는 직원에게 물으니, 웃으면서 손을 잡고 입구 매표소까지 데려다 주었다. '손은 검어도 때는 없어요.' 라는 내가 만든 말과 '몸은 검어도 생각은 희다' 는 속언을 다시 떠올리며, '생큐' 라는 말과 함께 고개 숙여 인사를 해 보냈다. 그 갱 입구에 또 표를 팔고 있기에 한 장 사서 들어가는데 담당자가 헬멧을 주었다. 그것을 받아쓰고 가니, 배터리가 든 가방에 전등이 달린 것을 주면서, 왜 다리를 저느냐 했다. 이상한 질문을 한다 싶어 불쾌감이 들었다. 그래서 쏘아보고는 '노 프러블롬(문제될 거 없다)' 이라는 말 한마디를 던지고 안으로 들어갔다.

엘리베이터를 타고 지하 200m로 내려가는 입구에서, 나와 나이가 같아 보이는 직원 한 사람이 나를 한사코 못 들어가게

만류했다. 다리가 아무 이상이 없다고 뛰는 시늉을 해보여도 안 된다는 것이었다. 그래서 알고도 다시 무슨 이유냐고 물으니 나이가 많고 몸도 불편한 상태에 지하깊이 들어가면 매우 위험하다고 했다. 그래서 열이 받쳐 막아놓은 철 문살이 부러지도록 힘껏 두 번 차보여도 안 된다는 것이었다. 한국말로 '니기미 십할 놈들, 참 더럽네' 하는 욕 한마디로, 순간적 일어난 감정을 달래고 나왔다.

티켓을 환불한 다음, 이리저리 다니다가, 주위를 도는 모노레일을 타고 골든래퍼시티 전체나 구경하자는 계산으로, 승강장을 찾아갔다. 여기는 열 번, 백번 돌아도 무료이기에, 팝콘 3봉지를 사들고 돌다 나왔다. 운전사에게 프리마켓으로 데려다 달라 해서, 시장으로 가 그날 일정을 모두 끝내었다. 운전사와 약속했던 요금을 지불하고 악수를 한 다음 헤어졌다. 나는 시장 안을 구경한다며 통로 양쪽을 유심히 살펴봤다. 얼마간 돌아다니니 시장기가 들고 지치는 감정이 들었다. 코너에 있는 조용한 가게로 가 빵 한 개와 콜라 한 잔을 마시고 나니, 눈이 번쩍 띄었다. 조금 쉬다가 다시 남은 골목을 돌고나서, 슈퍼로 찾아가 저녁 해 먹을거리 몇 가지를 사들고 호텔로 와 요리를 해 먹었다.

귀국 단상 - 큰 스님, 작은 스님

다음날 8월 30일에는 아프리카 온지 한 달 넘게 돌아다니면서, 수많은 곡직을 체험한 후, 졸업장도 없는 졸업을 하고, 시원섭섭한 마음으로 비행기를 타야했다. 5시에 호텔 문을 나서서 공항으로 와 리컨펌을 하고 여권 컨트롤을 한 다음 면세점으로 가서 돌아다녔다. 이제는 검은 색깔에 익숙해져서 자연스러운 감정이 들어 공항에서 검지 않은 사람을 보니 도리어 낯설게 느껴졌다. 사람이라는 것은 정신적으로나 육체적으로 환경의 지배를 받고 영향을 받게 된다는 말을 다시 한 번 더 실감하게 되었다. 그러는 동안에 시간이 다 되어, 탑승해 내 자리를 찾아 앉으니, 아득한 감정이 들었다. 요하네스버그 공항에서 홍콩을 경유해 인천국제공항까지 가자면 장장 16시간이 걸린다고 했다. 비행기 타는 시간도 한 시간 두 시간이지 16시간을 탄다고 생각하면, 지겨운 생각이 드는 건 사실이다. 비좁은 의자에 앉아 잔다는 것도 답답해서 하는 소리고, 한국어로 된 책이나 신문 같은 것도 없었다. 영어가 시원찮은데 이어폰으로 무엇을 듣는다 해도 더 안 될 일이었다.

스스로 일어나는 공상이 최고다. 내가 돌아다녔던 아프리카를 포함하여 지구촌을 여섯 구역으로 나누어 세상 사람들은 오대양과 육대주라고 말한다. 대자는 한문으로 큰 대자를 써 크다는 표현을 하는데 곰곰이 생각해보면 이 말도 절대적으로 맞는 말이 아니다. 물론 인간사에 꼭 맞는 말이 어디에 있겠는가마는 크다, 작다 비례한 것에 대해 심심해서 한번 물고 늘어져 볼 생각이다. 왜냐하면 크다는 것에 조금 더 큰 것이 있으면, 본래 큰 것은 작아져버린다. 이렇게 견주면 크다는 개념은 없고 작다는 것도 마찬가지, 작다는 것에 더 작은 것을 견주어 보면, 처음에 작다는 것이 큰 것으로 평가받는다. 이러니 크다, 작다는 말들이 온전히 정의될 수 없는 것이다. 그러고 보면 우리 인간 사회에 쓰는 말들이나 행동은 참과 거짓을 논할 길이 없다. 그냥 사람이란 동물들에게만 쓰여 지는 행태라 보면 딱 맞을 것 같다.

그 뿐인가 우리사회 전반에 걸쳐 큰 대자를 많이 쓰고 산다. 특히 불교 쪽에서 더 많이 붙여 쓰는데 예를 들면 대자대비니 대원, 대광, 대승이라며 너무 많이 쓴다. 위대해서 그런 건가, 감탄하는 마음에서 일어난 말인가 모르겠지만, 나의 견해로 온전한 뜻과 설득력 있는 말을 할 수도 없고, 들어본 적도 없었다.

여러 가지 언어 가운데 절집에서 큰스님이라는 말에 대해 정리하고 넘어갔으면 하는 심정이다. 큰 스님은 어떤 스님이며 작은 스님은 어떤 스님들인가. 전통적으로 예의바른 언사를 쓰느라 자기를 낮추는 뜻에서 소승이라고 말을 더러 했다. 요즈음 절에서 큰 스님이라는 말은 심심찮게 들을 수 있어도, 작은 스님이라는 말을 전혀 들을 수가 없다. 큰 스님 칭호를 듣는 스님들 빼고는 통 틀어 작은 스님이라는 말인가. 중간 스님은 없는 건가. 그러면 낮추는 말이 아닐 때 대승이라 하는

가. 하도 궁금해 몇몇 말마디나 하는 스님들께 질문을 해봐도 설득력 있게 시원한 답을 하는 스님들이 없었다. 물으면 각자 의견대로 답을 하기는 하지만 조심스럽게 표현할 뿐 성에 차는 답은 없었다. 혹시 여러 신도 분들이 좋은 답을 할까 해서, 법회 후 질문을 하니, 입을 딱 붙인 채 검은 눈만 멀뚱멀뚱 뜨고 겉보리 자루처럼 앉아있었다. 왜 대답이 없느냐니까 우리는 그런 말 하려고 절에 온 사람들이 아니라했다. 그러면 무엇하러왔느냐니까 복되고 좋은 것이 있으면 다 내 놓되, 정 내놓을 것이 없으면 스님 간이라도 빼 내 놓으라는 것이다. 이런 형편에 물어볼 데도 없고 혼자 지내면서 여러 가지 생각을 해보았다.

큰 스님, 작은 스님. 큰 스님이라 하면 키가 커서 큰 스님인가, 눈이 커서 큰 스님인가, 손이 커서, 발이 커서, 덩치가 커서 큰 스님인가. 육체적으로 비교해서 생각해봐도 설득력 있는 답을 구하기는 어려울 것 같고, 혹시 예절적인 존칭어로 우리사회에 쓰고 있는 형, 선생, 어르신, 열사, 의사, 이런 쪽으로 생각을 해봐도 딱 소리가 안 나왔다. 나이 많은 스님들을 존칭해서 큰 스님이라 해도 무방하기도 하고, 총림 방장 스님들께 큰 스님이라 하면 당연지사로 여겨진다. 총무원장, 큰절 주지, 그 밖에도 모든 직책을 가졌던 스님들께 큰 스님이라는 말을 붙이니 별로 부합되는 말 같지 않았다.

그러나 많은 제자를 거느린 스님들에게는 자연스럽게 느껴진다. 나이 많아서 쓰는 존칭이냐, 절집 직책에 의해 쓰는 호칭이냐고 생각할 때, 시원한 답은 얻을 길 없고 그저 고개만 끄덕할 뿐이다. 많은 스님들과 일반 처사, 보살님들은 그냥 생각하겠지만, 나는 웬일인지 큰 스님말만 들으면, 뭔 소린지 모를 아지랑이 같이 여겨졌다. 위에서도 말했지만 이 단어의 뜻은 물질적면에서나 순수한 정신적인 면에서도 정의가 되지 않고, 도덕과 예절적인 면에 기인되는 것이라 하려니 그 또한 아귀가 맞지 않는다. 지금부터 짧은 옛날 이야기 세 토막을 연이어 소개할 터이니, 보는 이들 각자가 어떤 스님이 큰 스님인지 판단하기 바란다.

첫 번째 이야기

옛날 어느 지역, 산세가 아름다운 고장에 다 허물어져가는 고찰이 하나 있었다. 그 지역을 만행중인 스님이, 날이 저물어 하루저녁 머무를 곳을 찾느라 이집 저집 돌아다니다가, 결국은 상주하는 스님도 없는 빈 절에 오게 되었다. 절에 들어서니 대웅전 요사 채 할 것 없이 오늘 내일 곧 무너질 것만 같아 보였다. 마당에 잡초는 무성하다 못해 사람이 다니기조차 힘들 정도였다. 그래도 밤이슬 맞고 바깥에서 새우기보다는 허물어지다가 남은 방이라도 있으니 다행이다 싶어, 바닥을 손으로 대충 쓸어내고 그 자리에 누워 눈을 붙였다. 잤는지 마는지 시간이지나 눈이 떠져 보니, 하늘에는 구름한 점 없고 초승달이 밝게 비치는데, 별들은 곧 쏟아질 것만 같았다.

이리저리 별을 살펴보는데 솜성이 별자리가 2시 방향으로 기울어져 있었다. 짐작으로 예불시간이 다 되어 가기에 바랑에 든 비상용 향초와 성냥을 가지고, 대웅전 현판이 붙은 전각문으로 들어갔다. 향초에 불을 밝힌 후 살펴보니, 법당 안은 그런대로 청결 했으며, 목탁과 요령 같은 기구는 여전했다. 본인도 헤매는 신세라 끼니마저 제대로 못 얻어먹어 신체적으로 매우 허약해서 있는데다가, 이곳 절도 다 허물어져 곧 폐사 위기에 놓여있으니 한심한 마음과 슬픈 감정이 들었다. 그저 외로운 생각과 슬픈 감정이 엄습해와 본인도 모르게 눈물만 한없이 흘리고 앉아있었다.

그러다가 예불이나 드리자 싶어 의식절차에 따른 예불문을 마친 후 일어서려는데, 사람은 보이지 않으나 어디선가 말이 흘러나온다. '네가 이곳에 온 것도 인연이다. 그러니 날이 밝으면 마당에 잡초나 제거해주고 가라.' 는 것이다. 이 말에 너무 신기해서 자기 자신도 헤아릴 수 없는 감정에 젖어버렸다.

그러는 동안 시간이 흘러 동쪽 산 위에는 붉은빛을 띠면서 날이 밝아왔다. 맑게 흐르는 냇가로 가서 물 한 모금을 마신 후, 웃옷을 벋어 나뭇가지에 걸어놓고 열심히 잡초를 매는데, 어디에서 사람 소리가 나 고개를 돌려보니, 웬 보살님 두 명이 불공 기도 한다면서 올라왔다. 스님께서도 사람들이 들어오니 반가웠지만 보살님들께서도 항상 비어져 있는 절에 스님이 와 계시니 너무 반가워 어쩔 줄을 몰라 했다. 서로 인사를 나눈 다음, 사시를 전후해 불공을 드려주고, 어제 저녁부터 아침식사까지 굶어 허전하다 못해 따가운 빈 배를 채우기 시작했다. 보살님들은 가고, 옆으로 뒤로 보니, 손댈 곳이 한 두 군데가 아니었다. 그날은 그렇게 해서 자고, 다음날 아침 예불을 들인 다음, 또 풀을 열심히 매고 있는 중에 사람 소리가 나 돌아보니, 어제 왔던 신도분이 머리에는 보따리를 이고, 양손에 무엇을 무겁게 들고 올라왔다. 스님은 얼른 일어나 그 짐을 받아 주면서 인사를 했다. 그 속에는 쌀과 된장 등 반찬거리가 많이 있었다. 그 다음날에 간다는 마음으로 그럭저럭 지나고, 이튿날 법당으로 들어가 부처님 전 간다는 인사차 삼배를 올린 후 문을 닫으려는데, 또 보살님 세분이 올라와 스님 계신다는 소문을 듣고 불공드리러 왔다 하면서 공손히 인사를 했다. 이런 형편에 간다는 말을 할 수 없어, 아무 말도 못하고 법당으로 맞아드려, 불공을 해주었다. 오늘은 이렇게 지냈으나, 내일은 꼭 간다는 마음을 굳게 먹었다. 그 다음날 법당에 들어가 부처님 전에 간다는 인사를 하고 막 나오는데, 읍내에 있는 신도분이라면서 불공을 드려달라고 했다. 그래서 또 못 가게 되었다.

이러한 일로 하루하루 지내는 중에 스님의 마음속에 변화가 일어났다. 이제는 먹을 것도 많이 생겨있고, 돈도 몇 푼 있으니, 이 돈을 내가 쓴다는 것은 말도 안되며, 좀 더 머무르다가 돈이 더 불어나 이것과 보태어 비가 새는 저 법당이나 고쳐놓고 가야겠다는 생각이 들어, 단단한 결심을 한 스님은 바랑을 걸어놓고 열심히 일을 한 결과, 도량 전체가 말끔하게 되어, 깨끗하다 못해 청정한 감이 돌았다. 그 뒤부터는 옛날에 경작하던 남새밭을 일구고, 골짜기 논도 갈았다. 봄이 되어 온갖 채소 씨앗도 뿌렸으며, 감자, 고구마도 심었다. 적기에 못자리를 해 두었다가 모내기를 해 가을에 거두어들이면서 일 년, 이 년을 보람 있게 살아온 덕분에, 법당은 물론 요사 채할 것 없이 중수를 거듭한 나머지 어디에 내놔도 손색없는 훌륭한 가람을 형성시켜 놓았다.

그렇게 지내던 중 하루는 어떤 젊은 선객이 찾아와 큰 스님께 '인사 올리겠습니다.' 하면서 삼배를 올린 후, '제가 스님을 모시고 이 몸이 부서지도록 노력 하겠습니다.' 라고 다짐을 했다. 그리하여 대충 몇 마디 물어본 후 총무라는 소임을 맡겨 함께 살게 되었다. 이 젊은 스님은 부엌일부터 산에가 나무도 해오고 너무 열심히 일을 잘해, 주지스님은 물론 여러 신도님들도 칭찬을 아끼지 않았다. 이렇게 두 스님들이 힘을 모아 열심히 수행한 덕분에 삼년이 넘어서니 인근 사찰 중 제일 크고 좋은 절이라 평을 받게 되었다. 하루에도 백 명 넘는 참배객들이 찾아오고, 도량은 연신 발전되어 갔다. 그 쯤 되니 많은 객승들이 찾아와 그 절에 머물러 살기를 희망했다. 오는 대로 받아주니 그 절 스님들만 해도 20명이 넘었다.

그래서 큰 스님께서는 나이도 많고 일도 너무 많아 주지소임을 넘겨 준 후, 위편 양지 바른 곳에 조그마한 토굴을 지어, 그곳에서 열심히 정진하며 지냈다. 사중에 조그마한 일이 있어도, 새 주지스님은 큰 스님에게 고한 다음, 모든 일을 처리하는 예절적인 스님이었다. 그렇게 세월이 흘러 신도들은 점점 많아가고 기존에 있는 건물들로는 협소함을 느꼈다. 행사 때가 되면 사람들이 편안히 앉아 공양 한 끼 먹을 수가 없었다. 모퉁이나 뜰에 앉아 공양하는 것을 본 주지스님은 편안한 자리에 앉아 음식을 먹게 했으면 얼마나 좋을까 하는 생각이 간절했었다. 그렇게 해서 몇 년이 지난 후 사중에 생긴 돈을 정리해 본 결과 제법 많은 돈이 모아져 있었다. 하루는 소임자들과 의논한 결과 요사채를 짓는 걸로 의견이 모아졌다.

큰 스님의 인가를 얻기 위해 주지스님은 토굴로 찾아가 삼배를 올린 후 단정히 꿇어앉아 그 일에 대해 말씀드렸다. 자초지종을 다 들은 큰 스님께서는 '불사란 참 힘든 일이다. 돈도 없는데 어떻게 할 것이냐' 고 물었다. 주지께서는 금전현황에 대해 상세히 설명해 올렸다. 그 전에 있던 돈이 얼마, 지난 동지 때 동참금 얼마, 요번 사월초팔일에 생긴 돈 얼마, 그러고도 모자라는 돈은 신도님들께 십시일반 조금씩 시주모금을 하면, 별로 힘 안들이고 될 것 같다고 했다. 그래 너무 무리하지 말고 잘 해 보라는 말씀이 떨어지자, 주지는 '큰 스님 고맙습니다.' 하면서 다시 절을 올리고 나왔다.

큰 스님 방에서 물러나온 주지스님은 각 마을마다 화주보살들을 지정해, 돈이면 돈, 곡식이면 곡식, 일사분란하게 모든 일을 잘 처리해나갔다. 이 절 불사 한다는 권선문이 널리 퍼져나가 어느 동네라도 다 알게끔 되었다. 이 소문을 들은 한 사람이 절을 찾아오게 되었는데, 이 사람은 4살, 5살 무렵 할머니 등에 업혀 이 절에 온 적이 있었다. 할머니께서 너무 불심이 돈독해 본인이 절에 올 때면 손자 잘 되라는 심정으로 꼭 업고 왔다는 것이다. 오기만하면 스님께서 손자 온 것처럼 사랑스럽게 안아주고, 아이들이 좋아하는 곶감, 과자 같은 것을 내다 쥐어주었으며, 가끔 아이가 보고 싶을 정도로 지낸 사이였다.

이 사람은 자라 어른이 되어, 무슨 장사를 해 돈도 많이 벌어, 그 고을에서 손꼽는 부자가 되어 살고 있는 사람이었다. 그는 불사한다는 소식을 들은 후, '내가 어린 시절 할머니 등에 업혀 다니던 절, 나를 친손자 같이 여겨준 우리 큰 스님 계시는 절에서 불사를 한다는데 가만히 있어 될 일이 아니다' 라는 생각을 했다. 그 절 공사비용을 자신이 반 정도 부담을 해야 인정과 도덕에 맞을 것 같다는 생각이 들어 그 즉시 절로 올라가 주지스님을 친견한 후 공사대금을 물어보았다. 요사이 돈으로 말하자면 총 공사비가 4억이 든다는 것이었다.

이 말을 듣고 그 자리에서 일어나 아무 말 없이 나온 그 사람은 큰 스님 계시는 토굴로 올라가 문 앞에서 헐떡이는 숨을 진정시킨 후, '큰 스님 계십니까' 하니 안에서 아주 친절하게 반가운 목소리로 '장수 왔나' 하면서 문을 열고, 그 큰 놈을 안다시피 해 맞아드렸다. 장수라는 사람은 절을 삼배 올린 후 꿇어앉아 '큰 스님 요사이 어떻게 지내십니까?' 하며 일을 너무 해 문드러진 손을 매만지며 눈물을 글썽였다. '그래 오늘은 어쩐 일로 여기 왔노?' 하니 목청을 가다듬어 '스님, 들으니 이 절에 불사를 한다기에 왔습니다. 제가 불사금 반을 내겠다는 심정에서 여기까지 왔습니다.' 하면서 돈 봉투를 큰 스님 앞에 내 놓았다.

이것을 본 스님께서는 그 사람의 뺨을 강하게 한대 때려주었다. 뺨을 맞은 장수라는 사람은 어안이 벙벙하고 정신이 없었다. '왜 나를 때릴까, 요사이같이 돈 벌기 힘든 세상에 1~20 만원도 아니고, 2억을 넘게 돈을 내놓는데 고맙다는 말은 못 할망정 뺨을 때리다니. 내가 기대한 바로는, 이 많은 돈을 내놓으면 그래 고맙다. 보통사람들이 하기 힘든 큰마음을 쓰는구나. 나는 어려서부터 너를 귀중하게 보았지 하면서 볼이라도 쓰다듬어 주시리라 했는데' 하고 몹시 섭섭한 마음에 당황스러워 했다.

이 스님께서 왜 뺨을 때렸을까? 이것을 알면 어떻게 행동하는 것이 큰 스님이라는 것을 알게 될 것이다. 글을 쓰는 이 작은 스님은 큰 스님이 못돼 그런지 돈만 주면 그렇게 반갑고 나를 깔고 앉아도 '오케이 베리 굳' 이라 하겠지만 말이다.

두 번째 이야기

옛날 한 사람이 있었는데, 이 사람의 운은 무슨 놈의 운인가, 복이라고는 씨도 없는 고생 창고 속에 태어났다. 말을 하자면 부모형제 물론 사촌, 육촌, 팔촌, 사돈네 팔촌까지 관계되는 모든 인척들은 생활 당면문제를 해결 못하는 가난한 보충대였다. 혹시 조그만 돈이 있어 재산을 증식시키고자 땅을 사도 돈 안 되는 토지만 골라 사게 되었다.

어느 날은 극한 일이 일어나 이렇게 살아봐야 죽는 것이 낫다고 자살을 시도했으나 복 없는 놈은 죽어지지도 않는다. 자살해 잘 죽는 사람은 그런대로 복이 있다고 봐진다. 한 번은 산속 높은 절벽으로 올라가 떨어지려는 순간, 지나가던 사람의 만류로 떨어지지도 못해서 있는데, 죽지 말고 살라는 그 사람의 여러 말 중에, 가난한 놈이 핫바지 두 벌이면 복에 겨워 죽는다더니, 당신은 그래도 핫바지가 두 벌쯤 되는 모양이라 했다. 나야말로 지금 입고 있는 단벌신사인데, 꼭 죽고 싶으면 떨어져 죽되, 이왕 죽을 바에야 옷이나 벗어주고 죽으라는 말 한마디 남긴 채, 어디론가 사라져버렸다. 이 말을 듣고 나니 마음속에는 괘심한 생각이 일어났다. 참말로 이 사회가 인정사정, 예절도 없는 사회구나 하면서도, 한편으로 오기가 생겼다. 그러는 중 어느새 또 나타난 그 사람은 '그것을 인제 알았나. 모르거든 뛰어내려죽고, 알았거든 내려가라' 라는 말에 귀가 째지게 호통을 쳤다.

정신을 차린 이 사람은 마을로 다시 왔으나, 예전과 마찬가지로 아무 의욕도 없고, 산다는 것에 허무감만 생겼다. 그러던 어느 날, 살던 가족, 모든 살림살이를 버리고, 정처 없는 발길로 뜬구름처럼 흘러갔다. 그래도 집에 있을 때 고생은 편안한 생활이었다. 집 떠난 거지 신세가 되니 비가 오면 다리 밑으로 가 밤을 새우고, 차가운 북풍 부는 철이면 들녘 볏짚 모아 놓은 속에서 생활하는 것이 보통이었다. 모든 것을 하나하나 말할 수는 없고, 산전수전 생고생 마른고생 하다가, 결국은 어느 절로 가게 되어 거기에서 스님이 되었다.

절에 스님이 되어 사는 것도 수월한 일은 아니다. 그곳에서는 역시 인간이 살고 있기에, 아상과 감정대립은 물론 갈등이 일어날 때 사회에서 찾아볼 수 없는 대단한 수준급이다. 절집에서는 나이 먹은 예절은 조금도 없고, 먼저 입산했다는 이유만으로 목에 3인치 철판을 대고 깁스를 해 쇠파이프로 쳐도 안 부러진다. 처음 와서 행자가 되면 상주하고 있는 처사, 공양주, 보살들까지도 인간 이하로 본다. 도량 내를 지나다 고참 중을 열 번 만나도 합장 인사를 해야 하니, 다 같이 인격을 갖춘 사람으로서 자존심이 상해도 많이 상하는 판이다. 행자는 생잡이라 그렇다보고, 오래된 스님들은 절에서 쓰는 말로 하심을 해 자존심이 없느냐하면 그렇지가 않았다. 자존심 올림픽대회가 있다면 개인전은 모르겠지만 단체전에서 중들 앞으로 금메달이 돌아갈 것은 틀림없다. 이 세상 사람들은 절에 가면 모든 것이 원만해 편안한 생활을 할 거라고 여기는데, 이런 생각은 한참 모르는 생각이다. 속담 한 구절로 표현하자면, '경상도에서 죽 쑤던 놈이 전라도에 가면 죽 안 쑤나' 하는 말과 같이, 사회에서 적응 못해 살기 힘든 사람은 절에 가서 잘 못산다.

이러한 과정을 다 겪고 난 스님은 혼자 깊은 생각에 잠겼다. 어느 경전의 말을 빌리자면, 스님 한 사람이 되는 조건은 삼대로 좋은 일을 해야 한 사람의 스님이 탄생한다는 말도 있고, 한 분의 스님이 탄생하면 구족이 승천한다는 말도 있다.

스님 된 이 사람도, 전생의 업장으로 인해 금생에 악독한 고생을 많이 할 몸을 세 번 받고 나와야 할 업 뭉치인데, 자살하려다가 귀인을 만나 자살은 대실패하고, 집 떠나온 후 너무 강도 높은 고생을 해 삼생을 겪어야 할 것을 금생에 다 겪게 되어, 거룩한 스님의 길에 발을 딛게 되었다. 일반 신도 분들을 준해 말하자면, 백일 철야기도를 한 셈이고, 승려들 기준으로 말하자면 천일용맹 정진한 것과 같았다. 그래서 이 스님 역시 묵은 업장을 말끔히 씻어내고 나니, 세상사 모든 면이 새로워져, 생각과 행동하는 대로 일체화되면서, 아무런 제약 없이 모든 일에 성취되었다. 스님은 절에 있는 동안, 모든 규정절차를 다 치루고, 앞으로 무엇을 하며, 어떻게 남은 일생을 지낼까하는 생각을 깊이 했다.

다른 스님들은 이상적인 깨달음을 구한다고, 즉 자성을 본다, 본성을 본다, 전생을 알아본다 하면서 선방에 앉아 있다. 그러나 보면 무엇하고 안보면 무엇 하나. 깨닫는 다는 것도 10년을 기준하여 위로 깨닫든, 밑으로 깨달든, 깨달으면 그 뿐이지. 팔이 펴져도 솥 안에 있을 뿐, 수많은 말, 수많은 행동, 역시 팔 펴지는 과정에 지나지 않는다.

우리가 좋은 일이라 하는 것을 실천하는 일이 더 중요하지 않을까. 또 중생을 건진다는 말에도, 이 세상에 빠져있는 중생도 없고, 건져 낼 놈도 없다싶고. 중생을 재도 한다는 말도 있는데, 제도 받을 놈도 없고, 제도 할 놈도 없다. 이 세상에 누구를 가르친단 말인가. 배울 놈도 없고, 가르칠 놈도 없다.

그런 말들은 부실한 말들이다. 남에게 피해 안주고 살면, 그것이 남을 도우는 길이라 결론짓고, 어떻게 하면 여생을 잘 살아갈까 하는 인생설계를 마친 다음, 바랑 하나를 짊어진 채 정처 없는 발걸음으로 사문을 나섰다.

일 년이 넘게 헤매는 중에 자기가 바라든 영지를 만났다. 이곳은 역사와 사적은 없지만, 옛날에 그래도 많은 대중이 머물고 살았던 흔적이 있는 오래된 사찰 터였다. 우선 그 곳 양지바른 곳에 조그마한 움막을 친 다음, 자기가 먹고 살 수 있는 땅을 일구어, 채소며, 대용식을 할 수 있는 감자와 고구마, 절기 따라 파종할 수 있는 농작물부터 심기 시작했다. 틈틈이 절터에 풀도 매고, 허물어진 축대로 정리하면서 열심히 살았다.

일은 많고 외로워, 어느 스님이라도 한 분 같이 살면 얼마나 좋겠나 하는 생각이 들었으나, 뜻대로 이루어지지 않았다. 간혹 지나는 스님들이 있어 여기에서 같이 살자고 하면, 동문서답이라는 말과 같이 말은 동쪽에서 했는데, 고개는 서쪽으로 돌아가 버렸다. 하기야 세상사람 나무랄 일이 아니지, 몸 편하고 돈 많이 생기면 오지 마라 해도 올 것이 뻔하다. 그러면 지금은 사람이 귀해 이렇게 힘들어 사는데, 언제 저절로 사람이 올 수 있겠습니까 하며 허공을 쳐다보니, 자기도 모르게 한숨이 절로 나왔다. 그러는 순간 눈에서는 닭똥 같은 눈물이 그칠 줄 모르게 흘러내렸다. 한참 울다가 흙 묻은 손등으로 눈을 닦고 있는데, 어디에서 들려오는 소리가 '네 인과의 과보는 끝났다. 지금은 수행중이라 진하게 하면 진한 것을 얻을 것이요, 약하게 하면 약한 것을 얻을 것이니, 다음부터는 너의 마음에 일어나는 대로 해라' 했다. 이 말을 들은 스님은 귀가 번쩍 띄어 괭이자루를 깊게 잡고 열심히 일을 더 했다.

그런 후 15년 세월이 흐르니 대웅전으로부터 부속건물까지 완벽하게 재건을 했다. 그 지역은 물론 멀리 타처 사람들까지 몰려와 헤아릴 수 없이 신도가 많아졌고, 사월초파일 같은 행사 날에는 인산인해라 할 정도로 많은 사람이 왔다. 연등만 해도 3만 개가 넘어섰다. 이렇게 되니 생전 본적도 없는 스님들이 찾아와, 같이 살자고 인사하는 스님들만 해도 수백 명이 넘었다. 다시 말하자면, 15년 전, 스님께서 처음 와 먹을 것이 없어 배가 고파 냇가에서 물을 마시고 허기를 면하던 시절, 손바닥이 갈라터지고 무릎에 똑딱거리는 소리가 나 걸어 다니기 조차 힘들어할 때는, 개미새끼 한 마리 거들 떠 보지 않았는데, 지금은 신도도 많고 모든 것이 풍부하니, 절에 찾아오는 스님들을 보면 한편으로 조금 괘심한 생각이 들었으나, 그들도 스님이기 전에 인간인지라 사람들을 나무라는 것은 우치한 생각에서 비롯됨이다 하며 이내 마음을 고쳐먹었다.

그렇다. 사람뿐이랴. 삼라만상 모든 생물들의 기본습성이 아니냐. 고기도 맑은 물은 싫어하고, 구정한 물을 좋아한다. 자연적인 먹이사슬이 있고 안전하며 살기 좋은 곳에는 쫓아도 다시 온다. 먹이사슬이 나쁘고 불안한 곳에는 일부러 먹이를 주면서 온갖 방법을 써도 가버린다. 새도 마찬가지 서식처가 좋으면 쫓아도 자꾸 날아온다. 서식처가 불안한 곳에는 집을 지어주고 먹이를 주어도 오지 않는다. 이와 같은데 일거리가 많아 고생하는 곳에 누가 오려하겠는가. 첫째, 편하고 돈 많이 생기면, 서로 오려하는 것이 사람 동물의 기본이 아니겠는가. 세상 모든 동물들이 이러한데, 처음 온 스님은 어떤 동물이기에 그 고생을 해가며, 여러 사람들이 몰려올 가람을 형성시켰을까. 이 스님은 욕심도 간도 쓸개도 없는 나사 덜 조인 어수룩한 바보 같은 사람인가. 이 책을 본 사람들이 각자 생각할 일이다. 글 쓰는 나는 생각할 때 자기 몫은 찾지 않는 이것이 바로 불보살 정신이 아니겠냐고 여겨진다. 나 같은 소승은 열이 받쳐, 살자고 오는 스님들 한 사람도 안받아주겠지만, 이 스님은 훌륭한 수행도력으로, 오는 스님들을 모두 입방시켜주었다. 강원과 선방을 개설해놓고 스님들 뒷바라지하는 것을 영광이라 여기고, 얼굴에는 항상 기쁜 웃음이 떠나는 날이 없었다.

그러는 날들을 수년을 넘긴 후, 하루는 주지스님이 혼자 생각하기로, 지금은 스님들이 많으니 일손도 풍부하겠고, 지역민들의 고마움에 보답을 해야 하지 않겠나하는 생각이 들었다. 그 곳 큰 들에 위치한 일등 호답 열 두마지기를 팔아, 절 위 골짜기 분지를 사서 논을 치면 좋지 않을까하고, 자기 생각대로 일을 착수했다. 팔려는 논으로 말하자면, 5년, 6년 가뭄에도 아무 탈 없이 곡식을 거두어들일 수 있는 호답이었다.

다시 말하자면, 절에 비상식량을 댈 수 있는 귀중한 생명줄이었다. 그러나 주지스님은 지금은 예전과 달라, 꼭 그 논을 가지고 있을 이유가 없다는 생각에서, '오늘부터 선방 수좌스님들과 학인스님들은 오전에만 정진하고 오후에는 울력을 해야 합니다.' 하고 알린 다음 논치는 방법을 자세히 설명했다. 그러니 대중들의 대답은 명쾌하고 기분 좋은 대답이 아닌 어정쩡한 대답이 나왔다.

요사이 같으면 장비가 좋아 포크레인 같은 기계를 불러 논을 치면 수월하겠지만, 그 옛날에는 곡괭이로 파고, 삽으로 퍼 실어, 지게로 짊어져 나르니, 보통 사람들은 견뎌내기 힘들었다. 그런 일들을 하루 이틀도 아니고 날마다 해야 하니, 아침마다 환자가 5, 6명씩 생겨나는가 하면, 한 달이 넘어서니 선방 강원 할 것 없이 일본 광구비아 탄광 사람들 줄듯이 매일 스님들은 없어졌다. 가는 사람, 오는 사람, 모든 것이 인연이라 여기고, 주지스님 자신도 매일 다른 사람들과 같이 곡괭이질을 하면서 일을 했다. 논이 제법 넓게 다듬어질 무렵에, 스님들은 모두 도망가고, 총무로부터 부전까지 5명밖에 남지 않았다.

그러던 어느 날 저녁공양을 마친 다음, 대중들께 모이라 해 놓고, 주지스님이 기분 좋은 너털웃음을 웃으면서, 우리가 지금까지 수고한 결과 논 다섯 마지기 벌었다고 자랑스러운 말로 표현하면서, 매우 기뻐 여겼다. 이 말을 들은 대중들은 가타부타 말 한마디 없이 고개만 숙인 채 있었다. 침묵이 조금 흐르고 나서, 총무스님께서 조심스러운 어조로 말을 이어갔다. '큰 스님, 일등호답 열두 마지기 팔아 산골 논 닷 마지기 만들어놓고 좋아 할 일이 아니지 않습니까.' 그 말을 들은 큰 스님께서는 언성을 조금 높이며, '왜 좋아 할 일이 아니란 말이냐' 하며 자세를 바로 하면서 눈을 크게 떴다.

투기 사상은 전 세계에서도 일등 가는 국민이기에, 그 총무 역시 이 나라 사람이니, 투기 사상으로 말하자면 좋은 논 열두 마지기 팔아서 산골 논 오십 마지기 쯤 만들어야 계산이 맞을 거라 본다. 가격 면에서도 그렇고, 일 년 내내 몇 십 명이 붙어 일한 인건비를 따지면, 50마지기가 생겨도 별로 이익 될 것 없다 싶은데, 겨우 논 5마지기 처 놓고 저렇게 좋다하니, 저 영감께서 아마도 죽을 때가 되어 노망하는 장면이 아니겠냐고 생각이 들 것이다.

보통 세상 사람들은 총무스님의 계산이 백번 맞는다고 손을 들것이다. 그렇지만 더러는 주지스님의 생각이 만 번 맞다며 손을 드는 사람도 있다. 이 조건으로 대통령 선거를 한다면 총무 쪽 주장으로 대통령이 당선되는 것은 틀림없다. 그리되면 나라가 많이 시끄러워질 것이고, 주지스님 생각으로 당선이 되면 지구상에 태평성대를 이루어 나갈 것이다. 무슨 생각에서 좋은 들 논 열두 마지기 팔아서 산골 논 다섯 마지기 만들어놓고, 논 다섯 마지기 생겼다면서 좋다했을까. 이 뜻을 알면 진정한 큰 스님의 사상을 알리라.

셋 번째 이야기

옛날 신라 나라 문무왕 때 어느 산기슭에 큰 절이 하나 있었다. 이 절에는 세계에서 제일 거룩하신 큰 스님이 이백 명 넘는 제자들을 거느리고 살았다. 스님의 자비와 도력으로 하는 일마다 화목하게 잘 처리 되어갔다. 인간이 살아가는 데는 장단이 공존한다더니, 이 절 형편을 보자면, 내부사정은 화목하고 평화로웠으나, 외적인 면으로는 많은 불편함이 있었다. 다름 아니라, 옳지 못하고 신분만 높은 한 벼슬아치가 국가적인 발전 사업을 한다면서, 논밭을 가리지 않고 많은 땅을 사서 넓히고 있었다. 내용인 즉, 격구장 만들기 위함인데, 자기가 필요한 구역이면 반강제와 엄포도 놓았다. 이 땅을 팔지 않으면 좋지 못할 거라는 협박을 해가면서 토지를 사들이고 있었다. 이 벼슬아치가 하는 태도를 보면 절 아래 땅을 모두 매입 한 다음, 자기네 하는 사업에 지장을 준다고 절을 옮겨가라 할 것 같은 느낌이 들어, 스님들 사이에 많은 불안감이 돌았다.

이렇게 되니 사중 스님들이 큰 스님을 모시고 비상대책회의를 열게 되었다. 대중들의 모임이라 여러 의견들이 많았고, 이 말, 저 말, 말도 많았다. 갑론을박 끝에 대중들을 총동원해 절에서부터 땅을 매입해 내려가는 수밖에 없다고 결론을 지었으나, 그리 쉬운 일은 아니었다. 첫째, 돈을 구해내는 것도 문제지만, 토지를 사는 것도 큰 문제였다. 동네 사람들이 순순히 절에 땅을 팔아주면 다행이지만, 돈을 더 받아내기 위해 이쪽 저쪽 저울질을 한다면, 토지 값이 더 올라갈 것이고, 저쪽 사람들과 가격경쟁을 하게 되면, 절 사정상 인부족人不足 재부족財不足이니 스님들의 걱정이 이만저만 아니었다. 이런 가운데 '요번 불사를 원만히 성취하기 위해 제가 천일기도를 드려 부처님의 가피로 이룩되도록 노력하겠습니다.' 하면서 그날부터 천일기도를 결제한 스님도 있었다. 이렇게 되니 사중에는 자연히 일치단결이 되었다. 시주를 청하기도 했으며, 형편이 조금 넉넉한 분들께 돈을 빌려달라는 청을 넣었다. 워낙 청정한 도량이고, 큰 스님의 원력과 여러 대중들의 염원에, 차질 없이 땅을 사 내려가게 되었다. 동네 주민들은 그 못된 놈에게 파느니, 같은 값에 절에 내주지 하면서 모두 절에 팔았다.

많은 종교가 난립되어 있지만 수천 년을 지내온 토속신앙 속에 불교가 들어와 접목된 교리를 조상대대로 믿어왔기 때문에 흰 옷을 즐겨 입고 살던 우리 종족의 피 속에는 불교 끼가 섞여 흐르고 있다. 현대적인 포교라 하면서 갖은 방법을 다 써도 아상과 자존심만 키웠을 뿐 근본적 부처님의 가르침에는 7천리 밖에서 놀고 있다. 차라리 순수한 기복을 위한 토속신앙이 종교적면으로 보면 더 진실하다.

완전히 알고는 있지만 육체와 정신적으로 체달 못한 그 지식통知識痛 때문에 전체 불교인들이 정신적 병에 시달리고 있는 것이 오늘날 현실이다. 수천 년 문화생활 속에서 젖어온 우리 몸속에 잔재된 불교 끼는 삭제하려해도 할 수 없다는 것을 알고 살아야 한다. 신라풍수설화에 의하면, 천룡사가 망하면 신라가 망할 것이요. 천룡사가 흥하면 신라가 흥할 것이라는 말과 같이, 과거 역사를 보더라도 한국과 불교는 끊으려 해도 끊을 수 없는 단단한 인과 고리가 걸려있다.

다시 말해서 불교가 홍하면 한국이 홍할 것이요, 불교가 망하면 한국이 망할 것이라는 국운을 짊어진 것이 한국불교이다. 종교를 믿지 않는 이라도 끝내 물으면 불교 쪽으로 치우쳐 말을 한다. 그러니 보통 때는 별로 관심이 없다가도 불교 쪽에서 무슨 일이 생겨 사람들의 힘을 결집할 때면 상상을 초월하는 힘의 결집이 생겨난다. 역사적으로 볼 때 크게는 임진난 때 그러했고, 긴 역사를 통해오면서 크고 작은 일들을 다 엮어 쓸 수는 없지만, 대단한 호국사상을 배양한 것은 틀림없다.

그러니 논 값을 적게 받더라도 절에 팔아준다는 지역사람들의 사상이 역동한 것이다. 돈도 유통이 잘 되었고, 모든 일들이 계획대로 순조롭게 잘 이루어져갔다. 제일 마지막 논판 사람의 이야기가 주제가 된다. 절 생활에는 스님, 처사 할 것 없이 각자 소임이 있어 자기에게 정해진 일을 하고 사는데, 대체로 종무소에는 처사분들이 업무를 보고 있다. 이유인 즉 승복 입은 스님들이 하기 어색한 일들이 많이 있어서다. 그러나 처사 분들은 아무런 제약 없이 잘 할 수 있으니, 대체로 일반 분들이 종무소 일을 맡아본다. 예를 들어 논을 사는데 스님이 앉아 홍정을 한다고 생각을 해보면, 적당하지 못한 일들이 많아 지면에 다 쓸 수 없고, 이글을 읽는 사람 각자의 상상에 맡기겠다. 그러나 일반인이 홍정을 한다면 극히 자연스러운 현상으로 돌아갈 것이다. 그래서 땅을 사는데도 종무소 처사님들이 홍정을 해오면, 절에 주지스님이하 삼직스님들의 결정에 일들이 처리되었던 것이다.

그러던 중 이 씨라는 사람이 맨 마지막으로 논을 팔고, 계약금, 중도금까지 받고, 나머지 잔금을 받기위해 약관대로 인감증명 등 관계서류를 만들어 종무소에 갖다 주었다. 이 서류를 받은 사무장님은 서류만 받아 챙기고, 잔금은 줄 생각을 하지 않았다. 그래 논 판 이 씨가 왜 돈을 주지 않느냐니까, 지금 돈이 없어 그러니 10일 날 오면 주겠다기에 믿고 내려왔다. 며칠이 지나 10일이 되어 올라가니, 또 돈이 안 된다면서 20일에 오라했다. 조금 기분이 상했지만 부처님이 계신 절이라는 생각으로 내려왔다. 20일이 되어 올라가니, 무엇이라 되도 않는 말을 하면서 30일 날 오라한다. 이 말을 들은 이 씨께서 간이 뒤집어지는 감정을 억제하고 내려왔다. 약속한 30일 날에는 생각하기로, 오늘 만약 돈을 안주면 어떤 놈이라도 그냥 두지 않을 거라며 속으로 단단한 결심을 하고 올라갔다. 그 절에 돈이 없어 그런 것이 아니라, 빨리 안주는 이유는 오늘날 세상에 많이들 일어나는 찌꺼기가 작용해서였다. 마지막 논을 사 들일 때, 사무장이 조금 욕심이 생겨 보통 평당 32,000원 정도 하는 땅을 35,000원에 사드리고, 땅주인 이 씨에게 자기 때문에 평당 3,000원씩 더 받았으니, 요사이 말로 커미션을 좀 내라는 것이었다. 그래서 사중에 결제된 돈을 받아놓고, 웃 돈을 받기 위해 놓아두었던 것이다. 논을 판 이 씨는 이런 것을 전혀 몰랐다. 흰 봉투에 돈을 약간 넣어 사무장 손에 쥐어주었더라면, 애 안 쓰고 20일 전에 해결할 것을, 자기나 내나 촌놈이라 센스가 없어 그렇게 된 것이었다.

이 씨는 촌놈이지만 경상도 말로 불뚝 성질이 센 사람이라, '만약 돈을 안주기만 해봐라. 절 밥솥마다 구멍을 낼 거다' 하며, 5년 해묵은 돼지 벼르듯이 굳은 결심을 하고 절로 올라갔다. 정문으로 가면 멀어, 후문으로 가는데, 후문 가까이 가니, 저 건너에서 이 절 큰 스님과 마주치게 되었다. 이 씨는 얼른 합장을 하면서, '큰 스님 안녕하셨습니까?' 하며 허리 굽혀 인사를 했다. 이쪽을 본 큰 스님은 아주 다정한 목소리로 '아이고, 이 처사님 아니십니까? 오늘은 웬일로 절에 다 오게 되었노? 집안은 편안하신지요?' 하며 다정한 답례 인사를 했다. 그러니 이 씨는 그 순간 부모 만난 느낌이 들어 자기가 절로 인해 겪었던 감정을 털어놓았다. 큰 스님은 그의 이야기를 조금도 빼놓지 않고 다 들은 후, '세상 사람이 다 그렇다. 이 처사, 돈이나 받으러 가보자' 하면서, 그의 손을 잡고 종무소로 갔다. 종무소는 남향으로 보고 있어, 뒤로 왔기 때문에, 정문으로 갈려면 조금 더 가야했다. 종무소 울타리는 신위대로 자연 울타리가 형성되어 있지만, 뒤로 사람이 내왕할 수 있는 길이 틔어 있었다.

그곳에 와 큰 스님께서는 잡았던 이 처사 손을 놓으면서, 처사는 둘러 정문으로 들어오라 시키고, 본인은 먼저 울타리 틈으로 들어가 마당을 빙빙 돌면서 기척을 내며 걷고 있었다. 종무원들이 즉시 알아차린 후, 정신을 바짝 차린 채 업무를 보는 중인데, 문 앞에 또 다른 사람의 소리가 나면서, '논 값 주소' 라는 강한 말소리가 났다. 사무장은 깜작 놀라 문을 열고 '이 처사님 왔습니까? 돈 여기 있습니다.' 하며 세어 보라 했다. 그 자리에서 돈을 세어보니 한 푼도 틀림이 없었다. 신문지에 싼 돈 뭉치를 옆구리에 낀 채 큰 스님께 인사나 드리고 가려는 마음에 살펴보니 어디로 가셨는가 보이지 않았다. 그래서 집으로 돌아간다고 뒤로 나오니, 처음 만났던 그 자리에 스님이 서 계셨다. 이 씨는 얼굴에 만연한 웃음을 띠면서 '큰 스님 고맙습니다.' 하며 인사를 했다. 큰 스님은 '그래, 이 처사 돈 다 받았제?' 하며 같이 웃고는, '세상 사람들은 다 안 그렇나. 양파 깔 때 험이 좀 있다고 까서 모두 던져버리면, 끝에 가서 먹을 것이 하나도 없다. 잘 가세.' 하고 훠이훠이 돌아서갔다.

이 논 값이야말로 그 즉시 사중에서 결재해준 돈인데 한 달이 다 되도록 돈을 지불하지 않았다는 것은 문제가 있지만, 이 씨가 말한 것을 다 듣고도 얼굴색하나 안 변한 채, 돈 빨리 주라고 헛기침을 하면서 마당에 빙빙 돌아 연극을 하고, 그 직원들에게는 한마디 말없이 그냥 넘어가는 그 스님 속을 알면, 진짜 큰 스님을 바로 알 것이다. 이 글을 쓰는 작은 중은 큰 스님이 못되어, 나에게 그런 일이 있었다면, 그냥 못 참는다. 당장 사무실 문을 열어 제쳐놓고, '사무장, 이 새끼, 그 논 값 언제 결재 해준 것인데, 여태 돈을 안주고 있느냐' 하면서 당장 돈 내주라며 호통을 쳤을 것이다.

반갑고 무상한 나의 살던 고향

한참 깊은 공상을 하고 있는데, 기내에서 방송소리가 흘러나와 정신을 차려 들어보니, 정확히는 모르지만 짐작으로, 오줌 마려운 사람들은 이 방송을 듣는 즉시 변소 갔다 오라는 것 같아, 재빠르게 변소에 갔다 왔다. 내 자리에 와 두리번거리며 앉아있어도 아무런 이야기도 없었다. 이쪽저쪽 고개를 돌리며 살피고 있는데 귀가 멍멍해왔다. 그때야 깨달았다. 오줌 마려운 사람 변소 갔다 오라는 말이 아니고, 홍콩에 다 왔다는 방송이구나. 그래서 늘어놓았던 물건을 챙겨놓고 시계를 보니 요하네스버그에서 여기까지 걸린 시간이 13시간이 다 되어갔다. 우물쭈물 하는데 비행기는 급속도로 하강하면서 착륙을 시도했다. 창문에는 아름다운 홍콩시가지가 눈에 들어오더니 이내 비행기가 크게 떠는 소리를 내면서 착륙을 했다.

사람들 흐름 따라 나와, 대합실 안에서 바꾸어 타는 수속을 받고, 한국으로 오는 비행기에 몸을 실었다. 내가 홍콩에서 한국으로 오는 비행기를 많이는 못타고 스무 번 정도는 탔는데, 지날 때마다 바랐던 것이 있었다. 그것이 무엇이냐면 상공에서 우리나라 제주도를 한 번 봤으면 하는 것이었다. 그 많은 기회가 있었으나 밤이라서, 구름이 끼어서, 좌석이 반대편이라서 못 봤는데, 이번에는 밤도 아니고 구름도 없으니 한 번 볼까 하는 기대를 가지고 왔다. 홍콩에서 김포까지 4시간이 걸린다기에 계산상 3시간 20분 정도에 내려다보면 될 거라고 정신을 바짝 차리고 있었다. 그래서 3시간 20분 정도 되어 갈 무렵에는 자주 창문을 내려다보았다. 그렇게 했으나 끝내 제주도 그림자도 못 봤다. '까마귀 똥도 약이라고 하니 한강 물에 갈겨버린다' 는 속담과 같이, 그날 비행기 조종사가 된장끼가 많은 사람이라 그런 건지, 그렇지 않으면 조종을 잘못해 그런 건지, 내가 있는 창문 쪽으로 안가고 반대쪽으로 가서 그런지, 이유를 알 길이 없었다. 조금 있으니 한국어, 영어, 중국어로 김포에 다 왔다는 방송이 흘러나왔다. 안내 말이 끝나자 비행기는 서서히 고도를 낮추어 귀가 멍멍해왔다.

얼마 안 있어 비행기 창밖으로 한강으로부터 서울시가지가 눈에 띄니, 언뜻 아이들이나 어른들이 대통령을 욕 하는 데는 전 세계에서 일등 가는 국민이 살고 있는 이 땅 국회위원들은 국민을 위한 국회가 아니고 당권당략을 위한 패싸움 전문가들이라, 올림픽대회에 나가면 개인전은 말할 것도 없고 단체전에서는 미국을 제치고 금메달 딸 것이 틀림없다는 생각이 다시 들었다. 투기특별시니, 인간 못된 놈들만 전부 서울에 몰려 산다는 말도 있고, 데모를 해도 서울이 아니면 할 데가 없나, 11월, 12월 같은 달에 날을 잡아 김해, 김제, 김포 같은 넓은 빈 들판에 가서 깃대를 흔들고 고함을 치며 노래를 부르면서 해도 누가 무엇이라 말할까. 꼭 서울에서 해야 된단 말인가. 청춘이 구만리 같은 젊은 전경들을 다치게 하고, 교통체증을 유발시키는데다가, 민폐를 끼쳐서는 안 될 일인데 말이다. 차라리 무인도를 선정하여, 그곳에서 촛불집회도 좋고,

산야행진에, 해상대모 같은 것을 마음대로 하면 되지 않을까. 꼭 서울에서 해야만 하나. 서울, 서울, 별난 곳이 서울이다.

그러나 먼 외국 땅에 두 달 넘게 다니다오니, 내가 살던 나라, 내 집이 있는 곳, 김포공항에 오니 반가움이 들었다. 코스대로 입국심사를 마치고 짐을 찾은 후, 국내선 비행기로 울산에 도착해, 내가 살던 토함산 토굴에 오니, 누가 반기는 사람도 없다.

갈 때나 와서나 고요한 산사에 남쪽 하늘을 바라보면서 읊은 시 한 구절!

역살 낀 돌중에게 절 사정 묻지 마소
없을 때 오고간 손님 내 알바 아니로다
갈 때 본 그 산 와서 봐도 그 산 그대로

무구 작은 스님

무주스님 바람여행기

진똥개똥

초판인쇄 2007년 5월 20일
초판발행 2007년 5월 24일

글쓴이 | 무 구
펴낸이 | 김 동 금
펴낸곳 | 우리출판사
기 획 | 김 인 영
편 집 | 선 유 경

등 록 | 제9-139호
주 소 | 서울시 서대문구 충정로3가 1-38호
전 화 | (02) 313-5047 · 5056
팩 스 | (02) 393-9696
이메일 | woribook@chollian.net

ISBN 978-89-7561-248-0 03800

정 가 12,000원